大步流星

李海年 著

江苏凤凰文艺出版社

图书在版编目（CIP）数据

大步流星 / 李海年著. — 南京：江苏凤凰文艺出版社，2018.4
 ISBN 978-7-5594-1778-7

Ⅰ.①大… Ⅱ.①李… Ⅲ.①长篇小说－中国－当代 Ⅳ.①I247.5

中国版本图书馆 CIP 数据核字(2018)第 050597 号

书　　　名	大步流星
著　　　者	李海年
责 任 编 辑	姚　丽　孙建兵
出 版 发 行	江苏凤凰文艺出版社
出版社地址	南京市中央路 165 号，邮编：210009
出版社网址	http://www.jswenyi.com
印　　　刷	江苏凤凰通达印刷有限公司
开　　　本	718×1000 毫米 1/16
印　　　张	16.25
字　　　数	360 千字
版　　　次	2018 年 4 月第 1 版　2018 年 4 月第 1 次印刷
标 准 书 号	ISBN 978-7-5594-1778-7
定　　　价	39.80 元

（江苏凤凰文艺版图书凡印刷、装订错误可随时向承印厂调换）

序　言

江苏省作家协会主席　范小青

　　千古龙飞地，一代帝王乡。徐州有着6000年文明史、2500年建城史，在江苏地级市中历史最为悠久。彭城又是刘邦故乡、项羽故都、彭祖故国，大量文化基因沉淀，使这里俊彩星驰，文脉昌盛。

　　近年来，我多次去徐州，每次都有不一样的感受。一方水土养一方人，特殊的地理环境赋予徐州人特殊的禀赋，徐州人埋头苦干，志向高远，雄浑大气，不拘一格。作为国家历史文化名城、全国重要的综合性交通枢纽、淮海经济区中心城市，徐州正在发生日新月异的变化，在全省、全国的经济版图中愈发发挥重要的作用。从"一城煤灰半城土"到"一城青山半城湖"，云龙湖的碧水清波、大洞山的芍药花海、窑湾古镇的水乡风情、邳州的万顷银杏林海……每每流连忘返。当然，我更看到了徐州的文学的风景、文化的风景，看到文学之花在这里葳蕤盛放，"徐州作家群""徐州诗群"伴随着这座城市迅速崛起，日益引发全国文坛的关注。

　　本书作者李海年就是徐州作家群中颇有潜力的一位。海年是一位"70后"，曾当兵12年，打工半年，从教16年。在部队时历任战士、班长、代理排长、司务长兼汽修技师，以精湛的技术被誉为"汽车医生"，《解放军报》《人民前线报》《厦门日报》等均对其事迹做过宣传报道。转业回地方学校任教后，扎根基层，默默奉献，先后被评为"感动徐州十大教育人物"和"江苏最美乡村教师"候选人。海年热爱文学，在认真做好本职工作之余，潜心写作，先后发表三千多篇（首）六百多万字时事述评文章，网络点击量突破2亿次，系人民网博客专栏作者兼廉政评论员、两会优秀E政建议人、环球网特约评论员、草根智库资深学者、博客中国专栏作家，多次当选人民网、新华网、凤凰网等网站全国十大网友。其长篇小说《毛里求斯的葬礼》2016年9月由江苏文艺出版社出版发行，广受好评。2018年新年伊始，江苏文艺出版社又为其推出了第二部长篇小说《大步流星》，可喜可贺！

　　《大步流星》是一部带有自传性质的长篇小说。被誉为"军营汽车医生"的三级士官唐海林服役期满后，为了实现人生另一个梦想——当一名教师，主动放弃高薪聘请，义无反顾地投入到家乡的教育事业。从特区到内地，从军营到学校，从后勤到前勤，唐海林的一系列超常规举动被人们称之为"傻大兵"。然而，他从勤杂人员干起，终于在学校最需要的时候大踏步走上三尺讲台，成为一名生物教师，并创设学生喜爱的"快乐学习法"。此后，唐海林先后担任班主任、政教处副主任兼安保处主任、政教处主任等职务，并将自己独创的"半军事化"管理模式运用到教育教学中。经过多年的摔打和历练，唐海林终于由一名优秀的军人成长为一名优秀的人民教师。他的母校——白云中学也终于由一所二流学校被成功打造成为一所远近闻名的一流学校。而唐海林的初恋情人郑丽君,在见证他一系列壮举之后,从对其有所偏见,到最终舍命救之。

不忘初心,砥砺前行。融军人气质和教师品质于一身,挟浩然正气与无私爱心于一体,这就是新时代退伍老兵唐海林的真实写照。

是为序。

1

你笑呵呵地看世界,世界也笑呵呵地看你。

春天的早晨很清爽,太阳也很温柔。一辆崭新的大巴驶出敞敞亮亮的市区大街,便一头爬上了川流不息的运河大桥。古老的大运河好似一条蓝丝带轻柔柔地围在这座古老而又年轻城市的胸前,河里往来穿梭的船只总是十多条串连在一起,仿佛一列列游走在水上的火车。

大巴继续向南行驶,脚下便是四车道的S251省道。道路两旁扑面而来的尽是遒劲有力、吐芽喷绿、昂扬向上的水杉,一棵棵、一行行,肩并肩、手牵手,构成一条亮丽的绿色通道,这条绵延近百公里的水杉林带被海内外誉为"天下水杉第一路"。透过水杉林一闪而过的缝隙,依稀可见的是那一块块绿油油的麦田和一座座错落有致的村庄。

在S251与白云路交会处,大巴停下,唐海林右手拎着一个旅行包下了车。

唐海林的老家在新郯市最南端的白云镇唐巷村,距离县城五十多里路。白云镇内有一座山叫白云山,镇以山得名,唐巷村就在山北面。

又见那熟悉而又陌生的大山!朝霞掩映下的群山一字排开,层峦叠翠、绵延起伏,犹如海面上涌起的波涛,更似一条绿色巨龙横卧在苏北平原上,那龙头昂首西南方,龙尾甩向东北方。

归心似箭。唐海林在路口稍停片刻,便顺着白云路朝着魂牵梦绕的地方走去。

走在乡间的小路上,路两边依然是一望无际的麦田。一阵微风吹来,那嫩绿的麦苗顶着朝阳和雨露快乐疯长。麦田与麦田之间的田埂上、渠道上以及白云路两侧长满了清一色的杨树,杨树正吐着嫩绿的叶子。也许,要致富先修路的思想早已深深根植在当地领导干部的脑海中吧,尽管这里地处苏北地区,但近几年公路修的绝对是全国一流。别说,路修好了,致富的路子还真广了,这不,当地板材业已经成为支柱产业,因而杨树已成为家家户户必种的树种。

大约半个小时后,唐海林终于来到了朝思暮想的村庄,一排排整齐的红砖瓦房或平房在绿树掩映下显得更加鳞次栉比。在村庄中间,有一棵两个人才能合抱过来的泡桐树正在开花,那一串串淡紫色的花朵散发出阵阵清香。泡桐树下是一处灰蒙蒙的土墙院落和低矮的土墙瓦房,这就是生他养他的家。

海林兴冲冲一进家门,只见身穿黑色粗布衣服、脚穿解放鞋的老父亲正拿着青草喂山羊。两只一公一母的山羊拴在墙角,身边还有两只活蹦乱跳的小羊羔。

"大,我回来了!"猛然发现父亲手里吃力地拄着一根木棍,海林手中的旅行包瞬间滑落,他一个箭步冲到父亲跟前:"大,您的腿怎么了?"

这时,一只小花狗从屋里蹿出来狂吠。

"咳咳!"瞧着儿子光着头没戴大盖帽,军装上的领花、肩章也没有了,海林大眉头紧皱,那老脸上的皱纹更深了,他一边咳嗽一边气喘吁吁道:"仨儿,你咋回来了?"

海林搀扶着父亲说:"大,我转业了。"

"什么?"海林大手一抖,青草掉落在地,"你转业了?"

"是的。"海林急切地说:"大,您的腿怎么了?"

海林大颤巍巍地说:"仨儿,你是不是在部队犯错误了?"

海林笑了:"大,我没犯错。"那张刚毅的笑脸如同万丈阳光穿过泡桐花海般灿烂。

"没犯错,你咋光秃秃回来了?"海林大迷惑了。

"我服兵役的期限到了。"海林蹲下抚摸着父亲的腿说:"大,您的腿怎么了?"

见仨儿还像以前那样干练、精神,海林大叨唠着说:"服兵役的期限到了,咋这么快呢。"

瞧着父亲吃力地站着,海林继续追问:"大,您的腿到底怎么了?"

"去年夏天,俺到山上去割草,"海林大说:"一不小心被镰刀砍了一个大口子,俺当时没有及时到医院去包扎,因为失血过多发炎,结果腿瘸了。"

"哦,原来是这样啊!"海林问:"现在还疼吗?"

"经常疼!"他大说。

海林说:"您没到医院去看看?"

"都怪我看晚了!"他大说:"什么西医、中医都看了,水也挂了不少,药也吃了一大堆,都没用。"

"那您这一年是怎么过来的?"

"疼狠了,就吃止痛药。"

"长期吃止痛药怎么行呢? 俺奶呢? 俺娘呢?"

"你奶去年秋天过世了,你娘在屋里床上躺着呢!"

"什么? 俺奶已过世了,您咋不告诉我?"海林飞奔进屋,"娘,您怎么了?"

"仨儿,你咋回来了。"海林娘躺在床上少气无力地说。

"娘!"海林扑通一声跪在母亲床前,两眼湿润了。

这时,海林大拄着木棍一瘸一拐地走进屋来:"你娘年前得了脑血栓,幸好发现得及时,这才捡了半条命。"

因为脑血栓后遗症,海林发现母亲的嘴明显歪向一边,说话说不清楚。他真没想到,短短的两年时间,家里就发生了这么多的变故,而这些,每次爱人和小妹给他去信总是说,家里很好,你安心当兵!

眼下,海林看到的真实情况是:三间老屋里的摆设还是那几样,一张破旧的老木床、一张矮矮的桌子、几只缺胳膊少腿的小板凳、一个破了个大洞的橱柜和墙边用化肥袋装的几小袋粮食;院落里的那一盘老石磨和那一口老水缸还放在老地方,那尊用山土堆砌的老灶台依然蹲在烟熏火燎的老锅屋里。唯有给这个家带来生机的,就是墙上张贴的"光荣之家"牌匾和他多次立功受奖的喜报,以及父亲喂养的那几只山羊和门前那棵正在开花的泡桐树。

家还是那个一成不变的家,爹娘那昏暗的双眼早已被疾病折磨得无神无光。此时此景,唐海林这个刚强的七尺男儿的双眼再一次湿润了。

唐家仨儿回来了,很快在全唐巷村传开了。

"怎么回来了?不是说提干了吗?"

"肩膀上是空的,会不会被开除了?"

……

唐海林见家里到处乱七八糟的,一会收拾这,一会收拾那,母亲心疼地说:"仨儿,你歇着,你大会弄的。"

"娘,我不累。"海林答道。

自古忠孝难两全。这十多年来,唐海林把自己最美好的青春年华都留给了部队,此刻的他多想多尽一份孝心,他多想多干一点家务来弥补自己的不孝,因为他欠父母太多太多了。

草草吃过午饭,唐海林决定到山上去看看爷爷奶奶。海林大从商店买来了火纸,海林娘坐在床沿边用颤抖的双手剪火纸。

把火纸装进筅箕里,迎着哗哗作响的山风,唐海林挎着火纸大步向山里走去,向着爷爷的坟地,而今也变成了奶奶的坟地走去。

爷爷和奶奶的合葬墓就在白云山第五山峰——王母娘娘脚印山脚下。传说,王母娘娘到东海龙王那去做客,路过白云山发现脚下很美,就站在山顶的巨石上歇息看风景。王母娘娘走后,巨石上便留下十多个大小不一的漩涡状脚印。随着年岁增长,海林认为那些漩涡是古墓分布图。

走到簸箕形的坟地,海林在爷爷奶奶的坟前点燃火纸,此时爷爷奶奶的音容笑貌就在眼前萦绕着。记得上次探家结束时,海林走到奶奶病床前道别,奶奶握住他的双手颤巍巍地说:"仨儿,下次……什么……时候……再……再……回家?"海林说:"不知道,奶奶。"奶奶似乎遗憾地说:"恐怕……你……下次……来……来家时,奶奶……已经……去……去见……你爷……爷了!"海林说:"奶奶,仨儿希望您好起来,您还能见到仨儿,仨儿希望您活到一百岁!"

双膝重重跪下,海林在爷爷奶奶的坟墓前磕下了三个响头!

好久没有感受这白云山特有的气息了。给爷爷奶奶烧完火纸,海林不由自主地顺着崎岖的山路朝着不远处的白云崖走去。

白云山原名叫葛峰山,因东晋初关内侯葛洪来此山采药炼丹而得名。白云山广袤27里,西南东北走向,纵为三千余米,横为一千三百余米,平列九座山峰,海拔213米的主峰白云峰,亦称白云崖,云气蒸腾,古木蔽日,峭壁嶙峋,堪称苏北独秀。最为奇特的是山脉走向,无论站在东西南北哪个方位看山,呈现在眼前的皆为一横向山脉,因此被当地人称之为转向山。据老一辈人说,当年日本鬼子侵占中国时,发现白云山是一座宝山,企图把山画下来,结果无论从哪个方向都无法画出白云山的全貌。

漫步山林中,有一股漫山遍野的清香扑面而来!对这股袭来的清香,在大山里长大的人再熟悉不过了:山窝里随处可见的洋槐正盛开着雪一般洁白的槐花,花丛中有数不清的蜜蜂嗡嗡作响忙个不停,海林情不自禁地从路边的一棵槐树上摘下一串槐花,轻轻地拨开一朵花的花瓣,接着拔掉花的雌蕊放入口中轻轻地咂一下,一丝纯天然的甜蜜顺着舌尖直沁喉咽,伴随记忆中那儿时品尝过的槐花菜、槐花汤、槐花饼的芳香和槐花蜜的甘美,五脏六腑顿时通畅明亮极了。

在这白色的槐花海洋中,间或有几棵挂满小小果实的桃树、杏树点缀其间;而在一些沟沟坎坎上,偶尔能见到三五棵正吹着淡紫色喇叭花的泡桐。凤凰不落无宝之地,传说古人专用白云山中的孤桐制作曼妙悦耳的良琴作为贡品献给尧帝。桐花开放季,最喜金凤凰来栖。

这是山水合一、天人合一的奇景!来到白云崖所在的山谷,唐海林发现静谧清澈的白云湖倒映着雄姿奇伟、云蒸霞蔚的白云崖;草木旺盛、绿树成荫的白云崖下有两株一树花白的千年棠梨树,树下曾留下他和君梅谈恋爱时的身影,海林不由得扯开了他那浑厚响亮的大嗓门喊道:

"白云崖,我回来了!"

山谷回应:"白云崖,我回来了!"

在那些名山大川面前,海拔213米的白云山是极其渺小的;对于西部山区的人们来说,海拔213米的白云山算不了什么。然而,对于方圆上百里地仅有一座白云山的新邙人来说,白云山在当地人们的心目中就是泰山、黄山,就是喜马拉雅山。在白云山怀抱里长大的人,唐海林更能体会到这一点。

"仨儿,你快去看看创儿他们娘俩吧!"娘见仨儿从山上回来后,还是一直忙个不停,心疼地赶他走。

拗不过大和娘,海林只好到大哥家借了辆自行车,依依不舍地离开了老家。

岳母家就在白云镇北面的房亭河镇董村,距离唐巷村有四十多里地。唐海林骑上自行车,迎着温煦的晚风,心里感觉有使不完的劲。

到董村时,夜幕就要降临了。

快到岳母家门口的时候,只见一个三四岁大的孩子戴着军帽在玩泥巴。这不是创儿吗?近两年不见,创儿又长高长胖了,若不是创儿戴着他褪色的军帽,海林恐怕认不出创儿来。

把自行车停放好,唐海林笑呵呵地走上前蹲下说:"创儿,我是爸爸!"

创儿呆立着,直愣愣地上下打量着不说话。

海林握着儿子泥乎乎的手问:"你在玩什么呢?"

"捏小人。"创儿终于开口说话了,在他跟前的地面上有三个小人并排站立着。

"他们都是谁呀?"海林继续问。

创儿指着一个个大的小人说,"那是爸爸,"然后指着那两个个小一些的说,"那是妈妈,那是我。"说完,撒开腿往家跑,一边跑一边叫嚷着,"妈妈、妈妈,有一个叔叔说他是爸爸!"

唐海林在厦门当兵。前年底,创儿娘俩到部队探亲,准备在那过春节。由于台独分子叫嚷嚷要搞台湾"独立",创儿娘俩刚过半个月,部队就开始搞战备,先是三级战备,没几天工夫,一下进入一级战备。按照一级战备要求,所有随军家属和探亲家属,一律返回原地。无奈之下,唐海林只好让创儿他们娘俩在春节前三天就回来了。由于老家没有多余的房子,自从结婚后,唐海林的妻儿就一直住在岳母家。

近两年时间不见,小小的创儿当然更是认不出他的老爸来了。

这时,唐海林的妻子董君梅和岳父岳母从屋里出来了。

海林喊道:"爸、妈,君梅,我回来了!"

岳父岳母连声说:"回来就好!回来就好!"

妻子基本没变,还是那样俊美。岳父母却老了许多,头发白了不少。

董君梅忙把手里的一团毛线和一件没有织好的毛衣放到一边,对创儿说:"这是爸爸,快叫爸爸呀!"

海林伸出双臂:"创儿,过来让爸爸抱抱!"

创儿一个劲地发愣,并围着唐海林转,好像对待犯人似的,就是不开口。

岳父岳母说:"你刚回来还认生,过几天就好了。"

进屋落座后,董君梅心疼地说:"回来前也不说一声,我好去车站接你。"

海林微笑着说:"打电话,不方便,我在临来之前给你写了封信。"唐海林所说的打电话不方便,不是在部队打电话不方便,而是君梅接电话不方便,因为她家里还没有安装电话,偶尔,海林打电话来,她还得跑到村部去接,极不方便。

君梅给海林倒了一杯水说:"现在还没收到。"

"大概还在路上。"唐海林恍然大悟,人比信先到家。

这时,创儿把头顶的军帽戴在了海林的头上,转身到床边拿出一张唐海林穿军装的照片,又开始上下打量海林。

照片上,唐海林身着九七式夏常服,双手紧握一把冲锋枪,精神抖擞地站立在碧蓝的大海边,身后有一座神秘的岛屿。

"你看是不是你爸爸?"董君梅问创儿。

"他手里没有枪!"创儿疑惑地说。原来,唐海林不在家的时候,董君梅总是拿着照片对创儿说,"这是爸爸,他在部队当兵,手里还有枪呢!"

每每这时,创儿总是缠着妈妈要买枪,董君梅告诉儿子等爸爸回来买。

"枪?有啊!"唐海林赶忙从包里拿出一把玩具枪交给创儿。这把玩具冲锋枪是他在火车站候车时,到车站附近的商场买的。父是英雄儿好汉,他知道儿子最喜欢玩枪了。

创儿接过枪甭提多高兴了,拿在手里左看右看,用手一扣扳机,冲锋枪开始哒哒哒扫射了。而且枪口的红灯还一闪一闪的。有了这个宝贝之后,创儿开始和海林肆无忌惮起来,他拿着枪不断地扫射海林,海林像是中了弹似的前俯后仰、"壮烈牺牲"。

转眼间,爷俩就混熟了。

吃晚饭时,唐海林向岳父岳母和妻子汇报了转业之事。

岳父岳母心疼地说:"回来就回来吧,在一起苦点累点没什么,总比两地生活好。"

晚上,创儿抱着枪睡着了。

妻子躺在海林怀里,有说不完的话语,因为她好久没有依偎这宽厚的肩膀了;海林搂着妻子,手指梳理着她的长发,闻着发香,他好久没有享受这儿女情长的温情了。

这是一个花好月圆的不眠之夜。

次日,唐海林起了个大早。吃完妻子做的手擀面,携带转业手续及相关证件到市民政局去了,这是他和老乡章自鸣约定好的时间。

当他赶到民政局的时候,还没有到上班时间,章自鸣也没到,于是他徘徊在民政局门口等待着。

唐海林和章自鸣是同年兵,一个在厦门警备区C团,一个在E团。1989年4月,从他们老家到厦门当兵的有三百多号人,百分之九十五以上都在九年前服役满三年退伍了,留下的是考上军校和转了志愿兵的。唐海林和章自鸣同命相连——都是志愿兵。十二年后,轮到他们这些志愿兵转业回地方安置工作。

4月30日,是唐海林三十岁生日。都说三十而立,然而这一天是唐海林转业离开部队的一天,也是他走向新生活的一天,他会永远铭记这一天!

终于等到了章自鸣,也终于等到了上班时间。章自鸣身材魁梧,此时略微发福的他早已西装革履、油头粉面了;而身姿矫健的唐海林依然还是穿着那身没有领花、肩章的夏常服,只是换了一件。

唐、章二人大步向民政局军转办走去。到那一瞧,军转办的门是锁着的,只见门上贴着一张纸,上面写着:

复转军人请注意:
  本办公室人员全部到外地考察工作,请5月17日之后来报到。
            民政局军转办

章自鸣左手拍着军转办的门,右手叉腰,"你这个家伙,就你急!看看,心急吃不了热豆腐吧。"

唐海林忙赔笑说:"人家有特殊情况嘛!"

原来,在从厦门一同回来的路上,章自鸣想和唐海林约好过两天到民政局报到,唐海林坚持第二天报到,章自鸣拗不过只好妥协。

"耐心等待吧!"章自鸣说完转身就走。

唐海林边追边说:"对了,我们什么时候再来?"

章自鸣掐指一算:"人家军转办领导回来后,还得在家里休息两天吧,我看咱们20号以后再来不晚。"

唐海林算了一下:"20号是星期日,我看还是17或者18号来吧。"他想早一天报到,早一天上班,他可闲不住。

"我的唐同志,17号还早,还是18号吧。"章自鸣打了个哈欠,"对了,你的电话是多少?我们联系方便。"说着从腰间取下一款新手机,等着唐海林报号码。

唐海林红着脸:"我还没有呢。"

章自鸣停下说:"没有手机怎么行,赶快买一个,用着方便。"

"过几天买,"唐海林从兜里掏出笔和纸,"你的号码是多少?有事我找你。"

章自鸣告诉了号码,并约定18号见。

回到岳母家,唐海林汇报此行。离报到还有半个多月的时间,唐海林和董君梅商定,一家三口回老家过几天。

次日一大早,一家三口骑着两辆自行车兴高采烈地回老家了。

"爷爷好!"

"奶奶好!"

一进家门,创儿一个劲叫个不停,一会摸摸这,一会看看那,家里顿时热闹起来了。海林娘的精神也特别好,长达半年没有下床走路,在海林的搀扶下也能下床了。海林大很高兴,把家里那只唯一的正打鸣的大红公鸡给杀了,来招待孙子。

这一家三口回老家后,天天帮家里收拾这,忙忙那,空闲就陪大、娘说说话,拉拉呱儿,晚上住大哥家。

回到老家的第二天,唐海林特地赶到白云中学拜访了他的中学老师司马洪。

当唐海林找到司马洪的时候,司马老师正在化学实验室忙着呢。走到实验室门口,唐海林急切地喊道:"司马老师,我来看您来了!"

司马洪正在准备一项化学试验,听到这亲切而又熟悉的声音,赶忙放下手中的活,迎了出来。"海林,你怎么回来了?"

望着那熟悉的老花眼镜与和蔼可亲的面孔,唐海林像犯了错误的学生:"司马老师,我转业了!"握住恩师的手,他仿佛又寻回了失去的力量。

司马洪紧紧握住唐海林的手说:"海林,铁打的营盘流水的兵。现在回来也好!"他相信他的学生,无论是在部队也好,还是回到地方也好,他这个学生都不会让他失望的。

唐海林简要地向司马洪汇报了转业情况。

司马洪关切地问:"回来有什么打算?"

唐海林答道:"我回来后的第一选择就是当一名像您一样的老师。"

司马洪笑呵呵地说:"那好啊!记得你上次探家时告诉我,你正在拿教师资格证,现在拿到了没有?"

"已经拿到了。"唐海林答道。

司马洪露出赞许的目光:"果然是我司马洪的学生!"

唐海林疑惑地问:"老师,您觉得我能当老师吗?"

司马洪不假思索:"能啊!谁说你不能了?!我看你就行!"

唐海林又一次疑惑:"就是不知道今年安置如何?"

司马洪安慰说:"你记住一句话,机会永远垂青有准备的人!"

在唐海林的心目中,司马洪老师始终占有一席之地。在部队的十多年里,司马老师一直关心着自己的成长,一如既往把自己当作学生看待。每当自己有什么高兴事或者是烦心事,唐海林总是写信第一个告诉司马老师;只要是唐海林写来的信,司马洪也总是在第一时间回信,那字里行间、那千言万语中流露出的更多的是鼓励、是鞭策、是友情、更是亲情!也可以这样说,如果没有司马洪的师爱,就没有唐海林在部队的辉煌成绩。

为了让创儿多亲近大自然,第三天吃过早饭,唐海林携一家三口去爬白云山了。

春天里的白云山像一个纯情少女,到处山花烂漫、绿树成荫。他们手拉手漫步在白云湖畔,呼吸着山涧清新的空气,一会儿在山路上奔跑着,一会儿在草地上翻滚着,一会儿停下来拍照、采野花。登上高高的白云崖,他们尽情地唱啊跳啊。创儿第一次爬这么高的山，竟然没喊累，下山的时候还不愿意走。

海林一家三口到老家的前两天里，他大和他娘天天春风满面、热情招待。到了第三天晚上，海林大再也沉不住气了。

"仨儿，你到底咋打算的？"

"大，你和娘的身体都不好，我和君梅商定回家不走了。君梅在家专门伺候你们，我呢等工作安排好了就去上班。过几天，买些砖瓦把家里土屋翻盖了，这样就有地方住了。"

"仨儿，人往高处走，水往低处流。你咋转一圈又回来了呢？干公家事咋能半途而废呢？"

"大，你的腿不好，娘又有病，我放心不下。"

"俺腿痛的时候吃点止痛药就行了，再说都这把年纪了。你娘的病也不是一下能看好的。有你哥他们在家，你姐也靠得近，家里不用你操心，你该干什么干什么去！"

"大……"

"你当兵十几年没在家，俺跟你娘不是过来了？家里不用你管，今后俺和你娘还是权当你当兵去了！"

其实，海林大赶海林他们走，还有一层意思，这就是他是一个好要面子的人，只是没说出来而已。唐海林当兵，曾是唐家的骄傲，因为唐家祖祖辈辈都是面朝黄土背朝天——在土堆里找粮食吃，总算出了个吃皇粮的，海林大感觉老祖陵冒烟了。

特别是唐海林留队以后，海林大到哪整天都露着笑脸，腰板也直了，逢人便说仨儿在部队咋样咋样……海林大最爱穿他仨儿的旧军装了，特别是解放鞋，他是百穿不厌，每次海林探家，海林大总是说，仨儿，你的解放鞋穿旧了，千万别扔，就是破了洞也别扔，拿回家让你娘给补补，又够你大俺穿一气的，穿解放鞋干活最服脚。可以这样说，在海林大眼里，部队的东西什么都好，什么都不假。

唐家总算出了一个有出息的了！没承想，现如今又回来了，这让海林大的老脸往哪搁？所以，海林大要拿话激他仨儿，一句话，只要仨儿能到外面，不在家，他心里就踏实！

晚上，海林躺在床上怎么也睡不着。"不让在家，那去哪呢？"

2

董君梅安慰说:"还是去俺妈家吧。"

此时的唐海林已感觉没有更好的办法了。第四天早上,他带上创儿娘俩回到了岳母家。

为了让海林尽快适应地方生活,董君梅决定对自己的老公进行全新包装一番。

这天,艳阳高照。君梅带海林到市里各大商场转了转。在人民商场,终于选中一款既便宜又大方的当地名牌西装。在试衣镜前,海林穿着西装总感觉别扭,不如穿军装坦然。但总是穿着没有军衔的军装,在大街上走来走去也不太合适,毕竟自己已经转业了。所以,最终唐海林还是同意买下了这身西装,价格190元。

接着,他们又到了几家手机专卖店。一看手机价格都在千元以上,董君梅想买,但唐海林舍不得买。最后,唐海林还是选中一款80元的传呼机来武装自己。

西装和传呼机是唐海林转业以来所购置的最大家产。

转眼到了18号,这一次总算没有白跑。军转办的门终于打开了,接待他们的是一位五十岁左右的女干部。这位女干部把他们两人的转业手续及证件做了一一登记,然后对他们说:"你们可以走了。"

"这么快?我们什么时候上班?"唐、章二人愕然。

"上班?还没安置呢,现在复转军人都还没有报到齐,等到齐了,市里开会研究,然后再定单位。"

唐海林一脸天真:"我想当老师,请把我安置到学校好吗?"

女干部冷笑着:"这复转军人工作安置,不是你说了算,也不是我说了算,而是市委市政府说了算!"

唐海林结结巴巴:"这……"

"哦,能告诉我们大致安置时间吗?"章自鸣原本想说出和唐海林同样想法的话,见唐海林吃了闭门羹,话到嘴边又收回去了。

女干部慢吞吞说:"快则九十月份,慢则等到年底。慢慢在家等吧!"

"怎么需要这么长的时间啊?"唐、章二人嘟囔着离开军转办。

一走出军转办,章自鸣诡秘地对唐海林说:"老兄,想进事业单位,你跟她说没有用,关键得靠这个!"说着用右手的大拇指和食指、中指使劲地搓了几下。

唐海林惊诧了,"你是说得花钱?"

章自鸣用左手捂住嘴小声说:"不光要花钱,而且得走后门拉关系。"

唐海林依然固执。"我一不花钱,二不走后门拉关系,只想根据自己的实际条件来要求组织上安排工作,进学校当老师是我人生的另一个梦想。"

章自鸣埋怨他说:"你呀就知道认死理!好了,不跟你说这个了。说说,还有半年时间,你打算干什么?"

"干什么?"唐海林挠头说:"你别说,我还真没有考虑好呢。那你呢?"

章自鸣说:"我准备做点生意,空闲钓钓鱼。"章自鸣脑子精灵,是块做生意的料,钓鱼也是他的强项。

回到岳母家,尽管岳父岳母和妻子对此行没有一丝抱怨,但一到晚上,唐海林躺在床上就是睡不着。

董君梅关切地问:"老公,还想什么呢?"

唐海林望着天花板:"章自鸣说,安置工作得靠花钱走后门拉关系。"

董君梅侧过身来:"我也听说,好像现在都时兴这个!"

唐海林把双手放在脑勺后:"谁想怎么拉就怎么拉,反正我是不会走这条路的。如果我的条件够的话,我只希望组织上能把我安排到学校当一名普通的老师。"

"能当老师也好,这毕竟是一个让人羡慕的职业!"董君梅拉了拉被子,若有所思地说,"听说前几年,转业军人都安排在市里,按理说,今年也不例外吧!"

"谁知今年政策有没有变。"唐海林用右手梳理了一下君梅凌乱的头发说:"不说这个了,离安置还有半年多的时间,你看我们下一步怎么办?"

董君梅就势捉住海林的手放在脸上轻抚说:"创儿也到了上幼儿园的年龄了。在农村幼儿园,人家还嫌年龄小,听说县城幼儿园两三岁都可以上。"

"是啊,创儿是该上幼儿园了。"唐海林思前想后说:"章自鸣准备做点生意,我也想去打工。"

董君梅忙坐起:"打工?"

唐海林也随之坐起,"是啊。俗话说,隔行如隔山。我想发挥自己在部队时的专业特长去汽修厂打工,你看怎么样?"

董君梅帮海林披上衣服说:"你刚到地方不熟,我在家闲了几年,还是让我去打工吧。"

唐海林轻轻揽过君梅。"正因为不熟,我才要去锻炼锻炼自己。"

董君梅坚持自己去打工。

唐海林考虑了半天说:"既然这样,我看咱们还是到县城租房子住吧,一来创儿可以上幼儿园;二来我到市区汽修厂打工方便;另外,方便的时候也可以给你找一份合适的工作。"

君梅一听海林说到县城租房子住,她马上答应了。因为她长期在娘家住,左邻右舍已经说了不少闲话,人家闺女嫁出去了,都在婆家住,哪有长年在娘家住的?

海林和君梅谈恋爱时,未考上大学的君梅,经亲戚介绍在一个离家六十里外的乡镇医院当临时工护士。那时的乡镇护士大多数是临时工,只要花上七八千就可以转成正式的。但对当时一穷二白的君梅家来说,这笔钱是个天文数字,所以迟迟未能买上户口,因而也就始终干临时工。

海林和君梅是经朋友介绍认识的,两人也算一见钟情。

真正确定恋爱关系的是那两天一短信,三天一长信的马拉松式的鸿雁传书。从第一封信开始,一直写到第一百封,他们的关系才正式确定下来。

海林追求君梅的是人好心善,君梅追求海林的是军人气质和才华。在郎才女貌的美中不足唯一缺点就是,君梅的工作是临时工,这在当时唐家的家庭会议上引起了轩然大波。虽然父母能理解儿子的心情,但左邻右舍一说闲话,海林大、海林娘就受不了。按照海林大的原话说:"你两条腿刚从薄泥窝里拔出来,现在又想往薄泥窝里去,是不是昏头了?!"

能不是吗?唐海林留队转志愿兵当士官,曾在唐巷村引起了不小的轰动,因为这意味着他要吃皇粮捧一辈子铁饭碗,所以给他介绍对象的媒人虽不能踏破唐家门槛,但至少也有一个班。那时的唐海林一心扑在部队的工作上,总以我还小,不想过早谈恋爱为借口推辞。他大和他娘不听他这一套,"你还小?小什么小?跟你一般大的人,人家小孩都能提瓶打酱油了。"被逼无奈之下,唐海林只好硬着头皮见了几个:有当乡镇干部的,有做生意,有当老师的,也有在外打工的等等。别说,有两个还真差点成了。

一个是唐海林的初中同学名字叫郑丽君,在白云中学当老师。尽管两人是同窗,却无缘自由谈恋爱,因为唐海林生性腼腆,在学生时代很少和女生说话,即使偶尔和女生说上一句话,也会脸红脖子粗。唐海林与郑丽君能往一起走,那全是他们的中学老师司马洪的功劳。唐海林利用第二次探家时间到白云中学拜会司马洪老师,恰巧郑丽君到司马洪住处借东西,司马洪左端详右端详,感觉他这两个学生应该能组成一个幸福的家庭,于是就从中牵了线。但由于唐海林当时太木讷,郑丽君最终还是下决心把他一脚踹了。

另一个是一位团领导的小姨子。这个女孩是大学生,厦门大学毕业的,人长得也漂亮,团装备处钟助理感觉唐海林和这位领导的小姨子挺般配的,几次从中当红娘牵线搭桥,也见了面,而唐海林总认为人家是干部亲属,又是个大学生,高攀不起,最后也以吹灯告终。其实,唐海林和那女孩吹灯,还有一个心结——那就是他生性最唾弃那些依赖女人向上攀向上爬的男人,在唐海林的心目中,大丈夫就应该顶天立地!

海林是铁饭碗,君梅是泥饭碗。当铁饭碗和泥饭碗碰撞时,君梅也曾一度打退堂鼓,尽管她心里爱着海林。海林总是对她说,"我喜欢的是你人好,这是金钱、地位换不来的。"在唐海林的真情打动下,他们终于走到了一起。

结婚后不久,君梅怀孕了,由于君梅怀孕出现少见的高危妊娠反应,吃点东西就吐,天天只能依靠挂点营养水维持生命。海林当时在部队搞战备演练,无法抽身回来,只好写信心疼地劝君梅,不行,就流产吧。但君梅和她爸妈都认为,好不容易怀上孩子,哪能说流产就流产呢。无奈之下,君梅只好请假暂时放弃工作在家休养。君梅妊娠反应一直持续了近三个月才好转。当她打起精神去上班时,医院告诉她,她的临时工名额已被别人花钱买去了。尽管她的护理技术是一流的,也是那家医院公认的。但现实就这么残酷。君梅只好无奈地失业在家养儿育女、待岗。

第二天上午,海林带着君梅和创儿娘俩向岳父母告辞,一家三口去县城了。

在一个战友的帮助下,唐海林他们很快在县城银河幼儿园附近租到一间既廉价又舒适的房子。显然,他们这么做是为了儿子上学。

银河幼儿园是新邳市一家公办的比较正规的幼儿园,在当地小有名气。当唐海林找到该园园长说明情况时,园长说:"一般情况下,我们中途是不收学生的,但由于你这是从部队回来,属于特殊情况,特事特办。不过,你要按整学期交学费。"

唐海林微笑说:"我理解你们幼儿园也不容易,只要小孩有学上,我们交整学期学费。"

五月下旬的一天早上,吃过早饭,董君梅把一个崭新的书包背在创儿身上。他让海林送创儿去上学,因为她害怕创儿会哭,尤其那母子分开时的场景。

创儿背上书包欢天喜地上学去,因为他有了一个带米老鼠图案的书包,而且还有爸爸作陪,所以很开心。

按照创儿年龄,被园长分到幼儿园中班。

然而,当唐海林把创儿交给他的班主任要离开时,看到这陌生的场地,创儿竟抓住爸爸的衣服紧紧不肯放手。

好不容易脱开身离开了教室,创儿竟然尾随其后跟到幼儿园门口。创儿眼睛里含着泪水不住地哭泣。同班的小朋友和班主任紧随其后。

"创儿,去和小朋友们一起玩吧,放学了,爸爸会来接你的。"

"叔叔,我们会和他好好玩的!"创儿的同学说。这些孩子有的上过一年半了,有的上了半个学期。他们已经过了适应期,所以显得很老成。

"这位家长,你回去吧,唐创过一会就好了。"创儿的班主任说。

爷俩一个在门外一个在门里,海林挥手让创儿跟班主任回去,他就是不愿意,只是一个劲地哭。

"创儿,爸爸一定会来接你的,我们拉钩好吗?"就这样爷俩在不锈钢的门缝中拉上了,久久不肯放手。

安排好创儿上幼儿园后,唐海林马不停蹄去找工作。

通过打听,海林了解到,在新邳市的大大小小的修理厂、修理店有几十家。其中规模较大的有强强汽修厂、海天汽修厂、东方汽修厂等。

唐海林认为,以上三家汽修厂规模大,用人多,好找工作。如果这三家找不到工作的话,其他汽修厂估计免谈。

他首先来到城西的强强汽修厂。当唐海林向该厂老板说明来意后,该厂老板直摇头,"我们这儿不缺人!"唐海林想,也许人家现在真的不缺人,我再向下一家汽修厂找。

他来到城北的海天汽修厂。门卫说老板不在,不过二老板在。唐海林向二老板说明来意。二老板直截了当地说,"你要是到我们厂当学徒可以,但我们厂不招工。"唐海林心里明白,学徒不要开工资,打工是要开工资的。

唐海林不相信,今天的运气这么不好,他决定到城东的东方汽修厂去看看。接待他的是一位四十岁左右的中年人。这个人姓罗,瘦挑的身材,很有老板气质。当罗厂长看完唐海林的证件后,很委婉地说:"我们厂现在暂时不缺人手。这样看行不?你把你的地址和电话留下,等我们厂需要人的时候,我首先用你。"

盛情之下,无奈,唐海林只好把BB机号和地址先留下。

从东方厂出来,原本很乐观、很自信的唐海林顿时没有了脾气。不敢说自己在整个军区怎么样,起码在C团乃至整个警备区,也是响当当的人物呀!

在离开部队前的一天下午,三级士官唐海林与一级士官黄国忠在汽修车间进行交接。这时,通信员小张急匆匆赶来喊道:"唐技师,电话!"

"好的。"海林来到值班室,"喂,哪里?"

"老班长,是我呀!"电话那头传来了熟悉的声音。

"是刘家臣呀!"

"是我,老班长,听说你要转业了,我们老板叫我把你挖过来,你来我们公司干吧。你看我去年退的伍,在这打工老板开我月薪三千,你来了薪水肯定比我高。再说,你老家那地方穷,也没什么发展前途,还不如留在厦门。"

"家臣,在此,我谢谢你的盛情和你们老板的美意,正因为我老家穷,我才决定回老家发展呀!"

"老班长,你先别忙回答我,你再考虑考虑,我们老板特别欣赏你。"

"家臣,我已经考虑好了,我觉得我的家乡更需要我!"

刘家臣感觉没戏,放下电话马上向老板汇报此事:"赵总,老班长说什么都不肯来呀!"

"他不肯来?"赵总经理是一个四十露头的人,此刻正坐在老板椅上注视着老板桌上的电脑。

"是啊,赵总,我最了解我们老班长了,只要他决定的事,九头牛都拉不过来。"

"我不相信天下有这么傻的人!"赵经理自信地说:"家臣,你准备一下,跟我到你老部队走一趟。"

雷震生是一个才分配到修理所的兵。这天,是他站下午岗。大概下午5点左右,只见一辆宝马从厦门方向驶来。

宝马车行驶到修理所大门口,被小雷拦住了,这时车窗打开伸出一个人头。

"同志,请问您找谁?"小雷问。

"我找汽车医生!我找汽车医生!"开车人急切地说。

"医生?"小雷举着明晃晃的冲锋枪说:"我们这里只有汽车、枪炮,没有医生!"

这时,车右前门打开了,一个小伙子从车上下来:"这位战友,你是才来的吧?"

"你怎么知道我是才来的?"小雷反问道。

"是这样的,战友。我是这去年退伍的老兵,我叫刘家臣。"说完,递上自己的退伍证,"我们赵总说要找的汽车医生,就是唐海林唐技师。"

"哦,原来是找司务长啊!"因为唐海林在修理所身兼两职,有的叫他唐技师,有的叫他司务长。

"小雷,这辆车干什么呢?"这时,所长从团部开会回来。

"所长,他们是来找司务长的。"

刘家臣迎上前去:"所长,不认识我了?"

"哦,原来是家臣啊!你们这是?"

"所长,这是我们公司的赵总经理。"刘家臣介绍说:"赵总,这是我们陈所长。"

赵总经理从车上下来与陈所长相互握手问好并递上一张名片,陈所长接过一看,站在他眼前的就是厦门市赫赫有名的飞达汽修有限公司总经理赵飞达。

陈所长一听他们是来请唐海林的,赶紧让通信员小张到车间去喊。然后,陈所长对赵飞达说:"赵总,把车子开到里面篮球场,我们到接待室去等。"

赵飞达微笑说:"不必客气,陈所长,我们就在篮球场等吧。"说完把车子开到里面。

没多久,只见通信员和另外一个人一前一后从汽修车间走来,刘家臣远远地喊过去,"老班长,老班长!"

唐海林一看是刘家臣和所长还有另外一个陌生人,便加快了步子。

唐海林走到刘家臣跟前,"家臣,你怎么过来了?"

刘家臣说:"老班长,我们赵总亲自请您来了。"

刘家臣正想给他们互相介绍,只见赵飞达从兜里拿出一张《厦门日报》,报上有一篇人物通讯《军营汽车医生》,在这篇文章中,还配了一张照片,照片上一个十分干练的老兵正在手把手教一个新兵修车呢。

赵飞达一边看报纸上的人物,一边上下打量唐海林,"就是你!就是你!我要请的人就是你!"

刘家臣和陈所长赶紧过来解围。

"老班长,这是我们公司赵总。"

"司务长,赵总经理专门请你来了。"

唐海林上前握住赵飞达的手,"赵总,家臣把事情跟我说了,承蒙您厚爱……"

"什么也别说了,"赵飞达急切地说:"赶紧打包,这就跟我走!"

"赵总,您听我解释……"

"你什么也别解释,这就跟我走!"

"老班长,你知道吗?"家臣上前解释说:"自从你去年上报纸之后,我们赵总看到你的先进事迹后,天天念叨你,天天盘算你什么时候转业,只等你一转业就把你请过去!"

原来,唐海林是警备区小有名气的人物。十多年来,唐海林在部队练就了一手修车绝活,只要汽车从他面前驶过,他就能知道该车哪里有毛病,只要经他修理过的汽车没有修不好的。自从部队1995年开始搞专业技术大比武,他和他的汽修班年年在警备区、省军区拿第一。尤其是自从他兼任司务长以后,更是一个出色的红管家。修理所营区内有个亩把大的池塘,池塘边有一块亩把大的不毛之地,唐海林带领全所官兵,在池塘里放养了鱼,在池塘边盖起了猪圈鸭圈,养了十多头猪和上百只鸭子;把那块不毛之地开垦出来种上各种菜。蔬菜吃不了,用来养猪、鸭,猪、鸭的粪便用来种地或者养鱼。鱼的粪便沉到池塘里变成污泥,把污泥捞上来又可以壮地。菜、鱼、猪、鸭统统用来改善全所伙食——唐司务长这套立体养殖、种植法,还一度是全团学习和参观的对象。因而,唐海林连年被评为优秀共产党员,优秀志愿兵标兵,并多次立功受奖。

像这样一个先进人物,自然成为媒体关注的对象。为此,《厦门日报》《人民前线》《解放军报》等多次以《军营汽车医生》为题报道了唐海林的先进事迹。

"赵总,万分感谢您的美意,"唐海林说,"说心里话,能遇到您、能到您这样的大公司上班,我感到三生有幸……"

"这就对啦!"赵飞达的脸上露出了笑容。

"可是,赵总,我的父母年迈、孩子还小,我觉得老家更需要我,现在部队不能干了,我想到家乡继续接着干!"

"老班长,能被我们赵总亲自上门请的人,你应该算是第一个呀!"

"唐司务长,我给你开三个条件吧。"赵飞达见唐海林毅然固执,终于使出了撒手锏,"只要你到我公司来干,一、我开你10万年薪;二、担任飞达公司副总经理;三、我的宝马从今天起就是你的坐驾了。"

面对这丰盛的大餐,陈所长也有些动心了,并一个劲递眼色暗示唐海林快答应。

尽管唐海林当时在部队的工资也不低,月工资已达1600元,但与10万年薪相比,乃是小巫见大巫。十万年薪+副总经理宝座+宝马车,说唐海林不动心,那是假的。然而,作为一名党员和军队培养出来的人,海林总是认为落叶要归根,他的根就在生他养他的老家。

"赵总,请您原谅我!"唐海林一字一句地说:"我还是不能答应您,回老家,我已经下定决心了!"

赵飞达一听唐海林把话说到这个份上了,也不便过于强求,只是很不甘心地拍着唐海林的肩膀说:"好兄弟!人各有志啊,如果你哪天在老家过得不顺心,别忘记远在千里之外的厦门,还有一个老哥等着你!飞达的大门永远为你敞开着!"说完,向陈所长和唐海林告辞,驾着宝马和刘家臣回公司去了。

唐海林全身心投入到回忆当中,就在他骑车准备打道回府之际,突然,一辆奥迪迎面疾驶过来!

3

"嘎"的一声,奥迪在唐海林的身边停住了,车窗打开,伸出一个人头喊道:"海林!"

这不是高春城吗!唐海林忙下车。"春城,你现在在哪里工作啊?"

高春城是个瘦高个,从车里出来握住唐海林的手说:"我退伍后,被分配到市政府小车班,现在给王副市长开车。你呢?现在还在部队吗?"

原来,高春城和唐海林也是同一个火车皮运走的兵。高春城因为是城镇户口,所以在部队学会驾驶的他,当了三年兵退伍后被分配到市政府小车班开车。

唐海林苦笑着:"我现在已经转业了。这不,正出来找工作嘛。"

高春城掏出烟给海林一支:"怎么,今年市里不安排工作吗?没有听说呀!"

唐海林摆摆手:"安排是安排,只是要等几个月。我在家里闲着,想出来打工。"

高春城点着烟:"怎么样?找到工作了吗?"

唐海林把今天找工作之旅简要地向高春城说了一遍。最后感慨地说:"我在厦门的时候,人家汽修厂抢着要,怎么一到家就没有了市场了呢?"

高春城笑了:"老兄,这就是内地和特区的差别所在。对了,你等等,我去去就来。"说完把车开进了东方汽修厂,然后下车径直走进厂长办公室。

大约半支烟工夫,高春城与罗厂长一前一后出来,高春城向唐海林招手,示意他过去。

唐海林推着自行车向高春城和罗厂长走去。

罗厂长上前握住唐海林的手说:"刚才,春城把你的情况跟我说了,我决定提前录用你!"

高春城向唐海林递眼色:"海林,还不快谢谢罗厂长。"

唐海林郑重其事说:"厂长,谢谢您。如果我干不好,您可以随时开除我。"

罗厂长笑呵呵的:"哪里,哪里。只是我这里工资不高,一个月开你三百,干好了,我再给你加工资,你看怎么样?"

高春城忙插话:"咱们这地方工资普遍不高。"

"行!那我什么时候上班?"唐海林想,他出来打工本意也不是一味地为了挣钱,只是想锻炼自己。同时,也为了不荒废时光。

罗厂长一手拉着海林,一手拉着春城,连声说:"走!进去说,进去说。"

第二天早上七点,唐海林穿着那身在部队修车时穿的工作服来到东方汽修厂正式上班。

唐海林被分到了第二班组,组长姓秦,是一个二十出头的小伙子。秦组长手下有三名成员。尽管海林比他大十多岁,但没有倚老卖老,而是礼贤下士,组长安排干什么就干什么,毫无怨言,包括扫地、洗车等杂活,海林总是抢着干。很快,海林与大伙打成一片。

不到东方干,唐海林永远不了解地方企业内部的真实情况。原来,这是一个家族式的个私企业(内地私企大都是这样的),厂长叫罗永军,在家排行老三。他在南京学成汽修这门手艺后,于1995年创办东方汽修厂,专门维修各级各类轿车。短短五年时间,该厂已成为新邳市政府采购汽车定点维修单位。也就是说,市政府大院和公检法等所有事业单位的轿车必须来该厂维修。因为该厂参与竞标胜出,和市政府签订了合同的。因此,高春城是这里的常客。

有趣的是,该厂一百多号人,都是与厂长沾亲带故的。主管会计是厂长老婆,第一副厂长是厂长大哥(五十多岁,部队复员,下岗工人)。管理后勤的是厂长二哥,负责车间的是厂长第一批收的十个徒弟中的老十。据说,这十个徒弟中,其他九个学成后,都一个个出去自立门户了,只有老十无野心,所以厂长把他老婆也安排到厂里当保管员了。余下的修理工都是厂长的徒儿八孙。海林数一数、算一算,这个修理厂真正的外人就他孤家寡人一个。这同时,唐海林似懂非懂了几个问题。

厂长的徒儿八孙来厂里当学徒,按土规矩是不要开工资的,至少免费打工三年,包括吃饭自己掏腰包。第四年学徒期满后,如果继续留厂里干,月工资300,而后每年增一点。

新邳市是个人口大县(市),地处苏北欠发达地区。一些农家子弟上不成学,就被父母亲通过各种关系送出去当学徒或者打工。新邳市什么都缺,就是不缺人。因而,东方汽修厂自然不愁没有人免费干活(其他厂也如此)。至此,唐海林才明白,罗厂长收留他,那是看了高春城的面子。

尽管如此,这并没有妨碍唐海林在东方崭露头角的机会。因为他和大伙一起起早贪黑忙碌着,很快融入了这个群体,也很快鹤立鸡群。

这天下午,一辆市医院的丰田海螺救护车来东方维修。故障很明显,就是车子跑起来一踩刹车,车子出现了忽左忽右无规律的跑偏现象,并伴有刹车声响。

老十初步判断为制动蹄片磨损导致,并交给第一班组维修。一组修理工按照老十的要求把四个轮毂打开一看,制动蹄片的确磨损严重,有的摩擦片已经磨完了。于是他们把四个轮子的蹄片全部更换新的,然后调整好刹车再试车,声响是没有了但跑偏现象依然如故,只是比原来好点。于是他们又调整刹车、又检查轮胎气压、又搞四轮定位,结果折腾了一下午,直到晚上下班时间还没有修好这辆救护车。因为司机交代,该车明天要跑长途,今晚必须修好。临近关门时间,罗厂长亲自出马把脉。一组修理工按罗厂长要求重新检查了制动、转向等各个关键部位,并检查制动鼓是否失圆,最后再一试车,跑偏现象仍然外甥打灯笼——照旧(舅)。

夜幕已降临,车间里的灯全部打开了。

尽管已过了下班时间,但厂长未下班,谁也不敢下班。

"厂长,让我来试试!"就在罗厂长一筹莫展、苦思冥想的时候,唐海林主动请缨。

"好的,海林你来试试。"俗话说有病乱求医,此时,罗厂长为了尽快解决跑偏问题不得不放下厂长架子。

"请把左前轮换到左后轮,"海林有了罗厂长口谕发号施令果然畅通无阻:"将备用轮胎当左前轮,左后轮换到左前轮,右前轮换到右后轮,右后轮当备用胎。"

"调整完毕!"一组修理工道。

"试车!"唐海林命令道。

驾驶员登上丰田海螺然后向后倒车50米,加足了油门,突然一踩刹车,只见这辆丰田海螺稳稳当当地停在大家面前,再也不摇头晃脑了。

"好!"大家沉浸在一片欢呼声中。

罗厂长边用毛刷沾汽油洗手边说:"海林,快给大家讲讲怎么回事。"

"从大家对转向、制动的检修情况来看,说明这两个系统的问题已经排除了,从四个轮胎磨损的情况和里程表显示来看,该车好久没有进行轮胎换位了,所以我判定问题出在轮胎换位上。"

罗厂长甩了甩手说:"希望大家以后,像海林一样多动脑子少走弯路。"

"嘣嘣嘣!"这天,一辆法院的BJ2021切诺基张口气喘地来到东方。

老十启动发动机之后发现有以下现象:1. 发动机内发生不规则的金属敲击声;2. 发动机震颤;3. 冷却系统温度过高;4. 燃料燃烧不完全,废气中有黑烟;5. 发动机功率下降;6. 油耗增大;7. 排气管消声器爆开。

由此,老十判断该车故障由爆震引起的,于是交给四组修理工修理。

为了排除故障,四组采取以下措施:1. 调整点火提前角;2. 消除燃烧室积炭;3. 调整化油器,使混合略稀;4. 更换消声器。

一系列措施过后,爆震声依旧。

临近下班时间,二厂长让唐海林过去帮忙看看。

只见唐海林从化油器处取点汽油在手指上捻了捻,然后放到鼻子前嗅了嗅,凭借多年经验,他认为该车汽油有问题。

"你这汽油什么时候加的?"

驾驶员说:"昨天到一个偏远的乡镇去,在回来的半路上没油了,到一个简陋的加油站加的油。从那回来还没到法院,消声器就爆了,把院长和全车人吓了一跳。"

唐海林叫人把切诺基油箱里的油全部换掉,换上标准汽油,再启动,发动机像脱胎换骨似的进入了正常工作状态,爆震现象完全解除。

"你们感觉唐海林怎么样?"在厂长办公室,厂长罗永军问道。

二厂长点头说:"很有经验,干什么雷厉风行,军人作风没变。"

老十也点点头:"修车技术在我之上,有很多值得我们学习的地方。"

罗永军语重心长说:"我也感觉唐海林是个人才。我们得想办法留住他,得到一个人才不容易啊!"

到东方不到三个月,唐海林的工资已由300元涨到500元,几乎每个月涨100元,这在东方汽修厂是绝无仅有的。

董君梅闲不住,终于找到一家诊所当护士,她把她妈妈接过来帮她带孩子上学。

"钱取到了吗?"这天,唐海林一进家门,董君梅关切地问道。

唐海林举着存折说:"取到了。"

董君梅边扫地边问:"多少?"

唐海林边换鞋边说:"转业费加上住房公积金总共四万一。"说着把存折交到君梅手中。大约九月份左右,海林哥打来电话告之,部队把转业费汇过来了。于是他到厂里请了假,专门回老家一趟把钱取出来又存上了。海林赶得巧,部队自2001年起,军官和志愿兵转业时要补发住房公积金,这是党中央中央军委对新时期军人关怀的一项重大决策。

董君梅放下笤帚,坐到饭桌旁说:"老公,我觉得咱老是这样租房子住也不大合适,一来住着不方便,二来杂七杂八费用也不低。"

唐海林走到饭桌旁:"是啊,不租房又咋办?"

董君梅盘算着:"咱们原来攒了两万多块钱,加上这四万,我们现在手里有六万多块钱,你觉得我们能不能买个房子?"

唐海林坐下说:"我也有这个想法,就是担心钱不够呀!"当兵十二年来,海林积攒了两万多块钱,这主要是他转志愿兵之后,省吃俭用攒下来的。义务兵时基本没攒,那时津贴低,有点钱他用来买书,或者寄回家了。海林多次想要动用这笔钱把家里的老屋翻建了,他大死活不同意,说什么屋不漏墙不倒、土墙瓦房冬暖夏凉,那砖墙瓦房和平房住不惯;还说什么你也没有个像样的家,等你攒够钱了就在市里买套房子。

董君梅打开存折看了一下说:"买个便宜点的或者二手房也差不了多少。"

唐海林点头说:"你我最近多留心了解这方面的信息。"

有心栽花花不开,无意插柳柳成荫。

"老唐,有人找你。"这天唐海林正在忙活,一个修理工在远处喊他。

"姨父,您怎么来了?"唐海林走到跟前一看,这不是在地税局上班的姨父吗?他叫章朝真,是部队转业的干部,对唐海林很关心。

章朝真把海林叫到一边说:"海林,我们地税局最近扣压一批房屋开发商的商品房,现在局里正在对外拍卖,我想问你要不要?"

唐海林吃了一惊:"你们怎么扣压的?"

章朝真忙解释:"他们欠地税局税款。"

唐海林又问:"这房子在哪里?"

章朝真手指着南边:"就在城南的阳光小区。"

唐海林顺着章朝真手指着方向望去:"能去看看吗?"

章朝真笑呵呵的:"能,现在就可以。"

唐海林请了假,到阳光小区一看,这地方还真不错,在一道小河湾里,有几排整齐漂亮的楼房。

他们走进一家正在装修的房子。

唐海林问:"师傅,这房子有多大?"

装修工人说:"有一百二十平方米。"

"哦,谢谢您!"唐海林转身问道:"得多少钱?"

"市场价九万多块钱。"因为这是地税局扣压的,章朝真伸出右手的大拇指和食指呈八字说:"现在只需八万块钱就可以了。"

唐海林左右环顾了一下房子:"这房子的确不小,您看这结构上有点不大合适,有点长,感觉像个筒子。"

　　章朝真也四处看房子:"正因为如此,地税局才少拍卖一万多块钱。"

　　唐海林停下脚步问:"现在剩几套?"

　　章朝真伸长两个手指头:"就剩一个三楼和四楼了。"

　　唐海林将手放进兜里:"我现在手里只有六万多块钱,还差两万。"

　　章朝真踩了踩地板砖:"这房子质量还是不错的,你回去和君梅商量商量,如果想要,我可以帮助你一点。"

　　唐海林回家后就把此事告诉君梅和岳母,她们娘俩很高兴。于是他们很快决定买下此房。由于钱交得比别人晚一天,他们买了四楼。随后请人搞了一个最简单的装修,把地面铺上地板砖,另垒了一个灶台。

　　在一个暖洋洋的日子里,唐海林全家终于乔迁到新居——有了一个固定的家。

　　唐海林白天在东方修理厂忙得不亦乐乎,晚上回到家还要秉烛夜读,写读书笔记。

　　一天早上,他把一篇洋洋洒洒近万字的《关于东方中长期发展和规划的建议》交到罗厂长手中。在这篇建议中,唐海林结合自己的所见所闻所想,提出了以下几点建议:一、现修理厂地方狭窄,已成为阻碍东方汽修厂发展的瓶颈,建议异地重建新厂;二、对东方进行改制,走出和打破家族企业的条条框框;三、让修理工走出去,把先进技术请进来,建议汽修厂每年派部分人员到省城或沿海一带的大城市汽修企业取经;四、更新和淘汰一批陈旧维修设施,引进和购买一批现代化设备和仪器;五、建议东方开办汽车维修技术培训学校,为当地解决就业问题。

　　罗厂长把《关于东方中长期发展和规划的建议》拿在手里看了又看,一直看了七八遍。这不正是他多年来所苦苦思考的问题吗?当他看完这个建议,仿佛眼前点起一盏明灯。

　　晚上,罗厂长把唐海林叫到办公室,他们谈了很久很久……

　　自此,罗厂长到哪总喜欢把唐海林带上;每次厂里开会,罗厂长总是让唐海林发言;空闲之余,罗厂长与唐海林轮番给修理工上课。通过周密选址,新东方在老厂200米外的地方破土动工。

4

"嘀嘀嘀。"这天下午,唐海林正在上班,忽然一个熟悉的号码在呼他。海林赶紧跑到接待室。

"喂,自鸣吗?"

"对,海林,快半年了,我想约你到民政局去看看咱们安置的情况怎么样了?"

"那好啊,我们明天上午去怎么样?"

"行,明天上午8点民政局见。"

"好的,不见不散。"

10月底的一天,唐海林和章自鸣来到民政局,接待他们的那个女干部说:"你们这批复转军人已陆续报到齐了,我们也已把名单上报市里,估计下月中下旬可见分晓。"

走出军转办,章自鸣边走边问唐海林:"你找人了吗?"

唐海林不解:"找人?找什么人?"

章自鸣推了唐海林一把:"你这个家伙,是真迷糊还是假迷糊?"

唐海林摇着头向后退了两步,又若有所悟。

章自鸣一针见血指出:"要想进好单位,现在哪个不找人走后门的?!"

唐海林一脸天真:"我不管谁走后门还是走前门,反正我是不会找的,我的最大心愿就是到学校当一名普通的老师就行!"

章自鸣冷笑着:"你不花钱走后门,人家就主动把老师的名额给你送上门了?你这不是做白日梦吗?!"

"也许是个白日梦吧!"唐海林反问道:"你找人了吗?"

章自鸣非常坦然:"找了,是我老婆那边的人,他奶奶个头,还不知道爷和娘。"

回到家中,唐海林一脸心事重重。

董君梅关切地问:"怎么样了?"说着给海林打了一盆水。

唐海林边洗脸边说:"还得等到下月中下旬。"

晚上,唐海林躺在床上辗转反侧,特别是章自鸣的话时时萦绕在脑海里。

董君梅爱抚着海林:"老公,怎么了?"

唐海林一脸严肃:"章自鸣又提到安置工作得靠花钱走后门拉关系。"

"是啊!现在就这种风气,不照着办就得吃大亏!"董君梅一脸无奈:"可是,咱也没有哪个亲戚当官有本事呀!"

"即使有当官又有本事的亲戚,我也不会找的。我就不信这个邪!"唐海林说:"君梅,为了能实现我的人生梦想——成为一名光荣的人民教师,我想给组织上写封信表达自己的意愿。"

董君梅点点头:"这个办法好!不妨试试。"

唐海林凝望着君梅:"你看给谁写这封信呢?"

董君梅快人快语:"市委书记江哲明来新邙这几年来,做了不少实事好事,老百姓对他的口碑不错!"

"那好,我就给江书记写这封信。"唐海林说完,一跃而起。

董君梅拉住说:"明天写不成吗?"

"要趁热打铁。"唐海林说着铺开了雪白的信纸。

江书记:

  您好!

  我是一名退伍老兵。1989年4月,我响应祖国号召,弃笔从戎,成为一名光荣的海防战士。在部队,我先后当过步兵、炮兵、驾驶员、汽修工、会计、技师等,历任班长、排长、司务长等职务,并多次立功受奖。通过自学考试,我不仅拿了大专文凭,而且也拿到了中学教师资格证书。

  我的人生有两个最大的梦想,一个是当兵,另一个就是当老师。而今,当兵的梦想已经实现了,也已经圆满结束了,不知道今生还有没有机会当一名光荣的人民教师。在此,我渴望:如果我的条件够的话,请组织上把我安排到学校去当一名普通的教师;如果我的条件不够的话,任凭组织安排到任何单位,我绝无怨言。

  请组织考验我吧。致军礼!

一个退伍兵:唐海林谨上

叶落了,天凉了,冬天迈着脚步悄悄走来了。

又度过难熬的二十多个日日夜夜,11月21日,唐海林和章自鸣相约来到民政局军转办。

女干部一脸的冷若冰霜:"请于11月24日到军转办办理分配手续。"

终于又熬到24日,唐海林和章自鸣来到民政局,只见民政局院内人山人海,军转办被围得水泄不通。这些人有的穿西装,有的穿便装,有的上身穿皮衣下身着军裤,但看他们的一举一动,这些人都是当过兵的人。

唐海林和章自鸣跟大伙一样排着队,好不容易才走到女干部跟前,只听女干部用嘶哑的声音说:"唐海林财政局,章自鸣农机局。"

唐海林自言自语着:"什么?我财政局?"

章自鸣简直不敢相信自己的耳朵,他害怕自己听错了,又问了一句:"谁农机局?谁财政局?"

女干部不耐烦地提高了嗓门重复说:"唐海林财政局,章自鸣农机局。下一个。"

这一下准确无误,不仅章自鸣和唐海林听得很清楚,就连在外面的人也听到了。

章自鸣埋怨说:"我和唐海林同年同月同日入伍,在同一个地方摸爬滚打,都干了12年,怎么差别这么大呢?"

女干部似乎了解内情。"他有二等功,你有吗?"

章自鸣结结巴巴:"这个……"

唐海林听到自己被分到财政局,并没有沾沾自喜。因为这不是他想要的单位,他要去的地方是学校,他想干的职业是当一名教师。

章自鸣听到自己被分到农机局,顿时如泄了气的皮球。他心里很清楚,财政局和农机局虽说都是局级单位,但一个天上一个地下,一个是能吃上饭的单位,一个是自挣自吃、吃不上饭的单位。他甚至怀疑,是不是他们搞错了,自己应该分到财政局,唐海林应该分到农机局才对啊!

然而,现实就是现实!这个现实有时很可爱,有时很残酷!

尽管知道了结果,他们谁也没有离开民政局,而是到一边各自盘算着自己的心事。

章自鸣悲愤万分说:"奶奶个熊,怎么给我分到了一个吃不上饭的单位呢?"他实在是想不通。

唐海林仍不甘心:"我想去学校当老师,怎么给分到财政局了呢?"

"你是真傻还是装傻?"章自鸣没好气地说:"财政局和学校虽然都是事业单位吃财政饭,但一个在天上,一个在地上!"

唐海林反驳说:"我不管它在天上还是在地上,我只想去学校当一个普普通通的老师!"

"我分到了一个吃不上饭的单位啊!真不知道你是吃饱撑的,还是犯了神经病来烦我!"章自鸣呼天抢地哀号着。

"不行!我得找他们把我安排到学校去!"唐海林说着往里冲。

章自鸣一把拉住他:"你是真的想去学校还是假的?"

"当然是真的!"唐海林答道。

章自鸣小声说:"现在人太多,等会人走差不多了再去。"

唐海林只好留步:"行!"

章自鸣又小声说:"跟你商量个事,如果你要去学校,你就把财政局的名额让给我。"

唐海林爽快地答道:"行,只要他们同意。"

也许有人问:"唐海林给新邳市市委书记江哲明的信有没有收到?到底有没有发挥作用?"

这里交代,恰在唐海林的信寄出时,新邳市的党政领导进行了大调整。由于江哲明政绩突出,高升调走了。所以,市委办公室主任接到唐海林的信件后,误认为唐海林和江书记一不沾亲二不带故,还想走后门拉关系,立刻给打入十八层地狱了。

然而,二等功在地方可以优先安置工作,唐海林进财政局也就不足为怪了。

好不容易等到人走完了,女干部正想起身下班。唐、章二人再次走进军转办。

女干部一愣:"怎么,你们两个还没走?"

唐海林急切地说:"主任,不是说二等功可以自选单位吗?"

女干部答非所问:"难道你嫌财政局还不够好吗?告诉你,财政局是我们这最好的单位,你还不满意?"

唐海林以为女干部误解他了,忙说:"不!主任,我想去学校,我想当老师!"

女干部感到纳闷:"什么,你要去学校?人家挤破头都进不了财政局,你还不想去?

你是不是头脑发烧了？"

唐海林一脸认真地说："我真想去学校，真想当一名教师。"

女干部刚想发话，章自鸣忙说："我不去农机局，请给我重新安排！"

女干部一听，马上来气大怒："你们两个是不是诚心刁难我？"

唐、章二人："没有啊！我们只是去自己想去的单位！"

女干部把本子往桌子上猛地一摔："你们谁想去哪就去哪，那这安置不乱套了？"说着撵他们二人走。

唐、章二人不走。

女干部板起脸："你们不走，还想干什么？"

唐海林指着章自鸣说："主任，请把安置我到财政局的名额让给他，把我安置到学校去。"

女干部被缠得没办法，气得大吼："走！跟我到局长那去，你们想去哪去跟局长说去！"

在女干部的引领下，唐、章二人被带到了局长室。

女干部一进门就大吼："温局长，这两个兵，一个想去学校，一个想去财政局，你看怎么办吧？"

温局长问道："你们都被分配到什么单位？"

女干部指着唐海林说："这个被分配到了财政局，现在要求到学校当老师。"

温局长说："你这个同志真少见，人家都争着抢着进财政局，你怎么偏要去学校？"

唐海林从兜里拿出教师资格证说："局长，我真的想去学校当老师，这是我从小的梦想！"

温局长接过来一看："还是中学教师资格证呢。"然后指着章自鸣说："他呢？"

女干部连看也不看："他被分到了农机局不满意，想去财政局。"

章自鸣几乎用哀求的口气说："局长，他不想去财政局要去学校，就把这个财政局的名额让给我吧。"

温局长不紧不慢说："来找我重新安置工作的，你们两个还是第一起。告诉你们吧，这军转安置，不是我这个局长能一口说了算的，我把你们的情况再往市里反映，能不能再重新安置，就看你们两个有没有这个运气了。这样吧，你们下周四再来局里看看吧，能不能重新安置，那天一定有结果。"

就这样，唐、章二人带着企盼各自怀着异样的心情回到了各自的家。

唐海林一进家门，董君梅立刻迎上前，迫不及待地问道："怎么样？被分到了什么单位？"

唐海林一字一句说："财政局！"

董君梅高兴地跳了起来："太好了，老公。比我们想象的还好！那章自鸣呢？"

"他被分到了农机局。"唐海林忽而话锋一转："财政局好是好，但我还是想去学校。"

董君梅大惊："什么？你要去学校？定下来了吗？"

唐海林唉声叹气说："没定。"

董君梅长叹一口气:"没定就好。老公,当初咱最低要求是学校,现在有更好的单位,咱为何不去?"

唐海林往饭桌旁一坐:"我已经向民政局领导提出要求去学校当老师了。"

董君梅再次大惊:"什么?你已经向民政局领导提出要求去学校当老师了?"

唐海林漫不经心说:"是啊!"

董君梅很生气:"这么大的事情,你起码回来跟我商量一下再决定不好吗?"

唐海林倒了一杯水:"我自己的事,跟你有什么好商量的。"

董君梅立刻大吼:"你说什么?你自己的事?你的眼里还有没有我们娘俩?"

唐海林喝了一口水:"这两码事。"

董君梅手指着唐海林威胁道:"你必须放弃进学校到财政局去,否则,我跟你没完!"

唐海林把杯子往桌子上一放:"我已经决定了,非去学校不可。"

董君梅见状,马上变成河东狮吼:"你这个没良心的,你是不是对那个郑丽君念念不忘?"

唐海林不理那一套:"我发现你这个人怎么这么无赖呀?我去学校当我的老师,跟她有什么关系?"

董君梅暴跳如雷:"你去学校不为她,那又为了什么?"

唐海林被气糊涂了,一时不知道怎么说才好:"我就想当一名普通的老师!"

董君梅把碗筷往桌上一摔:"不行!你必须得去财政局,要不然,我跟你离婚!"

董君梅终于使出了撒手锏。这时,唐海林的岳母也是董君梅的妈妈带着唐创从外面回来了。

"好好的,吵什么架?"君梅妈知道自己的闺女和女婿从来没有红过脸,今天肯定出了什么事。

唐创也学着外婆一本正经说:"好好的,吵什么架?"

"妈,这个没良心的,市里把他安置到财政局,他不去,偏要去什么破学校!"董君梅见她妈可以给她撑腰了,立刻恶人先告状。

君梅妈坐在椅子上,不停地揉着双膝说:"傻孩子,虽然妈没见过世面,也知道财政局是好单位啊!你怎么能现成的银饭碗不端,偏偏去捧那个锈不拉几的铁饭碗呢?"

唐海林走上前说:"妈!甭管它是金饭碗,还是银饭碗、铁饭碗,我只想到学校去当一名好老师。因为当老师是我今生另一个最大心愿,今天有这个机会了,我为什么不去好好珍惜,去争取呢?"

君梅妈一下子被这个女婿给反问住了,一时不知再说什么好。

董君梅见状立马发威吼道:"妈,我不想跟这个榆木疙瘩过了,我得和他离婚!"

5

董君梅说着哭着跑进卧室猛地把门关上，唐创见状哭着去敲门，董君梅不给开，君梅妈只好哄。此时，唐海林坐在客厅里不知怎么办才好。

董君梅进卧室后，马上收住哭声，她拨打了一个电话，她要请一个唐海林怕的人来做他的思想工作，逼他改变主意。

就在此时，战友汪平呼叫唐海林。汪平亲戚的车坏了，请唐海林过去帮忙修。

等唐海林把车修好回到家，只见他大正拄着棍子，在客厅里一瘸一拐地走来走去。君梅妈正坐在一边陪说话，唐创看动画片，董君梅在厨房做饭。

"大，你怎么来了？"唐海林感觉纳闷。

海林大停下说："仁儿，你咋这么傻？好好的财政局你不进，你偏偏要去那清水衙门学校当哪门子老师？"

海林大讲话直奔主题，看来是董君梅搬来的救兵。

唐海林走过去说："大，从小，你不是希望咱们家能出一个有学问的教书匠吗？"

海林大耐心说："那是过去的事，现在不是有更好的单位等你进吗？"

唐海林依然固执说："财政局再好，我也不想进，我现在只想进学校当一名老师。"

海林大不冷不热说："你现在大了，翅膀硬了，大的话，你听不进去了，是不？"

唐海林哀求着："大，我现在，不！我早在部队的时候就想好了，回家后有机会一定进学校，现在机会来了，就让仁儿争取一次吧！"

"你要进学校，俺就不认你这个儿子！"海林大见仁儿真的翅膀硬了，不听话了，于是把棍子往地板上一磕，整栋楼都能感到震颤，然后一转身拄着棍子一瘸一拐吃力地下楼去。

君梅妈忙喊："大哥，你吃了饭再走。"

董君梅打开窗户朝楼下喊："大，你咋刚来就走了呢？"

唐海林一边追下楼一边说："大，都下半天了，您别走了。"

"除非太阳打西边出来！"海林大说完，头也不回地走了。

有其子，更有其父！唐海林深知他大的脾气比他还要倔十倍，只要这个倔老头认准的事，别说九头牛，就是九十头牛也拉不回来。

望着父亲远去的背影，唐海林呆立在楼下一脸惆怅一脸无奈！

董君梅见唐海林无功而返，便盛好饭让创儿和她妈吃，自己则躲到卧室里生闷气去了。

唐海林决定还是从老婆那寻找突破口，于是尾随君梅想进卧室，但门被死死地插上了。任凭海林怎么哀求，君梅就是不开门。

见君梅长时间不开门，又对父亲不放心，唐海林决定回老家一趟。

等唐海林满头大汗骑车赶回老家,父亲也刚好到家门口。

"大。"海林喊道。

海林大一回头:"想通了?"

海林说:"大,你听我说……"

"要是去当教书匠,免谈!"海林大"嘭"的一声将门关上了,随手插上门闩,任凭海林怎么呼叫、怎么解释,就是不开门。

见父亲久久不开门,见家人们都不理解,唐海林突然感觉心里有一种莫名的沮丧,他决定一个人到山上走走。沿着崎岖蜿蜒的山路,他一边走一边自言自语:"难道我错了吗?难道我真的错了吗?"

大约走了十多分钟,唐海林已不知不觉来到白云山脚下的白云湖畔,老家和村庄已经远离视线了,白云崖近在咫尺。

清澈的湖水像一面超大的镜子静静地平躺着,倒映着险峻挺拔的白云崖。唐海林选择湖边的一块大石头坐下,两眼凝视着水面,他似乎想从水里找到答案。

我只是想干自己想干的事,难道我真的有错吗?唐海林拾起一块小石头狠狠地朝水中扔去,那水的涟漪迅速一圈圈向四周扩散。这时,不远处芦苇荡里有一只野鸭拍打着翅膀在水面上如飞似走,泛起的涟漪一浪高过一浪,眨眼间,已把石头激起的涟漪吞没了。

夕阳西下,晚霞如锦。唐海林决定到白云崖上走一走。

等唐海林气喘吁吁爬上白云崖顶,那颗红彤彤的太阳已经快落到地平线了。

山上没有一丝风,松树们僵尸般一动不动站立着,一切都那么的宁静,静得可怕,唐海林不由得扯开嗓门连喊三声:

"啊……啊……啊……"

歇斯底里喊了几声,海林感觉好多了,心情也舒畅了。

海林从小就喜欢到白云崖一带玩耍。他喜欢站在白云湖边的白云崖下一直近距离仰望白云崖顶的感觉,直到脖子酸了为止;他喜欢登上高高的白云崖眺望远方的感觉,在天气晴好的日子,老家、白云镇、大运河、骆马湖等尽收眼底;他喜欢站在白云崖上唱歌,什么《少年壮志不言愁》《牧羊曲》,什么《我的中国心》《我热恋的故乡》,他会一首接一首往下唱,直到唱累了;他喜欢坐在白云崖上写作,每当江郎才尽时,一到白云崖就会文思泉涌;他喜欢躺在白云崖上睡大觉,一进入梦乡就会梦见自己张开翅膀飞了起来。

怎能忘高考落榜那一天,他曾到白云崖上待了一天一夜;怎能忘当兵走的那一天,他到白云崖深情道别;怎能忘那两场轰轰烈烈的恋爱,郑丽君因恐高放弃与他一起登白云崖,而董君梅毫不犹豫跟他手牵手说这辈子你上哪我上哪!怎能忘跪在白云崖上求婚的那一幕,心爱的人儿热泪盈眶……

恨皆因爱引起。坐在白云崖边,海林苦思冥想着。亲人们之所以不支持我的想法,那是因为疼我、爱我、一切为我好啊!然而,我唐海林什么时候服输过?难道就这一点点的挫折,我就退却了吗?不行,我一定要想方设法说服妻子和父亲,让他们知道我的心意,让他们全力支持我!

没有翻不过的山，没有趟不过的河。唐海林在白云崖上坐了很久很久，也想了很久很久，他最终还是坚持己见。因为他就是这样一个人，只要他认准的事，就一定要去做，而且一定要做好。

下山回到老家，唐海林没有去打扰大和娘，而是骑车直接返回县城了。

等唐海林黑灯瞎火回到家里，发现饭桌上有两碗饭和一盘菜，创儿和岳母已经睡了，君梅坐在被窝里一动不动，两眼发直。她尽管生海林的气，心里还是心疼老公的，尤其当老公离家出走迟迟未归，心里更是担惊受怕。

唐海林刚一进卧室，董君梅发话了："你不去吃饭，来这干什么？"

唐海林把门关上，厚着脸皮赔笑说："夫人不吃，我怎么敢吃？"

董君梅视而不见："还有什么你不敢干的事？"她知道把海林大搬来让他回心转意都不能达到目的，其他的人更不用说了，包括她。因而，她不再像刚才那样无理取闹了，而决定以守为攻。

唐海林想，只要你说话，这说明还有回旋余地。他坐在君梅身边，强硬搂着君梅说："老婆，你知道我为什么一个劲要去学校当老师吗？"

董君梅不屑一顾："你去不去关我什么事？"

"老婆，你听我把话说完好吗？"唐海林苦苦哀求着，"俺家里兄弟姐妹多，小时候，俺大俺娘为了让俺兄弟四个能上成学，将来成为有学问又体面的人，他们一狠心剥夺了俺大姐和二姐上学的机会。因为那时家里穷得揭不开锅，哪来更多的钱供大姐二姐上学？另外，俺大俺娘严重地重男轻女，在他们看来，嫁出去的闺女泼出去的水。所以，大姐二姐至今连斗大的字不识一箩筐。俺大一辈子不识一个字，整天郁闷死了。大最羡慕的人是知识分子，大最尊敬的人是老师！每每看到上衣兜里插着钢笔的人，大总是对我们兄弟四个说，我对你们要求不高，将来能有一个当老师，咱老祖陵就冒烟（葬好）了！然而，大哥二哥连初中没上完就辍学了。满以为把希望寄托在我身上，结果我高考连续两年均已几分之差落榜了。1988年，大对我说，仨儿，大供养不起你再上学了，看来咱老祖陵没冒烟（没葬好），不该出文曲星，你还是下学学个实实在在的手艺吧，将来也不愁说媳妇！就这样，我下学了。上大学当老师没有机会，学瓦匠木匠，我又不爱好，所以1989年，我就应征入伍到部队寻找我的人生另一个梦想！今天，我又有机会来实现我的人生第一个梦想了，老婆，你就答应我吧！"

董君梅一动不动的支耳听着。

唐海林动情地说："宝贝，难道你愿意看到自己的老公干自己不想干的事情，而整天闷闷不乐吗？"

此刻，就是石头做的心也该被感动了。董君梅一把反搂着唐海林说："老公，我现在已经答应你了，只是我们恐怕又要面临两地生活了！"

唐海林一愣："两地生活？"

董君梅一把推开唐海林："你想啊，假如你到财政局上班，你留在局里的可能性非常大，而你要求到学校去，十有八九要到偏远的农村学校去。"

唐海林笑嘻嘻说："到偏远的农村学校去好呀，正好可以锻炼锻炼自己！"

董君梅心疼地用手指着唐海林的脑门说："你呀你，就是跟别人不一样！知道吗？"

唐海林捉住君梅的手:"什么?"

董君梅脸一红:"我喜欢你的就是这股子韧劲!"

给点阳光就灿烂,唐海林自信地说:"那当然!要不,怎么会有那么多的美女要嫁给我呢!"

"去去去!"董君梅推了海林一把又急忙拉了回来,"我可不想让别人来分享我的臭老公!"说着给海林一个香吻。

转眼到了周四。

唐、章二人再次来到民政局。他们一进军转办,那个女干部不冷不热地说:"你们的事定下来了。唐海林进教育局,章自鸣进农机局。"

"太好了!"唐海林一听到这个好消息兴奋地叫了起来,但一见到章自鸣木呆呆的样子,立刻收敛些。

"怎么我的没调?"章自鸣哭丧着脸。

那个女干部不想再啰唆了,板起脸:"实话跟你们说吧,军转安置想往孬单位进容易,想进好单位难!这是市里最终结果,你们现在抓紧到各自的单位去报到吧。"说着办理相关手续。

章自鸣没好气说:"那吃不上饭的单位,你让我怎么去报到?"

女干部厉声厉色说:"怎么安置,安置到哪里,那是市里的事;去不去,那是你的事!"见章自鸣还执迷不悟,便点拨道:"如果你对今年安置不满意可以不去上班,等明年二次安置吧,今年是不可能了。"

话已经说到这个份上,还有什么可说的呢?

从军转办走出来后,唐海林安慰章自鸣说:"自鸣,你不妨到农机局去看看,说不定……"

"你呀你!"章自鸣指责唐海林说,"好端端的财政局不去,偏偏要进什么教育口到什么破学校当什么破老师!"

唐海林停下说:"我想过得充实一些,只不过想干我想干的事!"

章自鸣见唐海林那么自信,一脸心灰意冷:"海林,跟你说实话吧,我被一个狗娘养的骗子给骗了!"

唐海林急切地问:"到底怎么回事?"

章自鸣的脸色更难看了:"实话跟你说吧,这次转业安置我花钱托人走后门拉关系,没想到,那个狗日的是个大骗子!"

唐海林一把抓住章自鸣的手说:"是谁?找他算账去!"

章自鸣挥拳朝路边一棵法国梧桐擂去:"唉!别提了!自从部队回来后,眼见着别人转业安置一个个都在走后门拉关系,我心里急啊!因为俺家也没什么有大本事的亲朋好友。就在我一筹莫展之际,我老婆说,她的姨父家的那个狗日表侄在新邡市黑白道都通,只要花点钱,就能进好单位。我想,只要能进好单位,花点钱也值。没想到,我一见到她的姨父家的表侄,那个狗鸡巴日的就来个狮子大开口要五万元。我说太贵了吧,那狗日的说不贵,并且说花什么钱进什么单位,我这都有价的。花三万,可以进医院学校;花四万,可以进工商税务;花五万,公检法、市政府随便进。我想既然这个狗日的本事这么大,要进就进最好的事业单位,于是一咬牙把转业费全部赔进去了。上个星期从民政局一回去,我立马就去找那狗娘养的算账,谁知那个挨千刀的早就跑没影了。据说,那狗娘养的骗的人不止我一个。"

"你呀!"唐海林原本想埋怨章自鸣几句,一想到他此刻心里肯定很难过,转而安慰说,"自鸣,你抓紧到派出所报案去。"

章自鸣掏出一支烟点着后,狠狠地吸了一口,那支居然燃烧了大半截,他把烟夹在食指和中指之间唉声叹气说:"这种见不得人的勾当,又怎么能放到阳光底下晒呢,唉!哑巴吃黄连,自认倒霉吧。"

"我觉得你最好还是去报警。"唐海林提醒说,"今后,你一定要吃一堑,长一智。"

章自鸣轻弹了一下烟灰:"不跟你瞎扯淡了,你走你的阳关道,到学校当你的老师吧;俺走俺的独木桥,俺要到俺的破农机局看个究竟了!"

唐海林与章自鸣辞别后,便飞身骑上自行车向教育局潇洒而去。一路上,他春风得意,幻想着自己拿着课本走进课堂给学生上课的情景。

大约一支烟工夫,唐海林来到了教育局。

"欧树军,碾庄教办;张猛,炮车教办……"唐海林一到二楼人事科,人事科里有好几个退伍兵,科长正在宣读安置决定。

唐海林急切问:"科长,请问我被分到哪个学校?"

人事科长上下打量着唐海林:"你叫什么名字?"

"唐海林。"

"留在局里。"

"什么? 我被留在了教育局?"唐海林疑惑自己是不是听岔了。

人事科长瞟了唐海林一眼:"怎么? 不满意吗?"

唐海林追问:"科长,别人都分到各个学校去了,为何把我留在局里? 我要求到下面学校去当老师。"

人事科长拿起茶杯说:"你这个唐海林真不知足! 今年分到教育局的几十个退伍兵,只有你一个人留在了局里,其他人全部分到各个学校去了。"

唐海林恳求说:"科长,我喜欢教书当老师,你就把我分到学校去吧!"

人事科长喝了一口水说:"这是局里前天开会定下来的,你要想往学校去,你找局长说去!"

"行! 科长,我这就找局长去。"唐海林说完一转身就往外走,被人事科长一把拉住说:"哎哎哎! 你这个大兵真是的,说你咳嗽你怎么喘起来了? 局长能是你随便找的人吗?"

唐海林笑了:"那请您把我安排到学校去!"

人事科长摆摆手:"我没这个权力。"

唐海林一转身:"那我就去找局长。"说着再次往外走。

人事科长紧追出来说:"你这兵还是少见! 那好,你要找局长,我陪你一起去。"

说话间,他们来到了三楼局长室。

"徐局长,这个唐海林不想留在局里,想到下面学校当老师。"人事科长一进局长室叫嚷起来。

徐局长停下手中工作说:"小唐,我们局里缺人,你们这批退伍兵里,我们研究了一下,就你适合留在局里,财务科和宣传科任由你选择。"

唐海林立正站立着:"局长,我从小就想当一名光荣的人民教师,您就把我放到下面学校去当一个普普通通的教师吧。"说着把教师资格证拿了出来,"局长,您看我在部队都已经把它拿到手了。"

徐局长接过来一看:"好家伙,还是中学语文专业的呢,你是真的想到学校去还是一时冲动?"

唐海林恳切地说:"局长,尽管我是一个兵,但我总感觉我为国家干事的劲头还很十足。没有机会在部队干了,我现在就想回家乡继续好好干!十二年前,我就是因为没有上成学才去当兵的,那时我的第一个人生梦想就是将来要当一名人民教师。只要有百分之一的希望我就要去争取,更何况我现在是万事俱备,只欠东风了。局长,请您高抬贵手,让我到学校去锻炼吧!"

徐局长站了起来:"那好,既然你意志这么坚定,我特批你到学校去当老师。"显然他被唐海林的一席话感动了。

唐海林高兴地说:"太好了!谢谢局长。"

徐局长问:"你老家是哪个镇的?"

唐海林答:"白云镇。"

"哦。"徐局长对人事科长说:"今年白云中学有没有安排退伍军人进去?"

人事科长答道:"没有。"

徐局长把手一挥:"那好,按照从哪里来,回哪里去的安排人的原则,就把唐海林安排到白云中学吧。"

人事科长点着头:"好的。"

唐海林深深一鞠躬:"谢谢您,局长。"

徐局长拍着唐海林肩膀:"小唐,我希望你到那后要好好干,一定要干出样子来哦。"

唐海林响亮地答:"是!局长,我一定不会辜负您的期望的。"

人事科长对唐海林说:"走吧,跟我去办理相关手续吧。"

走出人事科,唐海林又到财务科开了工资介绍信,介绍信上写着:唐海林,初级工,基本工资:489元。

走出教育局,唐海林浑身上下一身轻松,尽管这个当老师的梦想一波三折,但现在毕竟要实现了。

唐海林来到市委组织部开了组织介绍信,而后到市粮食局去开粮油介绍信,被告知,现在粮油市场已开放了,不存在平价粮、异价粮了。

唐海林拿着部队开的粮油介绍信问:"这张介绍信呢?"

粮食局人不冷不热说:"你自己留着做纪念吧!"

从粮食局出来,唐海林满脑子想的都是白云中学,因为那里是自己的母校啊!他曾在那里度过六年的美好时光,那里有他熟悉的一草一木,那里有几位让他可亲可敬的老师,那里更有他曾经的恋情……十二年前,唐海林就是从那里高中毕业,而后去当的兵。从哪来,回哪去。唐海林感叹今生今世注定要和白云中学落下不解之缘了。

唐海林哼着歌回到家中,董君梅一如既往的迎上去关切地问道:"怎么样?"

唐海林故意卖着关子:"你猜!"

董君梅微笑说:"还用猜吗?已经都写在你的脸上了。"

唐海林一字一句说:"我被分到了白云中学!"

他不敢把教育局要把他留在局里的事告诉董君梅,怕她再无理取闹。

董君梅拿毛巾边给唐海林擦脸边说:"这下总算达到你的理想了。分到白云中学也挺不错,毕竟在你老家也是你的母校,唯一的缺点就是来家不方便了。"

唐海林接过毛巾自己擦:"是啊,离老家近了,离新家却远了。"

董君梅忽然想起什么:"对了,我前段时间听说,你的那个二辈老表的表姐夫覃洪武现在已调到白云中学当校长了。"

唐海林吃惊地说:"是吗?近半年时间我没有去学校了,想不到表姐夫都当校长了。"

董君梅高兴地说:"有你这个二辈老表当校长,你到白云中学后多少也有个照应。"

唐海林把毛巾放到洗漱间说:"他当他的校长,我当我的小兵,但愿别给他丢丑了。"

有道是,一辈亲,二辈表,三辈白拉倒。覃洪武是唐海林父亲表妹的闺女婿,年龄四十露头,所以董君梅说是唐海林的二辈老表的表姐夫。尽管唐海林与覃洪武打过几次照面,但交情不深。

董君梅忽然诡秘笑了笑:"你到白云中学去,我还有点不放心。"

唐海林伸出头来:"不放心?"

董君梅跟到洗漱间,笑嘻嘻说:"那里有你的初恋情人啊!"

唐海林红着脸:"都几时了,你还谈这个,难道你怕我被人打劫不成?"

董君梅收住笑容:"有点。"

唐海林往外走:"你连这点自信心都没有?"

董君梅一把抱着唐海林说:"小样,你也太小看我了。呵呵!"

6

是到了该向东方辞职的时候了。下午,唐海林来到东方汽修厂。

"厂长",唐海林终于鼓起勇气来到厂长办公室,但欲言又止。

罗永军正在接一个电话,示意他先坐下。

"厂长,我打算……"海林见罗厂长接完电话,想继续刚才的话说下去,却被打断了。

"海林,你来得正好,走,我带你到咱们的新厂去看看。"说完,罗永军拉着海林向外走。

他们来到东方汽修厂新厂址。只见一个占地上百亩的新东方展现在他们面前,气势恢宏的大门,宽敞明亮的车间,高达五层的综合楼。一群建筑工人,正在忙忙碌碌着。

罗永军一边走一边对海林说:"幸亏你写的那份建议,才促使我下定决心建新厂。"

来到综合楼前,罗永军指着一间办公室说:"综合楼建好后,这间办公室就是你的,隔壁那间是我的。"

"厂长,我……"唐海林支支吾吾。

"我打算等搬到新厂后,给你家属在厂里安排一个稳定的工作。"罗厂长根本不容唐海林说话。

"厂长,我今天来……"唐海林根本插不上话。

"海林,我们厂现在有三个党员,你、我,还有副厂长,我已经向市里提出申请,准备在新厂启用后在新邳市的个私企业中第一个成立党支部。"

"厂长,我今天来是向您辞职的!"来到车间门口,海林终于鼓足了勇气,"我已经被分到了学校。"

"海林,你先听我说完。"罗永军还抱着一线希望,指着一块牌子对海林说,"你看,这是我们厂里所有人员。"

唐海林定睛一看,罗永军排在第一位,排在第二位的已不是他大哥,也不是老十,而是换成了他——唐海林,排在第三位的是他大哥,第四位的是老十,依次类推。

"等我们搬过来后,我准备聘请你担任我的副手,我们好好大干一番事业;另外,你在部队工资一千六,我开你两千,我们厂里的那辆桑塔纳就是你的专车。"

"厂长,谢谢您对我的信任,说心里话,公家的事我还没干够!"

"海林,你到学校后能干什么?即使你将来当了老师,即使你通过努力当了主任、校长,又能怎么样呢?还不是清水衙门一个?"

"厂长,也许我到学校后的命运正如您所说的一样,但我还是想去试一试、闯一闯。"

"海林,像你这样既懂技术又懂管理又有文化的人到学校去才是一种浪费。等新厂建好后,我准备把这个厂交给你全权负责,然后我放开手再搞其他产业。为此,我希望你慎重考虑一下——真心希望你能留下来!"

"厂长,一个人发财的机会总会有的,但为国家干事的机会并不是人人都有的,我不想失去这个机会!"

"老弟,你真的要走?"

"是的,厂长,我决心已定。"

"老弟,我知道这一天迟早会来的,但没想到会来得这么快!我恨我与你相见恨晚呀!只可惜,失去你,我们东方又失去了一次腾飞的机会。人各有志,我希望你到学校后同样干出辉煌的成绩来!"

"谢谢厂长!"

罗、唐二人的手紧紧握在一起,久久不忍心放开!

第二天一大早,唐海林背着一个军用挎包来到白云中学。

天空下起了小雨,被呼呼的北风吹到脸上有点疼。海林伫立在校门口,心海久久不能平静。这是多么熟悉的环境,这是多么亲切的校园。朗朗的读书声从那一间间教室里传来,一声高过一声,时时淹没呼呼的北风和雨声。

"母校,我回来了!白中,我回来了!"唐海林在心里呐喊着。

白云中学坐落在白云镇中心,面南背北,是新中国成立初期新邳市首批建造的几所完全中学之一。学校占地七十五亩,在校师生两千余人。

"海林,这不是唐海林吗?"

正在唐海林浮想联翩的时候,这时,有一个人推着自行车来到他身边。

"钟老师,是您呀!"唐海林紧紧握住钟雪文老师的手,这是他中学时的英语老师。

"海林,你怎么来了?"钟老师说。

"钟老师,我转业了,被分配到咱学校,今天我是来报到的。"

"太好了,回到母校你要好好干哟。"

"钟老师,我不会辜负您的期望。司马老师、昊老师,还有您都好吗?"

"都很好,只是昊老师不久前退休了。走,到里面说去,身都淋湿了。"

"钟老师,我先到校长那报个到,然后再和您说话。"

"好的,你去吧。覃校长办公室就是那一间。"

顺着钟老师手指的方向,唐海林发现校长室正对着大门。

"梆梆梆",唐海林敲了几下门:"有人吗?"

"进来。"覃洪武吃惊道,"海林,怎么是你啊?什么时候回来的?"

唐海林说:"表姐夫,我转业了,现向您报到来了。"

"坐下说。"覃洪武说,"我昨天到局里开会,有人跟我说学校要分进一个退伍兵,莫非就是你?"

"就是我。"海林说着从包里拿出组织介绍信和工资介绍信。

覃洪武左手接过介绍信,习惯地用右手把眼镜往上提了提."不是说你在部队提干了吗？怎么又转业了？"

唐海林苦笑说："我没提上干，干了十二年了。"

覃洪武皱了一下眉头："海林，按理说，你能分配到咱学校来，我一万个高兴。但是，我觉得你一身好技术到咱学校，一来是浪费，二来有点委屈你了。"

唐海林站起说："只要能继续为老家做点事，委屈也好，浪费也好，我不在乎。"

覃洪武把介绍信放到办公桌上说："海林，我跟你说实话吧，由于学校是个清水衙门，工资低。近几年来，咱们学校走了一大批优秀的老师。不信你走走看看，这个学校十多年了，校园面貌一点变化都没有。"

"这个是事实。"唐海林刚才一进校门的时候已经感受到了。

覃洪武看了看门外说："我今年从银堂中学调到这里以后，尽管想了很多办法和措施想留住人，但还是走了几个教师。人家都想往外走，你怎么想回来呢？再说，学校教师工资本身已经够低的了，你这工人身份的工资又怎么能够养家糊口呢？所以，我劝你还不如下海经商或干你的老本行，一定能发大财。"说着从抽屉里拿出一样东西。

覃洪武拿出一次性杯子要给海林倒水。

唐海林急忙站起来说："还是我自己来吧。"他接过杯子没有给自己倒，而是先给覃洪武的杯子倒满了水，然后给自己倒上说："表姐夫，你把学校里的实际情况摆给我听，是为我好。"唐海林想不通，也不明白，不管怎么说，自己多少也是覃洪武老婆的二辈老表，怎么，覃洪武一见到自己连一点热情都没有？不仅如此，而且还有下逐客令之意？难道自己做错了什么？还是另有什么隐情？他抬高声音补充说："不过，我觉得我为老家做事的劲头还很足，在部队不能干了，所以我想到地方继续好好干。"

就在这时，校长办主任手里拿着一份材料急匆匆走了进来。

"校长，"校长办主任一进来就说，"这是局里来的一份文件。"

覃洪武接过来看了一下："海林，你真不打算下海了？"

唐海林态度非常坚定："我真不打算下海了！"

覃洪武二次问："你是真的想到学校上班？"

唐海林斩钉截铁说："我是真的想来咱学校上班！"

覃洪武三次问："你现在真的想好了吗？"

唐海林一言九鼎："我是现在真的想好了！"

覃洪武一脸严肃："既然你意志这么坚定，那好吧，你先到市教师进修学校进行岗前培训，等过年开学再来正式上班吧。"说着把文件交给唐海林。

唐海林接过来一看，培训时间近两个月，等培训结束也正好到春节了。看来只能等过完年再正式上班了。

"表……"为了避嫌，唐海林急忙改口说："校长，如果我来学校干得不好，你可以随时开除我！"

覃洪武变得和蔼可亲说："开除倒不必，只要你能安下心来好好工作，我就放心了。"

从校长室出来后，唐海林感到如释重负，又隐隐约约感到一丝不安。他信步来到初三办公室，找到了钟雪文老师叙叙家长里短和汇报工作情况。从钟老师那获知，市教育局教研室召开化学研讨会,司马洪老师已于早上出发了。

志愿兵唐海林转业被分配到白云中学,在校园里很快传开了。

"邓丽君,你的老情人来了!"初二(7)班班主任丁颖一走进初二办公室,立刻开始发布惊天消息,弄得全办公室的人一齐看她。丁颖和郑丽君相仿年龄。在女教师中,丁颖心直口快,快人快语,人称快嘴丁。

"你又瞎说什么呀!"正在批改作文的语文教师初二(5)班班主任郑丽君被快嘴丁丁颖这么一诈唬,差点拿本子打她。郑丽君人长得漂亮,而且又和台湾歌星邓丽君一字之差,故人称邓丽君。

快嘴丁边打水边说:"我怎么瞎说了,人家都到学校来报到了,不信你去问初三的钟老师去。"

"到底说谁呀,弄得人家一头雾水。"这时,政治老师范琦忙过来插嘴。

快嘴丁扒在范琦肩膀小声说:"她的初恋情人唐海林,就是那个傻大兵转业到咱们学校了!"

郑丽君瞟了她俩一眼:"有什么见不得人的事,还不敢大声说。"

快嘴丁有了郑丽君的尚方宝剑,立刻扯开大嗓门一字一句说:"邓丽君的初恋情人唐海林从部队转业回来被安置到咱们白云中学了!"说完竟上气不接下气。

初二办公室里的人齐声问:"真的假的?"

快嘴丁眉飞色舞说:"真的假不了——如假包换!"

"那都是猴年马月的事了,难道你怕长霉不成?"郑丽君红着脸说,"他来学校关我什么事。"

快嘴丁咂咂嘴:"呦呵!脸红了是不?心虚了不是?你的光荣历史,我不晒晒,大伙怎么会知道,对不?"

"哈哈!"大伙全笑了。

郑丽君拿起本子一边追打快嘴丁一边咬牙切齿:"你这个死快嘴丁,我叫你乱说,我非把你的嘴堵上不可!"

"丽君,把钥匙给我!"郑丽君的丈夫初三年级主任刘希斌闻声从隔壁办公室过来要东西,郑丽君才停止追打。这时,初二办公室里的人笑得更凶了,刘希斌被笑得丈二和尚摸不着头脑。

放晚学回到家,覃洪武马上把唐海林调到白云中学的事告诉了正在厨房里炒菜的妻子王青。王青原在白云镇政府任副镇长,分管文教卫生,现已调到房亭河镇任副书记。他们的家就在白云镇政府家属院。

覃洪武站在厨房外嗅了嗅:"炒什么好吃的?"

王青一边切白菜一边说:"白菜炖豆腐,另把昨天吃剩的鱼热一下。"

覃洪武:"哦。告诉你一个事。"

王青一边添佐料一边说:"什么事?"

覃洪武拿起暖瓶倒了小半盆开水,然后又加了半舀凉水,摘下眼镜放到一边说:"你那个二辈老表安排到俺学校了。"

王青一边往锅里放白菜一边问道:"哪个二辈老表?"

覃洪武双手捧起水往脸上抄了几下:"就是唐巷村的那个在厦门当兵的。"

王青拿起锅铲翻菜说:"你是说海林?"

覃洪武把毛巾洗了洗:"对!就是那个唐海林。"

王青停下说:"怎么样?"

覃洪武边擦脸边问:"什么怎么样?"

王青说:"我是说他到学校后,你感觉怎么样?"

覃洪武说:"这今天才来报到,我劝他下海,他一头认准进学校。"

王青说:"哦,是吗?"

覃洪武话锋一转说:"他到学校,我什么都不怕,就怕他……"

王青说:"怕他什么?"

覃洪武说:"这当兵的人性子都直,我就怕他到学校后,跟学校里以前那两个兵一样!"

王青说:"俺这个老表为人忠厚老实,我相信他不会差!"

7

寒冬腊月。新邳市教师进修学校军转班。

"各位同学,大家上午好!"

只见一位五十多岁的教师手拿点名册,精神抖擞地走进军转班,先是问好,接着深深地鞠了一躬,教室里顿时响起了热烈的发自内心的掌声。

"我叫张燕。"张老师说着拿起粉笔在黑板上写下了自己的名字,"从今天起,我就是咱这个军转班的班主任了。首先,我代表进修学校和我本人对你们这批最可爱的人的到来,表示热烈欢迎!"

掌声四起。

"我们学校按照市里要求,根据你们实际情况开设了三门课程:一门是体育,由我担任课老师,一门是教育学,由我校的李连金老师任教,另一门是心理学,由我校的段小九老师任教。这三门课对你们今后工作有很大帮助,希望同学们用心学好。下面,我们点个名。李江。"

"到!"

"被我点到名的同学,请站起来,让大家相互认识认识。唐海林。"

"到!"

……

"我们班是35人。现在全部到齐。为了把我们班各项工作做好,下面我们选一个班长,大家看怎么样?"

"好!"

"由于大家相互间还不大熟悉,我们这样,由我指点几个人,大家进行举手表决,得票最多的就是咱们班的班长,大家看行不行?"

"行!"

"这里面唐海林和汪平两个人兵龄最长,我们就从他们中间选一个。同意唐海林担任班长的举手。"

唐海林微笑着站起来,一部分学员举起了手。

"1,2,3……"张老师一边用手指点着一边数着,"一共21票。同意汪平担任班长的请举手。"

略微有点败顶的汪平站了起来。

"1,2,3……"张老师认真地数着。

"一共是13票。"我宣布,"唐海林任军转班班长。"

大家热烈地鼓掌。

张老师说:"海林,你上来给大家说两句。"

唐海林从座位上走到讲台前,张老师闪到一边。

"尊敬的张老师,各位亲爱的战友,首先我万分地感谢各位对我的信任和支持。"说着分别向张老师和学员各鞠了一次躬。

掌声雷动。

"俗话说,班长是军中之母。我认为在学校班长是校中之母、班中之母。为此,作为班长我一是要当好班主任的左右手;二是当好同学们的贴心人;三要带领全班圆满完成学业。"

掌声又起。

而后,唐海林建议班主任把班级分成五个组,以便于管理和卫生扫除等。

"叮铃铃……"下课了。

"你在厦警哪团?"在唐海林的脑海里,他们这一批厦门兵当中,好像没有汪平这个人。于是他叫住了正要外出的汪平。

汪平说:"我不在厦警,1989年在新疆当团长的舅舅直接把我带到了部队,所以1989年咱这地方到新疆当兵的就我一个人。"

唐海林说:"我说呢,你在部队搞什么专业?"

汪平说:"开车,你呢?"

"我也是开车。"这时退伍兵欧树军过来说。

唐海林说:"呵呵,我是专门为你们服务的。"

汪平笑了:"你搞汽修啊。"

"是啊。"唐海林说,"大伙不妨谈谈自己在部队的情况,涉及军事秘密要做好保密工作。"

大伙你一言我一语谈开了。

从大伙的谈话中,唐海林很快知道了这帮弟兄的基本情况:

一、兵龄。除唐海林和汪平两个十二年外,四分之三是三年义务兵,剩下的是四到五年不等的超期服役老兵。

二、兵种:陆,海,空,二炮,武警全齐。

三、专业:驾驶员、卫生员、通信兵、炮兵等等。

"请大伙把自己的姓名,地址,电话,工作单位到我这留一下。"最后,唐海林补充说:"等咱们毕业时搞个通讯录。"

好久没有章自鸣的音讯了。唐海林决定给他打个电话。

"喂,哪位?"

"自鸣,我是海林呀,你在哪里,现在上班了吗?"

"海林,别提了。我被分到农机局之后,又被分到下面一个叫草桥的乡镇农机站,我到那一看,除了几间破房子,连个人影都没有。一打听,这个农机站早在几年前就解散了。"

"怎么会是这样?你打算怎么办?"

"这个班没法上,我打算到民政局找他们,让他们明年再给我重新安置。"

"能行吗?"

"应该能行的,好像有这个先例。如果退伍兵工作安置不满意,来年可以重新安置。对了,你怎么样了?"

"我被分到了老家的白云中学,现在在进修学校进行岗前培训。"

"海林,你被分到了一个好单位,你要好好珍惜啊!"

"谢谢你的提醒,我会的,你下一步干什么?"

"我先继续做生意,再等一年。"

张燕,李连金,段小九三位老师的课各有千秋。

张燕老师的体育课丰富多彩。无论是室内课还是室外课,他总能上得生动、活泼,风趣幽默;三分钟一小高潮,五分钟一大高潮,让人不知不觉中度过四十五分钟。他虽快到了退休年龄,但浑身有使不完的劲,让人感觉他再干二十年也不成问题。张老师本人更是冬天里的一团火,时时温暖着每个退伍兵的心,让他们在进修学校找到家的感觉。

李连金老师自从第一次到军转班上课,学员们就没有见他笑过。他从来不多说一句话,除了书本知识。最有意思的是他上课从来不看学员一眼,两眼要么看天花板,要么看窗外,也许是教育学太深奥的缘故吧,也许他上课的风格不能引起大家的兴趣。每当他上课时,不到五分钟就要睡倒一大片,尽管天气很冷。

段小九老师有一双犀利的总想看到人心里的小眼睛,他给人的感觉,总是神经兮兮的,这也许是搞心理教育人的通病吧。

听来听去,大家最喜欢张燕老师的课。

这天,李连金老师一上完课,汪平马上找到唐海林。

"老唐,这个课不能再听下去了,等两个月下来,一个个非病倒不可。"

"简直像听天书!"一个个被冻醒的学员们纷纷附和说:"不能再这样听下去了。"

唐海林说:"我原本等上完一个星期再向大家征求上课意见,既然大家现在提出来了,那么大家就畅所欲言吧。"

学员们一个个开始七嘴八舌起来,越说越起劲。

唐海林说:"我看这样吧,为了规范起见,我在黑板上列个表,大家围绕上面的内容实事求是地填写,大家看怎么样?"

"好!"

唐海林拿起粉笔在黑板上方写下《任课老师上课质量调查表》,然后在下面画上表格,表格有张燕等三位老师的名字,在项目里有以下几个方面的内容:一、上课等第(填优秀,良好,及格,不及格);二、亮点;三、不足;四、意见或建议。

唐海林把大家的意见收上来之后发现,大家给张燕老师打的全部是优,没有意见,全是亮点,给段小九老师打的一半是及格一半是不及格,不足和意见各一半,有一、二亮点;给李连金老师打的全部是不及格,不足和意见全填的满满的,无一亮点。

唐海林赶紧把这调查情况汇报给班主任张燕老师。张老师看了之后大为震惊。

唐海林问:"张老师,您看怎么办?"

张燕说:"一个老师有一个老师的风格,一旦形成后就很难改。段、李两位老师自任教这十多年来一直是这样的风格。显然把你们的调查情况直接给他们看不合适,具体采用什么方法和方式能促进他们提高教学质量。你们自己想办法,一定不要采用过激行为,我相信你们能把这件事妥善、圆满完成好。"

"我一定把此事办好!"唐海林立下军令状:"请班主任放心!"

唐海林回到班级后,立刻与大家商量对策。有的说让班主任去说服他们;有的说当面向他们提出抗议;有的说干脆直接找校长……最后都一一否决。

"大家看这办法行不?"唐海林问。

"什么办法?"

欧树军忙说:"快说,别卖关子了。"

唐海林说:"我们大家推荐一个人以我们军转班的名义给这两位老师写封信,在信里,我们把想说的全部表达出来,大家看怎么样?"

"好!这个办法好!"

"还是班长有办法!"

唐海林说:"那大家推荐一个人。"

汪平说:"唐班长文笔好,还是让他执笔吧!大家说怎么样?"

大家异口同声:"同意班长执笔。"

唐海林说:"那好,就由我起草分别给段、李两位老师写信,信写好后,大家共同审核把关,然后集体签名再交给段、李两位老师,大家看怎么样?"

大家齐声说:"OK!"

下午放学回家后,唐海林立即着手给两位老师写信。这两封信他几乎是一气呵成,因为怎么写,写什么,他早已心中有数。

第二天自习课,唐海林让普通话较好、口齿伶俐的欧树军念。

欧树军说:"我先念写给李连金老师的,请审核。"

尊敬的李老师:

您好!

首先万分感谢您这些日子来对我们这些退伍兵的谆谆教导,从您那里我们对教育学有了初步的认识。

李老师,为了提高教学质量,为了让您的课锦上添花,作为您的学生,我们诚恳地向您提出几点不成熟的意见和建议。

李老师,您能看我们一眼好吗?!自从您到我们班上课以来,您从来没有看我们一眼,我们听不听课您从来不过问,我们在下面呼呼大睡您置若罔闻,您的眼睛不是看着天花板,就是看着窗外,只顾上自己的课,若不是张燕老师介绍您,我们恐怕今天都不知道您的名字。

所有这些让我们这些热血男儿感到非常难过!李老师,请您看我们一眼吧!

李老师,您能对我们笑一笑好吗?!自从当您的学生以来,我们从未见过您对我们笑过,不知道是什么原因?难道我们没有资格当您的学生吗?难道我们是一群不可教育的孺子吗?

李老师,学生最希望能得到老师的赏识的,您能对我们一笑吗?其实您笑起来很有魅力的,起码要年轻十岁,真的!

　　苦也一天,乐也一天,何不开开心心每一天!

　　敬祝您工作愉快,全家幸福!

军转班全体学员(签名):唐海林

欧树军一口气念完后问:"大家看怎么样?"

学员们异口同声说:"通过!"

欧树军说:"那好,我再念写给段老师的信。"

在一个适当的时机,唐海林把这两封信分别交给了李连金、段小九两位老师。

镜头一:

在办公室里,李连金打开学员们给他的信件,他的脸色一会白一会红。这时一位女教师走进办公室。

"李老师,这么冷的天你怎么还冒汗呀?"那位女老师道。

李连金说:"哦,今天衣服穿多了。"

镜头二:

在段小九家里,他打开学员们给他的信件,轻轻念道:

　　段老师,也许在您的眼睛里,我们永远是一群傻大兵,永远是头脑简单四肢发达的一介武夫,现在有幸进了教育口,将来各自回到单位后,不是干后勤,就是(最多)当个体育老师。您学历高知识丰富,这我们承认,但有道是当了兵遗憾三年,不当兵遗憾终生。孔老夫子说:三人行必有我师。我们在部队所学的恰是您人生履历中不具备的。

　　段老师,也许我们永远不如您学心理学学得透彻,也许我们永远不如您对艾里克森、巴甫洛夫们了解得多,但摘下您的眼镜看我们好吗?当您摘下眼镜后您会发现,这些退伍兵真的很可爱。

镜头三:

叮铃铃……

李连金大步向军转班走去。

"同学们,我今天是专门向你们道歉和道谢来了!"说完,深深一鞠躬。

学员报以热烈的掌声。

"同学们,你们写给我的这封信是一场及时雨啊,它让我看到了自己的不足,它更让我看到了自己这十多年来的做法多么幼稚,多么不成熟!在此,我衷心地感谢你们!"说完,又深深地二鞠躬。

唯有掌声才能代表学员们此刻的心情。

"同学们,知道我为什么不笑吗?十多年前,也就是我刚毕业分配到讲修学校那一年,一天我正在给学生上课,一位老师跑来告诉我说:你母亲病了,家里人打电话来叫你抓紧回家。我说,这节课刚上一半,我上完课再回去。万没想到,等我急匆匆赶回家,母亲在我回家前五分钟因病突然去世了。我恨自己为什么贪上那半节课?不早五分钟回家见母亲最后一面?从那以后,我在上课时,学生们再也没见过我的笑脸。十多年了,我一直没有改变,如果按照心理学的说法,这也许是病态。是啊,正如你们所说:苦也一天,乐也一天,何不快快乐乐每一天!毕竟人死不能复生。同学们,就让我们一切重新来过吧!"说完,又是深深地一鞠躬!

又一阵热烈的掌声!

镜头四:

叮铃铃……段小九向军转班走去。

"段老师,您走错了!"段小九刚走进一间教室,被先到的一个老师堵在门口。

段小九说:"走错了?这不是军转班吗?"

"军转班在隔壁。你今天怎么没戴眼镜?"

"哦,眼镜忘带了。"段小九很尴尬。

段小九终于摸进了军转班:"同学们,昨天看了你们给我的信,心里久久没有平静下来,我为我过去的教学失误在此深表歉意。"说完深深一鞠躬。

同样是掌声,同样的热烈。

"按照你们给我提的意见,我现在真的把眼镜摘下来看你们来了,不过刚才走错了门,走到其他班去了。"

"哈哈……"同学们开心地笑了。

"同学们,今后我一定按照你们给我提的意见和建议去做,请你们时时提醒我监督我。好吗?"

"好!"二次掌声,二次热烈。

"不过,没有眼镜,这眼睛真的不好使,请同学们批准我还是戴上眼镜,可以吗?"

"可以!"

有了学员们的批准,段小九把眼镜拿出来戴上,他感觉眼睛比以前亮多了。

叮铃铃……

"各位,你们有没有发现我们学校近来有什么明显变化吗?"在办公室里,一个老师见李连金和段小九去上课了高声道。

"什么变化?没感觉到啊!"另一个老师说。

"大家有没有留意李连金和段小九?"那个老师提醒着。

"别说,自从这两个人带军转班的课以来,就感觉他们跟以前大不一样了。"

"对!对!李连金从来不笑,现在开口笑了;段小九从来不谦虚,现在也懂得谦虚了。"

"怪!真怪!张老师,这到底是怎么回事?"大家把目光投向军转班的班主任张燕,希望他能解开谜底。

"呵呵……"张燕一个劲地笑,无论谁怎么问,他只笑不语。

元旦到了。这是2002年元旦。

进修学校搞了个元旦联欢晚会。晚会由进修学校的一位女老师和军转班的欧树军主持。

在这台晚会上,军转班的学员几乎每个人都有节目。开始,他们共同合唱了一首军歌;而后他们单个或三三两两表演节目,有唱歌的,有跳舞的,有打军体拳的,有诗朗诵的。

在这台晚会上,唐海林朗诵了自创的献给老师的诗歌:"是你给了我们自信的力量,是你给了我们飞翔的翅膀……"

在这台晚会上,张燕老师拉起他心爱的二胡,段小九吹起他拿手的笛子,连最不爱唱歌的李连金,也在学员们的感召下唱起了优美动听的《小城故事》。

在这台晚会上,军转班的学员们最后以一首《咱当兵的人》将晚会推向高潮:

咱当兵的人,有啥不一样,
只因为我们都穿着,朴实的军装。
咱当兵的人,有啥不一样,
自从离开家乡,就难见到爹娘……

光阴似箭,日月如梭。转眼间,两个月的岗前培训结束了。

在毕业典礼上,班主任张燕老师意味深长地说:

"同学们,教师是太阳底下最光辉的职业,也是最平凡、最辛苦、最能考验人的职业。伟大的教育家陶行知先生要求我们:捧着一颗心来,不带半根草去!因此,我希望同学们回到单位后,无论是在后勤搞保障工作,还是有机会到前勤当一名光荣的人民教师,一定要千教万教,教人求真,千学百学,学做真人!天高任鸟飞,海阔凭鱼跃,最后,我衷心地希望同学们像当代教育家魏书生那样在平凡的岗位上干出不平凡的业绩,在平凡的岗位上开花结果!"

"起立!"军转班班长唐海林命令道,"敬礼!"这群退伍兵正以他们特有的方式表达了他们对恩师的敬重之情!

8

2月17日,是新学期开学的第一天,也是唐海林到白云中学正式上班的第一天。

这天一大早,唐海林上身穿棕褐色皮衣,下身穿绿军裤,雄赳赳气昂昂来到了母校——白云中学。

走到校门口,望着那白雪掩映下的一排排校舍,看着那一个个天真烂漫的莘莘学子,比着那一位位才识渊博和有学者风度的辛勤园丁,唐海林突然停住了脚步,因为在这一刹那他失去了跨进校门的勇气和底气!

"我是什么?我是领导?不!是老师?不!"面对这既熟悉又陌生的环境,唐海林感到十分茫然!他想,我必须给自己重新定位,我必须找准自己的位置,否则,必将迷失自我,迷失方向!

"我一不是领导,二不是老师,那我到底是什么呢?"

唐海林在心里苦苦地思索着……从那一个个求知若渴的学生身上,他似乎一下子找到了自己的身影:"我是一个兵,我更是一个学生啊!"

"对!我就是一个兵,我就是一个学生!"唐海林以十二万分之一秒的速度为自己定位,在经历短暂的茫然失措之后,他终于认清了自己,终于找准了自己的位置。

当认清了自己,也找准了自己的位置,唐海林感觉浑身上下轻松多了,此刻他的心情就像那雪过天晴的太阳,露出了笑脸。于是,他大踏步向校长室走去。

"报告!"

"进来!"

"校长。"唐海林一走进校长室就说:"我来上班了!"

"海林。"覃洪武放下手中的电话:"你来得正好!"

唐海林说:"校长,您看我……"

覃洪武急切地说:"海林,总务娄主任正带人在新华书店运书,那边缺少人手,你抓紧过去!"

"校长,"唐海林终于鼓足了勇气,"我想到前勤当一名老师!"说着拿出教师资格证书。

覃洪武接过一看:"不错啊,海林,想不到你已经在部队把教师资格证都拿到了。"

唐海林有些不好意思:"这是我在部队当教员时,利用业余时间学习拿到的。"

"开学工作千头万绪,而本学期工作是上学期工作的延续。"覃洪武看着教师资格证,突然话锋一转:"上学期哪个老师带哪个班带什么课,本学期继续带。海林,你想到前勤当老师,这是好事,关键是到现在为止,前勤还没有出现空缺。你看这样行吧?如果你确实想当老师,还得等到下学期,看看有没有机会。"

"那好吧,校长。"唐海林似乎有点遗憾地说:"我这就到总务报到去。"他想,覃校长的话已经说到这个份上,还有什么好说的呢?再说,军人以服从命令为天职。

另外,覃洪武见唐海林要离开马上补充说:"你到总务娄主任那先报个到,今后娄主任直接领导你。"

唐海林愉快地答道:"是!校长。"

革命战士是块砖,哪里需要哪里搬。唐海林想:干革命不能讲价钱,无论是干前勤还是总务,只要能到学校工作,只要能为家乡的教育事业服务,就是自己的最大心愿。

现在还不能一下子实现自己的夙愿,如今看来,想当老师只能慢慢等待了。从校长室一出来,唐海林就飞快地下楼了。

刚到楼梯口,唐海林差点与一个女教师撞了个满怀。

"丽君,是你!"唐海林惊喜道。

郑丽君惊愕了一下,马上坦然地说:"欢迎老同学回母校工作。"说着大大方方伸出了右手。

唐海林握住郑丽君的手说:"今后要给您添麻烦了。"

"哪里有什么麻烦。"郑丽君说:"大家都是同事。"

此外,二人别无二话,然后各奔东西。

唐海林来到镇新华书店,那儿已是车水马龙,人来人往,白云镇周边的五个乡镇的十多所学校也都到白云来运书。在总务娄主任的安排下,他先是和总务人员一起用板车将书籍课本从新华书店一板车一板车运回学校,接着再发给各个班级。这样,整整忙了一天。

晚上六点,白云中学召开了周前会,这是本学期以来的第一次全体教职工会议。

主席台上坐着校长覃洪武、副校长章利和校长办主任黄小平。台下教师自然坐成两大块,一块是男教师,一块是女教师,各占半壁江山。

点名开始了。

"刘希斌。"

"到。"

黄小平坐着点名,大家坐着答道,这已经成为一种不成文的习惯。

"丁颖。"

"到。"

"郑丽君。"

"到。"

……

"唐海林。"

"到!"

犹如一声晴空霹雳响彻在整个会议室,这是军人特有的条件反射,唐海林一边答道,一边猛然笔挺站起,那一百多双眼睛顿时从四面八方齐刷刷向他投射过来。此刻,唐海林感觉这是一双双火辣辣的火眼金睛,金睛里的光芒如同利剑一样直刺到他心里面。他知道,这目光里更多的是疑问、是观望、是期待!而此刻,躲在女教师堆里有一个人,脸上的红晕从面颊一直红到耳根,她很庆幸,幸亏当初没有嫁给他!

"她是谁呀？她说的他又是谁呀？"

"她是郑丽君，他是唐海林。"

郑丽君清楚地记得与唐海林谈恋爱时的场景历历在目。那还是七八年前的事情，当她第一次与唐海林单独约会，那时的她落落大方、有说有笑，而唐海林一见到她就面红耳赤吞吞吐吐反倒像个头一回上轿的大姑娘，她问一句，他答一句，他绝不多说一句。他们一起逛街，走着走着，唐海林迈起军人铿锵有力的步伐，竟然把她远远地甩在后面，气得她直发小姐脾气："当了这么多年的兵，你怎么还跟学生时一个样啊！"唐海林傻乎乎的只是笑。

一到关键时刻就掉链，一到正规场合就拉稀。最要命的是，郑丽君把唐海林带到她家让她爸妈三堂会审，当他们来到郑丽君家门口时，一见到满庄的人都跑来看热闹，衣帽整齐的唐海林竟犯了一个只有新兵时才会犯的低级错误：同手同脚走路！引得丽君家的左邻右舍哈哈大笑。

在郑丽君家里，唐海林更是傻劲犯上来了，笔挺坐在那里一动不动，像个犯人等待审判。丽君爸问："士官是官不？"唐海林答："不是官。"丽君爸问："志愿兵是兵不？"唐海林答："是兵。"此外别无二话。等唐海林一走，丽君爸凭借老经验斩钉截铁地对她说："这门亲事说什么你不能同意！一者这个人太老实，老实人在这个社会上肯定吃不开；二者他是兵不是官，你要饱受两地生活之苦；三者他迟早还会回家转，还不知道回头朝哪！"那时的郑丽君人称邓丽君，追她的人没有一个营，也至少有一个连。正春风得意的她原本对唐海林举棋不定，经老爸一开导，她忽然一下想开了，想的更实际了，于是她一头投奔到门当户对的刘希斌怀抱后，一狠心把唐海林一脚踹了，尽管她认为唐海林是一个出色的好男人。

近一个小时的周前会很快结束了，随着覃洪武的一句"散会！"白中的全体教职工开始陆陆续续离开会场。

"丽君，丽君，"一直坐在郑丽君里边的快嘴丁丁颖见人陆续走了，郑丽君还坐在那里无动于衷，于是用手推她的肩膀："想什么呢？"

郑丽君仿佛还沉浸在回忆之中，心不在焉说："没想什么。"

"散会了！"

"什么，散会了？"

"是啊，我的大小姐！"

"哦。"郑丽君应了一声，才起身和丁颖一起离开。

在这次会议上，覃洪武就新学期工作进行了全面部署，心猿意马的郑丽君居然一句没听进去。

开完会后，刘希斌回到家中实在抑制不住自己的情绪，坐在沙发上开始当起演员来。

"唐海林——"

只见细高个刘希斌一边喊着唐海林的名字一边站起来答："到！"接着迅速坐下重新来过，连续做了三次，做完这一系列动作后，开始捧腹大笑。

坐在他身旁看电视的六岁女儿刘紫薇被刘希斌这个异常举动吓坏了，她伸出小手摸着刘希斌的头说:"爸,你没有发烧吧?"

刘希斌一把推开紫薇的小手:"去去去!"

从厨房出来的郑丽君把碗筷往桌子上一摔:"你这个人有完没完?"

刘希斌一边笑一边说:"我到现在才真正明白你当初为什么不跟他,跑过来追我了!"

"你这个人怎么这么低俗? 我会追你吗?!"郑丽君说:"我看人家挺有军人阳刚之气的,你骨头里缺少的就是这个!"

被郑丽君这样一将军,刘希斌顿时像秋后霜打的黄瓜——蔫了。"好好好! 俺就是没有男人味,行了吧!"

"琳娜,吃饭了!"郑丽君见刘希斌偃旗息鼓了,转身朝小卧室喊去,见没有动静,马上对女儿说:"紫薇,看你姑姑作业做好了吗? 叫她来吃饭。"

紫薇赶紧放下手中遥控器,跑到小卧室喊道:"姑姑,吃饭了!"

原来,刘希斌老家离学校比较远,在白云镇最东边,距离学校有二十多里的路程,为了方便小妹刘琳娜上学,经郑丽君批准同意,刘琳娜搬到他们学校的家来住。

因为他们是双职工,所以分到的房子比单职工多一间,于是在他们结婚那一年,刘希斌把房子装修成两室一厅,他们一家三口住后面的大卧室,刘琳娜住前面的小卧室。像他们这样的双职工情况,学校还有好几对。

刘琳娜模样如出水芙蓉,比同龄女孩显得成熟,就在初二(3)班上学。

开完会后,唐海林随着司马洪来到宿舍。

"司马老师,我初来乍到,今后有什么不懂的地方还请您多多指教。"唐海林谦虚道。

司马洪很高兴:"一家人不说两家话。海林,你能来咱学校工作,我非常高兴,这说明咱们的师生缘分没尽,你和白中的缘分没尽。"

唐海林很兴奋:"咱们师生的缘分永远不会尽的。"

司马洪郑重地说:"不过,无论什么时候,我希望你要牢记住这句话,勤勤恳恳做人,干干净净干事。"司马洪桃李满天下,学校里的教师有三分之一是他带出来的学生,包括唐海林和郑丽君等。

唐海林说:"我会永远铭记在心里的!"

司马洪问:"你晚上怎么住?"

唐海林说:"总务主任说,学校暂时没有房子,我打算先回老家住。"其实他说回老家住,也只能到他大哥家去住。

司马洪说:"学校人多住房比较紧张,要不,你就来我这里住吧!"

唐海林环顾了一下,司马老师的宿舍不足10平方米,刚好放下一张床和一张桌子,如果再放进一张床的话,桌子就得撤掉,于是他说:"您这地方小,我还是不麻烦您了。"

放晚学后,覃洪武拖着一身疲惫回到家里。

妻子王青关切地问道:"海林来上班了吗?"

覃洪武说:"来了。"

王青问:"怎么样?"

覃洪武说:"头一天感觉还行,不知道以后咋样。"

星期一,唐海林和总务人员一道在学生宿舍安装损坏的门窗玻璃。

升旗仪式的时间到了。

总务副主任赵传一请示说:"老娄,今天的升旗仪式,咱们几个参加不参加?"

"按理说必须参加。"总务主任娄新明说:"天气这么冷,玻璃又损坏这么多,如果今天安装不好,学生今夜里要挨冻的。"

赵传一说:"今天的升旗仪式可是开学以来的第一次呐。"

"你们几个一身脏兮兮的,等换好衣服洗好手,升旗仪式也结束了。"娄新明说:"我去跟覃校长说一下,你们几个不要参加了。"

操场上,升旗仪式正在进行。

"升旗仪式现在开始!"政教主任阎玉强主持升旗仪式。"出旗!"

随即,出旗曲响起,齐聚旗杆下的白中师生们,用那一双双眼睛紧盯着站在队列前面的七位旗手。这七位旗手在出旗曲的伴奏下护着国旗,迈着说正步不正步,说齐步不齐步的步子朝旗杆走去,走着走着一个旗手突然打了一个趔趄,差点摔倒在地。

"哈……"原本挺严肃的升旗仪式,居然把全体师生都逗笑了。

"升国旗,奏国歌!"阎玉强见升旗手把国旗绑好后,下达了第二道指令。

接着,师生同唱国歌。

在全体师生的一片掌声中,覃洪武手持讲话稿向旗杆下走去,站在话筒前,覃洪武意气风发地说道:

"各位老师,同学们:崭新的一年又开始了!俗话说,一年之计在于春……"

唐海林无论干什么,总是爱琢磨。他在安装玻璃时发现,凡是好毁坏的窗户玻璃,十有八九因为风钩损坏导致的。再看这些损坏的风钩,有的掉了,有的断了,有的锈蚀了,有的变形了;有的地方没有了风钩,被学生拴上绳子和铁丝来代替风钩,风一刮,玻璃不坏才怪呢。唐海林指着一个坏掉的风钩大胆向赵传一建议说:"赵主任,咱们光安玻璃还不行,关键是把毁坏的风钩换掉才行。"

赵传一走到跟前一看:"海林,你说的没错呀,窗户风钩年久失修,是该换一换了。"

总务人员章东风放下手中的活,埋怨说:"别说,小唐说的还真有道理。这坏掉的风钩不更换的话,我们把玻璃安装得再好再结实也没有用,一阵风刮来,哗啦一下又完蛋了!"

唐海林问:"像这样安装玻璃一年要几次?"

赵传一答:"别提了,一学期至少两次。"

"如果哪个季节风多,一学期要好几次!"章东风补充道。

赵传一说:"海林,你把坏掉的风钩统计一下,等老娄来,我跟他说此事。"

"好的!"唐海林答道。

升旗仪式一结束,覃洪武把几个体育教师叫到办公室。

覃洪武板着脸说:"把你们几个叫来,不为别的,就为升旗仪式。你们看那几个旗手,走的是哪国正步?如果上级领导到我们学校检查工作看到了,咱们白中的脸都丢光了!"

体育教研组组长卓雷说:"覃校长,这不是学期刚开始嘛,大概放假学生把正步忘记了。"

覃洪武很生气地说:"过个年,学生就把正步给忘记了,看来这个正步学得不咋样!还有,上学期,每次升旗仪式,那几个旗手踢的正步比今天也好不了哪里去!"

几个体育教师一听覃校长如此评价旗手,便不敢再争辩了,只好洗耳恭听,包括卓雷。

覃洪武说:"你们几个无论如何,一定要想方设法把升旗仪式给我抓起来,特别是那几个旗手踢正步、护旗、升旗的几个环节,给我整得要像模像样上档次,别再稀里哗啦的,这事具体由卓雷负责,其他人员协助。我希望下次升旗仪式上不要再发生类似的事情!"

卓雷拍着胸脯说:"我们保证完成任务!"

操场上,卓雷指挥旗手们训练着,他们已经训练三天了。

这时,副校长章利从操场边急匆匆经过,卓雷喊道:"章校长,你过来看看,咱这个正步踢的咋样?"章利从市职业高中调来的,他早唐海林一个月到白中,卓雷和他是大学同学,所以,卓雷和他平常很随便。

章利一摆手:"我那边还有事,你们慢慢练。"

卓雷强行上前一把拉住章利:"就一会!就一会!"

盛情难却,章利只好驻足观看。

从出旗到升旗,卓雷指挥着旗手们完整地做了一遍。完成后,卓雷让旗手们休息,然后跑到章利面前喜形于色说:"怎么样?怎么样?"

章利点头又摇头说:"比原来是好些,关键是这正步还是踢得不咋样。"

"这学生又不是解放军。"卓雷委屈说:"你难道非让他们踢得跟天安门国旗护卫队似的?"

"你能让学生正步踢得像国旗护卫队一样,那说明你老卓才真正有水平。"章利眼前一亮说。

卓雷说:"章校长,说正经的。"

"你看我不正经吗?"章利说:"不!你看我不像正经样吗?不!你看我说的不像正经的吗?!"

"哈……"体育老师和那几个旗手全笑了。

卓雷说:"你感觉能过覃校这一关吗?"

章利摇头说:"我这一关就难过,恐怕覃校长那过不了。"

卓雷问:"真的假的?"

"别真的假的,你还是抓紧练吧!"章利说完转身走了。

听章利这么一说,卓雷心里没底了,赶紧把几个体育教师叫到跟前说:"各位,还有什么绝招,赶紧使出来!"

高二体育教师欧树银说:"我看差不多了,起码能走成块了。"

初三体育教师杨修华说:"依我看,还不行,离覃校长的要求还差十万八千里呢!"

欧树银反问:"你看不行,你来!"

杨修华憋红了脸反驳说:"我能来,还用你说?!"

卓雷不悦:"不要吵,关键是怎么解决问题。"

初一体育教师徐春华突然拍着脑门:"办法有了!"

众人问:"什么办法,快说!"

唐海林的建议果然奏效了,安装完男生宿舍的玻璃后,娄新明就组织他们对全校所有的窗户上的风钩进行检修了一遍。

在女生宿舍,娄新明边安装风钩边对赵传一说:"咱们总务来了个唐海林,我以后要省心多了。"

赵传一说:"是啊,有海林跟我搭档,我也如虎添翼!"

这时,体育教师徐春华急火火来到跟前说:"娄主任,跟你说个事。"

娄新明拍着胸脯说:"什么事,尽管说。"

徐春华说:"卓老师让我来跟你借个人用。"

娄新明问:"借人?借谁?"

"唐海林。"徐春华答。

娄新明半开玩笑地说:"好小子,人家唐海林到我这还没焐热窝,你们就想来打劫啊?"

赵传一说:"不借!"

娄新明也附和说:"对!不借!"

徐春华央求说:"娄老师,赵老师,不看僧面看佛面,看在咱们多年师生的份上,借吧!"娄新明和赵传一都在前勤干过,都当过徐春华的初中老师。在操场上,当徐春华说出他的想法——就是请复转军人唐海林帮他们训练旗手,获得了大伙的一致赞同。在让谁去请唐海林的问题上,大伙一致推举他,他也在大伙面前拍着胸脯说:"这事只要我一出马,保证马到成功!"现在娄、赵二人不借唐海林,所以他急了。

娄新明问:"借小唐干什么?"

"覃校对升旗仪式不满意。"徐春华说:"让我们体育组组织旗手训练,已经训练三天了,还不理想,所以……"

赵传一说:"所以,你们就来打小唐的主意,对不?"

徐春华竖起大拇指:"还是俺师傅高明,一下就识破弟子的心思。"

"臭小子!"赵传一说:"就知道给你老师戴高帽子。"

娄新明问:"借多长时间?"

徐春华反问:"这怎么好说?"

娄新明来劲了:"不好说,那就不借!"

赵传一忙圆场:"给个准确时间。"

徐春华说:"一天,行不?"

娄新明说:"一天?时间太长了吧,我连半节课都不想给,你还狮子大开口,免谈。"

徐春华说:"半天行不?"

赵传一说:"半天也长,我们总务得耽误多少事。"

徐春华放低了请求:"那给多长时间?"

娄新明说:"一节课,怎么样?"

徐春华说:"两节课!"

赵传一说:"臭小子,就知道讨价还价!"

徐春华嘿嘿傻笑。

"两节就两节!"娄新明说着伸头向三楼喊道:"海林,海林,下来一下。"

"知道了,我这就下来。"唐海林忙放下手中的活,赶紧跑了下来问:"娄主任,有事吗?"

娄新明说:"这位是徐老师,他们体育组想请你帮他们训练一下学生踢正步。"

"行,没关系!"唐海林满口答应道。

徐春华伸出手欲与唐海林相握:"麻烦你了!"

唐海林伸出脏兮兮的手笑了:"不好意思,脏!"

赵传一交代说:"海林,娄主任给你两节课的时间,你抓紧去抓紧来。"

唐海林说:"行。"

徐春华一边拉着唐海林下楼一边回头说:"让唐老师加入我们体育组,不让他回来喽!"

赵传一说:"臭小子,你敢!"

娄新明说:"这个春华,得了便宜还卖乖!"

春风里,阳光下,一个穿着旧军装的人正在操场上踢着标准的正步。这正步,铿锵有力;这正步,悦耳动听;这正步,惊天动地——成为校园里一道亮丽的风景。

这个踢正步的人,不是别人,正是唐海林。只见他正步到学生跟前,行了个标准的军礼!

学生们鼓起了热烈的掌声,老师们投来赞许的目光。

唐海林说:"刚才,我给同学们做了个示范,只要同学们按照我的要求严格训练,就一定能踢好正步。俗话说,站如松,坐如钟,走如风。踢好正步的关键是立正,也就是站立,只有站好了、站稳了,才能走好了、走稳了,才能走如风、踢好正步。好,下面我们就从站姿开始。全体都有了,听我的口令,向右看——齐,向前——看,稍息,立正!"

同学们按照唐海林的要求一字排列呈横队。

唐海林说:"立正要领,两脚跟靠拢并齐,两脚尖向外分开约60度,两腿挺直;挺胸收腹,两手自然下垂,手指自然并拢微屈,拇指尖贴于食指的第二节,中指贴于裤缝;头要正,颈要直,口要闭,下颌微收,两眼平视。"说着做起示范动作,然后检查学生动作要领有没有到位。

同学们没站几分钟开始东摇西晃了。

唐海林打气说:"坚持就是胜利。我们在部队搞训练,一站就是几个小时。因此,我希望同学们在站立的过程中,哪怕是苍蝇叮、蚊子咬也不要动一下,战斗英雄邱少云在烈火中一动不动,除了革命意志之外,那也是练出来的。"

体育组的老师们站在一边,投来赞许的目光。

站了一会,唐海林让同学们休息一下,然后和同学们一起站立,从五分钟到十分钟,同学们全部挺过来了。

接着,唐海林开始教同学们如何正确踢正步了。从分解动作到连续动作,短短不到两节课的时间,同学们已经能把踢正步的整套动作完成下来了。

唐海林走到卓雷跟前说:"卓老师,就按照我刚才的方法训练,不出半天工夫,同学们一定会踢好正步的。"

卓雷上前握住唐海林的手说:"谢谢你,海林!今后这方面要多向你学习。"其他体育老师也纷纷向前来道谢。

望着唐海林远去的背影,高二体育老师欧树银感慨万千说:"这当过兵与没当过兵就是不一样!"

徐春华说:"行家一出手,就知有没有。"

"是啊!是啊!"其他体育教师纷纷附和道。

转眼,开学以来的第一个周末到了。披着晚霞的余晖,唐海林兴高采烈地回到家中。

董君梅像是迎接凯旋的勇士,一个劲地上下打量她的丈夫。心疼地说:"怎么才走一个星期,就黑了,又瘦了!"

唐海林满不在乎地说:"我黑了吗?瘦了吗?我怎么没有感觉到啊!"

"我的直觉告诉我,你就是被太阳晒黑了!"董君梅猜测说:"是不是学校的食堂伙食不好,所以瘦了?"

"黑,是健康的表现。"唐海林笑了:"至于瘦嘛,你看我这么胖,瘦个十斤八斤怕什么?全当减肥了。"说着攥紧拳头卷起了健壮的胳膊。

董君梅用手指着唐海林的鼻梁说:"你呀,总是理由多多。"

唐海林洗去一路灰尘和疲劳,坐到了饭桌边。

唐创高喊着:"开饭啦!"

董君梅一边给唐海林盛饭一边问:"到学校后感觉怎么样?"

唐海林说:"我感觉跟在部队时差不多,学校这个环境正适合我。"

董君梅说:"在总务干,累不?"

"累倒不累,就是事情散些。"唐海林若有所思说:"君梅,跟你说个事。"

董君梅问:"什么事?"

唐海林说:"我想从这个星期开始骑自行车上下班。"

董君梅说:"从县城到白云来回有一百多里的路程,骑自行车多辛苦!"

"辛苦倒不辛苦。"唐海林说:"关键是坐一趟车,来回要十多块钱,一年下来也得花掉不少钱。"

"其实,你一个月只来家四趟,一年下来也要不了多少钱。"董君梅说:"你还是坐车吧。"

"我们学校有好几个老师的家也在县城,我看他们来家也是骑自行车,我正好和他们作伴。"唐海林说:"另外,也权当锻炼身体了。"

"好好好。"董君梅说:"我总是说不过你,我批准你骑自行车啦!"

天平再一次向唐海林倾斜。

自从骑上捷安特上下班后,唐海林心里踏实多了,有一种回归自然的感觉。因为在他看来,中国是世界上头号自行车大国,自行车无污染又环保,既能锻炼身体还不耽误思考问题,应该是世界上最好、最便利、也是最廉价的交通工具了。

　　晚上,董君梅依偎在唐海林怀里撒娇说:"在学校,想我吗?"

　　唐海林说:"想啊。"

　　董君梅问:"哪里想我的?"

　　"浑身上下每个汗毛孔都想!"唐海林拿起君梅的手抚摸着自己的心口说:"尤其是这里!"

　　摸着唐海林怦怦跳的胸口,董君梅小鸟伊人般问:"在学校里能见到你的老情人吗?"

　　"能啊,"唐海林说,"几乎天天能见到!"

　　"现在在一个单位上班,我可不允许你旧情复燃噢!"董君梅说。

　　唐海林一声长叹:"很想旧情复燃啊!"

　　董君梅扭起唐海林的耳朵:"你说什么?"

　　唐海林龇牙咧嘴:"只可惜已经燃不起来喽!"

　　"你说什么?"董君梅用劲扭着唐海林的耳朵:"再给我说一遍。"

　　"哎哟!"唐海林大叫着:"老婆饶命啊!"

9

转眼,第二周的升旗仪式到了。

随着出旗曲响起,旗手们迈出了整齐的步伐,这步伐和出旗曲配合得天衣无缝,人们仿佛真的从天安门国旗护卫队中找到了他们的身影!此刻,白中全体师生们都投来了士别三日当刮目相看的目光,覃洪武的脸不再拉多长,而是露出了满意的笑容,卓雷长长喘了一口气。

周前会上,覃洪武对体育组大加赞赏了一番,他语重心长说:"凡事就怕'认真'二字,只要我们认认真真去做每一件事情,没有做不好的,也没有完成不了的……"

唐海林正式成为学校后勤人员后,他和后勤其他人员一道干一些清扫垃圾,安装门窗玻璃,栽花种树等杂活。有什么,干什么;干什么,像什么。有什么脏活累活,他总是抢着干;有什么难活险活,他总是冲在前——这也彻底改变了退伍军人在全校教职工心目中的形象。

每当唐海林汗流满面地从一些老师面前匆匆忙忙走过,他们无不竖起大拇指:"看,人家这才是真正当过兵的人!"但也有人这样说:"谁知道他又能坚持多久呢?"

因为唐海林是新来的,而且是从部队回来的,所以后勤人员有事没事总喜欢找他说话,谈论一些部队里的事情。

一天上午,后勤几个人在主任娄新明的带领下在校园里栽花。娄新明一边干活一边问挥锹铲土的唐海林:"小唐,部队的情况到底怎么样啊?"

唐海林自豪地说:"我当兵十几年来,感觉部队一天天强大起来了,武器也先进了,兵员素质也提高了。"

"我儿子去年没考上大学,"娄新明说,"我一看到你就想让他今年去部队锻炼锻炼。"

"那好啊!"唐海林说,"说心里话,尽管我当了十多年的兵,但我总觉得还没有当够。"

"是吗?"娄新明说:"但我一想到前几年分配到学校的那两个退伍兵,我就打退堂鼓。"

唐海林听了娄主任的话,露出了一脸疑惑:"那两个退伍兵怎么了?"

"那两个兵!"娄新明闪烁其词说:"唉,别提了!"

赵传一听到唐海林追问此事,见娄新明吞吞吐吐的,快人快语说:"老娄,那两个兵的事,你不妨说给小唐听听,其实也没什么大不了的。"

经赵传一这么一鼓动,娄新明只好开始讲述那两个退伍兵的故事。

原来,五年前分到学校的一个退伍兵到校没多久,酒后和街道上的一个青年因琐事发生争执,结果一气之下一刀把人给捅死了。当警方到学校抓捕他时,他还劫持了一个女学生当人质。为此,新邳市动用了大半个市的警力将学校团团围住,白中全体师生成了惊弓之鸟。最后在警方的政策攻心下,这个退伍兵才缴械投降锒铛入狱。

前年的那个退伍兵,是一个很够哥们的那种,唯一缺点就是看谁不顺眼就想动手打谁,学校里有几个年轻教师也被他打过。校长找他谈了几次话就是不改,后来,这个兵终因耐不住学校的清贫自动下岗自谋职业了。

唐海林了解了真相之后才明白过来,覃校长当初为何极不情愿要他;而司马洪老师又为何要求他:勤勤恳恳做人,干干净净干事。

临近第四节课,娄新明把后勤几个人带到学校东边的淮海饭店。干什么?原来,今天是学校生物教师何长斌和初二政治教师范琦二人的新婚大喜日子,他们把喜宴定在淮海饭店,由于饭店人手少,按照惯例后勤人员帮忙来了。

在娄新明这个大总的统一坐镇指挥下,后勤人员开始忙活起来:做柜的做柜,洗刷的洗刷,张贴的张贴,端盘的端盘……唐海林忙里忙外,一会也不闲着,被柜台旁的饭店老板娘看到了,她不失时机打听娄新明:"那个小伙子是谁啊,这么勤快?"尽管这个老板娘已经半老徐娘了,但仍有几分姿色,从那没有皱纹的额头上可以看出,这个老板娘年轻时是个大美人。

娄新明自豪地说:"叫唐海林,才转业分配到咱学校的。"

老板娘问:"是个退伍兵?"

娄新明点点头:"没错。"

老板娘很好奇:"他有对象吗?"

娄新明笑嘻嘻的:"怎么,你要给他介绍对象吗?"

"难道说,俺不可以吗?"老板娘很自信,因为她这个月下老曾成功介绍几十对。

娄新明朝唐海林大喊:"海林,你过来一下。"

唐海林走了过来:"娄主任,什么事?"

娄新明喜形于色说:"老板娘看上你了!"

娄主任一语惊店,顿时把后勤人员全部吸引过来了。章东风竖起大拇指说:"小唐,人缘不错啊,到哪都走桃花运呀,连老板娘都看上你了!"

老板娘面不改色笑呵呵推了娄新明一把:"你们都胡说什么呀?"

娄新明急忙纠正说:"我是说,老板娘想给你介绍对象!"

唐海林的脸胀得通红,刚想开口,赵传一却抢先一步说:"老板娘,你想让人家犯重婚罪吗?"

老板娘惊呼:"什么?已经结过婚了?"

唐海林笑笑说:"是啊!我结过婚了。"

赵传一补充说:"人家小孩都能打酱油了!"

老板娘问:"你今年二十几了?"

唐海林说:"我今年三十一了!"

老板娘问:"你当了几年兵?"

唐海林答:"我十八岁当的兵,当了十二年!"

"真不敢相信,你是三十多岁的人!"老板娘连声说:"不敢相信,你是结过婚的人!"

随着《百鸟朝凤》的唢呐曲响起,已经下课放学的白中老师们陆续来到饭店,在后勤主任娄新明的主持下,白中全体教职工们为何长斌和范琦这对新人举行了一个简单而又隆重的婚礼。

何长斌任高三生物教师,小伙子今年26岁,毕业于南京师范大学,到学校不足三年,已成为高三生物学科的把关教师;范琦任初二政治教师,今年25岁,毕业于徐州师范大学,别看她是个女教师,讲起时事政治来,那是一套一套的。何、范二人自由恋爱,可谓是一个郎才,一个女貌。

翌日,娄新明把唐海林叫到办公室说:"海林,我们学校物理仪器室没人管理,经学校研究,决定由你来管。你看有什么困难吗?"

"没问题,主任。"唐海林爽快地答道。

"既然这样,你要把这个仪器室管理起来,另配合好物理老师搞好实验。"娄新明说着把仪器室钥匙交到唐海林手中补充说:"不过,你也不能单单管仪器室,平常后勤有其他什么活,你也得干。"

"请放心吧,娄主任,我会干的。"唐海林兴高采烈地拿着钥匙向仪器室走去,因为他终有一件具体的事情让他负责了。

然而,当他把钥匙往物理仪器室的锁孔里插去时,插了半天却怎么也插不进去,他甚至怀疑是不是娄主任把钥匙给错了,但转念一想,应该不会给错的。于是他找了一点缝纫机油滴到锁里,再用钥匙来回动几下,锁终于被打开了。

一打开物理仪器室的门,唐海林顿时傻眼了!

满地乱七八糟的垃圾,到处都是灰尘、蜘蛛网,实验器材东一件、西一件。显然,这是一间无人问津的仪器室,而且很久了。

既然校领导把这项光荣而艰巨的任务交给我,这说明校领导信任我也是考验我。于是,唐海林决定不等不靠,他要用自己的双手把仪器室重新建立起来。

洒扫、整理、登记,在唐海林的精心整理下,一个原本破旧不堪无人问津的仪器室顿时变了样。

刘希斌一放晚学到家里,就神神秘秘对郑丽君说:"知道吗?唐海林现在管理物理仪器室了。"

郑丽君若无其事说:"他管理仪器室有什么值得大惊小怪的。"

刘希斌郑重其事说:"这你就不懂了。他自从到学校这个把月来,无非打打杂扫扫地,现在才管个仪器室。这说明什么?"

郑丽君反问:"说明什么?"

刘希斌答:"说明他唐海林只能在后勤干干杂活养养老。这学历低就是不行,一没本科证,二没教师资格证,唐海林想当老师恐怕得下辈子喽。"

郑丽君没好气说:"好多人又是'木本'又是'草本'的,我没看水平高哪去!"

刘希斌坚持己见:"现在是讲究学历的年代,没有高学历就是不行!"

这天,唐海林正在整理仪器室。

"海林,海林。"这时,一个熟悉的声音在叫他。

唐海林十分惊喜:"司马老师,我在里面。"

司马洪手托一架天平走进仪器室。

司马洪说:"海林,这个仪器室好长时间没人管理了,这个天平还是我去年借的,现在由你来管就好了,物理实验课也有法上了。"说着把天平交给海林,"你把这个天平登记上。"

唐海林接过天平说:"我这就登记。"

司马洪环顾四周说:"现在整理得怎么样了?"

唐海林一边登记一边说:"已经整理过半,要想彻底的整理好,还得几天工夫。"

司马洪说:"来,我帮你一起整理。"说着拿起擦布擦实验器材。

唐海林一把抢过擦布:"您那么忙,还是我自己慢慢整理吧。"

司马洪抢过擦布:"我现在没课,闲着也是闲着。"说着又细细擦了起来。

唐海林拗不过只好让他干。

这位司马洪老师真的闲不惯,其实,他是学校的大忙人。近年来,学校老师走了一大批,有的进县城中学,有的到南方发达地区私立学校,有的下海经商。所以,司马洪老师带初三(2)班班主任和两个班的化学,另挂初二两个班的生物。

唐海林边干活边问:"司马老师,您教书多少年了?"

司马洪说:"你看呢?"

唐海林说:"我看您年龄五十露头,教龄不到三十年吧?"

司马洪笑了笑:"傻小子,我二十一岁参加工作,到今年整整工作三十八个年头了,今年底我就要退休喽。"

唐海林伸了伸舌头:"司马老师,我感觉现在的您和十多年前一样,一点也没变老,想不到您的教龄都比我年龄大。"

司马洪说:"岁月催人老啊!"

"您教龄那么长,工资一定不低吧?"唐海林问。

"我是咱校教龄最长也是工资最高的一个,每月801元。"司马洪说:"你的工资是多少?"

唐海林说:"现在还没下来,不过我看工资介绍信上是489元。"

"你在部队多少?"

"不到1700元。"

"看来地方与部队,北方与南方是有差别啊。"

"是的。司马老师,您看我还有机会到前勤当老师吗?"

"功夫不负有心人。我们学校目前有几个老师还都是临时代课的,何况你已经拿到了教师资格证。我相信,你迟早有一天会走上三尺讲台的。"司马洪补充说:"对了,你的学历现在怎么样?"

唐海林说:"我在部队参加自学考试已经拿到了大专,现在还想把本科拿到手。"

司马洪说:"应该拿。省里要求到2010年,中学老师必须达到本科学历,小学老师达到大专学历。我们学校好多年轻老师都在参加自学考试拿本科呢。"

唐海林说:"太好了!"

司马洪语重心长说:"海林,你要继续发扬在部队时的优良作风,更要耐得住清贫和寂寞,我相信你会干出成绩来的。"

唐海林诚惶诚恐说:"司马老师,白中是我的母校,我绝不会给您和白中丢丑的!"

恰在这时,只见两个年轻的女老师说说笑笑走进仪器室。

"司马老师,您也在这!"那两个女老师惊呼道。

"是啊,你们两个也来了。"司马洪一一介绍说:"海林,这位是咱学校初二(7)班班主任、物理老师丁颖。那位是丽君,你们是老同学,我不用介绍了。"

唐海林彬彬有礼说:"丁老师,您好;郑老师,您好!"

丁颖笑嘻嘻说:"我们是来借实验器材的。"

郑丽君红着脸忙说:"是啊,是啊。"

郑丽君不带物理课,怎么来了? 原来,丁颖带初二物理课,刚好学到《密度知识的应用》内容,需要一些实验器材。另外,她听说郑丽君的老情人唐海林现在管理仪器室,所以,脑子灵机一动,想出出她的洋相。"走,跟我出去一趟。"郑丽君问:"去哪?"丁颖说:"叫你走你就走,哪那么多废话!"万般无奈,郑丽君只好跟着走,就这样被快嘴丁稀里糊涂的领到了物理仪器室。

唐海林问:"二位需要什么,我给拿。"

"量筒1只、玻璃密度计1支、天平1架……"丁颖开了自己需要的物理实验器材,然后转身对郑丽君说:"丽君,你需要什么器材?"

郑丽君红着脸说:"司马老师,你看这个快嘴丁真是的,明明知道我不带物理,还问我要什么器材!"

司马洪笑呵呵刚想开口,丁颖抢先一步一本正经说:"你不借器材,你来干什么?"

郑丽君哑巴吃黄连:"你这个快嘴总是想怎么扯就怎么扯,明明是你叫我来的,还问我来干什么!"

司马洪忙圆场:"不借器材,也能来。"

唐海林拿好器材一边登记一边微笑说:"欢迎二位常来!"

郑、丁二人一边拿着器材一边说笑离开了仪器室。唐海林隐隐约约听到丁颖说:"现在物理仪器室终于有人管理了,以后做实验方便了。"郑丽君还沉醉在尴尬中:"好你个快嘴丁,我以后再也不理你了!"丁颖连忙赔笑说:"哪能! 哪能啊! 好姐妹哪能说不理就不理啊!"

在司马老师的帮助下,又经过两天的整理,物理仪器室终于彻底变了样。

这天,覃洪武没事转到了物理仪器室。

"在看什么呢? 海林。"覃洪武一走进仪器室,只见唐海林正在埋头看什么。

唐海林起身答道:"校长,为了更好地配合物理老师搞好实验,我在看物理书呢。"原来,唐海林不仅通过司马洪老师把初二到高三的物理书全部找来了,而且把各个年级、各个班级的物理课表找来了,还及时了解到各个年级、各个班级的物理课进度,这样一来,哪个年级、哪个班级的物理学到哪儿,哪个物理教师需要什么仪器,唐海林总是事先准备好,并且达到了万无一失的地步。

"好啊,海林,干工作就应该这样,无论干什么都要多想办法多动脑筋,这样工作一定能干好。"覃洪武见办公桌上除了物理书之外,还有一本读书笔记,于是情不自禁地拿起来查看,上面工工整整记满了密密麻麻的物理知识和各种仪器的作用,他开心地笑了。

唐海林说:"是,校长。"

不经意间,覃洪武发现办公桌一侧还有一张招生简章。于是问他:"怎么,还想参加函授?"

唐海林说:"我的学历还不够硬,我想利用业余时间报名参加自学考试。"

覃洪武一边在仪器室里踱来踱去一边说:"现在省教育厅和省电大办了一个专门针对你们复转军人的学历教育,我觉得你参加比较合适,等一会你到我那去看看,市局有一份文件。"

唐海林说:"好的,校长。"

覃洪武看着干净的仪器室,摆放整齐的实验器材和记录完整的登记本,满意地离开了。

唐海林总算在白中有了自己的办公室、办公桌椅。他有时在仪器室收发器材,有时和后勤人员干一些杂活;空闲时间,他就在仪器室里读书看报、埋头学习。

星期五晚上回到家,唐海林把自己的想法说了出来:"君梅,我想拿本科证。"

董君梅说:"你认为有必要拿,我百分之百支持。"

"我们学校目前有三分之一人是本科学历,有三分之一人正在自学本科学历。"唐海林说:"现在省教育厅和省电大办了一个复转军人学历教育,我想报名参加。"

董君梅说:"那你就报名参加吧。"

"我们刚买了房子,手头上不宽绰,我的工资还没有下来,又要参加函授学习。"唐海林说:"我担心经济上吃不消。"

董君梅说:"学费得多少钱?"

唐海林说:"5700元。"

"你的工资没下来,迟早要下来的。"董君梅说:"目前,我多少还能挣点钱,为了你将来能适应学校的工作,咱们就暂时勒紧裤腰带过日子吧。"

唐海林一把把董君梅搂在怀里,因为他有一个善解人意的好妻子。

星期六上午,唐海林携带一千元钱报名费和相关证件直奔新邳市广播电视大学。

他来到电大报名处,参加复转军人学历教育的人还真不少。排着长队终于走到报名窗口,唐海林将材料全部递上。

"报什么专业?"里面人问。

唐海林说:"汉语言文学。"他之所以选择这个专业,一是他的大专学历就是汉语言,二是他总认为作为一个炎黄子孙应该首先学好自己的母语。

"等候开学通知。"里面的人说着把转业证等证件退回,另附一张收据。

唐海林哼着歌儿离开电大,他期待着开学那一天快快到来。

这天,刘希斌来到物理仪器室。"唐唐……"无事不登三宝殿,他带着两层意思而来。

当他一见到唐海林又不知道称呼什么好。称老师吧,唐海林又不是,于是干脆:"唐师傅,你这有万用表吗?"

唐海林见面生问："您是？"

刘希斌干咳两声："我是初三年级主任，我姓刘。"

"哦，原来是刘主任啊。"唐海林说："万用表，有，您做实验用吗？"

刘希斌说："我家里电饭煲不知哪里出了故障，我想用万用表测试一下。"

唐海林说："您坐等一下，我这就给您拿。"

刘希斌利用唐海林给他拿万用表的时间，开始四下侦察。

唐海林拿好后登记上，然后对刘希斌说："请刘主任在这里签个字。"

刘希斌签完字拿着万用表得意扬扬离开了仪器室。

中午放学回家，刘希斌边用万用表测试电饭煲边自鸣得意地对郑丽君说："你猜我今天干什么去了？"

郑丽君说："你干什么去了，我怎么会知道，我又不是诸葛亮。"

刘希斌说："我去会会那个唐海林了。"

郑丽君不语。

"人长得是比较帅，不过呢，"刘希斌说，"比我差点。"

郑丽君："我看你是屎壳郎戴花——臭美！"

刘希斌说："仪器室整理的倒是很干净，看来适合体力劳动。"

郑丽君最看不惯贬低别人。"什么体力劳动脑力劳动的，你不就教两天书吗？有什么好炫耀的。"

刘希斌说："这就是资本。"

"别资本不资本的。"郑丽君气呼呼说："我问你，今天这个饭还能不能吃上！"

刘希斌连忙说："能能能，马上就好！"

校园里的花草树木吸引了来采蜜的小蜜蜂，小蝴蝶，也吸引来了一群爱美的女生。

"大家看呀，这花儿造型多漂亮，像不像一个装酒的坛子？"女生甲道。

"像！真像！"几个女生齐声道。

"快看，那棵冬青像什么？"女生乙仿佛发现了新大陆，她们赶紧围了过去，只见这棵冬青上头小，中间细，底下粗。

"像雪人。"女生丙说。

"有点像北海里的白塔。"女生丁说。

"我看像个大葫芦。"女生甲说。

"对！就是个大葫芦。"她们终于找到了灵感。

"我明天把家里的照相机拿来，咱们好好照几张相怎么样？"女生乙提议说。

"太好了！同意。"另几个女生说。

说话间，已有另一群学生拿着照相机在拍照呢。

"各位，再看看路边这一排花剪得多整齐啊！"女生丁说。

"横平竖直真整齐！这花是谁剪的？怎么那么有才呀！"女生丙说。

"剪这花的人远在天边近在眼前。"女生甲诡秘地说。

"到底是谁？快说呀！"她身旁的女生丁说。

"还卖什么关子。"女生乙说。

"这个人在那!"大家顺着女生甲手指的方向看去,只见一个穿着旧军裤的人正站在学校高中楼三楼的一个窗外安装玻璃,阳光下的他身影很高大。这个人不是别人,正是退伍兵唐海林。

原来,唐海林空闲的时候,他就拿着花剪把学校里的花草树木全部修剪一遍。

这是一所注重绿化美化的学校,校区里种满了不同季节的植被,它们数量虽不是很多,但品种不少,校门两侧有两棵高大繁茂的梧桐。围墙外是一排笔直挺拔的水杉;操场边是十多株婀娜多姿的垂柳,校舍前是三五棵古色古香的银杏,校舍后是几棵苍劲伟岸的雪松。在校区道路两侧和校舍前后错落有致地堆砌着十几座花池,花池里有绽蕾吐艳的月季,如云如海的樱花,美轮如月的迎春,绚丽多姿的玫瑰,碧绿常翠的冬青……

根据这些花草树木的外在形状,唐海林把这些植物修剪成千姿百态,形态各异的造型:有圆形的、有方形的、有蘑菇形的等等。唐海林的这手园艺绝活,就是他在部队时练就的,那营区里的三角梅让他修剪得更是达到了炉火纯青的地步。

"听说了吗?"女生甲说。

"什么呀,神神秘秘的?"女生丙说。

"那个人是个退伍兵!"女生甲说。

"你说的没错,那人穿着旧军裤。"女生乙说。

"到底是当过兵的人,难怪这花修剪得这么整齐。"女生丁称赞说。

"他胆子怎么这么大,站在窗外也不害怕。"女生丙惊诧说。

"当过兵的人胆小能扛枪打仗吗?"女生甲反问道。

"铃……"上课了,这群女生像小鸟一样飞进教室。

风声、雨声、读书声、声声入耳;国事、家事、天下事、事事关心!唐海林的大脑总是一刻也不闲着。不管是分内的事还是分外的事,只要他认为不合适的事情,他总要管一管;只要他感兴趣的事,他总要问一问。

天下水杉第一路是唐海林上下班必经之路。骑车行驶在笔直的四车道一级公路上,成千上万株水杉一字排开,像一个个威武雄壮的士兵,列队等待人们的检阅呢。

水杉是一种落叶乔木,高达数十米,叶子扁平,对花单性,球果近圆形,种子扁平。它是第四纪冰川运动遗留下来的孑遗植物,属世界现存稀有植物之一,被植物学家称之为"活化石"。自二十世纪五十年代,被一位新郯籍老县长引进之后,在当地得到广泛的种植。水杉铁臂虬枝,秀美挺拔,翁翁郁郁,虎然绿伞,英姿勃发,给古老而又年轻的新郯市增添了亘古未有的朝气,也象征着百万新郯人民奋勇争先的风姿和精神。

然而,就这样一条美轮美奂、堪称一绝的天下水杉第一路却出现了它不该拥有的瑕疵:有的倒了,有的折了,有的枯了……唐海林看在眼中,记在脑里,更是痛在心上!回到学校后,他重操旧业,在仪器室奋笔疾书,一篇洋洋洒洒千字文《市树也该美美容》出炉了。

众所周知,水杉树已成为我们新郯形象不可分割的一部分。可是,水杉是否已拥有它应有的尊贵?当你行驶在天下水杉第一路,当你走近水杉树仔细观赏,你会发现,几乎每棵水杉树都有残枝败叶,隔三岔五有一两棵或歪或枯或缺的水杉,大大折煞天下水杉第一路美景。为此,笔者建议,应该给水杉树美美容。

接着,唐海林提出若干条给水杉树美容的措施,一是扶正歪树,二是补齐空缺,三是清除残枝,四是修剪裙部,五是加强管理等。

该篇千字文投寄到当地《新邳日报》,不仅成功发表,荣登头版头条,而且还受到当地政府领导的高度重视,他们立刻组织园艺工人对水杉进行彻底美容。

不仅如此,最重要的是唐海林干什么讲什么,讲什么像什么。自从当兵那天起,他就有了写日记的习惯,每日的所见所闻所感所想,都是他写日记的最佳素材。十几年下来,他已经写满几十本日记,如果稍微整理一下,够出几本书的。有话则长,无话则短,唐海林写日记从不无病呻吟。譬如,他干勤杂工作,结合部队工作经验,写出了《后勤人员如何做到保障有力?》《巧治勤杂人员松、散、懒》;他管理物理仪器室当物理实验员,写出了《让仪器室里的仪器动起来》《实验员实验六要素》等等。

这期间,唐海林还在报纸杂志上发表了好几篇有影响力的稿件,受到了学校领导和同事的好评。

又一个星期五早上,唐海林从老家赶到学校,校园里没有了往日的喧闹,他感觉不对劲,向门卫一打听,一个晴天霹雳几乎将他击倒:

司马洪老师因车祸去世了!

10

怎么可能！怎么可能！昨天下午,司马洪老师还到物理仪器室和他说话的,怎么说出事就出事了呢？唐海林说什么也不敢相信这个残酷的现实！

司马洪老家在白云镇北面,距学校十多里地,作为把关老师,司马洪常年带初三化学。由于初三是毕业班级,不仅课时量增加了,而且还增加了早、晚自习,作为初三(2)班班主任和两个班的化学老师,另挂初三两个班的生物,司马老师超负荷运转着。学校考虑他年纪大想给他拿掉几节课,他总说,再不干,等退休了,想干也没机会了。无奈,学校给他配了一间宿舍,日常,他从星期一到星期五在学校上班,只有星期六星期天才有空回老家。近一个星期以来,由于他老伴生病了,所以每天上完晚自习才和学生一块骑车回家。

这是一个该诅咒的夜晚！星期四晚上九点左右,司马洪像往常一样带完晚自习,看着学生一个个平安走出校门,他这才骑着自行车沿着高低不平的路面朝十多里外的老家奔去。

天上七零八落地挂着几颗星星,几片残云被春风吹得皱巴巴的。快到老家一号桥桥头拐弯处的时候,司马洪突然听到前面传来哭声,他赶紧把自行车扎在路边,急忙跑上前一看,一个小女孩摔倒在地上,自行车倒在了一边,这时身后闪着灯光,司马洪意识到如果不把这个小女孩搬到一边,后果将不堪设想！

就在他抱着小女孩走向路边刚放下的瞬间,说时迟、那时快,那辆可恶的汽车像脱了疆的野马一样向司马洪直撞过来！

小女孩得救了,司马洪被汽车撞得在半空中划了一道长长的弧线,然后一头重重地撞击在十多米外硬硬的柏油路上！

任凭司马洪身上血液汨汨地流淌着,任凭那小女孩撕心裂肺地哭喊着,那辆该诅咒的汽车竟然丝毫没减速,像疯狗一样扬长而去！

小女孩的哭喊声终于惊动了过往的好心人,当救护车将司马洪和小女孩送往医院的路上,司马洪终因失血过多而停止了心脏跳动。获救的小女孩是白中初三(5)班学生石素文,星期四放晚学,当她骑着自行车回家快到一号桥拐弯处的时候,自行车前轮撞到路上一块遗落的石头,由于车速快,加上天黑,摔得重,左小腿骨折。

在公安部门的协助下,那辆逃逸车辆和肇事司机终于被擒获。这是一起严重的酒后驾车行为,据说,当公安人员找到这个司机时,他居然在家里睡了一天一夜还没醒。

"知道吗？司马老师出车祸了！"

"是被一辆桑塔纳撞的,酒后驾驶。"

"死了？不可能！他身体那么硬朗。"

"再过几个月就要退休了,怎么好人不长命呢？"

"多好的一个老头,整天乐呵呵的,从来没和他人红过脸。"

"五十九岁死了,太可惜了。"

司马老师出车祸身亡的消息在白云镇、在教育界不胫而走。

去年,一个白云小学的语文老师在退休前查出肺癌,结果没出半年就倒在了讲坛上。相对于腐败分子在临退休前搞贪污受贿。这另一种五十九岁现象在白云镇乃至新邠市教育界引起了人们的广泛关注。

司马洪下葬那天,白中全体教职工和初三那个被司马老师救下的女学生石素文也坐着轮椅来了。

白中部分学生在覃校长的带领下抬着花圈,排着长长的队伍浩浩荡荡向司马洪老家走去。唐海林也是其中的一员。

刚走到司马老师家的村头,哀乐声、哭喊声已响成一片。镇领导来了,教育局的领导来了,各兄弟学校的部分中小学校长和司马洪的生前好友来了,他的学生来了。司马洪的灵堂庄严肃穆,上方写着沉痛悼念司马洪同志几个白底黑字,堂前摆放着他的遗像,两旁悬挂着"忠魂不泯热血一腔化春雨,大义凛然壮志千秋泣鬼神"的挽联,四周摆放着一个个花圈。

追悼会由白中副校长章利主持,他始终含着热泪主持。

"司马洪同志的追悼会正式开始!"随着章利的一声宣布,哀乐声四起。

"向逝者默哀致敬!"

章利稍后说:"哀毕。请白云中学校长覃洪武同志致悼词!"

覃洪武走到灵前,面向人群心情万分沉痛:

> 司马洪老师的各位亲人、各位朋友、同志们、同学们:
>
> 今天,我们怀着沉痛的心情,在此举行告别仪式,深切悼念我们敬爱的司马洪老师。司马洪老师因车祸于2002年3月21日晚9时许不幸去世,享年59岁。在此,我谨代表白云中学暨全体师生,对司马洪老师的不幸逝世表示沉痛哀悼,并向其家属致以诚挚的问候。
>
> 此时此刻,我们的心情都十分悲痛,因为司马老师的去世,使我们失去了一位好领导,好长辈,好老师,好同志,好朋友……

覃洪武高度评价了司马老师平凡而又光辉的一生。

接着,后勤主任娄新明以一个司马洪生前好友和同事的身份,回忆了与司马洪在一起共事的美好时光。

第三个致辞的是司马洪所带初三(2)班班长冯婉莹:

> 司马老师,我们是您的学生,我们来看您来了,您怎么能说走就走了呢?
>
> 司马老师,自从您担任我们班主任以来,您把我们当作您的孩子,有时更把我们当作您的孙子孙女。自从您到我们班,我们找到了家的感觉。您把渊博的知识传授给我们,您把做人的道理言传身教给我们,有时我们听不懂的地方,您总是不

厌其烦地教我们,您整天乐呵呵的从来不打骂我们。

　　司马老师,您还记得吗? 车依静病了发高烧,是您背她上医院,帮她垫的医药费;王龙母亲常年卧病在床交不起学费,是您帮他交的学费;邵加明厌学逃课不想上学,是您一次次开导他帮助他,一次次家访,最终让他重新回到我们这个班集体。

　　司马老师,自从您到我们班之后,我们班发生了天翻地覆的变化;自从您到我们班,我们每次考试总是名列前茅;自从您到我们班,我们班已成为全学校观摩学习的对象……

　　司马老师,您答应我们,等我们毕业了要给我们开联欢会,要买糖给我们吃,要给我们戴大红花的呀! 司马老师,您怎么能说话不算数?

　　司马老师,您别走,我们舍不得您走!

　　司马老师,您快回来吧,难道您忘记了我们之间的约定了吗?!

　　司马老师……

　　冯婉莹念着念着竟然因伤心过度而突然晕厥过去,站在前排的几位老师和学生急忙上前扶住。

　　随后,司马洪的孙子代表其家人发表了感谢来宾对丧事的襄助之言。

　　最后,在覃洪武的带领下,来宾向死者三鞠躬,然后绕司马老师灵堂一周,与死者遗体告别,并向其家人问候。当唐海林走到司马老师灵前时,他双膝重重跪下,然后重重地磕了四个响头,他在心里默默祈祷又暗暗下决心:司马老师,您一路走好,您未竟的事业我来继承!

　　天在哭,人在哭。司马老师下葬的那天,天上始终淅沥沥的下着小雨,白中旗杆上的五星红旗不知风刮的还是人为的,整整挂了一天的半旗。

　　阴雨绵绵,菁菁校园。

　　送别司马洪回到学校后,教务处主任庄浩森没有进教务处的门,而是直奔校长室。

　　"覃校长,司马洪老师空下的课和班主任怎么办?"庄浩森的左脚还没有跨进校长室的门,他那急不可待的话已经传到覃洪武的耳朵里。

　　覃洪武背着手踱来踱去:"他的化学课可以安排给高二的两个化学老师,一人一个班,你看怎么样?"

　　"我看行。"庄浩森的视线随着覃洪武左右移动,忽而又说:"就是这两个老师超课时了,不知道他们乐意不?"

　　覃洪武脑子一转说:"学期末给他们适当的补助,如何?"

　　庄浩森点头说:"也只有这样!"

　　覃洪武坐下说:"现在也没有合适的班主任,初三(2)班班主任由年级主任继续兼任吧。"覃洪武之所以说二班班主任由年级主任继续兼任,这是因为,司马洪出事后,没有合适人选,学校暂时安排初三年级主任刘希斌代理二班班主任。现在初三(2)班班主任仍无合适人选,所以由刘希斌继续兼任。

"应该没问题。"庄浩森问:"那,司马老师空下的生物课呢?"

"是啊,生物课安排给谁好呢?"覃洪武思索着:"安排给初二生物教师薛蕊一个班,另一个班安排给高三的何长斌,怎么样?"

庄浩森把右腿翘在左腿上,提醒说:"给何长斌一个班,问题应该不大,因为他的课时数比其他生物教师少一个班。就是薛蕊带六个班的生物本身任务够重,自从她的男朋友出走后,大家都感觉她也不如以往活泼了,倘若再给她一个班的生物,我担心她会不会接受。"

"哦。"覃洪武刚想开口,这时副校长章利火烧火燎地走进校长办。

"覃……覃……覃校,不……不……好了!"

覃洪武猛地一欠身:"什么事情?"

章利语无伦次:"又……又……"

"又什么又!"覃洪武有些不耐烦了。

章利缓了一口气:"又走了一位教师!"

"什么?"覃洪武大吃一惊,双手同时往扶手用力一扒,突然来个旱地拔葱:"谁又走了?"由于动作过猛,老板椅前后摇晃着脑袋。

章利诚惶诚恐说:"初二生物教师薛蕊。"

"她,她,什么原因走的?"覃洪武仿佛舌头一下子变短了。

章利手举着一封信说:"她男朋友在南方给她找了个私立学校,年薪六万。这是她走时留下的一封信。"说着交给覃洪武。

尊敬的覃校长:

请原谅我的不辞而别!

教师是人类灵魂的工程师——这是多么崇高的荣誉!说心里话,在我报考师范之初,我的的确确是带着捧着一颗心来,不带半根草去的人生最高境界回到家乡投身教育事业的。当我刚走上教师岗位的时候,我也的确激动过、兴奋过。然而,激动过后兴奋过后,我发现现实并不是我想象中的那么美好,也并不是我想象中的那么可爱,在这贫穷落后的地方,我们更多的时候,面对的是酸楚、是无奈、是赤裸裸的贫穷!

伟大的教育家夸美纽斯说过:教师是太阳底下最光辉的事业!无论是过去还是现在和将来,我一直都坚信这句话是至理名言。然而,这个时代已经披上了金钱至上、物欲横流的华丽外衣。当各行各业都随波逐流、纷纷向钱看的时候,倘若这时社会还一味地让老师讲奉献,谈牺牲,顾大局,显然是不符合时代潮流、也是不符合时代节拍的。毕竟,老师也是人,也是凡尘俗子啊!既然是凡人,老师也要吃饭穿衣,老师也有婚丧嫁娶。刚毕业的初中生乃至半道辍学的学生到南方打工,一个月能拿一两千甚至两三千、三四千元的工资。且不说打工仔了,单说我们本地的民工,一个月也有上千元的收入,而我们呢?工作好几年乃至十多年、几十年了,一个月仅仅是四五百至多六七百元的死工资,除了刚刚够吃饭外,哪里还有更多的余钱干其他事情?不仅如此,这点死工资有时还不能及时到位,甚至被地方政府变相扣除这个钱、扣除那个钱!现在市场上一件像样的衣服都值好几百元,一个月的工资能买几件衣服?更别谈购买什么家电、房子了!

吃不好,穿不好,住不好,压力大,哪里有更多的精力来抓教学?就是再任劳任怨的活雷锋,思想也有开小差的时候;就是再兢兢业业的老黄牛,也有一天会累倒的时候!

覃校长,也许我的言辞有些偏激,也许我的做法是错误的,也许我最终会得到人们的唾弃,但我为了要找回属于自己的爱,追求属于自己想要的生活,实现属于自己的梦想,请原谅我的出走吧!

一个不称职的人:薛蕊

覃洪武看完信后,心里像是被打翻的五味瓶!他轻声问:"这个薛蕊的男朋友,是不是前些年从白中辞职到南方私立学校打工的那个叫宋什么来着?"

"没错,"庄浩森补充说,"叫宋振华。"庄浩森是个老白中,对白中情况较熟。

覃洪武又问:"这个宋振华现在在南方私立学校怎么样?"

章利答:"据知情的老师说,人家现在在那个私立学校已经站稳脚跟了,年薪高达十几万。"

覃洪武打破沙锅问到底:"庄主任,这两个人到底是怎么样的情况?"

庄浩森娓娓道来:"大概九八年吧,宋振华与薛蕊几乎是一前一后分配到咱学校的。宋振华才过宋玉,貌赛潘安;而薛蕊却有闭月羞花之貌,沉鱼落雁之容。这两个年轻人刚到学校那会儿,上进心特强,故在全校师生中有'金童玉女'之美称。也没有人从中牵线,二人自由恋爱上了。然而,当薛蕊把宋振华带到她家让她爸妈看时,万没想到,薛蕊的爸妈死活不答应。薛蕊爸当着宋振华的面说什么,嫁给老师,注定要穷一辈子!俺闺女是老师,俺不想让她再找一个当老师的。你要娶俺闺女也行,你立马拿十万元彩礼来,我就让俺闺女嫁给你!原来,薛蕊爸给薛蕊物色对象的标准是要么是当干部的,要么是做生意当老板的,其他免谈。宋振华气得大骂,老东西,你不就是看不起俺这穷教书的吗?我偏要赚个十万二十万来给你看看!这个宋振华一气之下辞职到南方去了。当时两家动静闹的不小呢。五年来,薛蕊与宋振华藕断丝连书信不断⋯⋯"

覃洪武感叹说:"大概爱情的力量又让他们两个走到一起了!"

"是啊!"庄浩森也感叹着。

章利冷不丁冒一句:"据一些老师私下说,还有几个老师也准备走。"

"什么!"覃洪武一听,"啪"的一声把信往办公桌上甩去!随即板起脸:"还有谁要走?"

章利摇头:"现在还不清楚!"

"怎么好事都集到一块了!"覃洪武气呼呼说:"你们两个赶紧物色人选,争取在晚上开行政会前把人选定下来。初二生物已经拖了快两个星期没人上了,这又走了一个薛蕊。唉!我准备给全体教职工开个会,绝不能让教师再流失了!"

章、庄二人领命而去。

11

"司马老师,您看我能当老师吗?"

"能啊!谁说你不能呢?!我看你就行!"

自从送走司马老师后,唐海林的脑海里时时萦绕着这两句话。他几次想主动请缨校长接替司马老师的位置,但又顾虑重重:一来校长还没有找他谈此事,二来不知道学校是不是已经有了其他人选,三来怕人说他死撑六个脚趾头——不自量力。

当他得知学校又走了一位教师之后,当他看到愁容满面、心急如焚的校领导时,他终于鼓起了勇气。

"校长。"唐海林一走进校长室见校长正在写什么,话到嘴边又打住了。

覃洪武仿佛哥伦布发现了新大陆:"海林,你来得正好,快坐下!快坐下!"说着从抽屉里拿出一只一次性杯子,起身给唐海林倒水。

唐海林忙起身说:"校长,我不渴。"

覃洪武笑呵呵的:"不渴也要喝,多喝点水有好处的。"说着把水递到海林手中。众里寻他千百度,蓦然回首,那人却在灯火阑珊处。覃洪武在心里想,我怎么把海林给忘了呢?这不正是我要找的生物教师吗?

"谢谢校长。"唐海林接过水坐下。

覃洪武走到办公桌前说:"海林,我现在有一项光荣而又艰巨的任务交给你!"

唐海林站起立正说:"您尽管吩咐!"

"快坐下!快坐下!"覃洪武用手招呼着海林坐下:"我想把你提到前勤来担任初二生物教师,你看怎么样?"

唐海林高兴地站了起来:"太好了,校长,我正想和您说此事呢。"

覃洪武露出了一脸笑容:"看来我们是不谋而合啊。你看看还有什么困难不?"

唐海林心平气和说:"理科不是我的强项,如果是语文或者政治、历史、地理就好了,可是学校又不缺少这方面的教师。"

覃洪武端起茶杯呷了一口茶:"慢慢来,不会的地方要多向其他教师请教。"

唐海林把杯子放在茶几上:"我会的。"

"那好,如果你没有别的想法,那么明天就把初二(1)班到七班的生物接过来,八班交给高中的何长斌教师,正好让他带带你。"覃洪武放下茶杯说:"不过,物理器材室你还得继续管。"

"校长,娄主任那?"唐海林有所顾虑起来。

覃洪武马上意会了:"哦,娄主任的工作由我来做,你大胆地去干吧。"

唐海林立正说:"是!"

从校长室出来后,唐海林的心海像太平洋里的海水久久不能平静!想不到自己的生物教师一职,竟然是牺牲了两位教师的岗位换来的;更想不到自己的生物教师一职,来得那么快又那么容易,来得那么让人心酸又那么让人心痛!他在心里苦苦地呼喊着:

"司马老师,尽管我从小就想当一名教师,倘若能换回您的生命的话,倘若能唤回那个老师不出走的话,我宁愿一辈子不当老师!"

迈着沉重的步履,唐海林来到一楼教务处。此时,庄浩森把头靠在椅子扶手上向后仰着,那脸上流露出的分明是难以名状的神态,若不细看,还以为他正在闭目养神呢。

唐海林走到庄浩森跟前轻声问:"庄主任,您这有初二生物课本和教参吗?"

庄浩森猛地坐起,两只眼睛仿佛一千瓦手电筒贼亮贼亮地照着唐海林半天,然后答非所问:"覃校长是不是安排你带初二生物?"

唐海林点头说:"是的,主任。"

庄浩森按捺不住说:"太好了,唐老师!初二学生一天到晚缠着向我要老师,你到前勤来,可算帮我大忙了。"说着,走到木柜前熟练地打开木柜,找出一本生物和一本教参交给了海林。

唐海林接过看了一下说:"还有其他什么资料吗?"

庄浩森一边关木柜一边说:"课课练你向学生找一下,我这也没有了。另外,你遇到什么不会的地方,你可以请教高中的何长斌老师和曹升翁老师。"

"谢谢庄主任。"唐海林转身要走。

庄浩森一把拉住他:"等等,还有课表。"说着抄一份初二生物课表交给了唐海林。然后补充说:"对了,初二生物已经学到第六章第二节了,你从第六章第三节开始上吧。"

唐海林看着课表说:"是!庄主任。"

章利闻讯覃校长已经为初二学生物色到了生物老师,马上追到了教务处。

"海林,欢迎你到前勤来工作啊!"章利一进教务处就逮住唐海林的手死死不放。

"章校长。"唐海林喜不自禁说:"到前勤当老师是我梦寐以求的事。"

章利依然抓住唐海林的双手说:"那就再好不过了!"

唐海林望着章利说:"章校长,我原来天天盼着做梦都想着到前勤当老师,现在机会真的来了,真的要拿课本进课堂了,我又有些紧张起来了。"

"紧张是正常的,不紧张反倒不正常了,每个新教师第一次进课堂都会有。"章利笑说,"你看看课表,什么时候有课?"说着松开了双手。

唐海林看了看课表:"明天初二(3)班第三节课。"

章利左手拍着唐海林的肩膀说:"那好,明天我把你送进初二(3)班,怎么样?"

"太好了,章校长。"唐海林欣喜若狂:"有您在身边我就不怕了。"

而此刻,后勤主任娄新明一听说唐海林被安排到前勤代课,马上气冲冲地找到了覃洪武。

"老娄,你来得正好,我正打算找你说个事呢。"覃洪武知道娄新明带着情绪而来,殷勤地递上一支小贡烟,然后拿起打火机帮点烟。

娄新明接烟不接火:"人都已经让你给挖走了,还有什么好说的?"

覃洪武赔笑说:"哦,消息挺灵的嘛。"

娄新明从兜里熟练地掏出打火机"啪"的把烟点着,猛吸一口,很不高兴地说:"校长,唐海林到后勤刚算进入状态,您就给挖走了。"

覃洪武安慰说:"老娄,这不前勤缺老师嘛!"

娄新明不买账:"再怎么缺,也不缺少他一人。"

覃洪武依然赔笑着:"你别说,还真缺少他一人。"

娄新明皱起了眉头:"我就不明白,怎么就缺他一人?"

"你看,司马老师刚刚去世,薛蕊又走了。"覃洪武耐心说:"前勤教师一个萝卜一个坑,他们的课程都安排满满的,而后勤人员又是老弱病残的多……"

"我的大校长,亏你还说后勤人员老弱病残的多!"娄新明抗议说:"要知道,我们后勤现在就海林一个年轻力壮的呀!"

"怎么着,老娄。"覃洪武无可奈何说:"学校的一切工作还不都是为前勤服务嘛。"

"这个大道理我懂!"娄新明一屁股坐下说:"让小唐到前勤去,我还真有点舍不得。"

覃洪武安慰说:"他还算你后勤的人,今后有什么活你该怎么安排就怎么安排。"

娄新明得寸进尺说:"等一有新老师分配下来,你得把他还给我!"

覃洪武满口答应说:"行!"

师者,所以传道授业解惑也。

唐海林接到生物课本回到实验室后,开始如饥似渴地研读起来。他把生物课本从头到尾翻了一遍,发现现在的生物虽然是新教材,但内容和知识结构和他上初中时差不多,都是由动物、植物、微生物三大板块构成,所以学起来不大费劲。唯一难的就是怎样把书本的知识转化成自己的东西然后再传授给学生。为此,唐海林决定到高三去请教何长斌。

手捧着生物课本和笔记本,唐海林迈着军人标准的步伐来到了高三办公室。他推开门,发现有十多位教师正在紧张地忙碌着,有的备课,有的批改作业,有的在轻声交流。

"何老师,我向您请教来了。"唐海林来到何长斌面前开门见山。

何长斌急忙从旁边拽过一把椅子说:"唐老师,你请坐。请教谈不上,祝贺你到前勤来工作。"

"谢谢何老师。"唐海林接过椅子说:"今后要多麻烦您了!"

何长斌连忙摇头说:"唐老师,你太客气了。"

唐海林像一个小学生站在椅子一侧说:"您这会儿忙吗?"

何长斌笑笑说:"不忙。有什么问题尽管说。"

"是。"唐海林落座说:"何老师,我想向您请教一下,怎样才能把一堂生物课上好?"

"我当老师没几年,也谈不上什么经验。"何长斌微笑说:"我就把我这几年来的一些心得和你说一下吧。"

"那太好不过了!"唐海林说着把笔记本打开。

一谈到教育教学问题,何长斌马上滔滔不绝起来:"《生物课程标准》提出:面向全体初中学生,全面提高学生的生物学素养,倡导探究性学习。为此,我的每堂课,总是遵循以下三个环节。一是认真备课,二是认真上课,三是认真反思。所谓认真备课,就是要认真钻研并掌握本学科教学大纲,弄清本学科的教学目的、教材体系和学生在各阶段必须掌握的基础知识和基本技能,每个教师每学期要依据大纲、教材和学生实际情况,认真制定切实可行的教学计划……"接着就如何备课,如何上课,如何反思等相关问题,何长斌一一道来。

唐海林一边认真听一边把何长斌讲的要点记在笔记本上,并不失时机地问道:"何老师,如何才能提高教学质量呢?"

何长斌沉思了片刻说:"我认为,要想提高教学质量,就要抓好'教学五认真',尽管现在有人对此有争议。"

"是吗?"唐海林笑笑说:"'教学五认真'是否包括'认真备课'和'认真上课'这两个环节?"

何长斌点头说:"没错。此外,还包括认真布置和批改作业、认真辅导、认真检测等几个环节……"

走出高三,唐海林感觉心里明亮多了。

第六章第三节内容是《呼吸系统的卫生保健》。唐海林对照教参发现,本课的重点是积极锻炼身体,养成卫生习惯和认识吸烟、吸毒的危害。

从知识角度来看,本节无难点。但从对学生全面素质要求来看,认识体育锻炼的重要性,养成锻炼的习惯应该是终身必需的。同样,养成良好的卫生习惯也不是通过一节课就能做到的。对于大多数学生来说,正处于对吸烟好奇的时期,家庭、社会的影响常常大于学校的教育作用,真正做到不吸烟,尤其是终身不吸烟则更难。吸毒常自吸烟始。必须让我们的青少年深刻认识毒品对个人、对家庭、对国家和对社会的巨大危害,使他们自觉地远离毒品,也是学生终身自我教育的难点。

为了让这堂课不枯燥乏味和更有说服力,唐海林决定把自己在部队参加军事训练、自己的抽烟、戒烟史,以及举例说明毒品对青少年对社会的危害等内容以讲故事的形式表现出来……按照这个思路,唐海林开始备课。

覃洪武要召开的全校教职工大会终于在晚自习第一节准时召开了。

"不年不节的,学校怎么召开这样一个会议?"人们纷纷议论着。

会议开始了。

"眼睁睁看着一个个教师离我们而去,同志们,我痛心啊!"主席台上的覃洪武慷慨激昂:"白中,是一所几乎与共和国同岁的学校,在座的各位教师,百分之八十以上都是土生土长的白云人,有很大一部分教师和我一样,曾经也是这所学校的一名莘莘学子。作为白中人,我们不能让这样一个有着光荣历史的学校葬送在我们这一代人手中啊!否则,我们必将成为白中史上的罪人!"

听了覃校长这几句话,台下的老师们产生了强烈的共鸣,特别是土生土长的白云人,有哪个希望白中垮掉呢?!

"城外的人想冲进去,城里的人想逃出来。倘若用钱锺书先生小说《围城》里的这句经典的话来形容近些年来的新邳市教育界的境况,甚至更大范围内的教育系统,都不为过!"覃洪武痛心疾首:"因为,在新邳市教育系统也出现了围城现象:农村中小学教师一个个都想进城里去,而城里中小学教师一个个又想东南飞……"

是啊,这就是白云中学最残酷的现状!

二十世纪五十到七十年代,白云中学一直姗姗前行;八十年代是其最辉煌时期,在一九八五年前后,那时的白云中学在高考和中考成绩一度排名在全县前三名;九十年代是其发展最快时期,教师和学生人数成倍增长,校园环境也有了较大改观;进入二十一世纪以来,这个比共和国小三岁的农村中学竟然莫名地开始走下坡路!

自从正式到白中工作后,唐海林通过自己的耳闻目睹已对白中的现状有了全面的了解。他万万没想到,现在的母校已经不是昔日的母校了。现在的母校已经到了最危险的时候了!老师们一个个争着往外调,学生们一个个抢着往外跑,而唯独自己偏偏不识时务却挤破头往学校钻。难怪白云的老百姓私下说:白中的好老师都跑光了!白中的好学生也都跑光了!

覃洪武语重心长地说:"我们学校是个清水衙门,工资低,待遇不高,这是一个不争的事实。但是,党和国家已经提出'科教兴国'的伟大战略,这说明国家已经真正开始重视教育了,但这需要时间。今年底,我们党将召开十六大,我相信,要不了多久,我们教师工资,特别是农村教师的工资和福利待遇一定会提高上去的,'尊师重教'也绝不会成为一句空话。"

谁不盼望这一天,谁不盼望教师成为人人羡慕、人人敬仰的职业啊!

覃洪武苦口婆心地说:"同志们,请给我三到五年的时间,我一定要带领大家走出困境,重振白中雄风,把白云中学打造成为新邳市响当当的名校。为此,我在这里真诚地希望想走或者正准备走的老师,为了白中美好的明天,请你留下来!"说完,覃校长站起来,深深地鞠一躬。

掌声,经久不息的掌声。唯有掌声才能代表全体教职工此刻的心情,白中有这样一位好的领路人,白中人仿佛预感到白中最辉煌的时刻即将到来!

当覃洪武抬起头的时候,细心的人们发现,他的眼里含着泪水……

晚上回到老家,唐海林躺在床上怎么也睡不着,毕竟这是自己有生以来第一次以老师的身份给学生上课,先讲什么,后讲什么,再讲什么,他在脑海里一遍又一遍地过滤着。当他把这堂课在心里一遍遍滤过之后,他发觉这堂课还缺少点什么。

对!我应该拿出五到十分钟的时间来自我介绍和学生沟通,然后再上三十分钟的课,这样这堂课就圆满了。想着想着,他猛地起床,披着衣服坐在床边开始写自我介绍,几乎是一气呵成。

写好之后,他又躺到床上,此时,他的脑海里显现出自己在给战士上课的情景,那是军地两用人才培训。为了让义务兵在退伍前能学到一门实用技术,从1996年开始,每到退伍之际,团里组织一百多号人到修理所学习汽修,作为技术骨干,培训任务自然落到他的身上。因为部队是严肃正规的地方,那时给战士上理论课都是衣帽整齐板着脸上课,从来不笑一下,只有上实践课时,他才偶尔和战士们说笑,但在安全问题上他从来不含糊。

他的脑海里又显现出进修学校三位老师的身影:张燕生动、风趣、幽默;李连金严肃、认真、呆板;段小九犀利、恐惧、神经……

那么,我究竟以什么面孔展现在学生面前呢?部队的我?张燕?李连金还是段小九?唐海林把自己明天将要出现在学生面前的身影一个一个往上靠:把部队的他靠上去,不行!太正规太严肃,学生会吓着的;把李连金靠上,不行!学生会和他们军班办的人一样呼呼大睡的;把段小九靠上去,不行!别学生还没教好,一个个反倒变成神经兮兮的神经病了;把张燕靠上去,感觉还行,关键是会不会跟学生太放肆,结果像洪水一样想收都收不拢?

博采众家之长,补己之短。对!有了。明天站在学生面前的我是一个二合一的我。我既要保持在部队当教员时的军人气质,又要拥有张燕老师上课时生动、风趣、幽默的风格。唯有这样才能博得学生的喜欢。

给自己定好位,找准目标之后,唐海林在日记上写下这样一行大字,为人师表,莫误子弟!这一夜,唐海林睡得很香,尽管睡得很晚。

第二天一大早,唐海林到学校后,首先把备课拿给何长斌过目,何长斌一边看着一边频频点头。

过了何长斌这一关,唐海林开始为上课前准备。他从保管室找来一块小黑板擦干净,然后拿起粉笔在小黑板的一面写上几个思考题,在另一面精心绘制一幅图,因为他第三节有课。学校课程大多是这样安排的,一、二节课一般安排给语、数、外等一些主科,因为这段时间学生的记忆力最好,三、四节和下午的课安排给副科、小科。史、地、生就属于小科、副科。

在上课前,唐海林来到副校长室,只见章利正在接电话。

等章利放下电话后,唐海林说:"章校长,我第三节有课。"

章利关切地问道:"海林,你准备得怎么样了?"

唐海林说:"我准备好了,等一下你过去。"

"海林,我等一下还得去镇里开会,你自己进班给学生上课吧。"章利站起说:"大胆地干,没事的,我相信你能干好。"

唐海林怯生生说:"那我自己去了?"

章利说:"你大胆地去吧!"

唐海林依依不舍地离开章校长,尽管他当了十多年的兵,尽管各种各样的枪炮都摸过打过,尽管他参加过各种实战演习,尽管也曾给战士上过课,但给学生上课毕竟是开天辟地头一回。所以,唐海林心里难免会十五个吊桶打水——七上八下。

12

叮铃铃……

上课铃打响了,唐海林鼓起勇气,一手拿着教材,一手提着小黑板,大步流星向初二(3)班走去,此时的他感觉自己不是一个教师,而是一个手握钢枪走向战场的战士。

他穿着西装,打着领带,迈着军人走的标准步伐,向初二(3)班走去。此时,有无数双眼睛在盯着他,有学生的,有老师的。从实验室到初二(3)班不足200米路程,他感觉好像是红军在进行二万五千里长征。在这200米的长途跋涉中,他隐约听到:

"到底是当过兵的人,你看他走路多带劲。"

"我看是个傻大兵,大家都想往外跑,他反而往回跑。"

"人家都想到后勤去养老,他反而挤破头往前勤钻。"

"听说他在部队工资不低,杂七杂八加起来每月有两千块,这回来只是个零头,不知道到底图个啥。"

"不管怎么说,从他身上我们看到了真正的军人身影。"

此刻的时间不容唐海林去多想,他只记得某位哲人说过这样一句话:走自己的路,让别人去说吧!

当唐海林快要走到初二(3)班教室门口的时候,他突然停了一下,因为此时此刻他的心脏跳速加快,他几乎可以听到自己心跳的声音。

只能向前,不能后退。唐海林在心里暗暗给自己打气,他猛地迈出左脚,右脚紧随其后,他终于跨进了初二(3)班的门槛。那五十多双眼睛顿时齐刷刷地向他投射过来,这目光很纯真,纯得像一杯杯清水。这目光里包含着更多的是渴望,因为生物课好久没有人来上了。他用了十万分之一秒的速度和他们对视了一下,脑海瞬间迸出那句话,为人师表,莫误子弟!继而,他三步并作两步来到讲台前,把小黑板靠在墙上,将教材放在讲台上。

"同学们,大家上午好!"唐海林终于张开了嘴巴,说完深深地一鞠躬。台下顿时响起了如雨般的掌声。当他直起身来时,脸上已出现汗珠,他感觉天气很热,好像提前进入了三伏天。

"从今天开始,我就是你们的生物老师了。"

掌声再次响起。

"首先,自我介绍一下,我叫唐海林,唐朝的唐,大海的海,树林的林。"说完,拿支粉笔一转身把自己的姓名大大方方地写在了黑板上。

"我的老家就在咱白云镇唐巷村,十多年前,我是从这个学校毕业的,说来我应该算是你们的学哥吧。"同学们投来了赞许的目光。

"而后,我于1989年4月到祖国的东南大门——厦门特区当了兵。有哪个同学知道我们国家有哪几个特区?"课堂里的气氛顿时活跃起来,有几个胆大的同学举起了手。

"你说!"唐海林用手指着那个把手伸得最高的男同学。

"有厦门、深圳、珠海,还有……"这个同学也许是激动,一下子忘记了。

"谁来补充?"

"我!我!"

"我!我!"

"好,你来补充!"唐海林指着那个敢举又不敢举的女同学。

"汕……汕尾,不对,是汕头。老师,我说的对吗?"那个女生胆怯地说。

"汕头,大家说说他们说的对不对?"

"对!"

"请你们两位同学把名字报一下,我好认识你们。"

"他叫唐畅,是我们班班长。"

"她叫刘琳娜,是生物课代表。"

还没等唐畅、刘琳娜回答,其他同学争着替他们说了。

"看来唐畅和我还是本家呢!刘琳娜还是我的三班生物课代表。"唐海林望着这两位学生高兴地说:"我已经认识你们两位同学了,好,坐下。"

台下忽地响起了笑声,并投来了羡慕的目光。

"同学们,在部队,我先后当过步兵、炮兵、炊事员、给养员、驾驶员、修理工、会计,历任战士、班长、排长、司务长。"

"哇噻!老师,你干过那么多的事啊?"

"老师,你摸过枪吗?"

"废话,老师当了十多年的兵,能没摸过枪吗?是吧,老师?"

同学们七嘴八舌着。

唐海林微笑说:"我摸过的枪炮有十多种,如最常见的手枪、冲锋枪、狙击步枪……"

"老师,什么是狙击步枪?"一个男生大胆问道。

"同学们喜不喜欢看电影电视?"

"喜欢!"

"喜不喜欢看战争片?"

"喜欢!"

唐海林用手比画着说:"大家有没有见过电影电视里解放军拿的那种带瞄准镜的专打敌人头目的那种枪?"

"见过!"

"那种枪就是狙击步枪。该枪瞄你的右眼绝不会打你的左眼,瞄你的左眼,绝不打你的右眼!"唐海林一边说一边拉着瞄枪扣扳机的姿势,被瞄的同学吓得往一边躲着。

"我摸过的枪还有轻机枪、重机枪、高机枪,炮类有迫击炮、加农炮……"唐海林一连说出十多种武器。

同学们投来惊奇的目光,看来老师没吹牛,否则,他怎么会说出那么多武器的名称?

"俗话说,革命战士是块砖,哪里需要哪里搬。根据部队需要,我这块砖现在又搬回来了。"

台下再次响起热烈的笑声和掌声。

"同学们,我原本打算这节课拿出五到十分钟的时间和你们交流,再拿出三十分钟时间学新课。现在,我改变主意了,我要拿出整节课的时间和大家交流,大家有什么问题尽管说、尽管问。从下节课开始学新课,大家说好不好?"

"好!"热烈地鼓掌。

"你们已经认识我了,我也该好好认识你们了。下面,我点个名,被叫到的同学请答到并站起来,我好记住你。"

"好!"

"曹媛媛。"

"到!"

"王苗!"

"到!"

"李小龙!"

"到!"

……

叮铃铃……转眼四十五分钟过去了。

唐海林轻松自如地走出初二(3)班。和同学们之间没有了隔阂,课还会上不好吗?

"郑丽君,你的老情……不!你的那个……"快嘴丁一走进初二办公室,又要开始发布消息了。

郑丽君气得火冒三丈:"你这个快嘴能不能正经一回?"

快嘴丁一脸严肃说:"好!就正经一回,唐、唐、唐海林已经进班上课了!当哩个当……"

郑丽君噌地站了起来:"他上课管我什么事?"那架势要与快嘴丁非打一架不可。

初二(8)班班主任张婷忙跑过来关切地问:"上得怎么样?"

其他老师也都支耳听着。

快嘴丁瞟了郑丽君一眼,然后绘声绘色说:"我在二班上课,就听三班教室里一会鼓掌,一会哈哈大笑的,可热闹了。"

张婷啧啧说:"看来这个唐海林真有两把刷子,还挺会忽悠人哪!"

快嘴丁洋洋得意:"挺不错的一个人('人'故意读'银'),怎么一到我们邓丽君郑大小姐那就失灵了呢?"

郑丽君急了:"快嘴丁,你刚才还说正经一回,怎么说着说着又下道了呢?"

快嘴丁手叉着腰:"这叫江山易改,本性难移,本小姐擅长跑题!"

"哈哈哈!"初二办公室笑声一片。

"唐海林现在到你们初二带生物了?"放晚学一到家,刘希斌就像审犯人似的绷脸问郑丽君。

"是啊,带一至七班的生物。"郑丽君一边嗑瓜子给小紫薇吃,一边看电视剧,连头也不抬一下。

刘希斌直摇头:"一个整天只会舞刀弄枪、愣头愣脑的傻大兵能带什么课!"

郑丽君瞟了一眼刘希斌,说:"你别说,学生挺喜欢他的。"

"我敢说,三分钟热度!绝对是三分钟热度!等学生过了这个新鲜感,等到一考试,就怕砍了稞、现了瓢!"刘希斌伸手要拿瓜子嗑,被郑丽君推到了一边。

"去洗手去!"郑丽君反驳说:"你别说得这么绝对,覃校长说凡事就怕'认真'二字,我看人家挺认真的,说不定干得比谁都出色。"

刘希斌不去洗手,硬是死皮赖脸夺瓜子。

小紫薇叫嚷着:"爸爸要讲卫生!"

刘希斌拿不到瓜子胡搅蛮缠说:"哟,还护起短来了。"

郑丽君生气说:"你这人怎么像个娘们儿,也好吃醋?!"

刘希斌灰头灰脸说:"我这不叫吃醋,我这叫实事求是。学校现在没人才用他的,等一有人来肯定把他拿下,不信咱骑驴看唱本——走着瞧!"

"去去去!"郑丽君一把推开刘希斌:"什么都不怕,就怕你那是个瞎毛驴!"

刘希斌在郑丽君这碰了一鼻子灰,又灰溜溜地跑到他妹妹刘琳娜的房间。

"琳娜,做作业呢?"刘希斌问。

"嗯。"刘琳娜头也不抬答道。

"还有多少没做?"刘希斌又补了一句。

"快了。"刘琳娜依然没抬头。

"对了,琳娜,那个唐海林怎么样?"刘希斌终于奔了主题。

"很好啊,我们全班同学都喜欢他!"刘琳娜抬起头道。

我是说:"他的课讲的怎么样?"刘希斌不死心,又补了一句。

刘琳娜眨动着那双明亮的大眼睛:"唐老师还没正式给我们上新课,不过,我相信他一定能把课上好的!"

刘希斌生气说:"还没学新课,那他一节课都干了什么?"

刘琳娜微笑说:"和我们谈心啊!"

刘希斌一愣:"谈心?都谈了什么?"

"天南地北什么都谈!"刘琳娜一脸崇拜说:"唐老师原来是一个解放军,懂的东西可多了!还提问过我了呢。"

刘希斌坐在床沿说:"提问过你?他提问什么问题?"

刘琳娜美滋滋说:"他问我国有哪四个特区,唐畅只回答对了厦门、深圳、珠海三个,另外一个'汕头'答不上来,是我给补充上去的。"

刘希斌心底突地冒出无名业火:"又不是地理老师,瞎胡扯什么地理!"

刘琳娜见他哥那么对待唐老师,马上耍起了小姐脾气下了逐客令:"好了好了,我要做作业了!"

刘希斌不死心,第二天,又把对唐海林不满意的话以及唐海林在课堂上瞎胡扯的事,于上厕所的半道上,悄悄传到了初二年级主任章国庆耳朵里。章国庆听罢刘希斌的话,只是一个劲地傻笑,但就是不发表意见。

刘希斌见他这个发酵粉在章国庆那没起多大作用,又以汇报工作为名义,跑到了副校长章利办公室。耐心听完刘希斌的话,章利语重心长地说:"刘主任,唐海林是个新手,我们要给他时间,懂吗?"

尽管这个发酵粉在章利那同样没起多大作用,但从章利办公室出来,刘希斌心里感觉很满足的,这同时并伴随有一丝莫名的隐忧折磨着他:也不知道怎么回事,自从唐海林到白中以来,自己反正望着唐海林就是不顺眼!

当唐海林以同样的方式进入一班、二班的时候,他已经没有了在三班时的紧张、脸红、冒汗,他似乎已找到了感觉……

当唐海林一手拿着教材,一手提着小黑板,第二次走进初二(3)班时,他似乎已经进入了情况。

"上课!"唐海林走进初二(3)班用标准的军人口吻大声道。

全体学生起立鞠躬,异口同声:"老师好!"

"同学们好,请坐下。"唐海林深深地鞠了一躬。直起身体后,他先把教材轻轻放在讲台上,一转身,他把小黑板高高悬挂在了黑板的上方。

同学们的目光紧盯着前方。当小黑板被高高挂起后,同学们的目光更亮了,只见小黑板上有一幅惟妙惟肖的漫画,漫画的旁边还有一句没有说完的话:一支冒着袅袅青烟的香烟,指着自己说,_____。

唐海林落落大方:"同学们,我们每个人的生存都离不开呼吸,而呼吸的完成又与呼吸系统各器官的健康与否密切相关,你们的身体正处于迅速发育的青春时期,保证呼吸系统的健康就尤为重要了。"继而指着漫画说,"这里有一幅漫画,请同学们把漫画旁没有说完的话补充完整。"

同学们讨论了片刻,开始争先恐后抢答起来。

"吸烟有害健康!"唐畅又率先打响了第一枪。

唐海林眼睛一亮说:"吸烟有害健康——这是所有香烟上共同打出的自欺欺人的广告语,大家看看唐畅说得好不好?"

"好!"

"燃烧自己,毒害别人!"一个女生也不甘示弱。

唐海林调侃说:"巾帼不让须眉啊!燃烧自己,毒害别人!多么直白的话语,大家说好不好?"

"好!"

唐海林走到那个女生面前:"你叫什么名字?"

"崔曼。"

唐海林微笑说:"崔曼,我记住了,请坐。还有谁要说?"

"老师,就崔曼刚才的那句话,我想再加上一句。"唐海林刚想指定一个学生,只见三班生物课代表刘琳娜当仁不让站了起来。

唐海林带着惊奇的口气说:"哦,看来你要锦上添花呀!我们不妨听听。"

刘琳娜爽爽朗朗说:"蜡烛燃烧自己,照亮别人。而我是燃烧自己,毒害别人!"

唐海林喜形于色:"对比产生力量,对比产生奇迹!同学们说说刘琳娜同学加的好不好?"

"好!"话音未落,同学们又一个个伸出了手,显然,同学们的激情已经被完全点燃起来了。

唐海林话锋一转说:"刚才这几位同学说的都很好,都有深刻的教育意义。有没有哪个同学记住这个漫画的原话是怎么说的吗?"

此话一出,同学们一个个把手都缩了回去,并一个个面面相觑,此时教室里鸦雀无声。

一个男生站起说:"老师,我好像在什么杂志上看到过这幅漫画和这句话,现在记不起来了。"

"为了丰富你们的知识面,希望同学们有空多看看课外书。"唐海林走到那个同学跟前,"你叫什么名字?"

"黄永庆。"

"黄永庆请坐。还有没有哪位同学知道?"等了片刻,唐海林环顾了一下,见没有学生应答,说:"这个漫画的原话是这样说的:一支冒着袅袅青烟的香烟,指着自己说:'我是最好的直观教具,证明抽烟会缩短生命。'说着把这句话写在了小黑板上。"

同学们鼓起了热烈的掌声。

唐海林伸出双手呈T字造型,掌声顿时戛然而止。他侃侃而谈:"吸烟有害健康甚至危及生命,被动吸烟更有害健康!"

"老师,什么是被动吸烟呀?"同学们齐声道。

"假如我是一个吸烟者,现在正在教室里吸烟。"唐海林拿起一支粉笔夹在手中并向嘴边靠拢说:"大家说说,倘若我在吸烟的同时,你们能不能闻到烟味?"

"能!"

"相对于我这个吸烟者而言,你们就是被动吸烟。"

同学们频频点头。

唐海林把黑板转过来说:"下面,请同学们带着这样几个问题阅读课文。"然后拿起教鞭指着小黑板说:"1. 体育锻炼和适宜的体力劳动对呼吸系统有哪些好处? 2. 讲究呼吸卫生应从哪几方面做起? 我们能够做到哪些? 哪些我们暂时做不到,但应力争做到? 3. 你身边吸烟的人多吗? 吸烟对人体健康有哪些危害? 4. 为什么要远离毒品? 好,下面开始阅读。"

大约五分钟时间,唐海林让同学们停止阅读,他先让学生回答每一个问题,然后再进行补充,这同时他把自己在部队参加军事训练项目、自己的抽烟戒烟史以及鸦片战争和举例说明毒品对青少年对社会的危害等内容以讲故事的形式巧妙地表现出来……

同学们上了一堂别具一格的生物课。

又是一个星期天,唐海林一回到家,就把自己当老师的事迫不及待告诉了他的老婆:"君梅,我当老师了!"

董君梅望着一路风尘仆仆的老公十分惊喜:"是吗?带什么课?"然后从鞋架上拿出一双拖鞋帮海林换上。

"爸爸,你这老师跟俺老师比,谁大?"在屋里骑自行车的创儿忽然停下问道。因为家里没装修,再加上没买什么家具,一百二十个平方米的房子是够创儿骑车了。

唐海林拍着脑门:"我先回答谁的问题呢?"

创儿大方地说:"妈妈先问的,你先回答妈妈的!"

唐海林抚摸着创儿的头说:"看来创儿也学会谦让了。那好,我先回答妈妈的问题,我带的是生物。"

创儿怕妈妈没听清楚,忙重复一句:"妈,爸爸带的是生物。"

唐海林伸出两个大拇指:"创儿,爸爸这个老师和你的老师一样大,不过,你要长到跟你舅家表哥差不多高的时候,爸爸就可以做你的老师了。"唐创的表哥已经上初中了。

创儿眨动着水汪汪的大眼睛:"真的吗?"

唐海林蹲下说:"真的!"

创儿一边骑车一边高喊:"爸爸当老师了!爸爸当老师了!"整栋楼的人都能听见。

董君梅笑了:"这孩子,小声点!"

唐海林紧追上去:"不要骑得太快!"

"你越不让他骑快他偏骑快。"董君梅又转回话题来:"教生物感觉怎么样?"

唐海林坐下说:"还好,就是要下一番狠功夫把书本吃透才行!对了,电大昨天通知我,让我明天去参加开学典礼。"

董君梅走上前蹲下帮海林捶腿说:"你星期一到星期五在学校上班,星期六、星期天总算可以休息两天了,却又要参加函授学习。这样,你太辛苦了!"

唐海林笑呵呵地说:"干什么讲什么,趁现在还年轻多学点东西,苦点累点算什么。我们学校有好多老师也都是这么安排。我打算用两到三年的时间拿到本科证。"

董君梅心疼地说:"这样超负荷运转,能行吗?"

唐海林攥紧拳头,将两只手臂猛地向上卷起:"你看我这么结实,怕什么?"

董君梅起身帮海林捶背说:"我不在你身边,你在学校要照顾好自己。"

第二天早上,唐海林吃过早饭就骑车来到新郓市电视大学。

开学典礼在电大礼堂举行,唐海林走进礼堂时,里面已坐满了人。主席台上方悬挂着一条横幅,上面写着"新郓市复转军人学历教育开学典礼"。

大约九点左右,开学典礼开始了,电视台的记者来进行新闻报道。从电大校长那得知,这次复转军人学历教育,是全省统一行动,也是新中国成立以来第一次,受到了省、市领导的高度重视。新郓市参加学历教育的复转军人达451人,开设的专业有法律、财会、文秘、行政管理、汉语言文学等十多个。

开学典礼结束后,学员们回到各自的班级上课,唐海林来到汉语言文学班,里面已坐了不少人。

"唐班长。"只听一个熟悉的声音在喊着,唐海林往里一看:"欧树军!你也报名参加了?"说着上前握住欧树军的手。

"是的，唐班长，咱们这是第二次在一起学习了。"

"除了你我之外，咱军转班的还有其他人参加吗？"

"其他人没见到，好像就你我两个人吧。"

"你现在在学校干什么？"

"我现在碾庄中心小学当体育老师，你呢？"

"我在白云中学当生物老师，你知道其他人情况吗？"

"咱军转班人的情况，我基本掌握。"

"快说说。"

"到目前为止，咱军转班的人，有7人在前勤代课，除你当生物老师外，其余6人全部是体育老师，如李江、周吴、胡化龙、王光猛……还有两个我想不起来了，剩下的人全部干后勤。"

"汪平在后勤干什么？"

"他在棋盘教办开车。"欧树军说着说着，然后鬼鬼祟祟一把把唐海林拉到教室外面。

走到教室外，欧树军扒在唐海林耳边小声说："唐班长，你知道咱现在这个班的学员情况吗？"

唐海林摇了摇头："不清楚。"

欧树军如数家珍："咱们这个汉语言文学班有学员42人，除了你我是小兵外，其他40人全部是政府机关的领导，有国税局、卫生局等局的局长副局长，有几个是各镇的镇长、书记，最小的是教办主任。"

唐海林笑笑说："看来来头都不小。"

欧树军诡秘说："听说行政管理班还有一个是副市长呢。"

说话间，郑丽君和丁颖从远处说说笑笑走来，唐海林赶忙上去打招呼："丁老师、郑老师，莫非你们二位也在电大参加函授？"

丁颖说："是啊，我们参加电大远程教育，拿本科证呢。"

郑丽君问："唐老师，你呢？"

唐海林说："我参加复转军人学历教育，开学典礼刚结束。"

郑丽君说："哦，我们刚下课，你学的是什么专业？"

唐海林答："汉语言文学。"

叮铃铃上课了，唐海林与郑丽君、丁颖道别后，和欧树军快步走进教室。紧接着，一个年轻的女教师走进教室。

"各位同学，从今天开始我就是咱们汉语言文学班的班主任了，我叫程益芳……"

自此，唐海林星期一到星期五在白中当教师，星期六、星期天要么在电大当学生，要么抽空到新华书店看书。

毕竟是新手，唐海林在教学过程中，难免会遇到这样或者那样的问题。

不懂就问，不会就学。于是他向书本学，向生活学，向老教师讨教宝贵的教学经验，向新老师学习新的教育教学理念……

为了方便唐海林办公，在他到初二任教不到半个月，学校为他在初二办公室配备了一套办公桌椅。自此,唐海林正式加盟初二,成为办公室里的一员。

唐海林办公桌的对面是年级主任章国庆,他们对着坐在办公室门口的位置。章国庆人高马大,比唐海林年轻四五岁。

自从唐海林由实验室搬到初二办公室后,刘希斌经过初二的窗口更勤了。章国庆每次见刘希斌有事没事总伸头往里看,故意抬高嗓门:"刘主任,进来坐坐。"刘希斌说:"路过,路过。"这时办公室传来一阵笑声。快嘴丁有时见刘希斌经过窗口,也故意冲着坐在对面的郑丽君喊:"路过!路过!"渐渐地路过就成为刘希斌的一个绰号。

唐海林在白中代课当老师的消息,很快就在全唐巷村传开了。

一天,几个村民没事在路口闲聊。

"听说了吗?唐家伬儿代课当老师了。"村民甲掏出一包红杉树烟来散。

村民乙接过烟:"听说了,一个兵油子能当什么老师!"

村民丙掏出打火机说:"关键是,他只有初高中文化!"说着先给村民甲点上。

村民甲燃着烟,猛吸一口:"这个覃洪武简直就是乱弹琴!安排一个小学没毕业的大兵当老师,长此以往,白中还不叫他弄瞎了!"

村民乙右手夹着烟不停地点着地说:"不行,咱们不能让这个姓覃的乱来,俺家的二子就是唐家伬儿带的,如果带瞎了怎么办?"

"俺家丫头也是他带的,"村民丙牙一咬,"不行!咋们得找覃洪武把那个唐家伬儿拿掉!"

村民甲、乙一起起哄说:"走,走!"

村民甲、乙、丙抱着不达目的不罢休的态度来到白云中学。

"覃校长,那个姓唐的不能代课,我们要求你把他换掉!"村民甲、乙、丙到校长室之后直奔主题。

"各位请坐!"覃洪武从抽屉里拿出小贡烟一一敬上,然后笑笑说:"请各位说出你们的理由。"

村民乙理直气壮地说:"理由有啊,他只是一个退伍兵,怎么能当老师?"

村民丙抢着说:"关键是他只有初高中文化!"

村民甲更是来个揭老底:"俺是看着他穿开裆裤长大的,他有多少水俺们都知道。"

覃洪武点头说:"还有吗?"

村民甲、乙、丙:"这几条就够了!"

覃洪武从办公桌里侧拿出一份材料说:"这是本次我们新南九校联考的成绩。在这次考试中,我们白中初二生物成绩位居第一,不信你们看看。"

村民甲、乙、丙把九校联考成绩拿过来一看,白纸黑字,干咂嘴。

覃洪武补充说:"我们初二八个班,一至七班是唐老师带的,八班是高中的一个老师带的,他们两个人的成绩不分上下。"

村民甲又看了看成绩单:"俺们就是对他不放心。"

村民乙、丙忙附和:"就是,就是。"

覃洪武心平气和说:"人家在部队不仅入了党,而且还自学拿了大专文凭和中学教师资格证,现在人家正在自学拿本科呢!前几天,我们校长室在全校学生中做了一份调查问卷,初二年级的一至七班百分之九十九的学生给唐海林打了满分,这才刚带不到一个月的课。所以,我说几位,不能用老眼光看新问题啊!"

村民甲、乙、丙不敢相信。

覃洪武看到他们半信半疑,补充说道:"你们看这样行不?你们的孩子不是正好在初二吗?他们放学回家你们问问孩子,如果他们说这个老师不好,我立马换人,怎么样?"

话已说到这个份上,村民甲、乙、丙只好空手而归。别说,晚上他们还真的审问他们子女呢!

镜头一:

村民甲:"臭小子,那个姓唐的到底咋样?"

"什么姓唐的不姓唐的,多难听!我们唐老师对我们可好了,他从来不生气,从来不打我们,他的知识可丰富了,我们一听就懂,一学就会。"

镜头二:

村民乙:"二子,唐家伩儿到底有'水'吗?"

"有没有'水'我不知道,反正我原先不喜欢上生物课,现在喜欢上了。"

镜头三:

村民丙:"丫头,那个傻大兵到底是真好还是假好?"

"傻大兵怎么了?有人想当还当不上呢!他要是不好,我们早就炒他鱿鱼了。"

村民丙:"等等,炒什么鱼?"

"说了你也不懂,求你别干涉我们学校的事了。"

村民丙:"熊丫头片子,还跟你爹玩洋哩。"

自从唐海林到学校后,确切地讲,自从唐海林到初二任教之后,刘希斌一回到家里,就总是有事没事地拿唐海林说事,郑丽君总是被动接招。

这天中午放学,刘希斌回到家里就扯开嗓子:"饿死了,饿死了,饭做好了吗?"

郑丽君在厨房里没好气说:"你嫌慢,你来做!"

刘希斌来到厨房外,伸头往里看了看,垂涎三尺说:"不错啊,芹菜炒肉丝。"

郑丽君忙着切菜不理。

刘希斌两手抱在胸前说:"知道吗?今天上午唐海林老家的人到学校来找校长算账来了。"

郑丽君一边洗锅一边说:"算账?算什么账?"

刘希斌不停地抖动着双腿:"他老家的人说唐海林学问低,净在课堂上胡扯八拉,他们要求换人。"

"尽是无稽之谈!我怎么没听说这事。"郑丽君把锅放在灶上,"啪"的一声拧开煤气灶开关,那红通通的火苗上下跳跃着。

"这是内部消息,知道的人不多。"刘希斌要过去帮忙调整,被郑丽君一把推开了。

郑丽君一边调整煤气罐开关一边说:"上个星期新南九校联考,初二生物拿了个第一,而且咱学校八个班中的第一、二名也在唐海林所带的班里。"在郑丽君的调整下,火苗不再红通通的,也不再上下跳跃着,而是变成蓝莹莹的。

刘希斌直愣愣站在一边:"大概正因为如此吧,覃校长袒护他呢!"

郑丽君拿起油桶往锅里倒油。"什么叫袒护?好就是好,第一就是第一。"那油一进锅就蹿出一股青烟,因为火大,锅底快要烧红了。

刘希斌依然摇头摆尾说:"一次能说明什么呢?说不定瞎猫逮住了个死耗子!"那言下之意——不服气。

郑丽君拿起切好的芹菜就往锅里放。"没事就知道瞎嚷嚷。有本事你也逮住个死耗子看看。"冷芹菜一进热油锅,滋滋作响。

刘希斌在一旁大叫说:"哎哎哎!芹菜炒肉丝,你怎么先炒芹菜呢?"

郑丽君拿起锅铲叮叮当当:"今天光炒芹菜,不炒肉了!"原来,她被刘希斌闹糊涂了,不仅忘了先炒肉丝,而且也忘了先放葱姜。

刘希斌想,如果再在厨房待下去,今天中午不仅吃不上芹菜炒肉丝了,恐怕连饭也吃不上,所以赶忙逃离厨房。来到客厅,小紫薇看电视不理他。他又不死心,跑到小卧室。"琳娜,那个唐海林到底怎么样?"

刘琳娜一边躺在床上看书一边说:"人很好啊,风趣幽默,人人都喜欢。"

刘希斌一字一句说:"我是问他上课到底怎么样?"

刘琳娜也一字一句说:"知识渊博,风趣幽默,通俗易懂。"

"我听说,"刘希斌两手插在裤兜里,"他在课堂上老是好胡扯,有没有这回事?"

刘琳娜把书往桌上一甩!"谁说他上课胡扯了?简直是诬陷人!"

"好好好,算我白说行了吧?"刘希斌一看桌上的书是琼瑶的,立马变了脸:"这《情深深,雨蒙蒙》不适合你看,问谁借的抓紧还给谁!"

刘琳娜撅起了小嘴:"这是名著,怎么不适合我看了?"

刘希斌把书往桌上一扔说:"你是一名中学生!"

刘琳娜坐起说:"中学生怎么啦?"

刘希斌见说不服他老妹,只好言归正传。"你在级组前三名的成绩千万别给我下来了,只有这样保持下去,你才能考进市一中重点班,将来才能考上重点大学。"

刘琳娜双手捂住耳朵大叫着:"烦死了!烦死了!"

刘希斌只好悻悻地离开。

唐海林没有被他们村的几个村民炒掉鱿鱼,没承想,五一假一过,覃洪武就要亲自炒他的鱿鱼!

13

新的一周开始了。

周一一大早,唐海林就骑车从家赶往学校,当他来到初二办公室时,由于来得早,其他老师都还没到校,于是他就先动手打扫办公室的卫生,然后才坐下来备课、批改作业。这也是他加盟初二办之后养成的又一个习惯。

大约半个小时的工夫,大家才陆续到齐。

"唐老师,咱校的陈会计病休了。"年级主任章国庆风风火火一进办公室,马上把这个消息透露给唐海林。

唐海林一愣:"什么,陈会计病了?"

"什么病?"其他老师也全都愣了。

章国庆指了指自己的喉部说:"食道癌!现请假去上海治疗了。"

数学老师、初二(3)班班主任王敏接过话题:"难怪陈会计好久没来上班了。"

快嘴丁丁颖抢过话题说:"真的假的?"

章国庆一脸认真:"这是从校长室刚传出来的消息,现在知道的人不多。"

唐海林惋惜说:"快退休的人,怎么得这个病呀!"

哪里有话题,哪里有快嘴丁。"俺庄有个人,男的,五十多岁,也是食道癌,晚期,从查出来到去世,没出一个月,前天刚走。"

"俺那边有一个女的也是得的食道癌,"王敏不紧不慢说,"幸好发现得及时,现在正在市四院化疗。"

"据我了解,南方人得这种病的极少。"唐海林插话道。

初二(8)班班主任张婷说:"咱这边跟其他地方比,得食道癌的人特多,大家说说会不会跟饮食习惯有关啊?"

王敏点头说:"我觉得跟咱这个地方人喜欢吃老盐豆、老咸菜有关。"

"差不多,老盐豆是霉烂的、老咸菜是腌制的。"话题又被快嘴丁抢了过来。

"有科学依据吗?你们乱说。"一直不动声色的郑丽君冷不丁来一句,因为,不仅她最爱吃这两样,新邳人大都爱吃这两样。

"哎哎哎!"章国庆打断话题说:"我在说陈会计的事,你们扯哪去了?"

王敏伸了个懒腰:"现在不正在说陈会计的事吗!"

章国庆端起茶杯说:"我是说陈会计退下来的位置,现在还没人接。"

"是没有人选,还是没人接?"快嘴丁总是反应最快。

王敏又扭了扭腰:"这么好的肥缺,怎么会没有人选呢?"

章国庆喝了口水:"当然有人选了!"

"谁?"快嘴丁、张婷、王敏异口同声道。

章国庆神神秘秘说:"远在天边,近在眼前。"

"远在天边,近在眼前?"人们顺着章国庆的目光开始四处搜索着,忽而异口同声:"唐老师!"

"什么,我?"唐海林感到莫名其妙。

章国庆点头说:"对!你是最好人选,也是最合适人选。"

"我最合适?"唐海林把头摇得像个拨浪鼓,"我不觉得自己合适。"

章国庆一语道破说:"你在部队干了那么多年的司务长,你不合适,谁合适?"

"对!对!对!"这时其他几位老师应和道。

唐海林开诚布公说:"我现在对生物刚进入状态,我不想放下。"

王敏走过来说:"你这个人真傻!人家都挤破头想当会计却干不了,你有这个机会还不去争取。"

快嘴丁急坏了:"你要是不想当,我去当!"

郑丽君朝快嘴丁撅起了嘴:"你想当,没人要!"总算将了一军。

快嘴丁笑嘻嘻:"我当然没人要了。"然后拉长音说,"你——是有人要的,而且还是多个人要!"

"你……"郑丽君气的要动手。

快嘴丁忙用手招架说:"君子动口不动手!"

章国庆瞅了快嘴丁一眼,说:"唐老师,尽管我舍不得让你放下生物,但为了你的前途,只要你想当会计,我愿意向覃校长推荐你。"

"是啊,唐老师你应该当。"张婷附和道。

全初二办公室的人都在为唐海林鼓劲。大家正在谈话间,章国庆的电话响了。

"喂,覃校长……哦……哦……好的!好的!"章国庆放下电话惊喜地说,"唐老师,你干会计有门了,覃校长请你去一下。"说着弓腰用手做出邀请的姿势。

唐海林露出一脸疑惑:"叫我现在去吗?"

章国庆依然弓着腰:"对!校长室。"

唐海林一步三回头,极不情愿地走出初二办公室,这时身后传来:"校长让你干会计,你一定要答应!千万别犯傻!"这是快嘴丁的声音。

唐海林来到校长室。"覃校长,您找我?"

覃洪武站起说:"海林,快坐。我这次找你来,跟你说个事。"

"哦。"唐海林坐下竖起耳朵,真不希望覃校长跟他说当会计的事。

覃洪武也随之落座。"咱们学校陈会计病休了,他这一病休呢,会计室就少一个人。我和校委会几个领导一碰头,把全校一百多个老师全部过了一遍,最终认为你最合适。"

唐海林腾地站起:"我怎么最合适了?"

覃洪武微笑说:"你在部队干了那么多年的司务长,有经验。"

唐海林刚想开口,这时教务主任庄浩森急匆匆走了进来。

庄浩森举着一份材料对覃洪武说:"校长,局里来了一个通知。"

覃洪武问道:"什么内容?"

"是关于初中生物教学改革和创新方面的研讨会。"庄浩森说着把通知交到覃洪武手中。

覃洪武接过通知迅速地浏览了一下,然后对庄浩森说:"这个研讨会极为重要,局里还请了一些全省著名的生物学科名教师到我市传经送宝,你通知初中所有生物教师务必在星期五上午八点准时到市局大会议室参加会议,星期五有课的一律调课。"

"好的。"庄浩森应承着,然后转身对身边的唐海林说,"唐老师,你正好在这里,我就不另外通知了。"

唐海林立正说:"是,庄主任。"

庄浩森又转身对覃洪武说:"校长,我这就去通知其他生物老师去。"

覃洪武点头说:"行。"

见庄浩森一走,唐海林马上继续刚才的话题。"校长,我现在非常非常喜欢生物,你就让我在前勤干吧!再说,我在部队干了多年的司务长,我也想歇歇。"

覃洪武示意海林坐下,语重心长地说:"你生物教得好,这全校师生都知道,说实在的,我也不想让你放下生物,但生物老师和会计相比较,我更希望你能当会计。要知道,财务是一个学校的命脉啊,因此我想让你把咱们学校的财务管起来。"

唐海林被逼得实在没办法:"校长,能不能身兼两职?"

覃洪武愣了一下:"什么?身兼两职?"

唐海林眉飞色舞说道:"就是一边教生物一边当会计。我在部队时就是身兼两职,一边干司务长,一边当汽修工。"

覃洪武果断地说:"不行!"

唐海林刚想开口,覃洪武补充说:"两者只能取其一!再说,不仅在我们学校,就是其他学校还没有这个先例。"

"我还是选择生物!"唐海林依然固执地坚持着,他动情地说:"覃校长,我现在真的舍不得放下生物,更舍不得丢下那些孩子,您还是让我继续当生物老师吧!"

覃洪武无奈说:"看你意志那么坚决,算了,我再另选他人吧!"

"谢谢校长!"唐海林眉开眼笑道。这时,BB机响起,唐海林从腰间拿出看了一下,是东方汽修厂厂长罗永军在呼叫,他刚想转身离去,被覃洪武叫住了。

"这里现成的电话,你准备到哪回?"

"校门口电话亭。"

"你还是在这里回吧。"

"谢谢校长!"唐海林走到覃洪武的办公桌旁,拿起电话拨了过去。"罗厂长,我是唐海林,您近来好吗?"

罗永军说:"好!好!你在学校怎么样?"

"我现在在前勤当生物老师了。"

"好样的,海林!"

"谢谢厂长!新东方现在建得怎么样了?"

"我们新厂已经建好了。东方汽车维修有限公司暨东方汽车维修技术学校将于5月10日正式揭牌。"

"恭喜您呀罗厂长,双喜临门啊!"

"我今天打电话给你,就是邀请你参加揭牌仪式的。"

"邀请我参加揭牌仪式?"唐海林以为听错了,所以又重复了一遍。

"是啊!5月10日星期五,也就是后天上午九时,你一定来噢!"

"罗厂长,我恐怕去不了啊,因为这天我要到市局参加一个重要会议。"

罗永军急了:"你能不能请个假?我这揭牌仪式不能没有你啊!"

唐海林说:"罗厂长,这是个关于生物教学改革和创新的会议,学校和教育局要求每个生物教师必须参加。"

罗永军思考了片刻:"既然这样,那你星期六星期天一定有时间吧?"

"星期天有时间。"

"既然这样,那好,我把揭牌仪式改在星期天即5月12日上午,怎么样?"

"罗厂长,为了我一个人把揭牌仪式推迟了,恐怕不合适吧?"

"有什么不合适的,只要你能参加就值得!"

"那好,罗厂长,我5月12日一定准时参加!"

"一言为定!"

"一言为定!"

从覃校长办公室一出来,唐海林长长地喘了一口气!就这样,唐海林又继续回到了生物教师岗位。

但一回到初二办公室后,自然被初二的老师们责备一通。

章国庆埋怨唐海林:"我从未见过像你这么呆板的人!"

王敏高唱着:"过了这个村,就没有那个店喽!"

任凭大伙怎么说,唐海林只是一个劲地傻傻赔笑。

快嘴丁瞅着唐海林趴在郑丽君肩膀小声说:"这个傻大兵放着一个会计肥缺不干,是不是舍不得离开你呀!"

郑丽君一听此话,气得用手对准快嘴丁的大腿狠狠地掐了一下。

"哎哟!"快嘴丁疼痛的大叫,见大伙一齐望着她,一边揉腿一边忙说:"没事没事,蚊子咬了一口。"

张婷发现了破绽:"丁老师,现在是几月份?蚊子有那么厉害吗?"

快嘴丁龇牙咧嘴说:"有啊,是成精的蚊子!"

郑丽君一听快嘴丁说她是成精的蚊子,立马又掐了一下快嘴丁的大腿。

疼得快嘴丁一边躲闪一边大喊:"饶命啊!"

生物教学改革和创新的研讨会如期在新邡市举行。唐海林实实在在充了一次电。

5月12日上午8时左右,唐海林骑车准时来到了东方汽修厂新厂——东方汽车维修有限公司。只见公司内外彩旗招展,锣鼓喧天,人声鼎沸,一个现代化标准厂房呈现在人们面前。

在公司大门上方悬挂一条标语:东方汽车维修有限公司暨东方汽车维修技术学校揭牌仪式。大门一侧有一块宽大的红布披挂着。

罗厂长,不,此时已是东方汽车维修有限公司总经理兼东方汽车维修技术学校校长的罗永军胸戴大红花正招呼一个个嘉宾,站在嘉宾队伍里的人们都胸戴大红花,唐海林当然也不例外。

揭牌仪式于9时准时开始了,仪式由罗永军亲自主持。电视台记者扛着摄像机紧张地忙碌着。

"尊敬的各位领导,各位来宾,全东方的员工和学员们:大家上午好!"

台下响起了热烈的掌声。

"在各级领导的关怀和支持下,在全厂上下共同努力和拼搏下,东方汽车维修有限公司暨东方汽车维修技术学校今天正式成立了!"

台下又响起了热烈的掌声。

"请新邳市副市长王来同志和新邳市白云中学教师唐海林同志共同为东方汽车维修有限公司暨东方汽车维修技术学校揭牌。鸣炮奏乐!"

罗永军话音未落,台下已经唏嘘一片。

"这个唐海林是谁啊?"

"一个普通的老师怎么能有资格和王副市长共同为东方揭牌?"

人们的唏嘘声很快被鞭炮声和军乐声所淹没了。

在欢快的军乐声和鞭炮的轰鸣声中,王来已经红光满面向前走去。

"海林,快些!"罗永军小声喊道。此时,唐海林正站在嘉宾队伍里发愣呢,他以为自己听错了,所以没有敢动,罗永军的大哥罗永红推了他一把,他这才意识到自己没有听错。

当王来还没有走到牌子前,唐海林三步并作两步追了上来,然后他们共同为东方揭了牌。

罗永军说:"下面,有请新邳市王副市长讲话。"

"各位领导,各位来宾,全东方的同志们,"在一片掌声中,王来发表了热情洋溢的讲话,"今天我有幸参加东方第二次揭牌仪式感到非常高兴,可以这样说,我是看着东方一步步成长起来的,今天东方又成功地实现了第二次质的跨越,成立了公司,建起了学校,这必将为新邳市的经济建设注入新的活力……"

罗永军说:"东方从无到有,从小到大,从弱变强,一天天成长成熟起来了,这里面倾注了两个人的大量心血和汗水:一个是王副市长,一个是唐海林老师。如果没有王副市长的关怀和大力支持,就没有昨天的东方;如果没有唐海林老师的积极建言献策和鼎力帮助,就没有今天的新东方。下面,有请新邳市白云中学教师唐海林同志讲话。"

掌声响起,人们争相一睹这位白云中学教师的风采。

"各位领导,各位来宾,亲爱的全东方的兄弟姐妹们,大家上午好!"唐海林说着大大方方地鞠了一躬。

台下掌声又起,人们看到了一个彬彬有礼年轻有为的白中教师。

唐海林说:"今天,作为一名普通的教师,我有幸参加新东方的揭牌仪式感到万分高兴!昨天,作为一名退伍老兵,在工作未安置好之前,我曾于去年下半年在东方打了半年的工。作为一名打工仔,在东方我只是尽了我应该尽的义务,现在却受到罗总经理和全东方兄弟姐妹的抬爱和如此礼遇,我要真诚地说声:谢谢……"

随后,记者采访了唐海林。在罗永军的引领下,嘉宾们饶有兴趣地参观了新东方。

唐海林上电视了,在整个白云镇乃至新邳市引起了不小的轰动。

镜头一:

吃过晚饭,董君梅和母亲、唐创一起看电视,当《新邳新闻》中出现唐海林参加揭牌仪式的镜头时,唐创手指着电视高叫着:"妈妈妈妈,快看,爸爸爸爸!"

恰在这时,忙活了一天的唐海林刚进家门,唐创忙跑上去抓住唐海林的手:"爸爸,你是不是孙悟空啊?"在创儿眼里,爸爸俨然成了那会七十二变的孙猴子!

镜头二:

吃过晚饭,刘希斌一家也在收看《新邳新闻》,当唐海林出现在电视画面上时,郑丽君情不自禁说:"这不是唐海林吗?!"

刘琳娜直盯着电视:"俺生物老师真帅!"

"帅什么帅?"刘希斌瞟了一眼刘琳娜,又瞟了一眼郑丽君,"不就上一次电视吗,有什么了不起的。"

郑丽君仿佛没听见似的,依旧默不作声看她的电视。

镜头三:

唐海林上电视了,在整个唐巷村也传开了。

当海林大从邻居家得知唐海林上电视的消息后,他逢人便美滋滋地说:"那是仨儿自己造化!那是仨儿自己造化!"

14

　　当唐海林在讲台上能自由游弋的时候,他开始博采众家之长补己之短,走出了一条属于自己的特色之路。

　　唐海林不喜欢死教书,更不喜欢教死书。所以在课堂上,他总是把自己的所见所闻、所感所想以及一些社会常识、生活知识等恰当地融入课堂中去,同时,他把相声、小品中的说、学、逗、唱等技法巧妙地引入课堂,让学生在轻轻松松快快乐乐的环境中不知不觉地掌握新知识——这就是他的快乐学习法。

　　为了让每堂课都精彩,他总是用心备课以达到出奇制胜;

　　为了让学生更直观地听懂每节课,他会精心绘制每幅示意图;

　　为了上好每堂实验课,他会自掏腰包到市场去买实验室里没有的材料;

　　为了寻找到稀有植物标本,他会不辞劳苦骑上自行车到处寻找……

　　当学到《植物的营养繁殖》时,他虚心向果农取经,并把学生带到学校附近的果园去参观,并手把手教学生怎样扦插、怎样压条、怎样嫁接。

　　当学到《植物根系》这节内容时,为了获取属直根系的植物标本,他回老家厚着脸皮向嫂子要大豆和棉花,嫂子给了他未长成的大豆苗,那未开花的棉花说什么也不给。为了得到棉花根系,唐海林不得不采取下下之策,到嫂子的棉花地里偷,结果如愿以偿。

　　当学到《探究蚯蚓适应土壤中生活的特征》时,他就捉几条蚯蚓带上课堂,然后和学生一起玩蚯蚓——观察、做实验!

　　唐海林的耳朵能动。当学到《遗传现象》时,为了让学生区分什么是性状,他大胆地将新疆舞中的摆头和动耳朵这两个动作引入课堂,学生在掌握什么是性状的同时,居然也在不知不觉中学会了这两个高难度动作。

　　……

　　总而言之,无论学到哪一节课,无论学到什么内容,无论那一课多么平淡,无论内容多么难懂,唐海林总是能够把每节课上得生动活泼,三分钟一小高潮,五分钟一大高潮,学生就像听相声、看小品一样享受每节课。

　　——这就是唐海林的魅力所在,这就是他独树一帜的快乐学习法。

　　马尾松是裸子植物的代表树种,当学到裸子植物这节内容时,唐海林认为要想让学生全面生动直观地了解裸子植物,最好的办法就是要采集到马尾松的标本。

　　然而,哪里有马尾松呢?学校没有,街道上没有,路两旁没有,县城没有,到底哪里有马尾松呢?

　　白云崖东侧不是有吗?!

　　海林家里曾经喂过牛、喂过马,他小时候到那里割过草,见到那里有马尾松,感觉挺好玩的,偶尔采摘几枝带回家。在他的记忆中,在整个新邳市乃至方圆上百里内,也只有白云崖有马尾松,因为这树种适宜在南方生长,北方少有。

不入虎穴,焉得虎子。唐海林决定到白云崖走一趟。

这天中午,他骑车直奔老家,放下车子就走,害得他大追问他:"干什么去?"

唐海林说:"上山。"

"不年不节,上什么山?"

"去采马尾松。"

"采马尾松干什么?"

"上课。"

"人家老师上课用课本粉笔,你怎么用松树枝子?"

"正好学到它。"

这是一个草长莺飞、春意盎然的日子,也是唐海林转业后的第二个春天。

天上飘着朵朵白云,唐海林哼着军歌,迎着山风,大步向白云崖进发。

走着走着,唐海林猛然发现,有一大团云彩笼罩在白云崖头顶,此时的白云崖好似一个亭亭玉立的少女仿佛头上戴上了一顶大大的白帽子。他清楚地记得小时候,每当大雨来临或者雨过天晴,总能看到白云崖头顶笼罩着一团团云雾,尤其雨水淋浴过后的白云崖最美,她如同仙境一般千变万化、美轮美奂。这样的景致,一年里见不了几次。

唐海林清楚记得上中学时,他曾利用暑假骑自行车花了半天时间环游了白云山一圈。一圈下来,他发现站在他家的方位即正北方看到的白云山和白云崖,最秀美、最陡峭;同样,在正北方拍摄出来的白云山和白云崖的全景照,最雄伟、也最有气势。而东、西、南三个方位看到的白云山虽然也很美,但要稍逊一筹。

经过一个多小时的行走和攀登,唐海林终于来到了白云崖东侧的半山腰处,那几株马尾松在侧柏的陪伴下像是迎接远方的客人。在春风的伴奏下呼呼作响。多年不见了,想不到老朋友还是那么苍劲英武,而曾经的毛头小子已经长成器宇轩昂的男子汉了。

此时山上的云雾早已散去了,站在山顶极目远眺,漫山遍野都是松柏,横看成行、竖看成列,顺着山势起起伏伏。好壮美的山山水水。

白云山原本是座光秃秃的石头山,五六十年代,正值风华正茂的海林大海林娘那一代人在当地政府的带领下,把松树苗、泥土和水硬是从山下运到山上,因为山上没有水也没有泥土,只有石头。他们用双手和铁镐在石头缝隙中扒出一个个窝。然后将松树苗栽下,培上土,洒上水,万没想到,松树们一棵棵竟然都活了下来。

前人栽树,后人乘凉。而今,松树们一个个长成了参天大树,而给了它们生命的人却一个个老去了。

此时此景,唐海林不知道为何,竟然诗兴大发:

　　白云松柏八百万,
　　猎猎雄风镇邳南。

昂首峭立向天笑，
直插云霄志不弯！

叮铃铃……上课铃打响了。

身挎军用挎包，手持教鞭和课本，唐海林从容走进初二(3)班。

"同学们，看这是什么?"唐海林从军用挎包拿出一支植物。

"马尾松!"学生们惊喜地说。因为本节课学习的是被子植物，而课本上也有马尾松的插图。所以同学们便一眼认得。

唐海林说："知道我在什么地方采的吗?"

"我们这地方没有啊!"学生们议论纷纷："老师，你在哪里采的?"

唐海林问："有没有哪位同学知道我在哪里采的?"

"老师，你是不是在白云山上采的?"一个男生站起来回答道。

"对! 白云山那有。"有两个女学生突然想了起来。

"白云山那么大，"唐海林问，"你们知道具体哪个位置有吗?"

刚才那个男生又站了起来："老师，是不是白云崖那?"

"刘昌明，你回答完全正确! 很好，坐下。"唐海林说，"同学们，为了采集到马尾松，我前天专门到白云崖跑了一趟。别说，这一趟白云崖之行收获还真不小。"

"老师，还有什么收获?"同学们纷纷问道。

"我不仅采集到了马尾松，而且还触景生情，作了一首打油诗，"唐海林说，"同学们想不想听一听?"

"想听!"

唐海林高声念道："白云松柏八百万，猎猎雄风镇邓南……"

"啪……"同学们鼓起了热烈的掌声。

唐海林说："一请同学们帮我修改修改，二请同学们给这首打油诗起个名字。"

"老师，你这首诗写得非常好，已不需要修改，大家说是不是?"男生薄兆龙站起来说。

"是!"同学们异口同声。

唐海林说："那就给它起个名字吧。"

"老师，你这首诗整个都是写松树的，这松树长在白云山之上，我看就叫《白云松》吧。"生物课代表刘琳娜站起来一口气说完。

唐海林说："白云松——大家看这个名字好不好?"

"好!"鼓掌。

唐海林把马尾松掰几枝分给学生。"同学们，诗欣赏完了，下面我们来更全面地认识马尾松吧。"

从马尾松的形态、结构到马尾松的生活习性再到裸子植物常见树种银杏、水杉、侧柏、雪松、苏铁等，唐海林逐一讲解，然后让同学们归纳总结出裸子植物的主要特征和经济意义，同学们又上了一节生动有趣的生物课。

刘希斌下班回到家，郑丽君在厨房做饭。

只听见刘紫薇在客厅里一边玩耍一边高声背诵着:"白云松柏八百万,猎猎雄风镇邠南……"

刘希斌往沙发上一躺说:"紫薇,过来,你背什么那么好听?"

刘紫薇说:"诗啊!"

刘希斌说:"我没听清楚,你再背一遍给我听听。"

刘紫薇又背了一遍。

"真是有气势的一首好诗啊,还是写白云山松树的,再加上我女儿有金铭般的嗓音朗诵,更绝了!"刘希斌鼓掌说,"对了,这诗是谁写的?"

刘紫薇说:"俺姑。"

刘希斌说:"哦,你姑?"这明明是一首阳刚之气十足的诗,他有点不相信他的小妹能写出来。

刘希斌来到小卧室。"琳娜,你也会写诗了?"

刘琳娜一边做作业一边不抬头说:"我哪有那水平!"

刘希斌问:"那这首诗是谁写的?"

刘琳娜自豪地说:"是俺唐老师!"

刘希斌问:"是唐海林?"

"千真万确。"刘琳娜无不自豪地说,"他今天上课时朗诵给我们听的,我还给起名字叫《白云松》呢!"

"哦!"刘希斌一边踱着方步一边喃喃自语说,"乍一听这首诗还将就听,但仔细一品味里面的内容和平仄韵律,用一句不恰当的话说——狗屁不通!"

"你怎能这么说!"刘琳娜极不高兴,"出去!"

"开饭了!"郑丽君在餐厅也是客厅里喊道。

"白云松柏八百万……"刘紫薇得到他老爸的夸赞后,背诗的劲头更足了。

"别背了!狗屁不通的诗,有什么好背的?!"刘希斌从小卧室出来气哼哼的。

刘紫薇感到纳闷:"爸,你刚才不是还说是一首好诗吗?"

刘希斌黑着脸:"刚才是刚才,现在是现在!"

刘紫薇气哼哼地说:"爸爸坏,说话不算数。"

刘琳娜从小卧室出来:"人家打油诗不讲究什么平仄韵律。"

郑丽君问:"你们在为什么湿(诗)的干的争论得这么激烈?"

刘希斌没好气说:"那个唐海林写了一首歪诗。"

郑丽君问:"什么歪诗?背给我听听。"

刘紫薇刚想开口,刘希斌忙打断说:"别背,别背,难听死了!"

"白云松柏八百万,猎猎雄风镇邠南……"每当爸妈意见相左不统一时,小紫薇总是站在她妈妈的一边。

"停停停!"刘希斌大声嚷嚷道:"紫薇还有琳娜都给我听好了,今后谁也不准背这种下三烂的诗!要背就背李白的诗,要背就背杜甫的诗,要背就背毛主席、陈毅元帅的诗,人家那才叫真正的诗!你们听听——大雪压青松,青松挺且直,要知松高洁,待到雪化时!瞧瞧,瞧瞧,人家这诗多带劲!"

郑丽君说:"唐海林这首诗没有什么缺点呀!"

"平仄韵律不分,还没缺点?!"刘希斌说,"难登大雅之堂! 误人子弟! 误人子弟!"

刘琳娜气呼呼说:"莫名其妙!"

刘紫薇撅起小嘴说:"其名莫妙!"说完用小手捂嘴偷笑,露出两颗豁牙。

郑丽君不耐烦了:"好了,好了,吃饭!"

刘希斌一边吃饭一边指示说:"这个唐海林简直胡来,哪有上生物课作诗的? 又不是什么语文老师!"

郑丽君、刘紫薇、刘琳娜纷纷反对刘希斌。

随后,不管是上班还是下班时间,刘希斌逢人便说:"这个唐海林,能干什么好事,在生物课作什么歪诗,又不是什么语文老师!"

为了让他的话更有杀伤力,在校干会上,他把这话传给了章国庆。

又是一个星期天,唐海林回到家里。他把上白云崖采集马尾松和作诗的事告诉了君梅和创儿娘俩,只教了一遍,创儿就会背了。

"白云松柏八百万,猎猎雄风镇邛南……"唐创问,"爸爸,这首诗是谁写的呀?"

唐海林拍着胸口说:"当代大诗人唐海林!"

第二天,唐海林到电大学习去了。董君梅在卫生间洗衣服,五岁的唐创在房间里骑自行车。

唐创骑着骑着忽然停在卫生间外说:"妈妈,妈妈,我也有一首诗。"

董君梅一边洗衣服一边说:"你念给妈妈听听。"

唐创双腿一叉,琅琅道:

　　太阳刚落起大早,
　　猎猎雄风吹树梢。
　　弄得大树朝天看,
　　像把斧头砍柴烧。

当朗诵到最后一句时,唐创用手在叉开的两腿之间比画着。

董君梅惊奇地问:"谁写的?"

唐创拍着胸口说:"唐代大诗人唐创!"

董君梅惊喜说:"创儿,是你作的吗?"

唐创说:"就是我呀!"说着,他放下自行车跑到写字台跟前,从抽屉里拿出画笔和一张纸,三两下画出一幅画,然后喊道,"妈妈妈妈,快来看!"

董君梅放下手中的活,过去一看,画上有一个太阳,周围有一片像云又像风的东西,下面是一棵从树干中央裂开的大树。便问道:"这画是什么意思啊?"

唐创用小手指着画说:"太阳昨天刚落下,今天一大早又出来了,大风把树刮的歪来歪去像是看着天上,这风用力太大把树刮劈成两半了,就像用一把斧头砍木柴烧。"

董君梅高兴地用手抚摸着创儿的头说:"创儿,你这就是诗啊!"

唐创说:"妈妈,你把这诗给我写在上面。"因为创儿才上幼儿园大班,只会写一二

三、上中下、人口手等一些简单的汉字,所以只好让妈妈代劳了。

董君梅问:"创儿,你这首诗叫什么名字?"

唐创答:"爸爸那首叫《白云松》,我这首就叫《猎猎雄风》。"

董君梅拿起钢笔飞快地在画上写下唐创作的诗,然后说:"创儿,你也能当诗人了。"

唐创高兴地骑上自行车在屋里大喊:"我也当诗人了!我也当诗人了!"

转眼到前勤代课快两个月了。为了更有效地提高教育教学能力,这天自习课,唐海林决定通过调查的方式了解自己在学生心目中的位置和分量。

"为了让我的课更精彩,为了促进我的教学能力和全面提高自身素质。在此,我想搞一个小小的调查,请同学们板下脸来对我的课进行说长道短,乃至说三道四都行,谢谢了!"唐海林一一走进各班,把事先准备好的纸条发给大家。

在柔和的灯光下,唐海林读着那一句句质朴纯真的话语:

最优秀的人物通过痛苦才能够得到欢乐。

——赵海龙

致 Tangseaforest,打油诗一首,不要介意:

人家威严你天真,但是工作莫等闲。

兢兢业业把活干,就是有点二百五。

爱生如子你第一,爱子如生家长严。

从今辛苦把活干,要留清白在人间。

唐创他师哥:陈宁

唐老师,你是我上学以来遇到的最好的老师!

您的学生:张倩倩

致唐老师:

皇帝是天之骄子,而您是海之骄子。

学生:周旋

致唐老师:

祝:工作顺利,合家欢乐,早日升官发财!

学生:黄永庆

致唐老师:

兵来将挡,水来土掩,你要用万锤亿炼的泥土铸成不朽城墙。

刘垚

唐老师,上您的课一点也不累,听您的课是一种超级享受,万分感谢您!

YangYang

……

这也许就是学生们对他们唐老师的最高褒奖吧!

15

自从到白云中学工作后,唐海林只有到星期六星期天才能回家,其他时间都是住在哥嫂家。

这天晚上,唐海林回到哥嫂家说:"哥,嫂,我明天要搬到学校去住了。"

海林嫂说:"怎么,学校分到房子了?"

唐海林说:"一个退休的老教师搬回老家了,正好房子让了出来。"

"小明上初三,晚自习天天深更半夜才回来,路上不安全,我想让他到你那去住。"海林哥说。初三作为毕业班,学习任务比较紧,所以有晚自习,但海林侄子唐小明嫌学校男生宿舍太吵,就没有住校,而是每晚和本村几个同学骑自行车回家住。

唐海林说:"行啊!反正我一个人也住不了。"

海林嫂说:"你把他看紧点,该打就打,该骂就骂,这孩子懒散惯了。"

唐海林笑笑说:"请放心吧!"

第二天早上,唐海林就把自己的东西搬到了学校教职工宿舍去了,一同搬去的还有他的侄子小明的床被。

学校有两处教职工宿舍,一处紧挨着学校,一处在街南的白云老医院,距离学校大约有二里路。前些年,白云新医院建好后就搬走了,留下的楼房被覃洪武的前任校长花钱买了下来,给教职工当宿舍。

唐海林住在老医院一楼的一间靠楼梯的房子,从其他老教师那获知,这间房子原来是医院的一间门诊。一间屋两张床,海林和小明爷俩住在一起倒也相安无事。

小明上完晚自习回来的时间,也是唐海林晚上下班时间,爷俩基本上一前一后回到宿舍。第二天早上,爷俩又同时起床,然后同时上学校。

大约一个星期后的一天下午,小明找到唐海林说:"三叔,今天我不去你那住了。"

"为什么?小明。"

"我想去家拿东西。"

"你星期天不是才去家的吗?"

"我的一本资料忘记拿了。"

"哦,那你去吧,晚上骑自行车要慢些。"

"知道了,三叔。"

又过了几天,小明又以种种理由回家,没到宿舍住。

这天晚上,小明又以回家拿钱为由没来住,唐海林依然没多想,洗漱完毕就上床睡了。朦胧中,他好像听到有人在喊他的名字。难道是在做梦?不像。海林仔细一听,声音是从院里传来的。于是乎,他赶紧穿好衣服出门。

"谁在喊我?"由于没有月色,唐海林看不清外面。

"你是唐海林老师吗?"一个壮年男子在远处道。

唐海林说:"我就是,请问你是?"

壮年男子说:"俺是初三(2)班唐华柱的家长,俺家就在街南唐庄,俺叫唐全顺,按辈分,你得叫我大叔。"借着灯光,唐海林看出是一个老实巴交的庄稼汉。

"哦,大叔,有什么事吗? 进屋来坐。"

"不用坐,侄子。"唐全顺站在门口说,"俺儿子和你侄子唐小明是同班同学,两个人玩得可好了。有好几次下午放学回家,华柱跟俺说,他跟你侄子小明到你这来住了,开始俺相信了,次数多了,俺就有点怀疑了,所以俺今晚找过来了。"

"今晚他们两个没有来住啊!"唐海林感觉被愚弄了,"而且,自从我搬到这来住之后,我也从未见过唐华柱来住过!"

"肯定是去上网吧游戏厅了!"唐全顺顿时像泄了气的皮球,捶胸顿足说,"俺庄有几个小孩前几天跟俺说,华柱上网吧游戏厅包夜,俺还不相信的呀!"

唐海林说:"大叔,你别难过,我们现在就去找找看。"

唐全顺跟着唐海林一边走一边说:"侄子,不怕你笑话,华柱他妈是云南人,俺四十岁那年花了三千多块钱从人贩子手里买的。华柱这孩子从小学一直到初一初二成绩可好了,每次考试都在班里前三名。自从他妈去年跑了之后,这孩子成绩就下来了。"

唐海林清楚记得,在他当兵前那几年里,人贩子贩卖人口十分猖獗,他们通过种种欺骗手段把云南、贵州等西部地区的妇女贩卖到沿海一带省市,卖给那些光棍汉当老婆。作为江苏欠发达地区的苏北,自然成了人口贩卖的重灾区。所以,像唐全顺这样的家庭在新邳市有很多,像唐华柱这样的孩子也很多。幸好国家及时采取了打拐专项行动,才遏制住这种逆流。

"我想小明是自己亲侄子,他请假去家也在情理之中,没想到……"唐海林惭愧地说,"大叔,都怪侄子我疏忽管教小明,给您添麻烦了。"

唐全顺说:"没关系,只要能顺利找到他们,只要他们能改正就好。"

唐海林说:"嗯! 对了,大叔,街上的网吧游戏厅,你熟悉吗?"

唐全顺说:"我听说这街上有大小网吧游戏厅十几家,有明的、有暗的,我只知道几家,大多数不知道。"

"我到学校时间不长,对街上情况特别是网吧游戏厅一点也不了解。"唐海林说,"我们那时上学根本没有这些玩意。"

"是啊! 往天哪有这些玩意啊!"唐全顺说,"我先带你到几个我知道的去看。"

唐海林说:"好的大叔,您带路。"

他们来到街西一个老百姓家的门前,只见大门半掩着,已是深更半夜,里面还隐约亮着灯光。

"据说,这是浪人网吧。"唐全顺说,"走,进去看看。"

唐海林如果不是跟着唐全顺来,谁又能知道这里有个网吧呢。

唐海林他们一走进网吧,顿时惊呆了:只见里面烟雾缭绕,四五十台电脑前坐满了全是未成年的孩子,大的也不过十七八岁,有玩游戏的,有聊天的,有吸烟的,有男男女女搂搂抱抱在一起打情骂俏的……

"你们两个是干什么的?"网吧老板见他们光瞎转悠不上网,立刻审问起来。

"找人!"唐全顺答道。

"这里没有你们要找的人,快走!"网吧老板不耐烦了。

"大叔,咱们走!"唐海林气愤道。

唐全顺跟着唐海林一边出来一边骂说:"真是害死人呐,竟挣伤天害理钱,不得好死啊!"

他们来到街北,唐全顺指着一处亮灯的地方说:"这家叫天才网吧。"

进天才网吧一看,这里的电脑比浪人里的还多,人丁也旺,生意比浪人还红火……

唐海林直感觉胸口很痛,从未有过的痛!因为他仿佛看到了几个熟悉的身影,但又不敢确认。

找了半天,依然没有唐小明和唐华柱的身影!

唐全顺带着唐海林又来到街东的极速网吧,又是一无所获。

等把这三四家网吧转下来,天也快亮了,他们也累了,仍然没有见到唐小明和唐华柱的人影。孤陋寡闻的唐海林这一夜也总算开眼界了。

唐全顺对唐海林说:"好侄子,咱们不找了,明天他自然会回家的。不过,俺想让你把你的侄子管好,别把俺家华柱带坏了,也算大叔俺求你了。"

"大叔,您先回去吧,您放心,这事我一定会管的!"见唐全顺可怜巴巴的样子,唐海林的心口仿佛在滴血!

晨读课的铃声响了,唐海林快速赶到了学校。在初三(2)班门口见到了初三年级主任兼初三(2)班班主任刘希斌。

"刘主任,我想向你了解一些情况。"

刘希斌猛回头:"嗯,什么事?"

"是这样的,刘主任,"唐海林说,"您班的唐小明是我的侄子。"

刘希斌气哼哼地说:"唐小明原来是你侄子,我说呢!你侄子小明最近经常迟到,而且上课时经常好睡觉,我批评好几次了就是不改,这不,到现在还没来,我正准备找他家长呢!"

唐海林红着脸说:"真对不起,刘主任。我正为此事而来,没想到这孩子变化这么快!"

刘希斌没好气说:"你这个侄子再不好好管教,恐怕要撒把了。"

"您说的是,刘主任。"唐海林难为情说,"等小明来了,我再来,我现在到初一去问问他妹妹,了解情况。"

刘希斌又来一句:"再不管要撒把了!"

唐海林来到初一(4)班。

"小花,你出来一下!"

"三叔,你找我有事吗?"正在晨读的唐小花急忙放下课本走了出来。

唐海林问:"你哥昨晚去家吗?"

唐小花直摇头:"没有!"

唐海林问:"他上个星期三去家吗?"

唐小花说:"自从在你这住之后,他除了星期天去家,其他时间从来没有去家!"

"我知道了,你回去读书吧!"唐海林气炸了肺,此时此刻,他越加相信唐全顺的话了。于是转身向初三(2)班走去。

快到初三(2)班时,只见刘希斌正在训斥唐小明。

"小明,你昨晚在哪住的?"唐海林见到唐小明厉声道。

"我不是跟你说了吗,回家拿东西。"小明抬起头,眼睛通红尽是血丝!

唐海林说:"刘主任,你把唐小明交给我处置吧!"

刘希斌说:"你带回去好好管教,管教不好别来上了!"

"刘主任,给您添麻烦了。"唐海林连忙说,"刘主任,您千万别生气!"

把唐小明叫到僻静处,唐海林仍耐心地问:"小明,跟三叔说实话,你昨晚在哪住的?"

"回家拿东西,在家住的。"唐小明仍然一脸青筋。

唐海林压住怒火:"你不说实话,是不是,那好,走,推自行车去。"

唐小明问:"上哪?"

唐海林说:"你推自行车来再说。"

唐小明从车场把车推来,唐海林向级组主任章国庆请了假,并已推着自行车在等他:"走吧。"

"上哪?"唐小明问。

唐海林说:"去家。"

唐小明说:"我今天刚来,我不去!"

唐海林说:"我再问你一句,你昨晚到底去哪?"

唐小明不耐烦了:"我不是跟你说了吗,在家!"

"既然在家,那我们就回家问问你妈,证实一下。"唐海林想,小明的事应该让他妈妈知道。

"我不去!"唐小明说。

唐海林说:"你不去,说明你这里有假。"

"没假! 去就去!"被唐海林的话一刺激,唐小明答应了。

唐海林和唐小明骑着自行车朝老家的方向驶去。

半道上,唐海林几次想:如果此时唐小明向他承认错误,他就原谅小明,不带他去找他妈,只要他能改了就好。

"小明,你昨晚到底在哪里,跟三叔说实话,三叔就不带你找你妈了。"唐海林再次劝说唐小明。

"在家。"

"肯定?"

"肯定!"

看来唐小明是不见棺材不掉泪,是要犟到底了!

终于来到小明家,小明爸爸已经外出打工,家里只有小明妈,此时正在喂猪。

"俺嫂,我把小明给带来了。"唐海林一进门就对嫂子说。

"怎么了?"小明妈感到很吃惊,"上学时间来家干什么?"

唐海林说:"你问问小明。"

"小明,跟妈说到底怎么回事?"小明妈说。

唐小明昂首挺胸一脸无辜。

唐海林见状问小明:"你昨晚到底在哪住的?"

唐小明理直气壮地说:"在同学唐华柱家!"

"什么?你在唐华柱家?"唐海林一听,气不打一处来!他气得嘴头发青哆哆嗦嗦说,"嫂子,他刚才跟我说,他昨晚回家来住的,这一来家见到你,又变成到同学家去住了!"

小明妈气愤地把手里的勺子往猪食桶里一扔:"小明,你跟妈说实话,你昨晚到底在哪住的?"

唐小明大声说:"唐华柱家!"

唐海林恨不得哭。"唐华柱他爸昨晚都找到我那了,我跟他找你们两个找了一整夜!"

小明妈见儿子撒谎,一边哭一边对唐海林说:"你还不打!你还不打!"

唐海林束手无策。

见唐海林无动于衷,小明妈更是呼天抢地说:"你还不打!你还不打……"

猛然间,那股无名业火涌上心头,唐海林向唐小明命令说:"你给我跪下!"

唐小明不跪!

唐海林又命令说:"你给我跪下!"他想只要唐小明跪下,就不打他。

然而,唐小明宁死不跪!

唐海林声音越来越大,唐小明就是不跪。

"你还不打!"小明妈哭得更厉害了。

唐海林见唐小明真的成了阴沟里又臭又硬的石头了,不好好教训一下,这孩子真的无药可救了,于是他飞起右脚朝唐小明踹去!

"嘭——"唐海林的右脚落在唐小明的小腿弯处,唐小明就地跪倒!

不知道是唐小明被踹疼了,还是理亏,他开始一边哭一边说:"你算什么,你打我?你算什么,你打我?"

唐海林一听更来气了:"我算什么?你说我算什么!"

唐小明连蹦带跳:"你算什么东西,你算什么东西!"

唐海林的肺已经气炸了:"我算什么东西?你爹不在家,我就是你爹!"一边说,一边又踹了一脚。

小明妈一见唐海林动真格打她的儿子,忽地抱住小明不让打。到底儿是娘的心头肉,打在身上却疼在心里。而后母子二人抱头痛哭起来!

"你给我滚!俺家不欢迎你!"已经失去理智的小明妈一边护犊子一边开始下逐客令了。

唐海林原本只想教育教育唐小明,万没想到事情会弄成这样!无奈之下,他只好推着车子,离开小明家向学校走去。

一路上,唐海林怎么也想不通,他咋反倒成了猪八戒照镜,里外不是人了?

唐海林一整天很难过！从前,他从未觉得自己傻,今天,他感觉自己很傻很幼稚,是一个地地道道的傻大兵！

"校长,网吧游戏厅再不管一管,那些青少年学生真的要被毁掉了。"唐海林回到学校后,立马向覃洪武汇报了他在网吧里看到的一切。

覃洪武说:"不听你说,我对网吧的真实情况还真不了解,估计我们学校里那些白天上课经常好睡觉的学生,十有八九就是晚上到网吧包夜导致的。"

唐海林说:"校长,我们学校抓紧管吧!"

"谈何容易!"覃洪武说,"我们学校又不是执法单位。不过,这次学校要真的采取措施了,一是以书面报告的形式向镇政府和派出所反映学校周边网吧游戏厅情况,争取获得他们的大力支持;二是要在全校范围内对学生进行思想教育,让学生自觉抵制网吧游戏厅,只有多管齐下才能奏效。"

唐海林说:"还有,对校外住宿生要进行一次清理,一律不准学生以任何理由、任何方式在校外租房子住。"

"你说的很好!"覃洪武说,"另外,海林,你现在对网吧比较了解,这个报告就由你起草,怎么样?"

唐海林说:"好的,我试试!"

中午放学,唐海林再次骑上自行车直奔老家。

"嫂,我是向你赔礼道歉来了。"唐海林一进小明家,见到小明妈就说。

小明妈不理会,显然心头的阴霾还没有扫去。

唐海林来到小明屋里,只见小明还躺在床上。

"小明,千错万错,三叔不该打你。"唐海林说,"请原谅三叔好吗?"

小明不动。

"小明,起来,跟三叔上学去!"

小明仍不动弹。

"你去上你的班吧,小明不上了!"小明妈在门口没好气地说。

唐海林说:"怎么能说不上就不上呢。"

小明妈说:"他自己不想上了。"

唐海林说:"小明,你今天不起来跟我走,我今天就坐在这里不走了,这个班我也不上了!"说完往椅子上一坐。

小明妈见她这小叔子又动真格了,马上进屋劝小明:"明儿,起来跟你三叔上学去,其实,你三叔也是为你好!"

小明在他妈的劝说下,终于起来了。

"三叔,我错了!"小明下床后,低下头认了错。

唐海林上前搂着小明说:"知错能改,就是好孩子。"说着爷俩紧紧抱在一起!

按照覃洪武的设想,白中全体师生抵制网吧游戏厅的动员大会,终于召开了。

白云派出所也对学校周围的网吧游戏厅进行了一次彻底的清剿整治行动,一批黑网吧游戏厅被捣毁。

谁能想到,就是这次网吧游戏厅的清剿整治行动,居然埋下了祸根。

16

自从到学校工作那天起,唐海林就把学校当作家了。从星期一到星期五,他天天待在学校里,有时候整个星期不出校门半步。因为他吃、住都在学校。

这天,唐海林到学校食堂吃过午饭,像往常一样回到初二办公室里学习、休息。办公室里只有他一个人,其他教师都各自回自己的家做饭、吃饭去了。

这时,正在小憩的他,忽然被门外的一阵噼里啪啦的嘈杂声惊醒,军人特有的敏锐使他快速冲到室外。

只见两个袒胸露乳的家伙在校园里大施淫威,一个用脚踹总务处的门,一个拿石头砸教务处的门窗玻璃,嘴里还不停地叫骂着:"他妈的,什么破学校!他奶奶的,覃洪武真不是东西!"

因为是午休时间,学校里没有几个教干、老师,只有三三两两的学生,所以这两个地痞无赖从学校大门一路砸了进来,而年迈的门卫吓得不敢管。

没有回家的学生都围过来观看。这两个地痞见围过来的人多了,他们砸得更欢了。

"住手!"一股无名烈火在唐海林的胸中像火山一样爆发着。

这两个地痞要的就是这个效果,现在居然有人胆敢阻止他们横行霸道,他们岂能放过这个不知天高地厚的愣头青!

那个比较瘦一些的地痞一下子蹿到唐海林面前,用右手封住唐海林的胸口衣领,使出吃奶的劲想把唐海林摔倒,唐海林稳如泰山地站立着,并没有还手,任凭这个小子怎么摔就是摔不倒,顿时引来了学生们的哈哈大笑。

那个胖一些的地痞见状,立刻蹿过来,想来个二打一。这时,有十多个胆大的学生站到了唐海林左右,那个瘦一些的地痞赶紧松开了手。此时,只要唐海林一声令下,恐怕不用他动手,这两个地痞保证被学生们打得满地找牙!

俗话说,好汉不吃眼前亏。那个胖子见得不到便宜,立马改变流氓方式。

"这位兄弟贵姓?"

唐海林厉声说:"唐海林!"

胖子问:"家住哪里?"

唐海林答:"白云镇唐巷村!"

胖子问:"兄弟是才来的吧?"

唐海林说:"才来的又能怎么样?"

胖子见唐海林软硬不吃,又生一计。他把唐海林拉到一边小声说:"兄弟,我们是来找学校事的,跟你没关系,你还是让开好。"

唐海林正色道:"我是这个学校的一员,谁玷污这个学校,我们绝不答应!"

"我们绝不答应!"学生们挥舞着拳头,异口同声回应。

这时好多老师吃过午饭陆续赶来了。

"我们走!"这两个地痞见今天捞不到什么好处,只好灰溜溜一边走一边说,"咱们走着瞧!"

没多久,覃洪武来到学校,门卫立刻报告了此事。为了杜绝此类事件再次发生,覃洪武迅速报了警。

派出所干警到学校调查取证后,快速将这两个地痞缉拿归案。

下午第六节课,唐海林到初二(3)班上课。

在上课时,唐海林发现,后排左边有个叫赵怡婷的女生始终趴在桌子上,唐海林走向前关切地问:"你怎么了?哪里不舒服?"

那个女生不说话,开始嘤嘤咽咽起来。

"老师,你知道刚才那个封你领子的那个人是谁吗?"附近的学生发话了。

唐海林问:"是谁?"

"那人是她的爸爸!"

原来,那两个地痞到学校打砸抢时,有学生认出那个瘦子是赵怡婷的爸爸。于是,这些学生一见到赵怡婷就大喊:"死皮爸,地痞爸,流氓爸,坏蛋爸,无赖爸!"

下课后,唐海林把赵怡婷叫到办公室。

唐海林说:"怡婷,你是你,你爸是你爸,如果你爸能知错就改,学校和我都会原谅他的。"

赵怡婷抬起头,两眼红红地说:"老师,如果我爸改了,你能原谅他吗?"

唐海林答:"能!"

赵怡婷的爸爸叫赵四,绰号叫死皮,那个胖子叫刘帅,绰号叫刘甩子,这两个家伙是白云镇街道上出了名的地痞无赖。

这天,赵四把刘帅叫到一个小酒店喝酒。

赵四说:"兄弟,这个姓覃的自从走马上任白中校长以来,好像眼中没有咱们兄弟两个。"

刘帅猛地饮一口酒:"我也感觉这个姓覃的不地道。"

"是啊!"赵四说,"我本家一个兄弟在家里开网吧好好的,硬是被姓覃的和派出所给弄砸锅了。"

刘帅说:"我听说了,动静还不小。"

赵四说:"要不,今天咱们去让他长点见识?"

"行!"刘帅说我的手早就痒痒了。

于是,这两个地痞喝完酒之后,借着酒兴直奔白中。然后就发生了那一幕。

这两个家伙被抓到派出所之后,每人罚款1000元并照价赔偿学校损失,然后才被派出所放出来。

赵怡婷放学回家,只见她爸正蹲在墙角抽闷烟,她妈正骂她爸呢,赵怡婷一头钻进屋里趴在床上大哭起来。

怡婷妈赶紧进屋问道:"闺女,咋啦?"

赵怡婷说:"丢死人了,丢死人了,这个学没法上了!"

怡婷妈问:"不上学咋行?"

赵怡婷说:"俺爸如不改,如不给俺老师赔礼道歉,我就不上学。"

怡婷妈跑到屋外说:"你明天去跟校长、老师赔礼去。"

赵四说:"不去!"

怡婷妈往地上一坐,大哭起来:"你不去,俺就死给你看!"

赵四到37岁才好不容易找到怡婷妈,他最怕打光棍了,所以赶忙说:"我的姑奶奶,我去还不行吗?"

第二天早上,赵怡婷和她妈押着赵四来到学校,一进校长室,赵四一个劲地说:"对不起!对不起!"

覃洪武叫人把唐海林喊来。

赵四一见到唐海林忙上前:"唐老师,对不起,事情都是因我引起的。"

唐海林说:"谁都有犯错误的时候,关键是能不能知错就改!"

赵四说:"一定改!一定改!"

覃洪武说:"这个学校是白云镇全体人民的学校,你砸了这个学校,不仅我不答应,全白云人都不答应!"

赵四唯唯诺诺:"是是是!"

唐海林带着赵怡婷回到初三(3)班。

唐海林说:"同学们,刚才怡婷爸爸到学校来赔礼道歉、承认错误了,我希望同学们从现在起不准再乱喊乱叫了,大家说好不好?"

"好!"

赵怡婷欢天喜地回到了自己的座位上。

"这个人真是的!"这天,快嘴丁一进办公室,课本还未放下,就冲着郑丽君嘟囔着。

郑丽君不冷不热说:"怎么了?还有人敢欺负你这张大嘴?"

快嘴丁说:"学生跟他到处乱跑,他也不制止。"

郑丽君问:"到底谁呀?怎么个乱跑法?"

快嘴丁说:"最近,唐海林到哪个班上课,有几个成绩较差的学生就跨班级去听他的课。"

"上节课我在三班上课,后排空两个位子,我一问其他学生,人呢?说跑到六班听唐海林的课去了。"

三班班主任王敏一听,马上来气说:"丁老师,到底是哪两个孩子乱跑的?你告诉我,我等一下找他们算账去。"

快嘴丁说:"我已经记不起来了,你到班上查一下就知道了。"

政治老师范琦说:"对了,昨天,我在五班上课,后面空了一个位子,我问人呢,五班的学生说跑到一班听唐老师的课去了。"

"我班也有此事?"郑丽君问,"周老师告诉我是哪个?"

"叫黄什么来着?"范琦想了想,"对了,黄强!"

王敏说:"这不是一个好现象,得抓紧制止,要不然还不乱了套?"

正说间,唐海林走进办公室。

"唐老师,有学生跟你乱跑上课,你知道不?"快嘴丁一见到唐海林马上发问。

唐海林一愣:"有这等事?"

快嘴丁说:"你是真不知道还是假不知道?"

唐海林很认真地说:"真没在意。"

"最近有几个学生很不像话,"王敏说,"你到哪个班上课,他们跟着你到哪个班去听课。"

唐海林说:"是吗?"

"已经一两天了。"范琦说。

唐海林连忙说:"各位别生气,再遇到这类事情,我一定制止,绝不让类似的事情再发生了。"

快嘴丁说:"再出现……"

"不要怨这怨那怨学生!"快嘴丁还想说什么,被一直默不作声的初二年级主任章国庆发话打断了。"学生为什么会乱跑跟班上课?学生为什么不喜欢上一些人的课?多反思反思自己的课上得怎么样,多查找查找自身原因,别把责任都推给学生!"

章国庆一言九鼎,没有人敢再发话。

镜头一:

自习课,初二(3)班。

王敏说:"我听说,最近以来,我们班有好几个学生跟着唐老师到其他班上生物课,到底是谁?你给我站起来!"

教室里鸦雀无声。

"敢做敢当,怎么不敢站起来?"王敏厉声厉色说,"都给我听好了,今后谁要是再乱换班上课,被我抓到后一定严肃处理!"

镜头二:

自习课,初二(5)班教室外。

郑丽君说:"怎么不说话?你为什么要跟唐老师到其他班上课?"

黄强低头不语。

郑丽君有点恼火了:"快说呀!"

"班主任,你不知道,唐老师有一股魔力,总是让人不自主地跟他去!"黄强终于开口了。

郑丽君说:"有这么玄乎?我不相信!"

"真的,班主任。"黄强说,"唐老师上同一节课,你跟着听十遍都不觉得厌烦。"

郑丽君说:"这就是你跟他到处听课的理由?"

黄强说:"班主任,你若不相信,你什么时候听唐老师的课试试。"

"他的课再好,你也不能乱调班乱换班上课呀!"郑丽君想不通,都说唐海林有水平上课好,怎么当初和他谈恋爱时,没见他发挥出来呢?

"班主任,我下次不了。"黄强自知理亏。

郑丽君命令说:"跟我进班!"

进班后,郑丽君板脸说:"我希望黄强乱调班上课这件事,在我们班是第一次也是最后一次,以后绝不允许类似的事情再发生……"

镜头三:

初二(6)班生物课上。

"最后,我们来回顾一下本节课所学的内容。"唐海林说,"张阳同学,你说说什么叫裸子植物?"

张阳还未站起来,同学们齐刷刷瞧他咪咪笑。

唐海林被笑的丈二和尚摸不着头脑。"说说看。"

张阳说:"有的植物,种子是裸露在外面的,没有果皮包被,叫作裸子植物。"

唐海林说:"你能举几个例子吗?"

张阳说:"马尾松、银杏、水杉、雪松。"

唐海林说:"同学们,他回答的好不好?"

"好!"

"哎!张阳,我记得你不是六班的吧?"唐海林忽然感觉不大对劲,"对了,你是七班的吧?"

同学们哈哈大笑,张阳低头不语。

叮铃铃……下课了。

唐海林说:"张阳跟我到办公室来一趟。"

怀着忐忑的心情,张阳跟着唐海林来到了办公室。

"张阳,你为什么到六班来听课?"唐海林用低沉的声音问道。

张阳依旧低头不语。

快嘴丁一见她班学生张阳被叫到了办公室,马上气不打一处来。"好小子,我原来以为我班没有乱听课的,想不到是你这个鬼东西给我班抹黑呀!"说着走到张阳跟前厉声厉色道:"说,你到底为什么到六班听课?"

唐海林一把拉住快嘴丁:"丁老师,您消消气,这事交给我来处理吧。"然后对张阳说,"有什么说什么,实话实说。"

张阳小声说:"老师,英语我听不懂,你的课通俗易懂,我喜欢听。"

"人人都能听懂我的课,为何偏偏你听不懂我的课!"这时,初二(8)班班主任张婷气冲冲走进办公室。

唐海林见张阳成了众矢之的,又走到张婷跟前圆场说:"张老师,您也消消气,这事我一定给处理好!"然后对张阳说,"不能因为听不懂英语而自动放弃,否则会导致恶性循环。所以你要查找原因,寻找对策。大米饭天天吃也有厌烦的时候,我的课再通俗易懂,也不能顾此失彼啊!"

张阳耷拉着脑袋。唐海林说:"先说到这儿,你先回去好好想想。"

为了彻底扭转学生乱听课现象,唐海林觉得有必要采取一些措施。

辅导课,唐海林一一走进各个班级。

"同学们,近来有个别同学跟我到其他班级去听课,在此,我万分感谢这些同学对生物的喜爱。但是,作为一名中学生必须全面均衡发展才行啊,如果 A 同学喜欢上语文课就专门听语文老师的课,B 同学喜欢上数学就去听数学老师的课,如此一来,那么我们整个班,乃至整个级组、整个学校岂不是乱了套了?没有规矩,不成方圆。当前学校不允许跨班上课,为此,我真诚地希望同学们能够严格要求自己,不要做了丢了西瓜捡芝麻的傻事……"

17

又一次的全体教职工会议召开了。

覃洪武在会上做了题为《以德立校,三管齐下创一流》的报告。在这个报告中,覃洪武为白云中学描绘出了一幅宏伟的蓝图。覃洪武最后表示,在他任内,他的目标就是把白云中学打造成一所远近闻名的现代化学校。

校长是一个学校的灵魂。随后,覃洪武带领班子成员坚持在教学第一线,备课、上课、听课、评课……一个你追我赶、勇于探索的群体,在白云山脚下悄悄集结!

星期二下午第七节课,初二(2)班。

在学校的统一安排下,唐海林的公开课终于登台亮相了。

所有的生物教师来了,初二级组没有课的教师来了,其他级组没有课的教师来了,年级主任来了,教务主任来了,章利来了。

叮铃铃……随着上课铃一响,唐海林喊道:"上课!"

"老师好!"

"同学们好!"唐海林鞠了一躬,然后命令道:"坐下!"

同学们一个声音落座。

唐海林说:"上节课,我们学习了人体的神经系统,神经系统的活动很复杂,它的基本调节方式是反射。"说着,拿起粉笔一转身在黑板左上方写下反射二字。

唐海林说:"下面,我请几个同学到前面来做个实验验证一下,谁来?"

同学们一听说要做实验纷纷请缨。

唐海林说:"左边来两个同学,右边来两个同学,并带两把椅子上来。"

四个学生带板凳到黑板前落座后,唐海林说:"我们这个实验叫'观察膝跳反射'。目的要求,通过观察人体膝跳反射实验理解反射是神经调节的基本方式。方法步骤,每两人一组进行试验,一人为受测者,另一人为测试者。"

四个同学自动组合为 A、B 两组。

唐海林说:"1. 受测的同学坐在椅子上,右腿(或者左腿)自然放松地搭在左腿(或者右腿)上。2. 测试的同学用手掌(记住,不能用大锤和木棒)外侧边迅速轻敲受测同学的右腿(或左腿)膝盖下方的韧带,观察右腿(或左腿)小腿反应。3. 两组同时进行,以比赛的性质看哪个组做的又好又快。好,听我的口令,开始!"

随着唐海林一声令下,A、B两组迅速进入情况。

A组的测试者用右掌外侧迅速敲击受测者的右腿膝盖下方的韧带,小腿果真不自主地向前跳起。

"啪……"同学们鼓起了掌声。

唐海林说:"A组做得很成功,请B组加把油!"

B组的测试者用右掌敲击受测者的右腿膝盖下方的韧带,连敲了几次,受测者的小腿就是没反应。

测试者急了,同学们笑了。

唐海林说:"请受测者放松,测试者敲击迅速。"

B组照做了,还是不成功。

唐海林走上前,把测试者拉到一边,然后用右掌敲击受测者,受测者的小腿还是不跳起。

"看来这位同学神经不敏感啊。"唐海林开玩笑地说。

"哈……"同学们全笑了,老师们也笑了。

唐海林说:"其实这位同学不是神经不敏感,大家知道什么原因没做成功吗?"

"没放松!"

唐海林说:"对!确切地讲是由于紧张而导致未放松。我们再来一次,请受测者起来走两步。"

受测者按要求做了。

"好,坐下。"唐海林说,"请受测者把左腿自然地放在右腿上,然后闭上眼睛。"说着,唐海林用右手掌迅速地敲击受测者。

"成功!"同学们欢呼道。

"你来试试!"唐海林让测试者再试一次,也成功了。

唐海林说:"请这两组同学交换做一次。"

AB两组分别成功。

"课后,同学们可以再尝试做做。请大家来思考这样一个问题,完成膝跳反射的基本条件是什么?"唐海林环顾了一下,"张惠。"

张惠站起:"必须用手掌敲击。"

唐海林说:"用手掌敲击的目的是什么?"

张惠说:"让小腿跳起。"

唐海林说:"如果我们把'让'字换成另外一个词的话,这个词应该是什么?"

张惠在思考。全班同学在思考。

唐海林叫了一声:"刘垚。"

刘垚站起说:"是不是刺激?"

唐海林说:"大家说说,完成膝跳反射的基本条件是不是刺激?"

"是!"

"好,请这两位同学坐下。从膝跳反射这个实验,同学们来给'反射'下个定义。"唐海林叫道,"陈松。"

陈松站起:"人和动物通过神经系统对外界或者内部的各种刺激所产生的有规律的反应,叫反射。"

"很好,请坐。"唐海林说:"反射活动是在一定的神经结构里进行的这种结构是反射弧。"说着打开投影仪将反射弧组成示意图投在银幕上,让学生逐一认识反射弧的组成:感受器→传入神经→神经中枢→传出神经→效应器。接着,将膝跳反射示意图投在银幕上,让反射弧对号入座。

继而让学生们总结出什么是反射弧。

"按照反射的形成过程,反射的类型可以分为非条件反射和条件反射。"唐海林说着将非条件反射和条件反射两个名词写在黑板上。

唐海林说:"同学们说说婴儿一生下来,第一件事干什么?"

"哭!"

唐海林说:"没错,婴儿一生下来正常情况下是哭,但……"

"老师,也有小孩一生下来是笑的。"这时,男生张伟科站起来说。

唐海林问:"你亲眼见过吗?"

张伟科说:"没有。我只是听说,好像包公是的。"

唐海林说:"那只是传说,有哪位同学亲眼见过谁一生下来是笑的吗?"

学生们都摇摇头。

唐海林说:"你们没有见过,包括我也没有见过。因而,婴儿一生下来正常情况下是哭,但也有个别难产婴儿一生下来不哭的,脸憋得发青发紫,这时医生要采取紧急措施了。"

"什么紧急措施?"学生们好奇地问。

"医生用一只手把婴儿的两条腿提起来,使婴儿的头朝下,然后扬起另一只手对准婴儿的屁股'啪啪'打几巴掌。"唐海林一边说一边模仿医生动作。

同学们被逗笑了,听课的老师也笑了。

唐海林问:"知道医生为什么打婴儿的屁股吗?"

同学们纷纷摇头。

唐海林说:"打婴儿的屁股的目的就是'刺激'他(她)哭。婴儿在母体中呼吸系统是不工作的,他(她)们获得的氧和营养物质来源,主要是通过胎盘和脐带从母体中获取(这个内容,我们将在生殖系统中讲到)。当婴儿离开母体后,胎盘和脐带完成历史使命停止工作,这时婴儿的呼吸系统中的各个器官必须参与工作,否则婴儿长时间不呼吸会怎么样?"

"非憋死不可!"学生们纷纷道。

唐海林说:"是啊!婴儿就是用哭声来疏通呼吸系统的。大家说说,婴儿一生下来除了哭之外,还会干什么?"

"吃,对不?"一个同学答道。

"对!"唐海林说,"因而,鉴定一个婴儿是否健康,单凭'哭'和'吃'就能说明问题。"

学生问:"什么问题?"

唐海林说:"你想啊,能哭说明他(她)不是哑巴,将来能说话;能吃,说明他(她)不傻呀。"

同学们笑了,老师们笑了。

"婴儿生下来就会哭就会吃,像这些生下来就有的,先天性的反射,叫作非条件反射。"唐海林说着板书在黑板上,接着说,"非条件反射生来就有,不需要学习。人体的一些非条件反射具有保护作用,例如,我们的手遇到烫的东西会怎么样?"

"立刻缩回。"全班同学答道。

"当你跌倒的时候会不自主地伸出双手撑地,可以保护身体。"唐海林一边讲解一边模仿缩手和跌倒动作。他说,"因而,非条件反射属于简单的反射,是一种比较低级的调节方式,反射过程不一定需要经过大脑皮层,只要有脊髓或者脑干里的神经中枢参与就可以完成。大家回想一下膝跳反射和我刚才举的几个例子。"

同学们回想着。

"所谓条件反射是指出生后在生活过程中逐渐形成的,后天性反射。"唐海林说着打开投影仪,银幕上出现了将非条件反射和条件反射放在一起进行对比的表格。

为了让同学们加深对这两个反射的理解,唐海林从抽屉里端出一盘东西。这是他事先在老家杏树上采摘下来的半生半熟的酸杏,然后问道:"谁要吃?"

"我要!"

"给我!"

同学们争着要。

"同学们一看到青杏,嘴里马上流口水。"唐海林说,"当然也包括我。"

"哈……"

唐海林问:"这属于什么反射?刘国庆。"

刘国庆站起:"条件反射。"

唐海林说:"能说出理由吗?"

刘国庆说:"刚出生的婴儿看到杏不会流口水,而我们能,这说明要通过后天学习才能获得。"

唐海林说:"同学们,他回答得好不好?"

"好!"

唐海林拿出一颗杏说:"为了奖赏刘国庆,请你把这颗杏吃了。"

刘国庆问:"老师,现在就吃吗?"

"对!"唐海林说:"就现在。"

刘国庆不好意思地吃着。

唐海林问:"同学们说说,当刘国庆吃到杏之后,口腔里马上分泌唾液,大家说说这是什么反射?"

"非条件反射!"

唐海林问:"同学们一看刘国庆吃杏,馋得流口水叫什么反射?"

"条件反射!哈哈……"

"不错!历史上有个望梅止渴的典故,谁来说说?"唐海林指着刘元树。

刘元树说:"三国时期,有一次,曹操带兵打仗到了一个没有水的地方,士兵们口渴极了,曹操骗他们说:前面有一片梅林,梅子很多,又甜又酸。士兵们听了,马上都流出了口水,不再嚷渴,结果预期到达目的地。"

"望梅止渴比喻用空想来安慰自己。"唐海林说,"刘元树讲得好不好?"

"好!"

唐海林拿出一颗杏说:"也奖励给你一颗杏子,曹军在一没看到杨梅二没吃到杨梅的情况下,就能解渴了,大家说说这是什么反射？张健。"

张健不加思索说:"非条件反射。"

唐海林笑了:"张健,婴儿一生下来就能望奶止渴、望梅止渴吗？"

"哈……"

唐海林问:"能不？"

张健说:"不能。"

唐海林说:"既然不能,那……"

张健说:"条件反射。"

唐海林说:"也奖励你一颗杏,希望下次记住哦！"

而后,唐海林通过投影仪将俄国著名生理学家巴甫洛夫以狗为实验对象来研究条件反射的形成过程展现出来。

最后,唐海林说:"为了让同学们更好地理解和掌握什么是条件反射和非条件反射,我再列举几个事例。请听题。"

同学们侧耳倾听。

唐海林猛然喊着:"薛猛。"

薛猛听到叫自己马上站了起来。

唐海林说:"同学们,当我叫到薛猛名字,他马上站起来,这是什么反射？"

"条件反射。"

唐海林忽然扬起教鞭拉出要打薛猛的架势,薛猛用手臂去挡。唐海林问:"这是什么反射？"

"非条件反射！"

唐海林说:"很好,坐下。继续,当你第一次到草堆里找东西时,手被什么东西刺到突然缩回是什么反射？"

"非条件反射！"

唐海林问:"当你第二次将手伸进草堆又被刺到手缩回是什么反射？"

"条件反射。"整个课堂气氛被带动起来了。

"一朝被蛇咬,十年怕井绳？"

"条件反射。"

"当同学们听到铃声走进教室？"

"条件反射。"

"听到相声哈哈大笑？"

"条件反射。"

唐海林说:"同学们已经完全掌握了本节内容,下面让我们来共同分享胜利果实吧！"说着把盘里的杏全部撒给全班同学和听课的老师。

叮铃铃……下课了,唐海林喊道:"下课！"

"老师再见！"

唐海林的课在白中犹如刮起了一股旋风,这股风被人们称之为"唐旋风"。

镜头一:

唐海林一进初二办公室,立即被劫持。

政治老师范琦首先发言说:"唐老师,真想不到,你一个舞刀弄枪的人,文章写得那么好,课也上得那么精彩。"

快嘴丁不甘落后说:"唐老师,你这课盖了帽了——简直让你上疯了,更让你给上绝了!"

数学老师王敏说:"可喜可贺!"

"前无古人,后无来者。"年级主任章国庆说,"我们唐老师不愧是行伍出身。"

郑丽君说:"唐老师的课别具一格,很值得我们学习,但恐怕学不来。"

"谢谢,谢谢各位!"唐海林像个小学生坐在自己的位子上,鼻尖直冒汗,不知道说什么好。

镜头二:

下午第八节课,白云中学小会议室。

教务主任庄浩森说:"请各位老师对唐海林老师的课进行点评。"

生物教师曹升翁说:"以前,我只知道课只能如孔老夫子么之乎者也的上,今天听了唐老师的课,原来还可以这么上,大开眼界。"

"唐老师的课堂知识容量大,教学手段变化多,简直就是一部百科全书。"生物教师何长斌说,"师生、生生互动非常好,特别是肢体语言非常丰富,很值得借鉴和学习。"

"咳咳!"生化组组长、初三年级主任刘希斌表态:"唐老师的课不错,咳咳!很好,很热闹。美中不足,就是普通话还不够标准……"

庄浩森说:"请唐老师对自己的课自评一下。"

唐海林站起鞠躬说:"万分感谢各位老师的精彩点评。俗话说,活到老学到老。和各位老师相比,我还只是一个新手,今后还要请各位老师多多请教……"

庄浩森说:"下面,请章校长指示。"

章利说:"唐海林老师的这节课尽管有些瑕疵,但总体上是非常成功!他能够在较短的时间内由门外汉成为一名行家里手,很值得我们每一位教师学习。下一步,学校将重点推广他的课……"

18

  这天下午第五节课,唐海林发现三班女生刘琳娜在课堂上有时心神不定,有时痴呆呆地望着自己,每每眼光相碰时,她的眼光又迅速逃开。
  一下课,唐海林就把刘琳娜叫到办公室。
  "琳娜,你近来是不是身体不舒服?"唐海林关切地问道。
  刘琳娜茫然失措:"没有啊!"
  唐海林说:"既然没有,我怎么发觉你最近上课时老是走神?"
  刘琳娜脸红不语。王敏、郑丽君、快嘴丁丁颖直盯着她。
  "说说什么原因?"唐海林说,"我感觉你以前上课时能全神贯注、机敏活泼,近来注意力怎么老是不集中?"
  刘琳娜说:"老师,大概是我没休息好吧。"
  "我们部队有句话,身体是革命的本钱。"唐海林说,"休息不好,肯定要影响到学习的,有道是不会休息的人不会工作。同样,不会休息的人也不会学习。放学回到家一要学习好,二要休息好,懂吗?"
  "谢谢老师,我知道了。"刘琳娜说。
  唐海林说:"那好,没有别的原因,你就回去吧。"
  "哦。"刘琳娜说完,飞快地逃离办公室。
  "唐老师,你知道刘琳娜是谁吗?"快嘴丁见刘琳娜一走,立刻开了腔。
  唐海林问:"是谁?"
  快嘴丁冲着郑丽君笑说:"她是邓丽君的小姑子。"
  郑丽君:"你不说话,没有人知道你是哑巴!"
  唐海林挠头说:"哦,我说呢。"
  "这个刘琳娜最近是有点反常。"三班班主任王敏终于开了口。
  郑丽君一愣:"是吗?"
  "我也感觉有点反常。"这时,政治老师范琦道。
  "总感觉她心事重重,跟以前判若两人,找她谈话她说没事。"王敏说,"丽君,放学到家你跟希斌问问到底怎么回事?"
  郑丽君:"哦。"
  唐海林说:"成绩挺好的,千万别影响了。"
  郑丽君说:"是啊!"
  "身体是革命的本钱!"快嘴丁说。
  郑丽君说:"去你的。"
  放学回到家,郑丽君悄悄告诉刘希斌:"几个老师反映,琳娜最近有点反常。"

刘希斌说:"王敏跟我说过此事了,我也感觉她最近不正常,你看怎么办?"

郑丽君说:"找她谈谈,是不是遇到什么不开心的事了。"

"我把她喊过来,咱们一起跟她谈谈。"

"什么事都叫我!"

刘希斌笑嘻嘻说:"谁叫你是俺家一把手呀!"

郑丽君唠叨着:"用到我时,就是一把手了,不用时就是三把手了!"

刘希斌说:"那当然。"

郑丽君推了刘希斌一把说:"别这当然那当然的,你赶快去喊她吧。"

"琳娜,你出来一下。"刘希斌来到小卧室。

"来了。"刘琳娜答道,说着把门打开,"什么事?"

刘希斌干咳了两声:"这个……那个……"

郑丽君忙说:"过来坐一会拉会呱。"

刘琳娜边走边说:"哦。什么事快说,我的作业还没有做完呢。"

刘希斌问:"近来有人欺负你吗?"

"没有。"刘琳娜摇摇头。

"最近身体怎么样?夜里睡觉被子盖好了吗?"郑丽君问。

刘琳娜说:"很好。"

刘希斌说:"没人欺负,身体很好,最近上课怎么老是心不在焉?"

刘琳娜不语。

郑丽君说:"有什么心事说出来,我和你哥给解决。"

刘琳娜说:"什么事也没有,你们不要神经过敏了。"

刘希斌很生气地用手指着说:"你……"

"没有什么事更好,千万别影响学习了。"郑丽君忙暗示刘希斌别发火。

刘琳娜说:"知道了。"

郑丽君说:"你回屋吧。"

刘希斌见刘琳娜走后,气得直跺脚。

连下了两三天的雨,天终于放晴了。

郑丽君决定把被褥晒一晒,此时已是吃过午饭时间,紫薇和琳娜上学去了,刘希斌跟几个朋友外出吃饭去了,没回来吃午饭。

郑丽君把自己床上的被褥放到晒衣绳上之后,感觉琳娜的被褥也该晒晒了,于是她折回头去抱。刚进屋,这时听到楼下有人在大喊:"邓丽君!邓丽君!"

郑丽君一听是快嘴丁急急火火的声音,马上把琳娜的被褥一卷抱起就往外冲,因为急忙,从被褥里相继掉出两样东西,她居然没有听见。

郑丽君把被褥往晒衣绳上一放,朝楼下喊道:"等我一下,我这就下来。"

快嘴丁说:"快点,已经打预备铃了。"

"知道了。"郑丽君把被褥展开后,随手把门一关就走了。

刘希斌和朋友喝酒喝得有点多,因为下午没课,他打算回家休息一下。"树上鸟儿成双对……"他一路哼着小曲回家。

当他摇摇晃晃打开门:"哎,地上怎么有一封信?"

刘希斌把信拾起来一看:唐海林收。他在心里纳闷,自己家里怎么会有唐海林的信?紧接着,他怎么想也想不通,这明明是郑丽君的字!他的脑子开始十二万分发热、发烫、发胀!难道……难道……难道她……刘希斌不敢往下想了,再一看信封口是开着的,于是他以超音速的速度打开信,只见上面写着:

"亲爱的海林……"

读着这肉麻的字眼,刘希斌再也看不下去了!他的两只眼睛已经发出了绿光,冒出了怒火,这怒火已蹿到他的头顶,这绿光已把他的脸染成了青茄子!

以子弹头的速度,刘希斌蹿到初二办公室大吼:"郑丽君,你给我出来!"

全办公室的人都被这一吼给镇住了,因为刘希斌在郑丽君面前历来都是跟个小猫咪似的,今天这只小猫怎么也发威了?

正在备课的郑丽君也被这一吼吓坏了。历来都是她以这样的口气喊刘希斌,今天怎么太阳打西边出来了?

正在批改作业的唐海林抬头看了刘希斌一眼,他的目光正好碰到他的目光,他感觉刘希斌的目光如同激光!

郑丽君出来胆怯地说:"怎么了?什么事?"

"什么事,你跟我走!"刘希斌知道,家丑不可外扬啊!

郑丽君问:"去哪?"

刘希斌咬牙切齿:"你说去哪就去哪!"

郑丽君知道肯定是出了什么大事了,否则,给他刘希斌一百个胆,他也不会朝自己这样的,她只好跟在刘希斌屁股后面胆战心惊地回家去了。

"会不会出什么事?"年级主任章国庆道。

"是啊,怎么感觉刘希斌今天的矛头不对啊!"初二办公室里的老师们纷纷附和道。

"'路过'同志今天怎么有点短路啊?"章国庆果断说,"丁老师,你快跟去看看!"

"我这就去!"快嘴丁答道,于是尾随其后。

快嘴丁走到半路,被郑丽君发现了,忙示意她回去,快嘴丁不服从仍跟随着,郑丽君只好瞎子放驴随它去,反正天要下雨,娘要嫁人。

郑丽君跟着刘希斌回家一进屋,只见刘希斌抬起右脚看也不看朝后猛地踢去,"呼"的一声,门被粗暴地死死关上了。几乎是同一时间,刘希斌从裤兜里掏出那封信"啪"的一声往茶几上一甩,怒火中烧说:"姓郑的,说,这是怎么回事?"

郑丽君把信拿起来一看,她顿时傻眼了!她急忙翻到第二页朝末尾一看署名是,爱你的琳娜。

原本已经冒出冷汗的邓丽君这才长长喘了一口气!近朱者赤,近墨者黑。郑丽君写着一手娟秀的字,她这个小姑子就是受到她的影响,跟她也学写了一手和她一模一样娟秀的字,几乎达到了以假乱真的地步。若不仔细辨认,若不是末尾署名琳娜,恐怕郑丽君跳到黄河也洗不清啊!

"你看清楚了再说呀!"郑丽君把信展开给刘希斌看。

刘希斌一把把信夺过来瞪大了如同二百五十瓦电灯泡一样的牛眼,看了又看,看了又看,忽而干笑说:"原来不是你写的!"

郑丽君刚想坐下喘口气,忽听刘希斌暴跳如雷:"不是你的也不行!"又把信往茶几上一甩。

此时的刘希斌心里苦啊!他真想大哭一场,因为自己老婆的初恋给了那个姓唐的傻大兵,想不到,那个孬种丫头——自己情窦初开的小妹,今天也要献身唐海林,他能不痛苦吗?!刘希斌现在恨死唐海林了,恨不得马上找唐海林拼命!

"不行,我得找那个姓唐的小子算账去!"刘希斌一转身刚想出门,被郑丽君一把拉住:"希斌,你冷静冷静!"

"我冷静,我能冷静吗?"

"希斌,你先坐下来冷静地想一想,又不是唐海林写信给小妹,而是你小妹写信给人家唐海林,再说人家唐海林又没看到信,那是琳娜的一厢情愿,你有什么理由找人家算账?"

被郑丽君这么一说,刘希斌顿时像泄了气的皮球,往沙发上一歪,开始抱头痛哭起来。

"你这什么男人?一遇事要么火冒三丈一头撞到南墙,要么像个瘪三甘当缩头乌龟!"郑丽君如同河东狮吼开始反击。

别说,经郑丽君这么一吼,还真把刘希斌给唬住了。

"老婆,你看怎么办?"此时已经黔驴技穷的刘希斌开始甘当小学生向郑丽君讨教了。

郑丽君问:"这信在哪发现的?"

刘希斌说:"就在这客厅地上。"

"哦。"郑丽君说,"大概是我刚才给琳娜晒被子时掉下的。"她突然想起了什么,起身向琳娜卧室走去,希斌,这里有本日记。"

刘希斌跑过来一看日记内容,里面全是唐海林!他忍无可忍说:"真想不到,这个孬种丫头已经堕落成这样!"

郑丽君把日记拿过来粗略地看了一遍,脸上泛起点点红晕。她对刘希斌说:"从信和日记上看,琳娜已悄悄喜欢上唐海林了。"

刘希斌捶胸顿足:"他一个地地道道的傻大兵,到底什么地方值得她动心啊!"

郑丽君说:"女孩子进入青春期也能理解的。"

刘希斌咬牙切齿:"你能理解我不能!"

郑丽君说:"这个事情必须冷处理,弄不好非出事不可。"

刘希斌问:"怎么个冷处理?"

郑丽君说:"等琳娜放学回来,咱们好好找她谈谈,跟她说明利害关系。"

刘希斌歇斯底里:"必须悬崖勒马!必须悬崖勒马!"

门开了,郑丽君从屋里平安出来,躲在外面的快嘴丁这才长长喘了一口气。

刘琳娜放晚学直奔屋里,坐在客厅里的哥嫂她竟然视而不见。因为今天上课时,她的右眼皮一直跳了一个下午。她用手拍打了许多次,眼皮都快拍肿了也不见效果,她估摸着今天大概有什么大祸要临头了。要知道,左眼跳财,右眼跳灾呀!

果不然,她把整个床铺都找了个底朝天也没有找到她要找的东西!

完了!完了!此时此刻的刘琳娜的心跳已经由每分钟75跳一下子加速到7500跳!屋里没有,她开始向屋外找。刚走到屋外,只听一个声音高叫着:

"你要找的东西是不是这个!"这是刘希斌的声音。

紧接着"啪"的一声,刘琳娜要找的东西被重重地摔在了茶几上!刘琳娜一个箭步冲上去抢她的东西,她还没到跟前,她的东西复又被一张大手抢了过去——那是刘希斌的手!

"凭什么拿我的东西!"刘琳娜大吼着:"凭什么看我的东西!"

"小妹,来,过来坐下。"郑丽君见大势不好,一改往日的称呼,双手抚着刘琳娜的肩膀让她坐下。

"凭什么拿你的东西,你说凭什么!你这个不知廉耻的东西!"刘希斌厉声厉色道。

郑丽君暗示刘希斌小声点耐心点,可是已经怒气在头,失去理智的刘希斌早把郑丽君的话抛在脑勺后了。

"你们偷看别人东西是违法的!"刘琳娜哭喊着:"你们偷看别人东西是违法的!!"

"啪!"刘希斌一听琳娜这么一喊,他胸中的怒火又重新点燃了,猛地扬起巴掌狠狠地朝刘琳娜的脸上抽去,他多么希望他这一巴掌能打醒这个执迷不悟的、误入歧途的、道德沦丧的、不知廉耻的孽种丫头!

"哇!"在一旁吓呆的刘紫薇终于哭出声!

事与愿违!刘希斌这一巴掌非但没有把刘琳娜打醒反而把她打不哭了!从小到大,没有人打过她一下,想不到……刘琳娜蓦地冲出屋外,一纵身朝楼下跳去!

郑丽君手疾眼快也跟着跑了出去,一把没有抱住刘琳娜,却抓住了琳娜的一只手。刘琳娜悬在半空摇摇欲坠,郑丽君使出全身力气:"快来人呀!快来人呀!"

小紫薇哭着直喊:"姑姑,姑姑!"

刘希斌一见大事不好,赶忙冲出屋外,伸长双手拉琳娜,凭他们二人的力气又怎么能一下子把琳娜拉上来?

刘家的吵闹声终于惊动了左邻右舍,人们纷纷跑过来拉的拉,接的接,经过大家齐心合力,刘琳娜终于被大伙救上来了。

救上来后,刘琳娜又是失声痛哭,但却被郑丽君死死抱住。左邻右舍纷纷圆场,刘希斌此时已成了真正泄了气的皮球,因为他后悔刚才打出的那一巴掌,但这一切都悔之晚矣了。

刘琳娜哭了一会戛然而止,心平气和地说:"你能抱得住我今天,你能抱得着我明天吗?"

郑丽君一听也是,再看刘琳娜比刚才冷静多了,于是就撒开手。

"怎么回事?怎么回事?"此时,快嘴丁刚刚赶来。

郑丽君不语。

刘琳娜见郑丽君撒开手,她转身回屋把书包一背,转身就走。

"琳娜,你要去哪里?"郑丽君问道。

刘琳娜说:"我要去家!"

郑丽君向前一把夺过书包："这么晚了,去什么家?!"

"是啊!是啊!"快嘴丁说,"天太黑了,别去家了。"

"路太远了,想去家等星期天再说。"刘希斌和郑丽君的邻居们也是他们的同事们纷纷过来劝说。

"啪!"只见刘琳娜把书包往地上一摔,"你们今晚不让我回家,我今晚非死不可!"

郑丽君见刘琳娜把话说到这份上,只好妥协说:"你要回家,我跟你一起去!"

刘琳娜将书包拿起向屋外冲去,郑丽君紧随其后,此时后面传来小紫薇的哭喊声,郑丽君已经顾不了那么多了。

快嘴丁把小紫薇抱起交给刘希斌说:"你把紫薇看好,我去追她们两个去。"

刘希斌给了快嘴丁一把手电筒,她拿起就去追赶。

她们三个借着星光骑着自行车朝刘家奔去。

走到半路,刘琳娜说:"嫂子,丁老师,你们回去吧,我自己回家。"

"天黑路远,我们陪你一起走!"郑丽君她们怎敢让她一人走?

刘希斌在家又怎么能坐得住?他到街上租了一辆面的,抱上熟睡的紫薇直奔老家。

夜里11点左右,刘希斌老家。

希斌娘躺在床上睡不着。

希斌大关切地问道:"怎么了,孩他娘,是不是又想闺女了?"

"是啊!"希斌娘说,"他大,你明个去学校望望,娜娜有个把月没回家了,别有什么事。"

希斌大说:"娜娜在他哥那好好的,不会有什么事的。"

说话间,屋外传来叫喊声:"妈,开门!"

希斌大和希斌娘赶紧起床开门。

等刘希斌坐着面的赶到老家,郑丽君他们也刚到不久。

刘琳娜一进家门直奔屋里扑在床上大哭再也不愿起来。

刘希斌把事情经过向他大和他娘说了一遍。

他大说:"你们回去吧,琳娜有你娘照顾不会有事的。"

回到学校的家,郑丽君往床上一躺,再也不理刘希斌。

第二天,刘希斌骑上摩托车回老家。他大和他娘已经起床,唯独不见琳娜。

"大,娘,我是叫琳娜回去上学的。"刘希斌一见到他大和他娘就来个开门见山。

他大说:"琳娜还没有起床。"

他娘说:"俺问过娜娜了,她说她不想上了。"

刘希斌走到屋里,来到琳娜床前:"小妹,哥错了,起来跟哥上学去!"

刘琳娜躺在床上不语。

刘希斌检讨说:"小妹,就怨哥一时冲动,你起来跟哥上学去!"

刘琳娜被说得不耐烦了:"我不怨你,你走吧,我不上了!"

刘希斌上前拉小妹哀求着:"琳娜,起来跟哥走。"

刘琳娜把胳膊一挣说:"你说什么也没用,我不上了!"

刘希斌还想说什么,被他娘一把拉出屋外:"这丫头打小就这么犟,还是算了吧,也许等时间长了她能回心转意的。"

刘希斌只好无功而返。

"郑老师,刘琳娜今天怎么没来上学?"郑丽君一进办公室,王敏关切地问道。

郑丽君说:"她家里有事,暂时不能来。"

快嘴丁说:"是啊,有事。"

中午放学回家,刘希斌围着郑丽君团团转。"老婆,千错万错,都是我的错!"

郑丽君不搭理,直奔厨房做饭去了。

刘希斌赶紧跟了过去,一把把郑丽君拉回到沙发坐下笑嘻嘻地说:"老婆大人好好休息,今天我来做饭。"

郑丽君依旧默不作声。

刘希斌一边系上围裙一边哀求说:"老婆,琳娜不来上学怎么办?你快想办法呀!"

郑丽君板着脸:"你这个大能人都没有办法了,我能有什么办法?"

刘希斌说:"都怨我没听你的,把事情搞砸了。"

"你认识到你错了吗?"

"我真的认识到自己错了!"

"那好,你说说你错在哪里?"

"我错在哪里呢?"刘希斌开始挠头冥思苦想。

郑丽君说:"你连你错在哪里都不知道,你怎么认错?"

"对了,"刘希斌一拍脑门,"我错在一时冲动,动手打她。"

郑丽君说:"你不是错在这里!"

"我不是错在这里?那我错在哪里?"刘希斌真的挠头了!

郑丽君问:"你真不知道,还是假不知道?"

"真的不知道!"

"非要点明?"

"请夫人仙人指路。"

郑丽君一字一句说:"你错在心胸狭窄,你知道吗?"

"心胸狭窄?"刘希斌感觉脊梁骨直冒冷汗!

"对!就是心胸狭窄!"郑丽君说,"自从唐海林到咱们学校以来,你总是隔三岔五有事没事的找这个事、挑那个刺。过去,我和唐海林只不过是谈过一次恋爱,又没有做其他什么过分的事情,值得你吃哪门子的醋?琳娜只不过给唐海林写了一封没有寄出的情书,这是中学生进入青春期后,再正常不过的事情,又值得你动哪门子的肝火?"

此时的刘希斌像是犯了错的小学生,任凭老婆数落。回想小妹早恋这事以来,甚至是自从唐海林到学校以来,"心胸狭窄"这四个字一直在心里作祟!如果不是心胸狭窄,他望人家唐海林就不会左不顺眼右不顺眼!如果不是心胸狭窄,家里就不会被他天天弄得鸡犬不宁!如果不是心胸狭窄,小妹这事就不会弄巧成拙!刘希斌越想越气、越想越恨自己!

"老婆,你说的对!我就是错在心胸狭窄上!"刘希斌坦然说,"我一听到'唐海林'三个字,我就来气;我一听到'唐海林'三个字,我就想发火!我不明白,他一个地地道道的傻大兵,怎么会有那么多的人喜欢呢?"

"正因为你心胸狭窄,才导致你小肚鸡肠,从而导致你头脑发热,头脑一发热就做出错事来。"郑丽君教训说,"你说人家唐海林是傻大兵,但人家并没有做错什么事啊!"

"老婆,经你点拨,我现在真的认识到自己错了。"刘希斌说,"你快说说怎样才能让小妹回来上学吧!"

郑丽君问:"你真的认识到自己错了吗?"

刘希斌答:"真的认识到了,真的!"

郑丽君说:"听好了——解铃还须系铃人!"

"解铃还须系铃人?你意思是说让我再去请小妹?这丫头从小就任性,关键我去没有用啊!"刘希斌连连摇头说,"不行,不行!"

郑丽君说:"这个解铃人不是你!"

刘希斌迷惑了:"不是我,那是谁?"

郑丽君一字一句说:"唐——海——林!"

刘希斌万分惊讶:"什么!唐海林?"

郑丽君斩钉截铁地说:"对!"

刘希斌一听到唐海林三个字,脑子又开始灌水了:"他能行吗?"

郑丽君说:"他不行,你行?!"

刘希斌说:"请夫人指点迷津!"

郑丽君说:"你想啊,小妹因为崇拜唐海林进而喜欢上唐海林,如果让他出面拒绝小妹不成熟的爱和劝说小妹回心转意回来上学,是不是上上之策?"

刘希斌一听也对:"你意思是让我出面请唐海林出马?"他堂堂一个白云中学年级组大主任,怎么能去请求一个普通老师呢?

郑丽君说:"对!请唐海林出面。"

刘希斌说:"你能别让我去请他,咱们另想办法,行吗?"

"目前这是唯一的办法,你不去那就算了。"郑丽君说完往床上一躺不起来了。

刘希斌苦苦哀求说:"快起来,我的姑奶奶,我去还不行吗!"

刘希斌找到唐海林把他叫到操场边无人处,干咳嗽了两声说:"唐老师,我找你……找你来……"

唐海林说:"刘主任,什么事你尽管说。"

刘希斌说:"我找你,是这样的,刘琳娜今天没上学。"

唐海林说:"对!听郑老师说家里有事,我正想问什么事把上学给耽误了?"

刘希斌干咂嘴:"你知道她什么原因没来上学吗?"

唐海林关切地问道:"什么原因?"

刘希斌终于鼓起了勇气:"因他给你写情书,被我一巴掌给打跑了!"接着简要说明事情经过,说完直冒汗。

唐海林木瞪口呆了半天："哦,原来是这事。这事知道的人多不?"

刘希斌说:"不多。"

唐海林说:"不多就好,刘主任,那你赶紧叫她来上学,我抽空找她好好谈谈心。"

"我去叫她了,她说什么也不肯来上学了。"刘希斌说,"所以,我想让你……"

唐海林若有所悟:"我明白了,你是想让我去叫她吗?"

刘希斌几乎用哀求的口吻:"麻烦您亲自跑一趟。"

"行!"唐海林说,"尽管我跟琳娜是师生关系,但你的小妹就是我的小妹,去叫她是应该的。那什么时候去?"

刘希斌说:"还有一节课就放晚学了,等放学吧。"

"好的。"唐海林问,"那封信和那本日记还在不?"

刘希斌说:"在!"

唐海林说:"等会带上交给我!"

刘希斌说:"好的。"

放晚学后,刘希斌租了一辆面的,叫上唐海林,连同郑丽君、紫薇娘俩直奔老家。

车到刘家,天色已晚。此时的刘琳娜正拿扫帚在院落里扫地,一见到刘希斌到来,立刻钻到屋里不出来。

"琳娜,唐老师看你来了。"郑丽君高声喊道。

刘琳娜在屋里不搭理,但一听到唐老师,此刻的心情不知道是什么滋味,他原本认为今生再也没有机会读书了,今生再也没有机会见到唐老师了,想不到他亲自来了。

见刘琳娜久久不肯出来,唐海林对刘希斌他们说:"你们在外面等着,我进屋单独跟她谈谈。"

希斌大连声说:"管!管!"

希斌娘说:"唐老师,让您费心了!"

唐海林向屋里走去,向琳娜的房间走去。

"琳娜,琳娜,我是唐老师。"唐海林走到琳娜屋门外小声喊道。

刘琳娜一听到唐老师进来了,又惊又喜又忧又乱,就是没有勇气应声也没有勇气开门。

唐海林见门是虚掩着的,于是就推门进去了,然后把门轻轻关上。

"琳娜,我来看你来了。"唐海林见琳娜趴在床上,他站在床边轻声道。

琳娜听声音离自己很近,她知道唐老师已经进屋来了,便不好意思再趴着,于是一下子站起来低着头:"唐老师……"

唐海林拍着刘琳娜的肩膀:"琳娜,你坐下,我也坐下。"

二人落座。唐海林说:"直到今天下午,你哥才把此事告诉我。"

刘琳娜不语。

唐海林继续说:"我记得大诗人歌德说过这样一句话:哪个少女不怀春,哪个少男不多情,这是人性中至真至纯。也就是说,琳娜,人进入青春期萌发青春冲动,包括早恋,写情书都是很正常的事。不怕你笑话,我在你这个年龄的时候,还给班里的一个女同学写过一封不三不四的情书呢,那个女孩收到信后气哭了,我还被老师臭骂了一顿,又写检讨又写保证书……对了,我们中学时有一位女老师长得很漂亮,有一个男同学还给她写过情书呢。所以,一个情窦初开的女孩子给同学、给她喜欢的老师写情书是再正常不过的事情了。"

刘琳娜此刻的脸蛋绯红绯红的,但仍旧不语。不过,心里面却暗暗说:看来还是唐老师理解我。

唐海林转过话题:"你看我跟你哥比,谁年龄大?"

琳娜被唐海林这样一问不得不回答:"你比俺哥年纪小很多吧?"

唐海林笑了:"看来你的眼力还不行,我比你哥大四岁。"

刘琳娜一惊:"是吗?我不相信!"

"真的不骗你!我今年三十二岁了。"唐海林为了证明自己的年龄,说着拿出身份证给刘琳娜看。

刘琳娜看着身份证:"唐老师,你真是三十二岁了。"

"这下你相信了吧。"想不到自己年轻帅气也会惹麻烦,难怪他刚到学校时,饭店老板娘要给他介绍对象。唐海林问道,"对了,你今年多大了?"

刘琳娜红着脸:"十四。"

唐海林追问道:"你是八九年几月出生的?"

刘琳娜用两手紧捏着衣缝:"十一月。"

唐海林笑笑说:"告诉你,琳娜,我是八九年四月份当的兵,也就是说,我当兵走的时候,你还没有出生呢,对不?"

刘琳娜点点头。

唐海林站起来继续说:"我和你哥是同事,若抛开师生关系,他的妹妹应该是我的妹妹,我的儿子今年五岁了,你比他仅大八九岁,我今年三十二岁,我的年龄是你的两倍还多。若抛开师生关系,我真想认你做我的女儿呢!所以,琳娜,我和你之间是师生关系、兄妹关系或者是朋友关系,我和你之间的感情是亲情、友情而不是爱情,懂吗?"

刘琳娜忽然失声痛哭起来,随即站起来竟一把紧紧搂住了她的老师——唐海林!

搂住唐老师宽厚的肩膀,刘琳娜感觉有一股暖流流入自己的身体,这种感觉是她从未拥有过的。她呜呜咽咽说:"唐老师,我错了!"她哭得那么伤心,那么惊天动地,那么酣畅淋漓。

唐海林没有躲避也没有回避刘琳娜热烈的拥抱,而是把他的学生轻轻搂在怀里,他知道,他的学生此时此刻最需要的是父亲般的关爱了,所以他搂着刘琳娜的力度不大不小不温不火。他知道,只要琳娜能痛痛快快地哭出声来,这说明他的思想工作已经做到家了,一个新的刘琳娜就要重新站起来了。

轻轻地拍着刘琳娜的肩膀,唐海林安慰说:"琳娜,其实你也不算什么错,关键是你能不能正确认识和面对这件事。"

刘琳娜轻声呜咽说:"唐老师,你……你……你能原谅我吗?"

唐海林十分认真地说:"你没有做错什么,我当然能原谅你呀!"

刘琳娜天真无邪地说:"真的能原谅我吗,唐老师?"

唐海林笑呵呵地说:"傻孩子,现在的你和过去的你在我心目中的形象没有一丝一毫改变,你还是一个好学生,你还是那个充满朝气的刘琳娜!"

刘琳娜擦干眼泪说:"谢谢你,唐老师!"说着不好意思地松开了双手。

唐海林把日记和信拿出来说:"这本日记是你的,你收好;这是你写给我的信,是我收藏呢还是你保存?"

刘琳娜接过日记:"唐老师,这封信还是我保存吧。"说着不好意思地也把信拿了过去。

唐海林拍了拍刘琳娜的肩膀:"好了,一切都过去了。走,跟我上学去。"

刘琳娜摇了摇头:"唐老师,我不想上了。"

唐海林劝说:"别胡说,怎能说不上就不上呢?这绝对不是你的心里话。"

刘琳娜低下头:"唐老师,您走吧。"

唐海林语重心长说:"琳娜,你是不是想让我一辈子生活在痛苦和自责之中?"

刘琳娜着急了:"没有啊,唐老师!唐老师,真的没有!"

唐海林认真说:"你想啊,如果是因为你给我写信导致你半途辍学,我会不会内疚一辈子、痛苦一辈子?"

刘琳娜点头承认。

唐海林继续说:"告诉你,你给我写信的事,只有你、我还有你哥、嫂,你大、你娘我们六个人知道,其他人虽然知道你和哥吵架,但不知道是什么事,因为你哥嫂没往外说,我更不会往外说的。"

刘琳娜打消了心头的疑虑露出了笑脸:"唐老师,我这就跟您走。"说着收拾书包,唐海林一起帮忙。

门开了,刘琳娜和他的老师唐海林出来了。

"爸,妈,我上学去了。"刘琳娜见到她大和娘道。

希斌大连声说:"哎!哎!哎!"

希斌娘迎上前搂着自己的乖女儿说:"去吧,闺女,多听老师的话,多听你哥嫂的话。"

郑丽君见刘希斌站在那里还发愣,忙提醒说:"你还不去叫司机把车子开过来?"

"好嘞!"刘希斌屁颠屁颠跑出院子。

一辆面的行驶在乡间的小路上,一轮明月冉冉升起……

19

当学到《生殖和发育》这章内容时,唐海林感觉很为难,更感觉无从下手。

他上中学时,《生物》不叫生物,叫《生理卫生》,那时的《生理卫生》更是副科中的副科,也许是老师少的原因吧,那时的老师从来不给学生讲生殖方面的知识,学校也从来不安排专职的生物老师,最多每到生物课,班主任到班里跟学生说,你们自学,要么处理作业。在公众场所,人们在一起更多是谈性色变。

"何老师,您是怎么跟学生讲《生殖和发育》这节内容的?"唐海林一有解决不了的问题,就到高三请教何长斌。

"呵呵,唐老师,这节内容,中考不考,可以不学。"何长斌说,"不过,你要是想讲,也可以简单跟学生说说。"

唐海林不死心,来到高二办公室找到了曹升翁。他说:"曹老师,您是怎么跟学生讲《生殖和发育》这节内容的?"

"这节内容,我们学校一般不组织学习,让学生自学。"曹升翁笑笑道。

唐海林追问:"其他学校呢?"

曹升翁说:"反正中考不考。据我了解,其他学校也是让学生自学。"

回到办公室后,唐海林心里久久不能平静下来。回到宿舍躺在床上,更是辗转反侧。

想不到已经进入二十一世纪了,人们的思想还停留在十几年前甚至新中国成立前的封建思想。

唐海林这一代人,上至他的父辈、祖辈,下至上世纪八十年代、九十年代出生的人,特别是农村出生的人,一个个都是无师自通的性盲。

那时的男女老少所获取性知识的渠道,大都是通过道听途说——同辈群体在一起调侃流氓话获得的。

某年某月某日,某某男和某某女在某某地一起亲嘴,被某某看到了……

某某男和某某女在某某地脱裤子干那事,被某某抓到了……

某某男和某某女通奸,被抓到游大街了……

当不懂事理的人问起,是咋通奸的?

那些讲述者总是神神秘秘地压低声音,然后打起带有做爱动作的手势,就是那事。

唐海林清楚地记得,他上中学时,他和他的同伴所获取的性知识居然来自一本叫《少女之心》的禁书。

在二十世纪七八十年代,爱情是严重的违禁品,性则尤甚。就是在这样的时代,却有一本名叫《少女之心》的黄色手抄本在民间广泛流传。

正值青春期的中学生,恰是青春骚动的年龄,当《少女之心》来袭时,有人传抄,有人讲述,更有的去亲身实践。

有道是,一人传虚万人传实。中学时期的唐海林和他的同学们所获取的性知识就是同学之间相互讲述传递《少女之心》的只言片语中所获得的,他至今也没看到过《少女之心》这本书到底是啥样。

唐海林还清楚地记得,在部队工作之余,有一次他与修理所所长陈志刚的前任王博兴所长在一起交流生殖方面知识时,王博兴竟然告诉他:"女性的生殖细胞——卵子有乒乓球那么大!"

唐海林疑惑说:"不对吧?我记得书上说直径约2毫米,用肉眼刚好能看到。"

王博兴坚信说:"没错,我家属是医生,绝对没错!"

唐海林半信半疑,后来查资料,证实王博兴是错误的。

没有正道的师,邪道的师就会乘虚而入。思前想后,唐海林决定向他的学生们讲述性知识,而且要大张旗鼓地讲述。

《生殖和发育》由生殖、发育、青春期卫生等三块内容构成,即三个课时。为了上好这几堂课,唐海林首先吃透了课本和教参。几遍看下来,唐海林发现,生殖、发育这两节内容,好讲也不好讲。好讲的是这两节内容图文并茂便于讲解;难讲的是难于开口,毕竟涉及性和性器官,而且是面对学生。

此外,对于青春期卫生这节内容来说,涉及男生方面的遗精及其卫生的知识,为了让男生更直观领悟,他决定用现身说法;而关于女生方面的月经期卫生的知识,对于唐海林来说,还是一个空白。怎么办?

"老婆,我想向你了解一些月经方面的知识。"周末骑自行车回到家里,唐海林一爬上四楼,见到董君梅第一件事就是咨询月经知识。

"不年不节的,问这个干吗?"望着老公张口气喘的样子,董君梅感觉很诧异。

唐海林笑了:"生物下个星期正好学到《生殖和发育》这章内容。"

董君梅接过唐海林手中的提包:"我们上学那会,老师从来不给学生讲这方面知识。"

唐海林边换鞋边说:"是啊!老婆,你说我要不要给学生讲这方面的知识?"

董君梅说:"我支持你讲,不但要认认真真地讲,而且要大讲特讲,再也不能让这一代人一个个成为性盲了!"

唐海林激动地一把将董君梅搂在怀里:"太好了,老婆,来,你说,我写。"说着从包里拿出笔和纸,然后拉着董君梅坐在饭桌前。

董君梅心疼地说:"哎呀,老公,别急,我们吃过晚饭慢慢写,好吗?"

唐海林摸了摸咕噜直叫的肚子:"好,酒足饭饱之后再写也行!"

急匆匆吃过晚饭,唐海林两口子立即开展工作了。从月经周期到排卵到月经期卫生保健,董君梅一一道来,唐海林像个小学生认真听讲,仔细记录。

为了上好这几堂课,唐海林第二天还专门到新华书店购买了一些有关性知识方面的书籍和音像资料。

通过充足的准备,《生殖和发育》的内容首先在初二(3)班开讲了。

为了摸清楚学生对这章内容的真实想法和看法,上课之前,唐海林决定做一个小小的调查。

"同学们,据我了解,《生殖和发育》这章内容,其他班级包括其他兄弟学校的老师都不讲解,由学生自学的,况且中考又不考。"唐海林刚把话说到这里,只见全班原本一个个精神抖擞的学生,突然间一个个变成了被盛夏太阳晒焉的茄子。

唐海林话锋一转:"我们要不要学呢?我想听听大家意见。"

"学!学!学!"唐海林话音未落,班里顿时炸开了锅。有开口要学的,有没开口的,有的声音高,有的声音低,而且男生的声音高于女生。

"这样吧,"唐海林环顾一圈,"同意学的,请举手!"

让唐海林没想到的是,全班67名学生全部举起了手,有几个调皮的男生还高高地举起了双手!

望着那一双双渴求的目光,唐海林顿时浑身充满力量。

为了便于学生理解,唐海林先是通过投影仪将男女生殖系统分别展现了出来,然后逐一讲述各个器官形态、结构、功能。当他第一次在学生面前提到睾丸、阴茎、阴道等生殖器官时,男生更多是窃笑,女生更多的是脸红。

唐海林十分严肃地说:"同学们,生殖系统的各个器官,和我们身体上的耳、鼻、喉、舌、手、足等器官一样重要,是组成我们身体不可缺少的器官,我们一定要用科学的眼光来认识它们。所以,我们也不要不好意思,更不要戴着有色眼镜认识它们。"话音一落,课堂秩序比刚才好多了。

正当唐海林讲到什么是受精时,没想到的是,有几个好奇的男生冷不防打断他的话,纷纷举手提问:

"老师,电影电视里常说的做爱是什么?"

"老师,什么叫性×?"

"老师,什么叫××?"

"这……这个……"因为没有这方面的思想准备,突然遇到这样露骨和棘手的问题,唐海林难免吞吞吐吐起来。他万万没想到学生的胆子会这么大。此时此刻,教室里死一般的沉寂!

最让唐海林没想到的是,当学生在纷纷提问这些问题时,那个刚对他产生一些好感的初三年级主任刘希斌,有事找在初二(5)班上课的郑丽君,恰好路过初二(3)班门口,当刘希斌听到"做爱""性×"等这些刺耳的字眼时,他不光脑袋都大了,肺也气炸了,他对唐海林那仅有的一丝温存,顿时荡然无存了!他甚至想一脚踹开二(3)班的门,当面教训唐海林,但最后还是忍住了!

"同学们,其实你们说的这几个方面的问题都是一个意思,就是男女的生殖器官的融合。"唐海林就是唐海林,在经历了短暂的思维短路之后,他很快调整好了自己。他说,"它们的使命往往更多的时候就是在人类的繁衍中完成受精孕。当然,完成这项使命,前提必须是有资格建立爱情、成立家庭的成年人,比如你们的父母亲。此外,前两个词是常用的书面语;而后一个词是我们这里的土语,往往含有贬义的意思,为了净化语言,我希望同学们今后少说,最好不要说和使用后一个词。"

说完这些话,唐海林的额头已经潮湿起来了。他想,或许有很多老师或家长并不能接受这种回答方式,但是从心理学角度上讲,如果一个老师对于学生所提出来的问题并不做正面的回答,而是躲躲闪闪、左顾右盼甚至采取批评学生的做法,那么这样对于那些胆大的学生来讲将会产生不良的心理反应。他们一定会误认为,这个问题不该问也不能问,"做爱""性×"不是什么好事,一定是低级下流的。然而,从学生内心来讲,他(她)们对于性就会更好奇,更觉得它神秘,从而也更会误入歧途。

当讲授到胚胎发育和营养内容时,唐海林教育学生说:"我们每个个体在母亲的子宫里都要待上280天左右,是母亲的十月怀胎,一朝分娩把我们带到了人间。因此,当我们高高兴兴过生日的时候,我们一定想到母亲一把屎一把尿把我们养大的艰辛;当我们长大成人后,一定要用自己的成就来回报父母。"

当学到发育这节内容时,唐海林通过投影仪分别展示婴儿期、幼儿前期、幼儿期、童年期、青春期和青年期等各个阶段的生理变化,并重点讲述了青春期的形态、功能发育以及青春期的性发育,让他的学生快快乐乐、健健康康进入青春期。

当学到青春期卫生这节内容时,唐海林利用学校的阶梯教室,通过调课把六个班的男生和女生分开、分批来上课,毕竟有些内容适合对男生讲,但不适合对女生讲;反之,有些内容适合对女生讲,但不适合对男生讲。此外,唐海林对学生还重点进行了青春期心理卫生教育。

……

正当唐海林如火如荼对他的学生进行性教育的时候,没想到要大祸临头了!

很快,刘希斌把他看到的和听到的一切,传到了每个老师的耳朵里,包括章利和覃洪武二位校长。

"覃校长,你再不管管,整个初二级组要完蛋了!"向章国庆、章利告完状之后,刘希斌认为有必要把这件事尽快告诉校长。

"什么事?"覃洪武猛地放下手中的笔。

刘希斌气喘吁吁说:"覃校长,那个唐海林在课堂上,尽谈性啊爱的什么的。"

覃洪武笑笑说:"谈性?生物上不是有这方面知识吗?"

刘希斌急了:"没错,是有,但他和学生谈的全部是什么做爱、性×,还有什么××!"

覃洪武立刻板起脸:"有这等事?"

刘希斌说:"千真万确!"

覃洪武反问道:"你怎么敢这么肯定?"

"我是路过初二(3)班门口,亲眼看到、亲耳听到的!"刘希斌进一步说,"你若不相信,你把唐海林叫来问问就知道了。"

在课堂上和学生大谈特谈什么性爱,这还得了!覃洪武十万火急把正在上课的唐海林叫来校长室。

见到唐海林姗姗来迟,覃洪武劈头劈脸就问:"有人反映你在课堂上又是性,又是爱的,有没有这回事?"

唐海林拍了拍双手粉笔末,笑了笑:"校长,我只是向学生传授性知识,没有讲什么爱不爱的。要说爱,那也只是向学生传递的是同学间、师生间的友爱。"

覃洪武一脸严肃地说:"真的吗?那你给我说实话,你有没有在课堂上和学生讲什么是'做爱'、什么是'性×'、什么是×……"因为后一个词实在难听,覃洪武话到一半就卡住了。

唐海林急了:"没错,我说了!"好家伙,果然贼不打自招!

这时,章利有事走了进来,刚想开口,被覃洪武的话打断了:"性知识你不要给学生讲太透,点到为止就行了,否则会出乱子的。"

唐海林一脸认真说:"不!覃校长,您错了,不讲透才会出乱子!"

"什么?"覃洪武顿时怒火中烧,他手指着自己说,"我错了?我只是提醒你,你怎么较真起来了?"覃洪武教了二十多年的书,当了六七年的副校长、校长,还从来没有人敢说他的错,特别是下级对上级。

"校长,我当然要较真了,我按照教学大纲向学生传授性知识,有什么错?您若认为我讲的不合适,您可以向学生调查问问,我有没有讲出格!如果我讲出格了,任凭您处罚!"唐海林露出一脸青筋,他怎么也想不通,自己的辛苦却换来的是冷眼相看,特别是校长的否定和质疑。

"你……你……"覃洪武手指唐海林,气得脸色有些发青了:"好,我要是查清楚,你在课堂上胡说八说,我明天就停你的课!"

"海林,别那么冲动,覃校长也是为你好。"唐海林刚想开口,被章利一把拉住了,他见不好收场,急忙圆起了场,"有则改之,无则加勉。海林,你先回去吧!"

唐海林悻悻离开了。

覃洪武急忙对章利说:"你抓紧去调查了解一下,千万别让这个愣头青给捅什么娄子,这事如果要是传出去,我们整个学校要遭殃了。如果他在课堂上果真向学生传递黄色信息,明天立刻停他的课!"

章利领命而去,他首先责成教务处制定了一个针对初二学生的问卷调查,内容大致如下:

1. 你认为有必要讲授性知识吗?
2. 你认为唐海林教授性知识有不妥行为吗?
3. 你对唐海林上课的满意度:非常满意　满意　一般　不满意　非常不满意

……

问卷收上来后,章利让教务处几个人汇总,自己又亲自找了几个初二的学生当面了解情况。

与学生谈完话,章利拿着教务处汇总好的问卷结果兴冲冲地来到校长室。"覃校长,结果出来了!"

"快说,怎么样?"覃洪武焦急道。

章利一脸笑容说:"99%以上的学生对唐海林的课非常满意,不满意和非常不满意的没有;所有的初二学生都渴望获得性知识;没有一个学生认为唐海林讲授的性知识有不妥之处。"说着将调查结果交到覃洪武手中。

覃洪武翻着那一张张调查表,嘴里不由得喃喃说:"想不到这个唐海林还真有两把刷子,看来我们是诬赖他了。"

章利补充说:"问卷调查后,我又找了几个学生了解情况。"

覃洪武抬起头:"学生怎么说?"

章利感叹说:"学生对唐海林那个佩服得简直是五体投地,我从教快二十年了,还从来没有遇到这么多学生对一个老师如此顶礼膜拜的。"

覃洪武用右手食指敲击着办公桌边:"看来,该检讨的是我们!"

章利连连点头说:"是啊!是啊!"

覃洪武语重心长说:"以往我们整个教育界对学生的性教育害怕出格出事,总是遮遮掩掩的不敢讲。要知道,我们学校是教书育人的地方啊,我们不向学生传授健康的性知识,难道要让那些黄色书刊、黄色录像带等等乌七八糟的非正常渠道来填补学生性知识的空白,来占据学生的幼稚心灵吗?"

章利感慨地说:"如果我们学校不出现一个不知天高地厚的唐海林,我们在对中学生性教育方面还不知道要走多少弯路!"

覃洪武踱着方步:"是啊,你把全校所有生物教师召集起来,让他们好好听听唐海林是怎么对学生进行性教育的,让他们好好向唐海林取经,别再夜郎自大了。对学生的性教育,我们要探索出一条切实可行的科学的新路子,力争走在全市乃至全省的前列。"

在唐海林这个愣头青的横冲直闯下,白云中学对中学生的性教育果然轰轰烈烈开展起来了。它不仅在本学校开了花、结了果,而且还得到了教育局领导的肯定,并在全市得到了推广。

20

转眼间,高考已过,中考已过,期末考试也已过,唐海林到学校后,迎来了第一个暑假。

假期里,唐海林没干别的,除了学习还是学习。

这天上午,他正在电大学习,忽然 BB 机震动了起来。唐海林一看号码,是高春城打来的。

"春城,有什么事吗?"下课后,唐海林来到一个电话亭。

"海林,你干什么呢,半天才回?"

"我正在电大学习呢?"

"都多大年纪了,你还学习。"

"活到老,学到老嘛。"

"好了,不跟你瞎胡扯了。今天中午 12 点到富豪酒店参加战友聚会。"

"哪几个战友?"

"你到时候自然就知道了。"

"哦。那富豪酒店在什么位置?"

"你这个人真是孤陋寡闻,怎么到现在连富豪酒店都不知道。"

唐海林苦笑说:"真不知道。"

高春城说:"就是咱新邳市最高档的唯一的四星级酒店,在解放东路。"

唐海林说:"经你一说,我现在有些印象了。对了,我要带什么去?"

高春城说:"你什么都不要带,别忘记把你嘴带上了。"

接近中午 12 点,电大才放学,唐海林朝家里打了一个电话。

八月骄阳似火。

顶着烈日,唐海林好不容易才找到富豪酒店。

果真是一家富丽堂皇、高贵典雅的酒店。大门两侧是两只张牙舞爪的石狮子,向里面望去,酒店主楼金碧辉煌宛如一座皇宫。

唐海林推着自行车向酒店走去,乖乖,酒店生意真好,车来车往,人流如潮。看那些车辆,什么皇冠、雪佛兰,什么宝马、奔驰,什么林肯、凯迪拉克,真是车满为患,让唐海林想不通的是,作为一个汽车通,小小的新邳市居然有许多他叫不上来名字的小轿车,而他是唯一推着自行车进入酒店的人。

好不容易找到一个空位子把自行车扎好,刚想上锁,这时一个酒店保安跑过来大声说:"对不起,先生,这个地方是放小轿车的。"

唐海林感到惊诧:"那自行车放哪?"

"请放那边!"

顺着保安手指的方向,唐海林发现在酒店内侧的墙角边有一个垃圾池,垃圾池边有一块巴掌大的地方,刚好放自行车。既然人家这地方不给放,咱委屈点吧。无奈之下,唐海林只好推着自行车小心翼翼地顺着车与车之间的空隙向垃圾池走去。他害怕自行车把小轿车给刮着碰着,万一刮着碰着,恐怕把身上所有的钱财都掏出来也赔偿不起。

"海林,就差你了。"唐海林还没有把车放好,就听高春城在大厅门口高喊着。

唐海林向酒店大厅走去。

"你怎么现在才来?"高春城一边引领唐海林上电梯,一边说:"你姗姗来迟,害得大伙等你一人大半天,等会得罚你两杯酒。"

唐海林说:"你们是四个轮子,我是两个轮子,当然没有你们跑得快喽!"

该酒店各个包间都是以花命名,什么菊花厅、水仙厅、牡丹厅等等。

说话间他们已来到三楼的牡丹厅,早有服务员守候在门口开门。唐海林朝里面一看,一个大圆桌四周坐了十来个人,除了章自鸣能认识外,其他人似曾相识,但又面生。

"海林,还认得我吗?"一个胖乎乎的嘴里叼着烟的像老板一样的人开了腔。

"你是……"唐海林在脑海里使劲地搜索着,"你是……你是……我想起来了,你是那个炮连的刘建发!对不?"

刘建发一拳擂在唐海林的肩膀上:"好小子,我以为你早把我忘记了呢。"

说话间,刘建发拉着唐海林坐下:"我给大伙介绍一下。"

"你别忙介绍了,等会我给介绍。"高春城转身对服务员说,"服务员,我们人全部到齐了,可以上菜了。"

没多会,服务员已把菜上好了。唐海林不经意朝桌子上看了一眼,什么天上飞的、地上跑的、水里游的,还有他叫不上来名字的,整整上了一桌子的菜。

高春城说:"各位,都喝什么酒?"

章自鸣说:"有什么酒?"

服务员说:"有茅台、洋河、五粮液、威士忌、人头马、马爹利,你要什么酒我们酒店有什么酒。"

唐海林说:"我来点啤酒。"

刘建发说:"今天不准喝啤酒,一律白酒。"

"对!一律白酒。"其他人附和道。

唐海林一看人家都喝白酒,唯独自己要喝啤酒,也不大好:"咱少数服从多数,白酒就白酒吧!"

高春城说:"那拿什么酒?"

一个战友说:"上那好事自然来的人头马。"

刘建发说:"老外的酒喝起来跟猫尿似的,不过瘾,还是喝咱国产的。"

章自鸣说:"我今天要好好宰宰你们这些大款,上茅台。"

刘建发说:"行,就上茅台。"

服务员把酒满上后,高春城开始发话了:"各位,把酒都端起来,先共同喝四杯酒,然后我再给大家一一介绍。"

一、二、三,当第三杯酒下肚,高春城指着唐海林说:"我先介绍后面退伍回来的战友。这位是唐海林,原在C团修理所,现在白云中学当老师。那位是章自鸣,E团船运大队的,因为去年工作安置不满意,现在还没有单位。"

"慢着!"刘建发忙打断高春城的话说,"老兄,你这样介绍,没劲。"

高春城说:"那你说怎么介绍?"

刘建发说:"我提议,咱们让唐海林和章自鸣指认咱余下的人,认出来的共同喝两杯酒,认不出来的罚他们两杯酒,大家说怎么样?"

"这个主意好!同意!"大伙同声道。

章自鸣不乐意了:"凭啥让我们两个指认?"

刘建发说:"谁叫你们俩转业回来晚的?"

章自鸣说:"我跟大伙早熟了,现在只有海林还不熟,所以我除外。"

"那不成,一碗水得端平,"刘建发说,"海林喝几杯酒,你得喝几个酒。"

"对!海林喝几杯酒,自鸣得喝几杯酒。"其他人起哄道。

章自鸣看孤掌难鸣,不再争辩了。

高春城说:"海林,你有意见吗?"

唐海林为难地说:"我没意见,只是我没酒量,请允许我一个两消(一杯酒分两次喝)。"

章自鸣说:"海林一个两消,我也得一个两消。"

刘建发说:"不成,谁也不能搞特殊化。"

高春城说:"那好,海林,你就从我左边开始认,你认完之后,我再告诉你他现在干什么。"

高春城左边这个人脑袋较大,一身名牌,手里拿着一款唐海林叫不上来名字的手机,唐海林一下子想起通信连的那个搞通讯的何老大。

"快说,这是谁?"刘建发催促道。

"他是老何啊!"唐海林毫不犹豫答道。

"没错,是老何,"高春城说,"他叫何什么?"

"他叫何什么?"唐海林用拳头敲着脑袋苦苦地思索着,因为老何比这帮人年纪都大,所以大家都叫他老何,以至于把他的真实名字给忽略忘记了。

一个战友开始倒计时了:"10、9、8、7……"

"海林,你快点认,数到0你叫不上来得罚你两杯酒。"高春城提醒道。

老何微笑着眯着两只眼睛。

"3、2、1、0!"

"罚酒!罚酒!"大伙齐声说。

"你呀你!你呀你!"章自鸣手指唐海林连声说。

唐海林一饮而尽。

章自鸣只好自认倒霉。

"他是何国营!现在是移动公司老总,也是我们战友联谊会会长。"高春城说,"对了,你买手机找他。"

"还要买?！老何送一个手机给海林不就得了。"刘建发看了看唐海林腰间的BB机插嘴说,"海林,你那破玩意也该扔垃圾桶里了。"

"行!"老何干脆地说,"等散场后,大伙到我那坐坐,我公司的手机任由海林挑选,他看中哪个,我送他哪个。"

"我们几个,你一人送一个不就得了。"章自鸣道。

"你想让我倾家荡产啊!"老何说,"送海林一个人,我还是能送得起的。你们几个免谈。"

高春城指着何国营左边的刘建发说:"建发,你和海林两个已经认识了,那就共同两杯酒,然后,我再介绍。"

刘、章、唐三人一饮而尽。

"老刘现在是建发木业有限公司总经理,自一九九五年建厂到现在,手里至少有这个数。"高春城说着伸出五个手指头。

章自鸣问:"五十万?"

高春城摆摆手:"再猜!"

章自鸣问:"五百万?"

高春城又摆摆手:"继续猜!"

章自鸣几乎要跳起来了:"五千万?"

高春城继续摆摆手:"再猜!"

章自鸣一字一句说:"五——个——亿?"

高春城说:"你总算猜到了!"

章自鸣猛地站起:"我的妈呀,想不到你刘建发还真的发了?"

刘建发说:"别听春城瞎吹,我哪有那么多。"

高春城说:"人怕出名猪怕壮啊!"

刘建发说:"去你的!"

"你没那么多,你厂里那几百号工人,你拿什么给他们发工资?"高春城说,"何况现在又搞房地产。"

唐海林说:"士别三日,刮目相看——看来这句话不假啊!"

章自鸣对唐海林说:"咱们在部队多待十年有什么用,还夜郎自大呢,人家都成资本家了!"

高春城说:"你们别再感慨了,今天这酒席就是刘总做东,我提议你们再喝两个酒。"

一圈下来,唐海林除了认识高春城、章自鸣、刘建发外,其他七位战友,他很难再一口叫出他们的尊姓大名了,毕竟在部队见面机会少,而又十多年没见。从高春城的介绍中得知,这七位战友都已经混得有头有脸了,有当经理的,有当船老大的,有任镇长的,有任副局长的,唐海林和章自鸣数了一圈,就他俩还是贫下中农。

人家说,十年河东十年河西,现在看来一点也不假。

"海林,来,咱们再加深两个!"刘建发道。

"我不行了!"唐海林摇摇头。

"男人不能说不行,女人不能说随便。"一个战友嘲笑道。

"我不行、就是不行了!"唐海林的舌头有点发硬了。

"你真的不行了?"那个战友继续道。

"真的不行了!"唐海林摆摆手道。

"大伙听听,海林真的不行了。"

"哈哈哈!"大伙全笑了!

不知道是不胜酒量,还是疲劳,唐海林开始感觉发困。他用左胳膊肘支撑在酒桌上,用手掌扶着头想睡觉。

酒过三巡,就不如刚才热闹了。

这时门被打开了,进来一个时尚女郎,只见她嗲声嗲气说:"先生,要小姐吗?"

"要!"不知道谁说一句,"要一打。"

"哎哟,这位大哥真会开玩笑,一打是多少啊?"那个女郎说着转身朝门外招了招手,眨眼间,只见两个花枝招展、袒胸露乳的三陪女郎翩翩而至。

"我们要一打。怎么才来三个?"一个战友埋怨道。

"各位老总有所不知,酒店今天爆满,小姐稀缺。"那个领头的小姐解释道。

在一位战友的示意下,其中一个坐在了刘建发怀里,另两个分别坐在了唐海林和章自鸣腿上。

唐海林正想眯一会,这时,突然有一股刺鼻的香味向他袭来,紧接着,一只像蛇一样的手臂搂住了他的脖子,一对肉肉的屁股坐在了他的大腿上。随即,一杯已经斟满的酒杯塞到了他手里。"来,先生,咱们俩来喝个交杯酒。"

恰在这时,白云中学初三年级主任刘希斌推门进来了。

唐海林低头摇晃着说:"你是谁呀?"刘希斌进来,他根本没发觉也没看见。

"我……"刘希斌支支吾吾道。

唐海林迷迷糊糊说:"你又不是我老婆,我为什么要和你喝交杯酒?"

"不是老婆一样喝!"那女郎道。

"我这腿是由俺老婆坐的,你怎么坐上了?"唐海林感觉不对劲。

只见那女人一边用手解唐海林的衣服,一边用肉乎乎的胸脯靠上去:"家花没有野花香,不信阿哥摘一朵尝尝。"说着用血红的嘴巴朝唐海林亲去!

一切都被刘希斌看在眼里,他站在门口愣了半天!直听见唐海林说话,他才坚信自己没看错。忙说:"对不起,走错房间了。"说着飞快逃走了。

也许有人会问,刘希斌是咋到富豪酒店的?原来他今天参加同学聚会,就在隔壁的玫瑰厅,酒过三巡后,他内急上厕所,回来后走错了房间。

刘希斌回家后,把在酒店里看到的一切都告诉了郑丽君。

莫非是刘希斌故意损坏唐海林形象?唐海林在酒店泡小姐喝花酒,打死郑丽君她都不相信,但刘希斌又说得有板有眼。只见郑丽君拿起鸡毛掸:"既然唐海林在酒店里泡小姐,那你泡了几个?给我从实招来!"

刘希斌万没想到会引火烧身:"喂!老婆,你有没有搞错,是唐海林泡小姐,又不是我！"

郑丽君厉声道："既然唐海林在富豪酒店有机会喝花酒泡小姐，你在那家酒店同样有机会啊，快说，你泡了几个？"

刘希斌支支吾吾直冒冷汗："老婆，结婚这些年来，我一直对你是忠心耿耿，别的女人从我眼前过去，我看都不看一眼，我哪里会去泡小姐？"

郑丽君半信半疑："人心隔肚皮，谁知道你在外面是什么样！"

刘希斌气急败坏说："反正我看到唐海林喝花酒泡小姐了，反正我在外面没有干坏事！信不信由你！"

自此，刘希斌在郑丽君的心目中留下阴影。

自此，唐海林在郑丽君的心目中一落千丈。

自此，刘希斌总想找机会把唐海林的丑事说出来，他甚至怀疑当初是不是唐海林勾引他妹妹——害得他妹妹早恋！

话说那个女人用血盆大口朝唐海林的脖子猛亲了一口！猛然间，唐海林感觉有一股窒息感，更感觉全身上下发酥发麻，就在此刻，他的耳畔忽然响起在他离开部队时团装备处梁处长对他说的那一句话：

"我希望你回到地方后永远不要忘记自己是穿过军装的人！"

海林不由得打了一个机灵，他觉得，如果此时再不挣扎，必将沉沦下去。

"啪！"只见唐海林把酒杯往地上一摔，然后猛地推开那个女人，站起厉声道："统统给我滚！"

"海林，都什么年代了，你还这么封建？"一个战友道。

"哎哟！这位先生大概是头一回吧？"那两个坐在刘建发、章自鸣怀里的女郎纷纷帮腔说。

"对！我就是头一回，怎么了？"唐海林正色道。

"一回生，二回熟，三回就进了……"章自鸣怀里的女郎刚说完，大伙全笑了。

"你们让不让他们走？"唐海林手指着门道。

几个战友面面相觑。

"如果你们不让她们走，我这就走！"唐海林此刻真想尽快逃离这个肮脏的地方，说着迈开双腿向门外走去。

"海林，让她们走还不成吗！"高春城一把拉住唐海林说。

唐海林见那几个女郎无动于衷，就是不坐下！

刘建发推开那女郎赔笑说："几位小姐，对不住了，我们今天是战友聚会，这位战友从部队转业回来，到学校当老师不久，对咱们这地方还不熟，见谅了。"说着从兜里掏出一沓钞票交给她们。

"我们这位唐老师为人师表，要注意形象的。"章自鸣补充道。

"哦，没事。"一个女郎见今天没服务几下，就轻而易举挣到一笔钱，接到钱后连声说，"没事的。没事的。"

这时，那个领头的女郎一边接钱一边半开玩笑地说："我听说，你们阿兵哥在部队当几年兵见不到女人,回到家见到老母猪都是双眼皮,是不是真的?"

"扯淡!你把我们一个个看成公猪了?"高春城生气道。

"想不到你这个小娘们的想象力还真丰富!"刘建发附和道。

这时,那个服侍唐海林的女郎委屈说:"不就是个臭老九吗,有什么了不起的?"

"你!"唐海林挥舞着拳头想打过去。

"爹呀妈呀!"见唐海林的拳头真的打来了,那些女郎吓得扭着屁股一溜烟跑了。

高春城把唐海林拉回说:"来,喝杯酒消消气。"

唐海林站在那里愤气填膺,久久不肯坐下。

刘建发见场面有点冷,忙站起来说:"海林,我们再喝两个酒加深感情。"

唐海林不理睬,自顾说:"各位,知道今天是几月几日?"

"八月一日。"刘建发答道。

唐海林说:"亏你还记着八月一日,它是什么节日?"

"建军节啊!"刘建发脱口而出。

"不易啊,还能想起来是什么节日!"唐海林说,"难道各位就是以这样的特殊方式来纪念八一建军节的吗?"

酒桌上一片沉静,死一般的沉静!

"来,喝酒!"为了打破沉静,高春城再次主动提出喝酒,就是没人喝。

"当兵时间长,人迂了(脑筋变死了),"章自鸣教训说,"海林,想不到你到学校后变得迂得跟弹弓把一样!"

"对!我就是迂得跟弹弓把一样!"唐海林厉声道。

高春城忙解释说:"海林,其实叫小姐也不算什么,现在这边是家常便饭了,而且,厦门那边十年前都有了,厦门的红楼,天下谁人不知谁人不晓。今天战友聚会不就是图个乐吗?"

"战友聚会就是战友聚会,我不想让那些乌七八糟的东西来玷污我们战友间纯真的友谊!"唐海林说,"我更不想让乌七八糟的东西来玷污我们神圣的节日!我更希望各位永远不要忘记自己是穿过军装的人!"

"听君一席话,胜读十年书。"刘建发站起来拍着唐海林的肩膀说,"你现在是咱们战友中唯一的一块净土了!近些年来,我把生意做大做强了,手里有俩臭钱了,但时常总觉心里空落落的!"

"是啊!"何国营站起来说,"咱们也许离开部队太久了,除了退伍证能证明咱们曾经当过兵外,这心中的橄榄绿早已褪色了!"

从富豪酒店出来后,唐海林就与高春城他们道别各自打道回府了。由于白酒喝得太多,唐海林几乎是一路摇摇晃晃骑车到家的。

自从放暑假后,君梅妈带唐创回老家去了。这天君梅恰好休息,正在做家务。唐海林还没有进屋,酒气已经钻进屋里了。

进了屋,唐海林连鞋也没脱,往床上一躺便呼呼大睡起来了。妻子君梅让他起来洗把脸、洗洗脚再睡,唐海林却懒得起。于是,君梅心疼地端来一盆温水帮海林擦洗。当她解开唐海林衬衣刚想擦洗上身的时候,猛然间发现唐海林的脖子右边有两块说红不红、说紫不紫的东西。哎！这不是唇印吗？为了证实自己的判断,董君梅靠上去,用鼻子嗅了嗅:没错,就是唇印!

"嘭!"只见董君梅将毛巾猛地朝脸盆甩去,顿时,脸盆里水花四溅,满地、满床都是,包括唐海林和董君梅身上。随即,只见董君梅一把揪住唐海林的耳朵,怒吼道:"姓唐的,你给我起来!"说着一下子把唐海林从床上拽了起来。

"哎哟!"痛得唐海林哇哇大叫,此刻此时,唐海林一下子醒酒了。

"除了在外头喝酒,你还在外头干了什么见不得人的事?"董君梅此时怒火中烧,"我对你唐海林忠心耿耿、百依百顺,天天对你是一百个放心,想不到你姓唐的竟然在外面干了对不起我的事情!"

"除了喝酒,我什么事也没干啊!"唐海林一头雾水。

"不承认,是不是?"

"我没干什么,怎么承认?"

董君梅一转身从写字台上拿过镜子:"你自己好好瞧瞧!"

唐海林拿过镜子左看看右看看,除了脸红没看出啥。

董君梅说:"你再给我看仔细点!"

唐海林又看了看,然后摇了摇头。

董君梅指着唐海林的脖子右边说:"你给我仔细看这里!"

这下,唐海林终于看清楚了:两片模糊不清的唇印!

"这是……"唐海林吞吞吐吐道。

董君梅厉声道:"这是什么？快说!"都说天下没有不吃腥的猫,董君梅这下真的相信了。

唐海林一把搂过君梅:"好老婆,你听我说。"

董君梅一把挣脱:"说什么说!"

唐海林二把搂过君梅:"好老婆,你听我说完,再治我的罪行吗?"

董君梅极不情愿地坐在床沿上,然后,唐海林把今天酒店喝酒之事一五一十道来。

"你真的没有在外面乱来?"听海林讲完后,董君梅最后还是疑神疑鬼的。

唐海林拍着胸口:"千真万确。你要是不相信,你可以打电话给章自鸣或者高春城问问他们,我到底有没有干坏事!"

董君梅说:"你们是一伙的,当然是一个鼻孔出气了。"

唐海林说:"我对天发誓,行不?"

"你对地发誓也不行!"董君梅一把捂住海林的嘴说:"谁知道你是真发誓还是假发誓?"

"这也不行,那也不行,"唐海林急了,"你到底想怎么样？我的姑奶奶!"

董君梅扑哧笑了:"我就是知道你不会乱来,给你一万个胆也不会的! 对不?"

唐海林也笑了:"人说天下女人个个都爱吃醋,我看一点也不假!"

董君梅说:"我吃醋,这说明我在乎你。如果你在外面拈花惹草,我一点感觉也没有,你说我是不是不正常？是不是有问题?"

唐海林笑笑说:"人之常情。请老婆把心好好放在肚里吧,我不能做到坐怀不乱,但我能做到不让美女坐在我腿上。"

　　董君梅两眼一瞪:"哎！你不是已经让美女坐在腿上了吗,还说什么大话?"

　　唐海林继续说:"即使美女坐到了我的腿上,我也能做到坐怀不乱!"

　　"是吗?"董君梅说着一把将唐海林按倒在床上。

　　"你要干什么?"唐海林警惕道。

　　董君梅一脸正色:"我要亲自检查一下你有没有失身!"

　　唐海林大叫说:"不好了,有人要非礼喽!"

21

8月中旬的一天,覃洪武驱车来到驻白云山某部步兵连。接待室内。

覃洪武说:"两位领导,万分感谢贵部队这两年来对我们白云中学的大力支持,今年,又给你们添麻烦了。"

吴指导员说:"军民鱼水一家亲。覃校长,不要太客气了。帮助贵校军训是我们应该做的事情。"

康连长说:"覃校长,今年贵校又招了多少高一新生?"

"去年高一新生招了一百八十余人,由于缺少老师,我们编了3个班级。"覃洪武说,"今年又多招生了八十余人,老师更是缺少,但一个班级的学生数又不能太多,我们准备编5个班级。"

"哦。"康连长屈指盘算着。

吴指导员说:"去年派到贵校军训的两个士兵怎么样?"

"很好,学生们非常喜欢。"覃洪武说,"就是两个人任务有些重,今年就把这两位同志再派到我们学校去,另外再多派一到两名同志。"

康连长说:"覃校长,由于我们战备任务比较紧,今年还是只能派两名战士过去。"

"请覃校长谅解,"吴指导员说,"今年我们派其他学校搞军训的士兵也是有减无增。"

"我们能理解贵部的难处,"覃洪武说,"行,就把去年那两位同志再派到我们学校吧。"

"去年到贵校军训的是三班长欧阳明和一班副刘兆军。"康连长说,"由于欧阳明服役期满已于去年底退伍了,只能再调整一个了。"

覃洪武说:"是这样啊,小欧可是个难得的好同志。"

康连长说:"指导员,你看今年派谁去合适?"

吴指导员说:"二班副程大刚军事素质比较全面,让他和刘兆军去锻炼锻炼吧。"

"这两个现在一个在担任一班长,一个担任二班副,各方面素质都比较过硬,是合适人选。"康连长说,"覃校长,您看呢?"

覃洪武说:"两位领导亲自点将,我一百个放心!"

"那好,就这么定了。"康连长转身对门外喊道,"通信员。"

"到!"通信员站在门口。

康连长说:"你去把一班长和二班副叫来。"

"是!"

康连长和吴指导员陪同覃校长一边品茶一边说着话。工夫不大。

"报告!"

康连长说:"进来!"

"连长,指导员,覃校长。"刘兆军和程大刚一进接待室,刘兆军马上认出了覃洪武。

"覃校长,刘班长我就不给你介绍了,你们认识。"康连长说,"那位是二班副程大刚。来,程大刚,见过白云中学的覃校长。"

覃洪武赶紧站起与刘、程两人握手。

康连长说:"刘兆军,程大刚。"

"到!"刘、程二人异口同声道。

康连长说:"我和指导员商定,决定今年由你们二人到白云中学带高一新生军训。"

吴指导员说:"这个任务既光荣又艰巨,而今年任务比去年重,希望你们两个保质保量完成任务。"

"保证完成任务!"刘、程二人答道。

8月16日上午,02级高一新生入学教育暨军训动员大会如期召开了。出席动员大会的领导有:白云中学校长覃洪武、副校长章利,驻邡某部步兵连一级士官刘兆军和上等兵程大刚。政教处主任阎玉强主持了本次大会。另外,高一全体班主任也出席了本次大会。这次新生军训安排了14天时间。

上天似乎故意在与白中作对,军训头一天就遭遇大雨滂沱。而后的三五天里,几乎是天天下雨,时大时小、时阴时晴。

在天气一天几变脸的情况,刘兆军和程大刚只能利用雨停的时间带领学生训练。有时候这边刚把学生带到大操场,那边又开始淅淅沥沥下雨了。小雨倒也无妨训练,最无助的是,有时候学生们正在热火朝天地训练,突然来了一阵暴雨,学生们一个个淋得像落汤鸡。

军训到第四天,又断断续续下了一整天的雨。刘兆军和程大刚多次利用歇雨的空隙带学生到操场训练,都被大雨淋得跑回了教室。

又一次被大雨淋了回来。学生们个个怨声载道。

程大刚一边擦拭雨水一边说:"刘班长,你们去年军训是啥天气?"

刘兆军眼瞅着外面:"去年天气很好,军训很顺利。"

程大刚说:"雨再这样下下去,恐怕很难完成本次军训任务。"

"是啊,今年人数和班级,都比去年多。"刘兆军说,"这都好儿天了,学生的头脑中还没有军训的概念,如何是好?"

程大刚说:"刘班,你得赶紧想办法。"

刘兆军说:"走,咱们找覃校长去。"

且说覃洪武和章利此时正站在校长室门口,为这恶劣的天气而发愁呢。见到刘兆军和程大刚朝他们走来,覃、章二人连忙迎上去:"二位教官辛苦了!"

刘兆军说:"辛苦倒不辛苦,就是老天爷不给时间呀。"

覃洪武连声说:"是啊是啊!"并请刘、程二人到校长室里坐。

章利连忙给刘、程二人倒水。

"覃校长,今年学生数多,班级也多。"刘兆军说,"如果雨水再这样下下去,我担心完不成今年的军训任务。"

覃洪武说:"是啊!你们二位尽心尽力了,今年军训能达到什么程度就达到什么程度,我们不会怪罪你们的。"

章利说:"我们感激还来不及呢!"

刘兆军说:"谢谢两位校长,我倒有个想法。"

覃洪武说:"什么想法,快说。"

刘兆军说:"能不能请求部队支援一下。"

覃洪武说:"咋支援?"

刘兆军说:"您能不能给我们连长指导员打个电话,让他们再派两个人过来。"

"我去接你们那天,康连长和吴指导员已经给我说明情况了。"覃洪武说,"他们说现在战备任务比较紧,所以只答应把你们二位派到我们学校。"

程大刚说:"您不妨试试,说不定现在战备任务解除了。"

章利说:"覃校长,不妨打电话试试。"

正当覃洪武犹豫不决的时候,他办公桌上的电话急促地响了起来。

"喂,哪里?"

"覃校长吗?我是康连长。"

"哦,康连长。你好啊。"

"你好,覃校长。覃校长,真不好意思,由于我们部队现在有紧急任务,按照上级要求,到你们学校带学生军训的两个班长需要立即归队。"

"哎呀,康连长,我正准备打电话向你再要一两个教官呢,你现在却要把两位教官叫回,这如何是好?"

"覃校长,实在没办法,我们连队派到其他学校带军训的教官也将陆续召回来。希望您能理解。"

"康连长,我能理解。关键是两位教官走了,我们学校今年的军训要泡汤了。这样吧,康连长,您给我留下一个教官,行不?"

"那好吧,覃校长,把程大刚给你留下,你就把刘兆军给我送来吧,一班现在需要他。"

覃洪武和康连长的通话,章利和刘、程二位教官听得一清二楚。

放下电话后,覃洪武赶紧安排人把刘兆军送回部队。刘兆军依依不舍地走了,只留下孤零零的程大刚一个人。

原本阴雨天已经严重影响到了军训,没承想,这步兵连又要召回一个教官。尽管留下了一个教官,但人多、班多,这军训还是无法正常进行下去啊!覃洪武在苦苦地寻找着对策。章利也在思索着。猛然间,只见他们二人异口同声道:

"唐海林!"

此时,唐海林正在电大聚精会神地学习。忽然,腰间的BB机震动了起来,他一看是学校打来的。因为这节课刚上一半,无法立即回电。没隔几分钟,BB机又震动个不停。一看,又是学校打来的。唐海林按动一下,又继续听课。过了一会儿,BB机又震动个不停。一看,还是学校打来的。唐海林想学校一定有什么急事,否则不会呼叫这么频繁的。

好不容易等到下课,唐海林急忙回话。

"喂,海林吗?我是覃洪武。"

"覃校长,我是海林。"

"海林,你在哪里?干什么呀?我已经呼叫你好几遍了,知道吗?"

"真对不起,覃校长,我刚才正在电大上课。"

"哦。海林,我们学校高一新生在搞军训,现在正缺人手,你抓紧过来救急!"

"是!覃校长,我这就请假回去。"

唐海林赶紧到办公室找班主任说明情况,请假。

班主任程益芳看着唐海林急急火火的样子问道:"是军训重要,还是学习重要?"

唐海林一边擦汗一边说:"程老师,一个是公事,一个是私事。对我来说两者都重要。现在不是军训更急吗?"

程益芳说:"我们开学初已经强调过了,缺课一次扣1分,到时候把你的分扣了,给你个不及格,你不能怪我。"

唐海林说:"恳请班主任高抬贵手,我到时候一定把落下的课程全部补上去。"

回到家里,唐海林穿上那身迷彩作训服火速赶往学校,以往他是骑自行车去学校的,为了节省时间,这次改乘客车。

一到学校,覃洪武简要地将今年军训情况跟唐海林说了一遍。从程大刚那获知,他们军训的内容除了队列练习还是队列练习。覃洪武忙解释说:"我们这农村中学包括县城中学高一新生军训大都是这样。"

唐海林说:"校长,这样军训不行,达不到效果。"

此时,章利赶来报告了一个天大的好消息,他说:"据中央电视台天气预报,今后几天内,华东地区没有雨。"

听完覃洪武、章利和程大刚的介绍,唐海林沉思片刻,然后与程大刚商定,由他执笔,当即制定了一个全新的军训方案。

一是由他接替刘兆军的位置,带3个班,程大刚仍然带2个班级;

二是增加国防教育、编方队、军体拳、紧急集合、内务整理、唱歌、汇报表演等科目;

三是制定了新的作息时间表。

四是制定了军训考核及优秀军训学员、先进连评比办法。

这个方案一改前面单一的队列训练,而是对学生全方位展开训练,让学生在军训时间里,切切实实感受一回军营生活、当一回兵。

程大刚与他争带3个班,唐海林说:"你年轻经验不足,还是我带3个班吧。"

程大刚说:"老班长,你在部队工作时间长,您说咋办就咋办,我完全听从您的指挥和安排。"

覃洪武和章利手捧着新出炉的军训方案,满意地笑了。覃洪武说:"海林,我和章校长现在全权授权你和程大刚同志负责本年度军训,我们负责搞好保障工作,你们就放手干吧!"

"是!覃校长,我们一定不辜负您的期望。"唐海林响亮地答道。

说干就干。吃过晚饭,唐海林把高一新生全部召集到操场,进行二次动员。在唐海林看来,要想完成这次光荣而又艰巨的军训任务,必须让同学们从思想上引起高度重视。唯有思想上重视了,行动上才不会掉链子。

同学们:
　　从明天起,由我和程大刚同志共同负责我们高一新生军训。
　　壮志凌云平步起,雄关漫道从头越。对于同学们来说,军训是一次有意义的挑战。中学生活是我们走向成人的过渡期,首先我们在生活上学会自理,其次需要我们有一个严格遵守纪律的态度,再次需要我们能在激烈的社会竞争中有不怕吃苦、敢拼敢搏的精神,而这一切都要通过军事训练才能达到。因此,新生入学的这一课是非常有必要的也是非常及时的。
　　军训是学校拓宽教育内容、培养高素质、高标准、全面发展人才的一项重要举措,是中学生在校学习期间履行兵役义务、接受国防教育、组织纪律教育和艰苦挫折教育的基本形式,它将为你们每个人的三年学习生活乃至今后的健康成长打下一个良好而坚实的基础。
　　军训又是同学们入校以来面对的第一次严峻的考验,也是同学们完成高中学业的第一步。由于大家都在不同的环境中成长,个人喜好、生活习惯等等都不尽相同,但只要你穿上了这身绿军装,刚毅将赶跑稚气,坚强将战胜懦弱,自立将取代依赖。因为在接下来的几天里,你就是一名军人。
　　仰视翱翔长空的雄鹰,远眺耕耘沧海的鸥影。亲爱的同学们,既然我们参加了这次军训就该认真对待自己的选择,既然选择了正确的方向就应该勇敢的锤炼自己。如果我们是一点绿,就应该站成白云松黄山松;如果我们是一块砖,就应该属于巍峨的万里长城;如果我们是一抹红,就应该染遍祖国的万里山河。硬铁百锻,才能铸无价之钻;厉兵千练,方可成威武之师。我们只有不畏艰险,才可以傲立峰顶,我们只有不怕困苦,才可以百炼成刚。
　　为了在短时间内将同学们锻造成一名合格的准军人,我们因应形势修改了军训方案,增加了新的军训内容。男同学们,你们是不是真正的男子汉?(是!)女同学们,你们是不是巾帼不让须眉的花木兰、穆桂英?(是!)既然是女中豪杰,就要敢于接受挑战! 既然是男子汉,就该拿第一!
　　同学们,大家有没有胆量接受新挑战?(有!)
　　有没有信心勇夺第一?(有!)

　　"嘟嘟嘟!"这天夜里12点整,唐海林和程大刚来到宿舍,趁热打铁搞了一次紧急集合。
　　因为是第一次经历紧急集合,同学们自然是洋相百出:赤脚的、鞋在手里提着或没系鞋带的,穿一只袜子或没穿袜子的,穿错裤子或穿反裤子的,上衣穿反或者纽扣扣错的,等等。
　　唐海林看了一下时间,足足花了10分钟。他语重心长道:
　　"同学们,紧急集合的演练在我国部队及军事院校,公安院校往往作为新成员的必修课之一。其对保持队伍的战斗力以及纪律性有着重大的意义。《内务条令》第245条规定,部队应当根据上级的紧急战备号令,或者在下列情况下实行紧急集合:一是发现和遭到敌人的突然袭击;二是受到火灾、水灾、地震、台风等自然灾害威胁和袭击;三是上级赋予紧急任务或者发生重大意外情况。因此,为了培养同学们有钢一样的意志,铁一样的纪律,山一样的威严,风一样的行动,为了让同学们在纪律、养成、作风、紧张、协同、考验、反应速度等综合素质的全面提升,进行紧急集合演练是有效途径之一。今后几天内,我们还将不定时进行几次紧急集合。甚至紧急集合后,把同学们拉到操场跑几圈。"

第二天一大早,在学生起床前,唐海林和程大刚一起来到了学生宿舍。当起床号吹响后,他把各室室长召集起来,然后分别选择男女生宿舍各一间,按照部队内务条例要求,进行内务整理。室长们学习完回到各自的寝室去带领本室人员按要求整理内务,唐海林和程大刚一一走进各寝室,手把手指导学生整理内务,包括叠被子、摆放物品等。

在唐海林的直接参与下,通过连续几天的强化整治,白中宿舍内务全面上了一个新台阶。

说来也怪,当唐海林穿上那身老军装正步走向训练场后,阴雨天是没了,而秋老虎又来了。

二百六十余名学生,5个班,2个教练,如何训练?唐海林决定充分发挥班主任和体育老师的作用——在班主任和体育老师的直接参与下,对5个班级分开训练。好一个热火朝天的训练场:有练队列练习的,有练编方队的,有打军体拳的。唐海林和程大刚穿梭于这五个班级之间忙于指导,让班班有任务,人人有事干,真正做到了忙而不乱,忙中有序。

雏鹰初试翼,沙场秋点兵。这真是个难得的好天气,训练场的唐海林犹如上足劲的发条,穿梭于各班指导训练。

"有人晕倒了!有人晕倒了!"

临近10点,唐海林正在聚精会神指导二班学生走队列,忽听远处传来学生们的呼叫声。他定睛一看,呼叫声是从六班传来的。他让学生原地活动,然后以百米冲刺的速度向六班奔去,他一边跑一边想:莫非训练强度太大了?

跑到出事地点,唐海林一看,倒在地上的是一位脸色蜡黄、呼吸浅快的女生,并伴有脉搏细速、神志模糊,逐渐向昏迷伴四肢抽搐发展。他急忙叫几名学生将这个女生抬到操场边。另叫几个学生分头火速去打自来水和凉开水,到食堂取些食盐。

这个女生被抬到操场边后,唐海林将其平躺在树阴下,然后用右手拇指掐她的人中穴。这时有学生打来了自来水,他让一个女生用湿毛巾擦拭那个晕厥女生身体的裸露部位。因为天气炎热,唐海林估计这个女生大概是中暑。

掐了一会人中,那个女生非但没有苏醒,反而停止了呼吸。

"大刚,看来需要人工呼吸。"唐海林急切地问程大刚,"你在部队搞过人工呼吸吗?"

程大刚说:"我只是看过,但没有实践过。"

唐海林说:"那好,还是我来吧。"说着,只见唐海林双膝跪在那个女生头部一侧的地上,用右手捏住她的鼻孔,用左手托起她的下颌,使其张开嘴;深吸一口气后,对准那个女生的口,快速向她的口中吹气;在她胸部扩张起来后,唐海林停止吹气,并放松捏鼻子的右手;待她胸部自然缩回去,又做第二次、第三次。如此反复十多次,那个女生渐渐苏醒了。

唐海林在部队搞过人工呼吸。一次,部队野外拉练,一个战士半途晕倒了,是他给那个战士及时做了人工呼吸,才使那个战士捡回一条命,唐海林也因此受到部队通报表扬。

这时,有两个学生分别找来了一杯温开水和食盐,唐海林将少许食盐放入水中,轻轻摇晃几下,然后给那个女生慢慢喝下。

过了一会,唐海林问道:"你现在好些了吗?"

那个女生点了点头。

唐海林说:"要不要送你到医院去吊水?"

那个女生摇了摇头。

唐海林又问道:"那你哪里不舒服?"

那个女生终于开口了:"老师,大概都怪我早上没吃饭吧?"

唐海林当即从身上掏出10元钱交给一个女生,让她和另外一个女生扶着那个女生到食堂去吃饭。

从班主任那得知,那个晕倒的女生叫张樱花,是一个走读生。农村中学大都这样,家在学校附近的学生大都走读,家较远的学生大都住校。

原来张樱花是一个苦孩子。在她一岁大的时候,她的父亲因肝癌去世了,母亲也在那一年抛下她改嫁了,是她的爷爷一手把她拉扯大的,而她的爷爷于暑假里刚刚去世。

从张樱花同班同学那得知,为了省钱,张樱花经常不吃早饭。今天早上又没有吃饭,三伏天加上高强度训练,张樱花不晕厥训练场才怪呢!

覃洪武闻讯赶来,唐海林如实将情况报告给了他。覃洪武当即决定,免除张樱花所有学杂费。

为了更好地帮助张樱花,唐海林也于军训结束后做通董君梅的思想工作,决定每月资助张樱花生活费100元,直到大学毕业。

到了晚自习时间,唐海林和程大刚又组织学生在教室里进行了唱军歌和校园歌曲、拉歌、汇报表演等科目。

而到了熄灯时间,唐海林和程大刚一一走进宿舍问寒问暖。一天训练下来,学生们躺在床上一个个叫喊腰疼、腿疼、胳膊疼。

唐海林总是笑笑说:"疼是正常的,这说明训练强度达到了;不疼反而不正常,那说明训练强度还没达到。"

程大刚也附和说:"我们新兵训练时也是这样的,过一个星期自然就好了。"

也许训练强度大的原因吧,也许是操劳过度的原因吧,唐海林到学校带高一新生军训的第三天,在临近吃午饭的时候,居然倒在了训练场上。

唐海林被白中师生火速送往白云医院吊水,覃洪武闻讯赶到医院看望,并安排两个学生照看他。

吊了两瓶水之后,唐海林渐渐恢复了体力。他见下午训练时间到了,吊水还没有滴完,毅然拔掉针头,重新回到了训练场。

"唐教官回来了!"

"唐老师回来了!"

掉皮掉肉不掉队,流血流汗不流泪。唐海林带病走向训练场,立刻引起了不小的骚动。

因为家住学校内,一些老师经常带小孩到操场边玩耍,并观看高一新生军训。郑丽君也不例外。也许受环境感染吧,好多小孩子也跟着学踢正步、打军体拳、唱军歌、练匍匐前进。

看着唐海林在训练场上一丝不苟的样子,郑丽君怎么也看不出来这个人作风有问题。她甚至开始怀疑,是不是刘希斌在故意栽赃唐海林喝花酒。

每次带刘紫薇从操场回家,郑丽君总是半信半疑对刘希斌说:"你说唐海林在酒店喝花酒泡小姐,我怎么没看出来?"

刘希斌总是暴跳如雷:"什么叫伪君子?这就是伪君子!唐海林就是典型的伪君子!"

郑丽君故意说:"那典型的真君子是啥样!"

"别跟我东扯葫芦西拉瓢的。"刘希斌说,"你看,那个叫张樱花的女生还没晕倒,他唐海林就忙着给人家口对口人工呼吸,谁知道他是救人呢,还是想乘机捞便宜?"

"刘希斌,你真够损的!"郑丽君说,"人人都知道,那个女生危在旦夕,人工呼吸情非得已,你怎能诬陷好人呢?"

刘希斌说:"他唐海林要是好人,天底下就没有好人了!"他亲眼看到唐海林喝花酒,还能有错?

郑丽君不想再争辩什么,她知道刘希斌的醋劲又犯上来了。她不明白,怎么男人吃醋的时候,咋比女人还厉害呢?

金色的九月,是收获的季节。

9月2日下午,新学年度第一学期开学典礼暨高一新生军训成果汇报表演大会在白中大操场举行。副校长章利主持大会,全校师生近两千人参加大会。

此时,白中校园内,彩旗飘飘,鼓乐齐鸣,到处洋溢着青春的气息。此刻,身着迷彩服坐在会场中间的二百六十多名军训学员,成为白中最亮丽的风景。

在唐海林的组织下,大会开始前,军训学员们首先进行了拉歌赛歌。

赛歌进行的第一环节:必唱。必唱规定曲目有《军歌》《咱当兵的人》,各方队任选其中一首歌曲进行合唱。

紧接着,进行的第二环节:拉歌。

"一二三四一二三四像首歌,绿色军营,绿色军营教会我,唱得山摇地也动,唱得花开水欢乐……"第一个发起挑战的是高一(1)班。该班在指挥的带领下唱了一首嘹亮的《一二三四歌》。

唱罢,全场响起了热烈的掌声。(1)班指挥喊道:"欢迎二班唱个歌好不好?"

(1)班全体学员:"好!"(鼓掌)

"日落西山红霞飞　战士打靶把营归把营归……"在指挥的带领下,(2)班全体学员唱了一首《打靶归来》。唱罢待全场鼓掌完毕,(1)班指挥迅速站起说:"二班唱得好不好?"

(1)班全体学员喊道:"好!"

(1)班指挥喊道:"妙不妙?"

(1)班全体学员喊道:"妙!"

(1)班指挥喊道:"再来一个要不要?"

(1)班全体学员喊道:"要!"(鼓掌)

(2)班无奈,只好又唱了一首《当兵的历史》。

……

面对这全新的开学典礼,白中全体师生的激情都被点燃了。说来也巧,正当军训学员们在热火朝天进行唱歌、拉歌比赛的时候,市教育局副局长索辉带队到白中检查工作,也被这沸腾的场面感染了,覃洪武邀请他们出席大会,一向不喜欢走过场的索辉居然坐到了主席台上。

拉歌赛歌完毕,典礼在雄壮的国歌声中拉开帷幕。

在唐海林的陪同下,覃洪武对军训队伍进行了检阅。看着那一个个威风凛凛、军姿飒爽的军训学员,覃洪武的脸上露出了满意的笑容。他一边检阅一边想,如果全校师生都能像高一新生一样训练有素,白中何愁不腾飞?

军训成果汇报表演开始了!在唐海林的统一坐镇指挥下,军训学员先后表演了单兵队列方阵、军体拳、女生手语操、男生倒功、大型方阵排字等多个军事训练项目。

军训学员以高昂的士气、挺拔的身姿、整齐的步伐、矫健的身手,展示了饱满的精神面貌和优异的军事训练成果,一次又一次赢得了全场的喝彩和掌声。

而学员们在表演中表现出的坚强意志、钢铁纪律、雄姿英发的精神面貌和战胜一切困难的信心、决心,让所有人相信,他们必将秉承白中的理念,刻苦学习、内外兼修、勇于竞争,成就未来精英。

经过评委的综合考评,共评出一等奖班级1名,二等奖班级2名,评选出优秀学员16名。

大会的第二部分是开学典礼。

首先,副校长章利宣读新学年致辞。致辞中,章利肯定了军训学员们的军训成果,并提出了四点希望。接着,政教主任阎玉强对中学生日常行为规范进行解读报告。第三,先进个人代表发言。第四,对先进集体和先进个人进行表彰。第五,校长覃洪武作主题工作报告。

撷白云之灵气,集运河之大成。在近三十分钟的报告中,覃洪武提出了新学年的工作思路,重点是质量立校。动员号召全校师生凝心聚力,努力拼搏,着力推进学校事业的科学发展、健康发展。覃洪武表示,白中是一所具有深厚文化底蕴的完全中学,是一个人杰地灵的地方。上个学期,学校整合资源,规范行为,整顿秩序,注重细节,构建和谐,各项工作开创了良好的局面,达到了预定的目标,取得了一定的成绩,尤其是今年的高考、中考和招生工作都取得了突破性的进展,赢得了社会的关注。在新的学年里,我们要继续坚持以人为本,多元发展,人人有才,人人成才的办学理念,立品牌意识,塑学校形象,为学校的持续发展奠定基础。覃洪武指出,现在,白中正处于快速发展期,全校上下正勠力同心,有着把学校办成新邳市乃至省内一流学校的美好愿景,白中的再次崛起——指日可待!

最后,全体师生起立,同唱《团结就是力量》!

典礼结束后,索局长当着覃洪武的面,拉住唐海林的手连声说:"大开眼界!大开眼界!"

22

  因为教学成绩突出,唐海林跟班到初三,自此成为初三生物把关教师。
  "校长,张婷请产假了,这个初三(8)班的班主任由谁接任?"初三年级主任章国庆来到校长室。
  覃洪武起身说:"你物色到人选了吗?"
  章国庆摇摇头又点点头:"我感觉生物老师唐海林是个很不错的人选。"
  覃洪武左手握拳捶了捶后背:"张婷身体不好,经常请假,这个八班长期疏于管理,已经成为全校最差的班级了,而且是中途换将,唐海林能答应、能行吗?"
  "这的确是一锅夹生饭,我也担心唐海林能不能胜任。"章国庆说,"但年级组其他任课老师老的老、小的小,数来数去,只有唐海林合适。关键是,不知道唐海林愿不愿意接下这个烂摊子!"
  覃洪武说:"唐海林课带得不错、军训搞得不错,当班主任应该没问题吧?你去找他谈谈,如果唐海林愿意接,就让他干这个八班的班主任。"
  章国庆说:"好的,我这就去。"
  张婷在11月底请产假了。这生孩子的事又不能等,张婷已回家好几天了,初三(8)班班主任就是没人接,关键是谁也不愿意接,一个全校出了名的后进班,谁愿意自找麻烦?
  张婷请产假了,唐海林几次想请缨校领导接替这个班,但考虑不带这个班级的课,另不知道学校有没有其他人选,所以他几次欲言又止。
  "唐老师,张婷请产假了,我想让你接替初三(8)班班主任。"章国庆是个直肠子人,回到办公室见到唐海林单刀直入。
  此时正在备课的唐海林赶忙停下来说:"行!没问题。就是我的课程……"
  章国庆喜形于色:"你把一班或者六班的生物给何长斌一个,你任八班班主任并任这个班的课,这样便于管理。"
  唐海林说:"随便给哪个班都行。"
  章国庆说:"为了何老师上课方便,就把六班给他吧。"
  就这样,唐海林带一到五班和八班的生物课,并担任八班班主任。
  当唐海林勇敢地接下这个班的时候,好多老师都为他捏把汗,也有一部分老师说他:"这个人真是个傻大兵,人家扔都扔不掉的一个烂摊子,他却拾起来当作狗头金。"还有老师用怀疑的目光问:"他能行吗?"
  十二年宝贵的军营生活铸就了唐海林钢铁般的意志和优良品质,他要用实际行动告诉人们:我,一定行!
  这的确是全校出了名的后进班!唐海林走马上任第一天就给他来个了下马威。

"老师,不好了,八班打起来了!"就在唐海林准备进班的时候,一个初三(8)班的女生急急火火跑来报告。

"唐老师,你快去看看!"章国庆喊道。

"我这就去!"唐海林一边回答,一边向三楼的初三(8)班冲去。

"这还没有上任,事情找上门了,"唐海林刚跑出办公室,快嘴丁马上唠叨上了,"看他怎么处置。"

"噼里啪啦……"还没有到初三(8)班,唐海林就远远听到班里乱得像一锅粥。

"住手!"唐海林站到了初三(8)班门口,只见十几个男生分成两帮人马正扭打在一起。突然一声吼,愣是把学生给镇住了。

唐海林命令说:"你们那几个给我到前面来。"

那几个学生到前面后,唐海林问道:"班长是谁?"

"老师,我们没有班长!"一个学生回答道。

"副班长是谁?"

"也没有!"

"其他班干部呢?"

"原来都有,现在都自动辞职不干了。"这真是一个无组织无纪律无人问津的三无班级。

"原来班长是谁?"唐海林问道。

坐着的学生齐刷刷朝右边墙角望去,一个男生畏畏缩缩站起来。"老师,是我。"

唐海林和善地问道:"你叫什么名字?"

"他叫闫旭。"学生齐声道。

唐海林抬高声音说:"那好,从现在起由闫旭暂时继续担任初三(8)班班长。"

闫旭摇摇头:"老师,我不干!"

唐海林提醒说:"由你暂时担任,听清楚了吗?"

闫旭点点头:"听清楚了!"

唐海林走到闫旭跟前:"如果有哪个再胆敢调皮捣蛋,你立刻向我汇报,听到吗?"

闫旭大声说:"听到了!"

唐海林走到讲台前说:"下面继续上自习。你们这些参与打架的跟我来。"

把这些学生叫到办公室,唐海林数一数是十一个人。再看众生相,一个比一个惨:有一身泥的,有衣服撕破的,有手破流血的,还有鼻青脸肿的。

"你看看你们一个个像什么样子?"唐海林对那个手破的学生说,"你到校对面的诊所把手包扎一下,还有谁哪里破了需要包扎的一起去。"

没人应声。

唐海林对那个手破的学生补充一句:"手包好后,马上回来。"

"知道了!"

唐海林转过身来,命令道:"立正!全体都有,成横队排列,以这位同学为基准,"手拍着那个鼻青脸肿的学生肩膀,"向右看——齐!"

"向前——看!"

"稍息,立正!"

"请你们把名字一一报来。"唐海林对那个鼻青脸肿的学生说,"你先来!"

"冯纪伟。"

从左至右,唐海林依次问:"你!"

"李宁。"

"你!"

"沙佳。"

……

"那个去包扎手的同学叫什么?"

"他叫郭子。"冯纪伟答道。

唐海林说:"好,现在我已经认识你们几个了,请说说是什么原因打的架吧?"

众生一个个默不作声。

唐海林又重复了一遍:"说说到底是什么原因打的架?"

众生一个个默不作声。

唐海林开导说:"一是一、二是二,男子汉大丈夫是什么事就是什么事,有什么不好说的?"

"老师,其实也没什么。"那个衣服被撕破的沙佳终于开口了。

唐海林走到沙佳跟前:"既然没什么,那打什么架,肯定还是有事的。"

"老师,其实事情很简单。"那个叫史可的说,"冯继伟和李宁他们几个不知道在什么地方看到的,说北京发现了外星人,而我们几个说没有,于是……"

唐海林走到冯继伟跟前:"冯继伟,有这回事吗?"

冯继伟一脸认真说:"老师,我们在报纸上真的看到的,不信你问李宁。"

唐海林走到李宁跟前:"李宁,你说。"

李宁响亮地回答:"是的,老师,我也看到了。"

唐海林问道:"那是什么报纸?"

冯继伟、李宁异口同声说:"不知道。"

唐海林又问道:"在什么地方捡到的?"

冯继伟、李宁再次低头不语。

唐海林追问道:"有什么不好说的?"

"几天前,在街北头那个公厕里的地上,我们解手时看到的。"冯继伟说完,脸马上红了。

"原来是张擦腚纸啊!"唐海林随口说。

"哈哈哈!"全办公室的人笑了,那几个学生也笑了。

唐海林笑着说:"到底有没有外星人,恐怕只有外星人知道,据我了解,现在世界各国没有哪一个国家敢公开说他们发现了外星人,这毕竟是一个未知数。我比你们多吃几年饭都不知道有没有,不信,咱们问问其他老师。丁老师,你知道吗?"

丁颖转过脸:"不知道。"

"邓老师,你知道吗?"

郑丽君抬起头:"没听说。"

"咱们再问问白中的天文权威章主任,你知道吗?"

章国庆伸了伸懒腰:"你们这几个熊孩子,我研究外星人的时候,你们在家里还穿开裆裤呢。你们所说的'北京发现了外星人',是不是'1999年北京曹公遭遇外星人'的新闻?"

"对对对!我们看到的就是'1999年北京曹公遭遇外星人'。"冯继伟和李宁连声说。

唐海林望着章国庆:"章主任,你把知道的情况说说。"

章国庆走了过来说:"年初,我在网上某个小网站上看到了'1999年北京曹公遭遇外星人'的新闻,说什么原北京房山区某民办学校校长曹公,某天晚上在家里睡觉,半夜里,突然有两个一男一女外星人穿墙到他家中,把他带到几百里之外的秦皇岛某个荒无人烟的丘陵地带,钻进一个乒乓球拍状物体,球拍把部分好像有一个篮球场那么大;球拍板部分好像有一个足球场大。这两个外星人要把曹公带到那干什么呢?"

全办公室的人都在屏住呼吸侧耳倾听,包括那几个因外星人而打架的学生。

章国庆继续说:"原来,他们要为一个脸色蜡黄大约十六七岁的中国女孩看病。那男外星人对曹公说:'我们和你们一样,同是宇宙中的生命,请您来,是想做一个用宇宙能量通过地球人给地球人治病的实验。'说着,男外星人一扬手对准曹公后颈部位就是一记重拍。曹公立即觉得浑身热流涌动,非常舒服和提气,两条胳膊向手心和十指放射状地发麻,有放电般的感觉。然后,那个外星人让曹公模仿他去拍击那女孩。在曹公的拍击下,那个女孩的表情、神态变好了许多,而后精神焕发,身体健康状况比她刚进来时好看多了。两外星人看到实验很成功,高兴地发出嘻嘻嘻的笑声,然后就把他又按原路送回家里。"

唐海林追问道:"章主任,咱们国家的正规媒体报道了吗?"

章国庆摇摇头:"好像没有吧?!"

唐海林转过身说:"冯继伟、李宁,我可以告诉你们两个,你们在厕所里看到的那张报纸肯定是小报,正规报纸一般不会登这些小道消息的,我天天看咱们的市报、省报、人民日报还有新闻联播,怎么没看到这方面的内容?你们几个说说,这些小报纸为何要刊登一些无中生有的事?"

"为了吸引眼球。"

"为了提高发行量。"

"为了……"

唐海林竖起右手大拇指说:"大家说得都很好。为了吸引眼球也好,为了提高发行量也罢,他们的真正目的为了什么?"

"为了赚钱!"

唐海林猛击双掌:"说得对。他们唯恐天下不乱,就是为了多赚钱!我支持你们这种对科学探索、对知识追求的精神,反对你们的这种方式和做法。凡事要有个度,一旦超过了这个度,肯定得出事的。你们几个现在说说,为外星人不惜打个头破血流,值不值得?"

"老师,我错了!"

"老师,我错了!"

唐海林长长舒一口气:"知错就改就是好同学,你们几个每人写一份深刻的检讨书,要认真工整,不准有错别字,明天早上交来。"

"是!"

这时,郭子也从医务室回来了。

唐海林命令道:"走!现在都跟我进班。"

到底是差班,唐海林走到初三(8)班门口,整个班级又是人声鼎沸,要是再大声点,恐怕整个屋顶要被掀掉!再看众生相:有的在交头接耳,有的在你推我、我推你,有的在嗑瓜子,有的在吹泡泡糖,更有的在乱扔粉笔头!还好,一见到唐海林进班,顿时各就各位,鸦雀无声。

唐海林进班后没有立即开口说话,而是示意那几个打架学生先回到座位上去。然后在班里转了一圈,一圈下来,这个一盘散沙的初三(8)班该从什么地方抓起,如何抓,他心里已经有数了。

唐海林走到讲台前说:"同学们,我在这里宣布一个重要任命,经学校研究决定,从今天起,我就是咱初三(8)班的班主任了。"唐海林话音刚落,班级里顿时响起热烈的掌声。

唐海林继续说:"同学们,我万没想到,在我走马上任的头一天,那十一个同学就送给我一个这样的见面礼,不过呢,这个见面礼,我已经收下了。为了有没有外星人而不惜打一架,大家说说,好不好?"

"不好!"

唐海林边走边说:"同学们,据我了解,科学家已发现,在宇宙中,有很多类似太阳系的星系。也就是说,只要有类似太阳系的星系,就有可能存在像地球一样的可供生物生存的星球,只是到目前为止,我们的科学家还没有发现这样的星球,也没有真正发现外星人,如果有的话,美国就不会在前不久搞了一个所谓'外星人,你好'——'2001接触'的无线电发射计划,即发射人类信息进入太空寻找外星人的计划了。我不排除,人类在不远的将来有可能与外星人接触、甚至对话,但我现在可以负责任地说,至少到目前为止,人类还没有真正接触外星人,那些小报报道的所谓发现外星人的新闻,纯属子虚乌有的事情,应该都是假的。"

同学们投来了赞许的目光。

唐海林回到讲台前:"同学们,如果宇宙中真的有外星人,如果外星人知道我们这里有十几个同学在为他们还专门打了一架,大家说说,他们会不会在宇宙的一角偷偷嘲笑我们?"

"哈哈哈!"

唐海林语重心长地说:"同学们,说不定将来能与外星人接触和对话的人,就是我们班里的某个同学呢!我期望我们班将来能走出几个像爱迪生、牛顿、爱因斯坦等一样伟大的发明家、科学家。现在,让我们把所有心思都用在学习上吧!"

掌声!经久不息的掌声!

没有团结一心的集体,就没有战斗力。凭借在部队多年的管理经验,唐海林认为,虽然班主任不算什么官,但要想管理好一个班级,还是要好好烧上几把火的,特别是这出了名的后进班。于是,唐海林的第一把火就从班集体的凝聚力烧起!

"同学们,我现在宣布一项重要决定:我要在全班范围内进行有奖征集初三(8)班的班级口号,一等奖2名,颁发20元的奖金或者奖品;二等奖3名,颁发10元的奖金或者奖品;三等奖5名,颁发5元的奖金或者奖品。"

开天辟地头一回,同学们一听说有奖征集班级口号,立刻热情高涨起来了。

"请同学们今、明两天好好琢磨琢磨,把你们最响亮的一句口号拿出来,我们明天下午自习课正式评选。"

掌声,唯有掌声才能代表同学们此时此刻的心情。

都说新官上任三把火,这大概就是唐海林走马上任初三(8)班班主任后的第一把火吧!

叮铃铃……下课了,唐海林把闫旭叫到了办公室。

"闫旭,我叫你干临时班长,有压力吗?"

闫旭摇摇头:"没有。"

唐海林拍了拍闫旭的肩膀说:"没有就好。我打算明天选完班级口号后,在后天选班干。因此,我希望这两天你要把咱八班管理起来,这也是对你能不能继续胜任班长的一次考验,我希望你不要落选噢!"

闫旭说:"班主任,我会尽力的。"

别说,经唐海林做工作,闫旭的责任心果然加强了,八班的风气较以往明显好起来了。

下午放学后,唐海林到白云镇最大的商店转了转,购买了奖品。让唐海林没想到的是,这个初三(8)班又发生了一件不大不小的事件。

按照上级要求,初二以上的年级必须上晚自习。

晚自习第三节,初三(8)班是郑丽君的课。让郑丽君感到纳闷的是,以往乱哄哄的班级,今天出奇的静。原本一直厌恶这个班级的她,顿时产生了好感。

郑丽君轻轻放下作文本,和风细雨地说:"同学们,这节课我们再写一篇作文。说着在黑板中央写下'谢谢您给我的爱'七个大字。"

郑丽君转过身说:"请同学们以'谢谢您给我的爱'为题,写一篇记叙文。这是2000年安徽省宿州市中考作文题,我把它拿过来,进行模拟中考作文,看看咱们同学写的怎么样。"随后把要求写在黑板上。

1. 您必须是长辈或者老师,如果涉及校名或者自己的姓名,一律用希望中学、王老师和×××代替,否则扣分。

2. 要具体写出一件事来表现中心,要有细节和心理描写,还要有适当的抒情议论。

3. 不少于800字。

4. 书写工整,卷面整洁。

郑丽君继续说:"请同学们写在一张纸上,下课后交来。"说完,就坐下来开始批改昨天布置的作文。

这时候,唐海林悄悄地转到了初三(8)班教室外,看到班级一切正常,他满意地走了。

班里没有一个说话的,耳朵听到的声音是学生写字的沙沙声,郑丽君感觉心情特别的舒畅,她怎么也想不通,怎么换了一个班主任,这个班的风气一下子就好起来了呢?如果当时学校让她带这个班,打死她都不会干的,看来唐海林的魅力真的不小啊!

临近下课还有五六分钟的时间,郑丽君的作文批改完了,她站起来伸了伸懒腰,然后朝班级后面走去,当她快要走到后面的时候,她发现坐在最后排左边有一个瘦瘦的男生两眼正紧盯着桌洞。郑丽君蹑手蹑脚走过去,好家伙,原来这个男生正在玩游戏机。

"嗖!"郑丽君以迅雷不及掩耳之势,左手一把将那个男生手中的游戏机抢了过来,右手随即扭住那个男生的左耳朵,一把拽了起来。

"你胆子不小,敢在我的课上玩游戏机,我让你写的作文呢?"郑丽君气不打一处来。

那个男生疼得嗷嗷直叫,一边用左手护耳朵,一边用右手拿起作文交到郑丽君手中。

不看作文还罢,看了这涂涂改改、歪歪扭扭、不足300字的作文,郑丽君的肺都气炸了,她不由得抡起右掌"啪"的一声朝那个男生的头上扇去。

"你凭什么打我?"那个男生开始反抗了。

此刻,全班的学生都注视着这一切。

"凭什么打你,就凭这个!"郑丽君摇晃着手中的作文,"谁让你玩游戏的?"

"我写完作文,玩一下游戏有什么错?"那个男生反而有理了。

"你这什么作文,狗屁不通!"还从来没有人敢这样顶撞过她,郑丽君更来气了,"走,跟我去找你班主任去!"说着,又打了那个学生一巴掌。

"妈个比,你凭什么打我,我不上了!"那个男生一边哭一边骂,然后一转身跑出了教室。

郑丽君正打算去追赶,这时候,下课铃响了。

唐海林回到办公室后,一直在精心备课,他原本打算在下课前到班级门口转转的,由于专心致志备课,一时错过了时间,于是他打算等学生走差不多了,再到班里看看。当唐海林正准备走出办公室,郑丽君气冲冲走了进来,嚷嚷着:"什么玩意!反了!反了!"

快嘴丁丁颖赶紧走向前:"郑小姐,怎么了,谁得罪你啦?"

郑丽君"啪"的一声将作文本往办公桌上一扔:"你问他去!"

唐海林见郑丽君指着自己,忙说:"郑老师,到底怎么了?"

郑丽君没好气说:"你去问问你班的好学生去!"然后一屁股坐在椅子上,直喘粗气。

唐海林连忙赔罪说:"郑老师,俺班学生还没上路,您多见谅,到底是谁得罪您了?"

郑丽君不语。

唐海林见郑丽君不开口,继续说:"若哪个得罪你了,你千万别往心里去,我这给你赔礼了！您先消消气,我去看看去。"说着转身冲出了办公室。

此时学生已经走得差不多了,唐海林冲到三楼八班,那个负责管理班级钥匙的女生正在锁门。

唐海林问:"你叫什么名字?"

"我叫刘征艳,班主任。"那个女生说。

唐海林继续说:"你要把我们班级的门管好。"

刘征艳说:"知道了,班主任。"

唐海林问:"征艳,你知道刚才班里发生什么事?"

刘征艳把男生柳沈阳玩游戏机被语文老师郑丽君发现的前因后果简短地告诉了唐海林。

唐海林问:"你知道柳沈阳的家住哪吗?"他担心柳沈阳万一想不通,做出什么傻事来。

刘征艳摇摇头:"不知道。"

唐海林问:"你知道还有谁知道他家吗?"

刘征艳想了想:"你到男生宿舍去问闫旭吧,他跟他玩得好,应该知道的。"

"你抓紧回家吧,路上要注意安全。"说完,唐海林飞速向男生宿舍跑去。

从闫旭那打听到柳沈阳的家庭住址后,唐海林拿起手电筒跨上自行车,朝着白云镇东部五公里外的柳庄——柳沈阳家奔去。

这是一个夜黑风高的夜晚,路上早已没有了行人。由于路面高低不平,加上走得太急,唐海林骑在自行车上几次要跌倒。

路越来越窄,越走越难走,大约走到半路的一个弯弯窄窄的路面,唐海林猛然大叫一声"不好!"

随着"嘭"的一声,唐海林连人带自行车一扭头栽倒在路边的沟里。

自行车摔一边去了,手电筒甩一边去了,此刻倒在沟里的唐海林眼冒金星,额头撞在渠道上起了一个大包,右手面划破了流着血,右腿很痛好像裤子也撞破了。唐海林好半天才摸到手电筒,在剧烈的撞击下,此刻的手电筒已经不亮了。他好不容易才爬起来,将自行车重新推到路面,当他正准备再骑上自行车时发现,不仅车把手严重地扭曲变形,前轮胎早已爆了。

唐海林只好推着自行车朝柳庄走去,走了半天才到柳庄庄头。

"汪！汪汪!"此时,柳庄的狗开始狂吠起来。唐海林推着自行车向庄头一户人家靠近,有三条狗围着他狂吠。

唐海林好不容易靠近这家住家户,大门紧闭着,大概主人早早睡下了吧。

"嘭,嘭嘭!"唐海林一边敲门一边喊道:"有人吗?"此时的狗叫声更欢了。

敲了半天没反应,唐海林推着自行车又来到第二户人家。他刚想敲门,灯亮了,门打开了,大概是唐海林的呼叫声和狗叫声吵醒了这户人家。

唐海林一看,是个七八十岁的老叟,忙说:"大爷,您好!"

"咳咳!"那个老叟咳嗽不断,"你刚才敲的那家没有人,都去外地谋生去了。"

唐海林问道:"哦！大爷,您知道柳沈阳的家住哪吗?"

那个老叟上气不接下气说:"柳沈阳?咳咳!他小名叫什么?"

唐海林想把自行车扎在一边,车腿怎么也站不住,只好手扶着自行车说:"大爷,我不知道他小名,他是我们白云中学的学生。"

"哦!咳咳!"那个老叟上气不接下气继续说:"是不是前排柳传智家的小二子?可能是他家的,你到前排从西向东数第一、第二……第七家去看看,大概是他家的。"

唐海林告别老叟后,推着自行车继续向庄里前行,这时,庄里的狗又多了几条,并形成了对唐海林四面夹击之势。

真是寸步难行啊,一不小心就会被恶狗咬一口,唐海林一边吆喝一边前行,好不容易来到前排第七家,这家大门是敞开着的,过道里亮着灯。

唐海林把自行车靠在一边的树上,然后走到大门边一边敲一边问:"请问,这是柳沈阳家吗?"

这时,从偏屋走出一个胖乎乎大约五六十岁的老妇人:"是柳沈阳家,你是?"

唐海林高兴极了:"您好,我是柳沈阳的班主任,请问您是?"

老妇人说:"俺是他妈妈,班主任快来家里坐。"

唐海林一边向里走一边问:"大姨,柳沈阳回家了吧?"

沈阳妈一边陪唐海林往家里走一边说:"甭提了,刚来家,又被他哥给打跑了!"

唐海林一听脑袋都大了,立刻停止了脚步:"大姨,到底怎么回事?"

沈阳妈呜咽着说:"沈阳到家没多久,他哥从外面喝酒回来,听说沈阳和语文老师发生冲突打算不上学了,就动手打了他。"

"我、我辛辛苦苦挣钱、供他上学,他、他却不珍惜,他、他该死哪死哪去!"这是柳沈阳的哥哥从偏屋发出的声音,唐海林听出,明显带着醉腔。

唐海林关切地问:"有人去找吗?"

"他爸去找了。"沈阳妈这时才看清楚唐海林身上的一切,她关切地问:"班主任,你身上这是?"

"我刚才来时在半路摔倒了。"唐海林拍了拍身上的泥土,急切地说:"走,大姨,我和您一块去找去。"

"班主任,你先洗洗。"沈阳妈说。

"找人要紧,大姨,我没事的。"唐海林继续说,"大姨,您家还有手电筒吗,带上!"

唐海林陪着沈阳妈,从庄东找到庄北,从庄北找到庄西,又从庄西找到庄南,一圈下来,一无所获。这时,只见一个忽明忽暗忽高忽低的亮光自北迎面而来。

那个忽明忽暗忽高忽低的亮光是沈阳爸打着的手电筒,他一瘸一拐也找了过来,沈阳妈忙把唐海林介绍给沈阳爸。

"班主任呀,我白养了一个瞎孩子!"沈阳爸骂道,"咱们别找了,这么大的地方,谁知道这孩子死哪去了!"

唐海林劝道:"大叔,您身体不好,您先回去吧,我陪大姨再找一会。"

沈阳妈说:"他爸,你先回去吧,俺们再找找。"

在唐海林和沈阳妈的劝说下,沈阳爸回家去了。

沈阳爸曾是煤矿工人,因为一次煤矿事故,被砸残废了,那次事故死了好几十个人。望着沈阳爸一瘸一拐的身影,沈阳妈说:"俺家现在全靠沈阳哥哥一个人挣钱养活全家。"

唐海林陪着沈阳妈又围着村庄大范围地找了一圈,天快亮的时候,终于在庄北面的一条沟渠边找到了熟睡的柳沈阳。

沈阳妈赶紧叫醒柳沈阳,唐海林急忙脱下上衣披在柳沈阳身上。

在回沈阳家的路上,唐海林和柳沈阳一路打着喷嚏,沈阳妈赶紧熬姜汤给唐海林和柳沈阳喝。

喝完姜汤好多了。

没多久,沈阳妈又煮好了面条,硬让唐海林和柳沈阳吃下。

吃完早饭,唐海林说:"沈阳,你要是困的话,今天上午在家好好睡一觉,下午去上学;你要是不困的话,现在跟我一起回学校上学。"

柳沈阳坐在凳子上直发愣,猛然冒出一句:"唐老师,我不想上了。"

"你这个孩子,怎能说不上就不上了呢!"沈阳妈生气说,"你看,唐老师为了找你,自行车摔坏不说,浑身上下都摔伤了!"

看着伤痕累累的唐海林,柳沈阳显然感觉过意不去,但仍然坚持说:"我说不上就不上了!"

沈阳爸抡起拐杖:"你这个不争气的死孩子,我打死你!"

沈阳哥这时从偏屋出来:"不想上,行,你别想在家吃闲饭,现在就跟我去工地干活去!"沈阳哥是个泥水匠,跟包工头在县城盖楼房。

唐海林摆摆手示意沈阳爸、沈阳哥少说,然后问柳沈阳:"沈阳,你给我说说你为什么不想上?"

柳沈阳依然固执说:"不想上就是不想上,没什么!"

沈阳爸、沈阳哥又是虎视眈眈,唐海林依然递眼色让他们克制。然后说:"沈阳,你把原因说出来,如果我解决不了,我同意你不上。"

"二子,唐老师都把话说这份上了,你快说吧。"沈阳妈焦急道。

等了半天,柳沈阳还是不说明缘由,唐海林故意激将说:"沈阳,你今天不说,你今天不跟我回学校,我就在你家不走了。"

"唐老师,郑老师打我,把我借同学的游戏机没收了,我骂了她,我和她结仇了!"柳沈阳终于说出缘由。

"你这个畜生!你怎能骂老师呢!"沈阳爸说着又抡起了拐杖。

"你这个死孩子,"沈阳妈埋怨说,"师徒如父子,老师是你该骂的人吗?"

"她凭什么打我?她凭什么没收游戏机?"柳沈阳辩解道。

"你和郑老师之间发生冲突的前因后果,我都知道了。"唐海林耐心地说,"我认为凡事要多多换位思考,查找自己的原因。如果你在课堂上认真做作文,郑老师会打你吗?如果你在课堂上不玩游戏机,郑老师会没收你游戏机吗?如果你是老师,在你的课堂上有人玩游戏机,你会怎么做?当然,郑老师打你是不对的,但你千不该万不该骂老师,沈阳,你说我说的对吗?"

"唐老师,我错了!"柳沈阳终于低下了头,"唐老师,我骂郑老师的话那么难听,你说,她还能原谅我吗?"

"只要你勇敢地承认错误,我相信郑老师一定会原谅你的!"唐海林握住柳沈阳的手说。

在唐海林的精心安排下,柳沈阳终于向郑丽君承认了错误,并回到了初三(8)班。

23

终于等到第二天自习课,唐海林手提一包东西走进初三(8)班。

"同学们,准备好了吗?"

"准备好了!"

唐海林放下东西说:"请同学们每人准备好一张纸,把你的口号写在正面,把你的名字写在背面,现在开始。"

随着唐海林一声令下,同学们紧张地忙碌着。

工夫不大,同学们都写好了。

"你们这两个同学把口号给我收上来。"唐海林对讲台两边的两个同学说。

不多会,那两个同学就收好了。

唐海林说:"请你们各自清点一下,多少张?"

左边的女生说:"我这边34张。"

右边的男生说:"我这边29张。"

唐海林说:"我们班63名同学,正好63张,看来一个不少。我先对这些票初评一下,选出十张,然后请同学们再投票评选。"说完,唐海林逐条筛选口号。

同学们静静地等待着,大约五分钟后,唐海林宣布:"经过初选,我已经把我认为最满意的最能代表我们八班的十条口号选出来了,下面,我把它们写在黑板上。"说着,唐海林在黑板的左边写上5条,右边写上5条。

唐海林说:"为了节省时间,提高速度,请同学们举手对这10条口号投票,我先说第一个,你认为'八班强则我强,我强则八班强'可以当我们班级口号的请举手!请闫旭清点票。"

闫旭站起来:"1,2,3……共计21票。"

唐海林把票数写在口号后面,转身说:"请为'展翅飞翔,八班最棒'投票。"

闫旭清点:"1,2,3……共计39票。"

经过紧张的投票角逐,八班班级口号终于顺利诞生了。

唐海林说:"我宣布,获得一等奖的口号分别是:八班八班,超越自我,勇攀峰巅!作者:周凌云;展翅飞翔,八班最棒,作者:王威;二等奖口号是……下面,请以上十位同学上台领奖。"

十位同学一字排开,唐海林给他(她)们一一颁了奖。一等奖的奖品是价值20元的影集,二等奖的奖品是价值10元的钢笔,三等奖的奖品是价值5元的日记本。(8)班的同学哪里知道,这买奖品的钱是他们班主任自己掏腰包,而此时唐海林到学校快一年了,工资一分还未领到。

"请为以上十位获奖的同学再次鼓掌。"唐海林激情振奋地说,"同学们,我发现我们八班的同学一个比一个有才华,口号一个比一个写得响亮。刚才我在初评的时候,好多口号让我爱不释手,能获奖的不一定是最好的,未获奖的也不一定是最差的。不过,'八班八班,超越自我,勇攀峰巅!'和'展翅飞翔,八班最棒'分别以55票和39票当选一等奖,这说明这两句口号最能代表我们八班全体师生的心声了,这两句口号把我们每个人和八班紧紧地连在一起了。因此,从今以后,'八班八班,超越自我,勇攀峰巅!'就是我们八班的班级口号,'展翅飞翔,八班最棒'是我们八班的副口号。"

八班教室里再次掌声响起。唐海林从这掌声里找到了成就感,虽然花点钱,但花的值,更花在了刀刃上!因为一个原本如同一盘散沙的班级就这样被激活了。

唐海林决定趁热打铁,紧接着,他又烧起了第二把火。"同学们,我们有了一个响亮的口号还不行,我们还要有一个强有力的班干队伍才行。我决定,明天下午自习课,我们把班干选出来。为此,希望同学们向我积极推荐人选,也可以毛遂自荐。大家说好不好?"

"好!"

"我们的口号是——"

"八班八班,超越自我,勇攀峰巅!"这口号震天动地,响彻整个白中校园。

唐海林自己掏腰包给学生买奖品,在白中引起了不小的轰动。

镜头一:

初三(8)班。

"周凌云,把你的影集给我们看看。"几个别班女生来到八班。

周凌云把影集拿出来,心疼地说:"你们小心点,别给我弄坏了。"

"哇噻!好漂亮啊。"

"还有唐老师签名呢。"

"哟,照片都放上去了。"

"你们班主任对你们真好,我们羡慕死了!"

"我想到你们班来,不知道你们班主任要不要?"

"我也想来。"

几个女生七嘴八舌叽叽喳喳。

周凌云自豪地说:"什么时候,我要问班主任要一张照片,最好是他穿军装的照片,放在里面,这个影集就完美了。"

那几个女生羡慕地一个劲跺脚。

镜头二:

刘希斌所在的初一办公室。

"听说了吗?那个大兵自己掏腰包给学生买奖品。"

"多少钱?"

"一百多块。"

"哪有这么傻的人?自己到学校后半把时间了,还没有领到一分工资,真不知道他是怎么想的。"

"别说,这年头像这样的人还真少找。"

"哟,莫非热眼了?"

"一个人一个活法,还是人家这样充实。"

上课铃响了。

唐海林一走进八班高喊着:"上课!"

"老师好!"八班学生纪律比往天有所好转,但因为长期懒散惯了,这一句老师好难免喊起来杂乱无章,而且有些学生窃窃私语,有的歪歪扭扭,有的没起来,有的已经坐下了。

唐海林呈立正姿势在讲台前一动不动,目光炯炯环顾四周,那些做小动作的学生赶紧偷偷恢复立正姿势。过了片刻,教室里终于安静下来了。

"坐下!"唐海林命令道。

学生们虽同时落座了,但仍有些杂音。

等学生安静下来笔挺坐在座位上后,唐海林猛然二次命令道:"上课!"

"老师好!"此刻的八班学生是一个声音起立、一个声音发声。

唐海林呈立正姿势纹丝不动,两眼目光炯炯,学生气宇轩昂、巍然屹立。此时此刻,倘若地上掉根针都能听到。

"坐下!"唐海林命令道。

只听一个声音落座。

唐海林鞠了一躬说:"从我刚才对同学们进行的简单训练情况来看,我们八班是有战斗力的。如果好好训练的话,能达到军人水平!"

同学们听到班主任的表扬,一个个精神抖擞侧耳倾听。

"这节课,我们将进行班干选举。为了节省时间,为了能在一节课的时间把所有班干选出来,我们仍然采用举手表决的方式,并借鉴人家美国竞选总统的方法,即一个职务可由若干人来竞选,谁的票数多谁就可以当选,大家说好不好?"

"好!"同学们一听像美国选总统一样竞选班干马上精神百倍。

唐海林说:"既然大家一致通过此选举方法。班长是班级之母。我们首先来竞选班长。由于我们班人数比较多,也为了便于班级管理,我们就选一个正班长,两个副班长。大家同意吗?"

"同意!"

唐海林说:"那好。我们就先竞选班长、副班长,票数多的为班长,票数少的为副班长。请愿意竞选班长的同学站起来。"

学生们你看看我、我看看你,没有一个敢当出头鸟。

唐海林说:"勇气和胆量是一个班长必备的素质,如果一个班长连站起来的勇气、连毛遂自荐的勇气都没有,又怎么能管理好一个班级呢?"

在唐海林的点拨和激将下,有几个学生开始推荐别人,有几个学生开始跃跃欲试。

唐海林说:"我要的是一个充满自信的班长,能够胜任本职工作的班长。"话音未落,只见一个学生勇敢地站起来了。

站起来的学生是代班长闫旭。

唐海林说:"让我们为闫旭有这个勇气,鼓掌!"

全体师生共同热烈鼓掌。

唐海林说:"认为闫旭有资格当班长的同学请举手。"

"1、2、3……共计37票。"唐海林示意闫旭坐下,"有没有敢向闫旭挑战的同学?有没有?"

"老师,可以一票多投吗?"这时一个女生站起来说。

"我想听听大家的意见——可不可以?"

"可以!"同学们异口同声答道。

"既然如此,那好!唐海林再次强调,我们每一票都是神圣的,所以要慎重投下一票,不要乱投票哦。"

同学们的勇气被点燃了,但仍显底气不足。

唐海林环顾一下说:"还有没有谁愿意出来竞选班长?我数最后三下,如果没有人竞选,就定下来了。"

"3,"唐海林故意放慢喊声速度,"2,"在他"1"字还没有出口之际,忽地从教室左边站起来一个壮乎乎的男生。

唐海林说:"报上名来。"

"李永刚!"那个男生响亮地答道。

唐海林见这把火终于被燃烧起来了,大声说:"同意李永刚当班长的同学请举手。"

"1、2、3……共计55票。"唐海林惊喜地说:"现在有两个男生出来竞选班长了,我希望能再出现一个女生出来竞选。"话音未落,只见一个女生站了起来,唐海林定睛一看,就是那个昨天跑到办公室通风报信的女学生——刘征艳。

"好,同意刘征艳当班长的请举手。"

"1、2、3……共计30票。"唐海林数完票,接着说:"还有没有人愿意出来竞选?"教室里一片寂静。

唐海林说:"我宣布,初三(8)班班长由李永刚同学担任。"

同学们报以热烈的掌声。

唐海林说:"副班长分别由闫旭和刘征艳两位同学共同担任。"

同学们二次报以热烈的掌声。

唐海林说:"下面,我们来选举团支部书记。"

……

像竞选班长一样,各个委员、组长等职务也一一选举出来了。

唐海林说:"同学们,通过紧张而又激烈的角逐,我们八班的班干部全部选举出来了,让我们再次以热烈的掌声祝贺他们当选。"

掌声雷动。

唐海林边走边说:"在此,我提几点要求。一、希望班干们以身作则,各司其职,共同把我们班级管理好;二、希望全体同学支持班干部的工作,严格纪律、服从管理。为八班的崛起而不懈努力;三、我有这个打算和目标,就是在下学期中考前,把我们八班打造成为初三级组乃至全学校的样板班!"

"啪……"同学们发自内心鼓起了掌。

唐海林说:"凡是从小学甚至幼儿园以来,从未当过班干的同学请举手。"

陆续有十多个学生举起了手。

唐海林说:"请这十多位同学记住,请全班同学记住,当我们八班全面步入正轨之后或者在你们毕业离开白中之前,我要让这十多位同学全部有机会当选班干部,让他们也尝尝当班干当领导的滋味,大家说好不好?"

"好!"

下课铃响起,唐海林喊道:"八班八班——"

"超越自我,勇攀峰巅!"这是全体八班学生的声音。

"老师,我想到你班去!"

"老师,我也想去!"

唐海林走马上任的第三天,晨读课,他从办公室出来正准备进班,被两个男生堵在了半路上。

看这两个男生面生,唐海林问道:"你们是七班的吧?"

"我叫花朝阳。"

"我叫徐磊。"

唐海林问:"你们为什么想到八班来?"

花朝阳说:"环境好!"

徐磊说:"俺想听你的课!"

"我们学校初三八个班级各有特色、各有千秋,每个班级的班主任责任心都很强,应该说环境差不多的。"唐海林说,"徐磊,你想听我的课,我很感动,其实一个老师有一个老师的风格,要谈水平,还是何老师真正有水平,他也是我的老师,我有不懂的地方还向他请教呢。"

徐磊说:"俺就想听你的课!"

唐海林被逼无奈:"八班各方面要求高、管理严。"

花朝阳说:"俺不怕要求高!"

徐磊说:"俺就喜欢管理严!"

唐海林拍了拍他们的肩膀:"同学们,你们的心情我理解,但你们想想,如果你想到这个班级,那个同学想到那个班级,这学校岂不乱套了?你们想跟班上课,至少目前的大环境不允许。"

两个学生低头不语,还是软磨硬泡。

唐海林说:"我希望你们两个在七班同样能把学习搞好,好吗?回去吧!"

那两个学生依依不舍离开了。

清晨的太阳冉冉升起,朗朗的读书声弥漫校园。

唐海林大步走进八班,一个个学生正读得起劲,往日松散现象不复存在,他感到心情很舒畅。在清点人数的时候,唐海林发现了两个问题:一是男生留长发较多,已经到了必须理发的时候了;二是原来空的一位,今天坐满了。

唐海林仔细一看,原来有一个其他班级的女生。为了不影响学生读书,他把那个女生叫到了教室外。

"我记得你不是八班的吧?!"唐海林问道。

那个女生不语。

唐海林说:"我想起来了,你是五班的,你叫周——"

"周丽萍。"女生答道。

唐海林说:"你怎么搬到八班来了?"

周丽萍说:"老师,我就想到你班。"

唐海林说:"这怎么行呢,学校不说我乱收人吗?"

这时,坐在周丽萍旁边的女生王伟玲走出来说:"老师,你就让她留在八班吧,反正就她一个人。"

唐海林说:"王伟玲,你回去读书。"

王伟玲回去了。唐海林说:"丽萍,你喜欢八班,我和八班的全体同学都很感激,但是,你这样贸然地从五班搬到八班,不仅影响到我和你们班主任的关系,而且,其他学生也会争相效仿,从而会影响到学校的正常教学秩序,这个你想过吗?"

周丽萍耷拉着脑袋。

"丽萍,听话。"唐海林说,"我虽然不当你的班主任,我不是还带五班的生物课吗?走,我送你回五班。"

周丽萍不走,眼泪在眼圈里打转。

唐海林进班后和王伟玲一起帮周丽萍收拾东西,然后搬起周丽萍的课桌,向五班走去,周丽萍极不情愿地跟在后面。

"啪啪啪!"唐海林从五班回到八班后,觉得有必要和大家说说,因为读书声太大,他只好用双手击掌。

读书声戛然而止。

唐海林说:"同学们,耽误大家一点时间,近两天来,有好几个其他班级的同学找到我,想到我们八班来,都被我一一婉言谢绝了。其他班级的同学争着想到我们八班来,这说明什么问题?"

学生们议论纷纷。

唐海林说:"这说明我们八班不再是过去的八班了,现在的八班是人人羡慕、人人向往的八班了,这是我们全体师生共同努力的结果。为了早日将八班打造成白中的一面旗帜,我在此提出两点要求:一是其他班的同学要是想到我们八班来,希望同学们好好劝说他们,特别是跟你要好的同学,大家想想,如果我们不加以控制和拒绝的话,如果其他班级的学生都来了,我们在座的各位同学又将坐到哪里去呢?学生无序流动,关键是影响正常的教学秩序,希望同学们能理解,同时,也希望同学们把这个理解转达给那些想来或者正打算来的同学,好吗?"

"好。"

"评价一个班级的好坏、优劣,主要看两个方面:一是硬环境,一个是软环境。所谓硬环境,就是指那些能看得见、摸得着的东西,如环境卫生、仪容仪表等等,软环境是指班风学风等。从我们目前八班情况来看,这两个环境较以往有很大的提高,但提升的空间还很大。我这几天观察了一下,我们班绝大多数男生的头发都长长了,有的男不男、女不女的,有的能扎辫子了。"

"哈哈哈!"同学们笑了。

"这就是我提出的第二个要求。为此,我给大家两天的时间,抓紧把头发剪短了。为了体现咱们八班特色,由我带头,我们八班全体男生一律留小平头,大家说好不好?"

"好!"喊得最响亮、鼓掌最热烈的全是女生。

唐海林回到办公室,只听年级主任章国庆问道:"班主任都到齐了吧?"

"都到齐了。"班主任齐声道。

章国庆一脸严肃说:"最近有些学生乱调班级,希望各位班主任管好自己班级的学生,绝不允许调班。"

"俺班的周丽萍搬到八班去了,怎么办?"五班班主任郑丽君说。

"郑老师,我刚才进班才发现周丽萍跑到我们班的,"唐海林忙说,"我现在已经把她给送回你们班了。"

郑丽君说:"谢谢你,唐老师。"

章国庆说:"看好自己的门,管好自己的人。其他乱调班级的学生,抓紧赶回去。"

吃过午饭,唐海林到校外的理发店把头发修理了一下,因为他一贯留的是小平头,只不过现在长长了一点。

下午,打预备铃之前,唐海林满怀欣喜地来到八班,定睛一看,除了个别学生把头发修了一下外,其余的学生依然如故,短头发的依然是短头发,长头发的依然是长头发。

唐海林马上又动员起来:"同学们,我们前面几件事都做得很好很漂亮,这件事可不能拖后腿噢。作为男同学,我们要体现出阳刚之美,要体现出男子汉气概,但如果留了长头发,不男不女,就体现不了男孩子这种美、这种帅气,大家说对不对?"

"对!"

"大家看看娄耀武的发型,"为了更有说服力,唐海林举例说,"他的脸比较小,被长头发一遮盖,大家看看是不是他的脸更显小了?"

好多同学点头认可,娄耀武开始怀疑自己的发型了。

唐海林说:"大家再看看李玉川的发型,他的头发后面留着长长的燕尾,在衣领的长期磨合下,已经变成屋檐了,是不是很难看?"

"是,是,是!"同学们的一致认可。李玉川开始不好意思了。

唐海林说:"大家再看看我的发型,是不是很帅?"

"哈哈哈,"同学们笑了起来,"帅呆了!"

"我这是正宗的标准的小平头。"唐海林说,"明天下午第五节课,我正式检查长头发问题,希望同学们放学后抓紧去理发,到时候,我要看看到底是谁在拖我们班的后腿。"

为了保险起见,唐海林把李永刚和闫旭两人叫到外面。

唐海林语重心长说："榜样的力量是无穷的。我们班同学之所以不肯剪头发,我觉得你们两个班长这个头带得不够好。为此,我希望你们两个抓紧把头发剪短了。"

"行,班主任,等放学了,我一定理标准的小平头。"李永刚拍着胸脯道。

闫旭不表态。

唐海林问:"怎么回事?"

李永刚将右手放在嘴边然后靠近唐海林的右耳,小声说:"班主任,你不知道,他这个头发好不容易留起来的,他舍不得呀。"

闫旭推了李永刚一把。

唐海林笑笑说:"闫旭,作为班长你舍不得剪发,我们班其他男同学呢?爱美之心,人皆有之。我希望你顾全大局,忍痛割爱,怎么样?"

"好吧,班主任,我剪。"闫旭还是有点不情愿,但最后还是答应了。

在日常教学和管理工作中,唐海林总是有意无意地把在部队的工作方法用上了,天长日久,他发觉用直线加方块的一些方法来管理学生能收到意想不到的效果,特别是针对那些让好多老师头疼的顽劣学生,是极好的灵丹妙药。

如果完全照搬部队管理模式用在学生身上,绝对不合适,因为学校毕竟不是部队。通过实践加理论,唐海林认为用部队一半的标准来要求学生比较科学,所以他把他的这套管理模式称之为"半军事化"。

镜头一:

这天,唐海林不在办公室。丁颖、郑丽君她们几个又聊开了。

"各位有没有发现?"丁颖欲言又止。

郑丽君说:"快嘴丁,你又发现了什么新大陆?"

"怎么,还故弄玄虚啊?"政治老师范琦道。

丁颖环顾左右:"你们有没有发现,自从唐海林担任八班班主任后,那个烂摊子八班学生整个大变样。"

郑丽君说:"你那小眼就是贼尖。"

丁颖说:"那当然,我眼观六路耳听八方。"

范琦说:"我原来最讨厌八班学生了,现在看哪个哪个顺眼。"

丁颖说:"这个大兵哥值得好好研究研究,对不,丽君?"

"去你的!"

镜头二:

滴答滴滴答起床号吹响了。

早上五点半,伴随着欢快的运动员进行曲,初三以上年级的学生开始在操场上跑步了。

这时,一支整齐的队伍,迈着一二一步伐,从对面跑过来。

"1、2、3、4!"这是那个班领操者发出的浑厚响亮的声音。

"1、2、3、4!"这是那个班全体学生发出的惊天动地的声音。

由于天还没亮,站在操场外的覃洪武校长对身边的副校长章利说:"这个班不错。"

章利说:"好威武啊!"

覃洪武问:"这是哪个班级?"

章利说:"看不清楚。"

"八班八班,超越自我,勇攀峰巅!"又是那个领操者的声音。

"八班八班,超越自我,勇攀峰巅!"又是那个班全体学生发出的声音。

章利说:"八班,只有初三才有八班啊。"

覃洪武说:"没错,就是初三(8)班。"

章利说:"自从唐海林上任该班班主任以来,这个班像脱胎换骨一样。"

覃洪武说:"我也感觉最近这个班变化很大。"

章利说:"到底是军人出身。"

"等会儿把级组主任、班主任和体育老师全部叫过来,"覃洪武说,"我要给他们开个短会。"

运动员进行曲终止了,早操结束了。喇叭里此时传来章利的声音:"请级组主任、班主任和体育老师到操场开个短会。"

"刚才,我看了一下出操情况,"覃洪武见人员到齐后,开始发话了,"整体比较好,人员到位也比较齐。好的我不多说,我主要想谈谈不足。一是部分班级集合站队很慢,拖拖拉拉的;二是个别班主任存在跟操不治操的现象,从而导致部分班级跑起来很乱;三是绝大多数领操员没有带领学生喊口号。最后我想强调的是,请各班向初三(8)班看齐。如果我们各个班级出操水平能达到八班的水平,那么我们早操质量必将全面上一个台阶。"

此后,唐海林连续带了八届毕业班班主任,而且每次接手的都是后进班,在他的"半军事化"管理模式下,这些班很快摘掉后进的帽子,并且成为学校的样板班。与此同时,唐海林的这套"半军事化"管理模式随着职务变化,正在向班级管理、德育工作以及学校其他方面的工作渗透,有极高的推广价值。

24

2001年7月13日,时任国际奥委会主席的胡安·萨马兰奇在莫斯科举行的国际奥委会第112次全会上宣布,北京获得2008年奥运会举办权。

当消息传来那一刻,整个北京沸腾了,整个中国沸腾了!因为2008年北京奥运会不仅是首都北京的盛会,更是全中国、全世界人民的盛会。

这是2002年冬季里的一天,刘希斌回到家里,发现他的妹妹正在专注地画一个说像人又不像人、说像熊猫又不是熊猫的东西,刘紫薇也跟着在一旁画,他不由得好奇问道:"琳娜,在画什么呢,那么好看?"

"我和姑姑在画会徽。"刘紫薇在一旁答道。

"没错,我在设计会徽。"刘琳娜一脸专注。

刘希斌问:"设计会徽?什么会徽?"

"就是2008年奥运会会徽啊!"刘琳娜说。

"2008年奥运会会徽?"刘希斌嘀咕一句。

刘琳娜说:"是的!"

刘希斌问:"谁让你画的?"

"唐老师!"刘琳娜不加思索答道。

刘希斌问:"是唐海林让你参加奥运会会徽设计的吗?"

"也不全是,是我自己想参加的。"刘琳娜说。

刘希斌问:"此话怎讲?"

刘琳娜娓娓道来:"唐老师所带的初三(8)班的学生在唐老师的带领下,都报名参加2008年奥运会的相关征集了,有的设计会徽,有的写口号,有的写会歌,唐老师不仅参与设计了会徽,还写了一个口号和一首会歌呢!我看他们都参加了,我也参加了。"

刘希斌气不打一处来:"简直是瞎胡闹!这不影响学习吗?"

"重在参与,唐老师说不影响学习,反而有助于激发学习兴趣,还能开发我们的大脑呢。"

"我不管别人怎样,我希望你不要参加!"刘希斌说着就去夺刘琳娜手中的图画,被从厨房出来的郑丽君一下子给推卧室里去了。

"琳娜画就画呗!"郑丽君小声说。

"画那什么玩意!不把心思用在学习上,中考怎能考好?"刘希斌气愤说。

"你别再把她给惹跑了!"郑丽君提醒道。

刘希斌见郑丽君这么一说,也不敢再说大话了,不过第二天早上,他就告状到了覃洪武那里:"真不自量力!那会徽都是专业人士设计的,唐海林能设计出啥名堂的会徽?"

覃洪武听完刘希斌的小报告后,笑笑说:"北京2008年举办奥运会,这是全国人民一件大喜事。唐海林组织学生参加相关征集活动,我看也算是丰富了学生们的课外生活了。刘主任,你们级组的学生感兴趣也可以参加。"

刘希斌见告状没告成,只好悻悻走了。

当唐海林从电视新闻和报纸里获知北京要为2008年的奥运会征集会徽、会歌、口号等相关活动后,他不仅自己参加了,而且组织本班级的学生以及其他班级的部分学生参加了征集活动。

下面是唐海林为奥运会所撰写的会歌《世界一家》。

为了让世界不再落泪花
全人类共同打了一个电话
就让奥运圣火从雅典出发
向着东方　向着中国
向着新北京一路进发

圣火东进　东进
重走丝绸路　再征珠穆朗玛
底格里斯清澈了
幼发拉底甘甜了
伊拉克不再流血流泪了
帕米尔高唱和平了
古印度重铸辉煌了
西游记不再是神话了
喜马拉雅笑逐颜开了

圣火西发　西发
再觅麦哲伦　飞越巴拿马
比萨塔停止倾斜了
北慕大风平浪静了
自由女神真的自由了
亚马逊放马九万万里
太平洋真正太太平平了
富士山更加富贵妖娆了
阿里山终于回家了

圣火南上　南上
亲近古埃及　解密金字塔
以色列不打了

巴勒斯坦不闹了
　　耶路撒冷不再寒冷了
　　撒哈拉变成良田了
　　非洲人民告别贫穷了
　　南极冰停止融化了
　　悉尼大剧院更加风情万种了

　　圣火北下　北下
　　化作北极光　溶入北极冰
　　柏林墙推倒了
　　北约土崩瓦解了
　　莫斯科郊外的晚上更加宁静了
　　北极冰川美如画
　　北极熊有了安稳家
　　贝尔加湖水润欧亚
　　万里长城更加壮丽雄伟了

　　一路进发　圣火一把
　　点燃北京　2008
　　一路进发　圣火一把
　　照亮五洲　2008
　　一路进发　圣火一把
　　四海腾飞　世界一家

　　为了让人们更好地了解《世界一家》,他在歌词的后面还附上了六点创意说明。

　　而唐海林为奥运会所撰写的口号是"四海一心,世界一家",从"同一个世界,同一个梦想"的北京奥运会口号里似乎能发现它们之间的异曲同工之妙。

　　其实,早在北京1998年申办2008年奥运会时,当时还在部队服役的唐海林已经积极参与奥运会的申奥会徽的征集了,他当时设计的是一个与太极人如出一辙的会徽,也是把奥运五环环环相扣连起来,构成了一个梅花图案。

　　就在唐海林如火如荼组织学生参加奥运会的相关征集活动时,没想到非典爆发了!

　　2003年,是一个非常让人闹心的一年。因为,在这一年里,全国上下都在抗击非典。

　　这是一个处处充满恐慌的春天,就在战火染红美索不达米亚平原上空的时候,另一场没有硝烟的战争正在亚洲大陆的东部悄然拉开序幕:一种叫SARS的新型冠状病毒如同洪水猛兽,侵袭并搅乱了整个中国,并波及大半个世界。

　　最初,在我国广东省首先发现了这种无孔不入的病毒。随后,广西、山西、北京等省、市、自治区也陆续发生非典疫情。这场突如其来的疫情灾害,严重威胁了人民群众的身体健康和生命安全,也影响了我国的经济发展、社会稳定和国际往来。

或可这样说,对于2003年的全体中国人来说,个个都成了惊弓之鸟。尤其当非典肆虐横行的时候,尤其是在非典最严重的时候,尤其当非典夺走一个个鲜活生命的时候,尤其当听说周边地市有人感染非典的时候,人人感到自危!

覆巢之下,安有完卵。作为人口最密集的地方——学校,自然成了抗击非典的最前沿阵地。当抗击非典的战役在全国打响后,白云中学在覃洪武校长的领导下,全体师生立刻行动起来了。

一是发给每个班级一支体温计,每天给学生至少测量体温一次,并上报各班情况;

二是购买84消毒液,让后勤人员每天用喷雾器全方位的喷洒,保证教室楼道的各个角落都被消毒;

三是适当延长学生回家时间,把传染的可能性降低到最低;

四是一旦发现发热或者疑似病例,做到早隔离、早送诊、早治疗、早报告……

尽管各种办法都想了,但那段时间里,学生出现发烧的现象非常频繁,最严重时,一个班有十多个或者二三十个学生出现发烧症状,轻则个别班级停课,重则全校停课,这是常有的事情。

大概是四月份的一天早上,唐海林穿着一身笔挺的西装,打着部队发的黑色领带去上班。好多同事瞧着唐海林这身打扮,都夸赞好看、帅气。

下午第二节课,唐海林正在初三(4)班聚精会神上课,忽然,他听到外面乱哄哄的。唐海林不知道发生了什么事,赶紧停课到外面看个究竟。只见郑丽君所带的初三(5)班的学生一哄而散全部跑了出来,走廊、楼梯、楼下全部是学生,并大喊大叫着。

"不好了!有人得非典了!"

"怎么回事?到底怎么回事?"唐海林向往外跑的学生大喊道。

一个朝楼梯跑的女生停下脚步,回过头来对他说:"唐……唐老师,不……不好了,俺班的……陈璐……得……非典了!"

"什么?非典?"唐海林不敢相信自己的耳朵,上课前这个班不还是好好的吗,怎么一下子有人得非典了?

唐海林来不及多想,赶紧冲进初三(5)班,只见一个女生侧卧在地上口吐白沫、不断抽搐着。根据症状,唐海林一眼认定这个女生犯的是癫痫病,因为他的表姐就是这种病,一犯病不省人事,挺吓人的,他小时候见过。呃,不是郑丽君的自习课吗?她人呢?

唐海林仔细一看,的确是陈璐。经验告诉他,癫痫病人发病的时候一般是持续三五分钟,过了三五分钟之后就没事了。

为了让陈璐早点恢复,唐海林赶紧蹲下,想把陈璐给扶正,就在他去把陈璐扶着坐起来的瞬间,他发现陈璐头部左侧的地上淌了一摊血,仔细一看,原来陈璐的头部左侧破了一个大口子,鲜血正往外流,由于陈璐的头发长且浓密,他刚才没看出来。

陈璐的头部血流不止,唐海林想找什么来止血,但附近又没有合适的东西。他忽然想到了自己脖子上的领带,于是他一把将领带扯了下来,将陈璐头部的伤口暂时包扎上。

陈璐很快苏醒了,但脑袋一片空白。

"你现在怎么样了?"唐海林关切地问道。

"我……我……"陈璐自己想挣扎站起来但却站不起来。

"我带你去医院!"唐海林一把抱起陈璐,飞快地朝楼下奔去。

由于五班学生在外面乱哄哄的,早已惊动了全校的师生纷纷跑出来远远地观看,楼上楼下全是人。

就在这时,郑丽君和刘希斌刚好从外面办事回来。郑丽君一听说自己班级的学生得了非典,立刻朝班里跑,却被刘希斌一把给拉住了。

唐海林把满头满脸是血的陈璐抱到楼下,见师生们害怕地远远躲着,他高喊道:"大家不要惊慌,不是非典!不是非典!"

郑丽君一使劲挣脱了刘希斌,朝唐海林奔去,唐海林见状喊道:"郑老师,赶紧去找板车去。"

"哦,好的!"郑丽君见唐海林怀里女生的头部包扎着领带,她似乎明白了什么,正准备转身去找板车,这时后勤人员正好把学校里的板车拉来了。

唐海林赶紧把陈璐放到板车上,然后拉起板车,在郑丽君以及后勤人员的协助下飞快朝医院跑去……

原来,五班下午第二节课是自习课,应该属于班主任看班的。上课铃打过后,正当郑丽君进班看班时,刘希斌突然过来告诉她,她的母亲在家突然晕倒,现正在医院救治,于是她匆忙便跟刘希斌去医院了。

自习课大概上了一半的时候,陈璐突然感觉自己的肚子痛——有想解手的感觉,于是她跟班长请假去厕所。就在她朝厕所跑去的时候,走到黑板前面,癫痫病一下子发作了,头部重重磕在门边的棱角上,门上的玻璃几乎要震碎。陈璐躺在地上口吐白沫、不断抽搐,涉世不深的学生们哪里见过这种情形,怎能不让他们误以为陈璐是得非典了呢?!

通过医生检查确诊,陈璐体温正常,没有患非典。对于陈璐头部的外伤,医生在伤口处缝了四针才止住血。

从陈璐的妈妈口中得知,原来陈璐从小有癫痫病,在三四岁的时候发作过几次,在九岁的时候发作过一次,自从上中学以来,这还是第一次发作。

下午第三节课,覃洪武从局里开会回来,获知学校里发生的情况后,在全校教职工大会上表扬了唐海林,并号召全校教职工向唐海林学习。此外,覃洪武责成郑丽君写旷课检讨,并不点名批评了一些教师。

看到妻子回家后含泪在写检讨书,刘希斌非但没有反思自己,反而说什么:"我想不明白,怎么好事都让那个傻大兵摊上了呢?"

刘希斌迈着四方步,在房间里踱来踱去,见郑丽君没有反应,反复说:"真是瞎猫碰到个死耗子,怎么好事都让那个傻大兵摊上了呢?"

此刻的郑丽君正心烦意乱,见刘希斌婆婆妈妈的,她猛然将笔往桌子上一摔:"你以为人人都像你一样贪生怕死?"

刘希斌吓得赶紧后退了两步:"什么?我怕死?那是我不想做无谓牺牲!我咋成了猪八戒照镜子——里外不是人了?"

郑丽君大怒说:"你是不是人,你自己心里清楚!"

"我我我……"刘希斌我了半天没有说出来,赶紧跑厨房做饭去了。

事后,有很多人问唐海林:"你当时是怎么想的?万一那个学生有非典,你不怕传染上吗?"

唐海林傻笑说:"没想什么,就觉得我遇上了,我就该上!"

当学到《呼吸运动和气体交换》这节内容时,唐海林结合在全民抗击非典的斗争中所发生的故事,巧妙把本节内容编成小品《人工呼吸》以单口相声的形式讲给学生听,收到了意想不到的效果。当他把该小品投寄到中央电视台,竟然收到了春晚导演的回信。

25

　　因为非典,整个2003年被搞得人心惶惶。

　　就在这诚惶诚恐的环境下,在2003年的中考中,白云中学初三年级一共考上了27个市重点高中,一至七班加起来考上了17个人,有的班级竟然考了光头,而唐海林所带的八班一举考上了10人,名列白中之首,这种现象即使在其他农村中学来说也是罕见的。

　　唐海林所带的班级在中考中所取得的优异成绩,立刻在白中引起了强烈反响。人们纷纷向他取经,学校也让他写总结材料。

　　唐海林在总结会上说:"作为一个新手,我真的没有什么经验,我唯一能做的就是跟学生做朋友,把他(她)们当成自己的弟弟妹妹或者自己的孩子,让他(她)们在一个轻轻松松、快快乐乐的环境中学习;在班级管理上,我把在部队时的一些直线加方块的带兵经验嫁接到学校里,使之成为治理松、散、懒的良方;对于那些能够考上重点高中的学生,我与各学科老师紧密配合好,进行了二对一的弱科辅导,不让每一个有希望考重点的学生掉队。所谓二对一弱科辅导,就是由学科教师和我共同对学生进行查漏补缺式的辅导弱科,从而确保学生的弱科不弱……"

　　覃洪武在总结会上指出:"众所周知,初三(8)班曾经是全学校出了名的差班,为什么唐海林一接手,在短短时间内能发生天翻地覆的变化?要知道人家是半路改行啊,我们这些从师范院校毕业的人是不是该好好反思一下?特别是那些考光头的班级,更应该好好反思……"

　　郑丽君听到这里面红耳赤,把头埋得很低,因为光头班就是她带的。

　　在第十九个教师节来临之际,唐海林被评为市级教学先进个人。

　　"嘀嘀嘀……"这天,唐海林正在学校上班,忽然一个熟悉的号码在呼叫。没有手机真不方便,唐海林只好到校门口的一家公用电话亭回电话。

　　"喂,是汪平吗?"

　　"海林,我是汪平。你的工资是多少?"

　　"怎么,你的工资下来了?"

　　"是的,你呢?"

　　"我的现在还没动静。你的工资是多少?"

　　"别提了,连部队的零头都没有!按照初级工标准发的,月工资560元,并补发了一年的。"

　　"哦,你的工资是什么时候下来的?"

　　"就在这两天。"

　　"跟咱们一起分配到学校的其他战友的工资都下来了吗?"

"据我了解,他们都下来了。年底了,你抓紧到会计室看看,如果下来的话,打电话跟我说一下,咱们核对一下,别给少了。"

"好的。"

放下电话,唐海林在电话亭站了很久。若不是汪平打电话给他,他还真把领工资的事给忘记了;若不是汪平打电话给他,他还不知道他已经来白云中学上班快一年了;若不是汪平打电话给他,他还真不知道马上又要过年了!

对了,章自鸣怎么样了? 一年过去了,他应该重新安置好工作了吧? 唐海林决定给章自鸣打个电话问问。拨了一下,电话那头传来不在服务区的声音。也许章自鸣在哪正忙活着呢,我等会再打。他又等了一会,电话终于拨通了。

"喂,哪位?"一个熟悉的声音传来,但断断续续的。

"自鸣吗? 我是海林。"

"海林,我在外面钓鱼,这儿信号不大好。你在学校好吗?"

"还行! 我想问问你的工作重新安置好了吗?"

"别提了,海林。这次安置比去年强些,但也强不了哪儿去。"

"什么单位?"

"人烟稀少的第五人民医院。"

"你到那当医生了?"

"你老兄别取笑我了,我哪有你那水平,在那当看门狗。"

"什么,看门狗?"

"就是当破门卫!"

"当门卫也行啊,只要有工作干。待遇怎么样?"

"我们这门卫四个人,两人一班,上一天休息一天,大洋二百五。"

"二百五? 是一个月吗?"

"不是一个月还能是一天,哪有那好事! 他奶奶的,还不够我一个月抽烟的。"

见章自鸣不大高兴,唐海林不知道说什么好,他安慰说:"不过呢,你上一天休息一天等于一个月上半个月的班,轻松。而且还在市区、离家近。"

"是轻松,我现在总算有时间钓鱼了!"

"你先好好上吧,我相信工资会慢慢涨起来的。"

"涨工资? 那是猴年马月的事! 说实话,老兄,这点死工资还不够我塞牙缝的,我打算先上几个月看看,实在不行,我真的要跳海了!"

"尽量别辞职,好不容易才安置上。"

"好了,好了,我不跟你说了,鱼儿要上钩了!"

唐海林放下电话,快步向会计室走去。走进会计室一看,李会计、周会计两个人都在,正忙着,一边沙发上还坐着一个胖乎乎的人,他不认识。

"李会计,周会计,在忙啊。"唐海林问候道。

"是的,小唐,你有事吗?"李会计答道。

周会计点点头。

我想问问:"我的工资什么时候下来?"

"还没到。"

"哦,我刚打听过,跟我一起转业的战友,他们的工资已经下来了。"

"你到镇里看看,是不是到镇里了?"

"这位就是那位从部队转业回来的唐海林吧?"这时,一直坐在一边的那个胖乎乎的人发话了。

"我就是,请问您是——"

"这位是搞建筑的杨老板。"李会计忙介绍。

"杨老板,您好!"

"我听说你有一身好技术,不如跟我干算了。"杨老板说。

"他才不跟你干呢,当初让他当会计,他都没干。"李会计笑道。

"如果唐老师干了,还轮不到我呢。"周会计说。

"谢谢杨老板的美意,我在这干得很好。"唐海林说。

"好什么好!你来都快两年了,到现在连工资还没给你,能好哪去?"杨老板一脸严肃,"对了,李会计,像他这样工龄一个月的工资是多少?"

李会计答道:"他比我早一年工作,我的是中级工工资,现在是612元,他能比我高哪去?"李会计比唐海林年龄大,但工龄短。

唐海林说:"我那个同兵龄的战友工资下来了,是560元。"

"560,还不够我抽烟的。"杨老板笑了,"所以,老弟,你跟我干,我绝对不会亏待你的。"

"小唐,杨老板这个人实在。"李会计说。

"就是,就是!"周会计也连忙答道。

杨老板点燃一支烟:"你跟我干,我给你创造两个条件,一是给我开车,月工资3000元;二是我投资开个修理厂,全权由你来负责,怎么样?"

"杨老板,谢谢您的美意,我真不打算下海,如果有这个想法的话,我当初就留在厦门不回来了。"唐海林说完告辞了。

"这个人怎么这么傻呢?"见唐海林走后,杨老板直摇头,"真是个傻大兵!"

唐海林来到镇财政所,被告知,还没到,再等等。

从财政所出来,唐海林想,看来春节前别指望能领到工资了。

年年难过年年过。尤其是在家里一穷二白的情况下,这个年更难过,因为家里买房子加上工资迟迟不下来,唐海林感觉到从未有过的压力。

好不容易把年熬过去了,在开学头一天,唐海林抽空来到了会计室问询工资情况。

李会计凭借多年经验告诉他:"跟你说实话,小唐,你找我们包括财政所要工资,恐怕永远也要不到。"

"咋了,李会计?"唐海林一脸疑惑,"俺该向谁要?"

李会计说:"镇政府,找唐书记。"

第一次到镇政府讨要工资,镇政府工作人员告知唐海林,镇长、书记去市里开会了。

第二次到镇政府讨要工资,书记不在,镇长在。镇长答曰,找书记。

第三次到镇政府讨要工资,镇长不在,书记在。

来到书记办公室,唐海林发现门口排着长队,一个身材高大的办公室人员迎面拦住他,对他像审犯人似的盘问了半天。好不容易得以挤进书记办公室,在门打开的瞬间,一股浓浓的烟雾迎面扑来,海林不由得手捂鼻嘴连连咳嗽了几声。

烟雾缭绕中,唐海林发现一个长得像超级皮球的人坐在老板椅上,把椅子撑得满满的,那圆圆的脑袋上长着一张肥厚的大嘴,肥厚的大嘴里含着一根细长的烟。这是一间金碧辉煌的办公室,在那古色古香的超大办公桌上,前面摆放着两面旗子和一个水晶做的廉政奉公警示牌,右侧是两部电话和一只小叶紫檀笔筒,左侧是一只烟灰缸和一只茶杯,中间摆放着一盒刚开封的大中华和一部金光闪闪的手机。

"唐书记您好,我是白中的……"唐海林还没把来意说完,那张肥厚的大嘴猛吸了一口烟,翻着白眼说,"谁同意你到学校工作的?"

唐海林毕恭毕敬回答说:"是市里分配下来的。"

"市里分配下来的,我咋不知道?"唐书记猛地把烟头朝唐海林身边的垃圾桶弹去,那带着火星的烟头瞬间飞进了至少有半桶各色烟头的垃圾桶里,一股青烟随之袅袅上升。

唐海林摇摇头:"这个我不清楚。"

"咳咳,"唐书记端起茶杯,把茶杯盖拧开,朝杯口吹了吹,呷了一小口茶,说:"你的事不大好办噢。"

"不大好办,咋了唐书记?"唐海林一脸疑惑。

"你的事不好办。"唐书记仍然重复着那句话。

"那该咋办?"唐海林等待下文。

"咳咳,等等再说。"

唐海林不知道唐书记为何要他再等等。

第四次到镇政府讨要工资,书记不在,镇长在。镇长办公室熙熙攘攘,好不容易见到栗镇长了,被告知,找书记。

"栗镇长,我刚才去看了,唐书记不在。"

"到市里开会去了。"栗镇长说,"到你们学校去问问。"

无奈之下,唐海林只好再到会计室去查看。

李会计不在,只有周会计在忙乎。

"周会计,我的工资下来了吗?"

"还没有。"

"周会计,我的工资迟迟不下来,您知道到底是哪里出了问题?"

周会计见四下无人,小声说:"唐老师,据我了解,找大领导要工资,不花两个,很难要到的。"

"您意思是说让我给领导送礼吗?"

"据我了解,去年分配到小学的几个新教师,也是跟你一样,分配下来都一年多了,镇里还不给发工资,后来一给大领导送礼,就马上给解决了!"

唐海林感到无比愤慨:"周会计,我是部队转业的,被组织上正儿八经分配到学校工作后,学校交给我的各项任务,我都能高标准完成,国家发给我工资,那是我应得的劳动报酬,我干吗要给领导送礼?"

"既然你这么认为,那你还是到镇里去要吧,只要镇里行文说给你工资,我们一定马上造表给你发!"周会计一见唐海林这么说,他不再说什么了,心想,到底是一个被部队洗过脑的傻蛋。

第五次到镇政府讨要工资,书记、镇长又不在。

当唐海林抽空第六次跨进镇政府大门时,大半年已经又过去了,毕竟他还有工作要干,不可能天天到镇里去。对于唐海林来说,这大半年真不知道是怎么挺过来的,要不是父母和岳父母接济,恐怕家里早就断炊了。

当唐海林来到书记办公室,发现书记办公室的门紧闭着,敲了几下门没反应。无奈之下,他只好走进镇长办公室。敲门一进去,唐海林一下子愣住了,坐在栗镇长位置上的是个年轻的新面孔。

那人见到一个陌生人唐突进来,问道:"有事吗?"

"领导您好,我找栗镇长!"唐海林答道。

"栗镇长调走了。"那人一脸严肃,"我是史镇长,有什么事吗?"

"史镇长您好……"唐海林把来龙去脉刚说一半,史镇长打断说:"我刚来不大熟悉,你还是找书记吧。"

"书记不在。"

"你在外面等等看,要么下次再来!"

"史镇长,我已经来六次了。"

"没办法!"

唐海林第七次到镇里讨要工资。刚走进镇政府大院,一辆崭新的黑色奔驰轿车从大门驶进来,在镇政府大楼前停下,右前车门打开了,只见一个十分年轻精干的干部左胳膊夹着一个皮包、右手拿着一个茶杯率先下了车,然后一转身麻利地把右后车门打开了,唐书记慢腾腾从车里挤了出来。

"唐书记,您好!"唐海林赶忙上前问好。

唐书记瞟了一眼,"哦!"然后摇摇晃晃朝办公室走去。

唐海林跟在唐书记和那个年轻干部后面上了楼。

快到唐书记办公室时,那个年轻干部小跑几步迅速把门打开了,然后把那个皮包放在办公桌一边,给唐书记的茶杯重新加满水,随后退出去了。

唐书记往老板椅上一坐,顺势把茶杯拿在手中打开朝杯口吹了吹,呷了一小口茶。"那个,你是来干啥?"

唐海林答道:"唐书记,请问我的工资现在可以发了吗?"

唐书记刚想开口,这时史镇长走了进来。"唐书记,这份材料你看看。"

唐书记看了看材料说:"史镇长,这个退伍兵是来要工资的。"

史镇长问道:"你是哪个单位的?"

"白中的!"唐海林答道。

史镇长不屑一顾:"你的工资还没下来,再等等。"

"再等等?你们让我等到什么时候?!我已经等了快两年了!"唐海林气不打一处来,"我这是第七次到镇里来要工资了,跟我一起转业的战友,人家的工资都领大半年了,难道同一个新邳市的工资不一样?我在部队当了十多年兵,还从来没有遇到你们这样办事的,你推我,我推你……"

"你厉害什么?这里是你说话的地方?"史镇长大吼道。

唐书记把茶杯往桌子上猛地一放,厉声说:"滚出去,找你们校长要去!"

好家伙,敢跟我来硬的,唐海林猛地一拍唐书记的办公桌子,那茶杯被震得乱颤。"别以为老虎不发威,你当我就是病猫!我今天把话撂这,这个月必须把我的工资给我解决了!否则,休怪我对不起!"说着扬了扬拳头,然后离开了镇政府。

叮铃铃……上课了。

覃洪武一手拿着听课本一手提着一个凳子正准备到班级去听课,忽然接到镇政府打来的一个电话,让他马上到镇里去一趟。

覃洪武来到镇政府,立刻被叫到了镇长办公室。

一见到覃洪武,史镇长发飙了起来:"覃校长,你是怎么管老师的?!"

覃洪武连忙赔笑说:"怎么了,史镇长?"

史镇长厉声厉色地说:"怎么了,你们学校的那个叫什么唐海林的退伍兵好厉害、好嚣张呀,竟然跑到书记办公室又拍桌子又砸板凳,还威胁我们,简直不把唐书记和我放在眼里!"

覃洪武大怒:"有这等事?!请史镇长息怒,等我回去一定好好收拾收拾那个不知孬好的傻大兵,我在这给您赔礼道歉了。"

"我无所谓!"史镇长余怒未消,"关键是书记现在很生气,你还是好好给唐书记赔礼道歉吧!"

覃洪武来到书记办公室,原以为会被唐书记狠狠臭骂一顿,没承想唐书记很客气地说:"覃校长,请坐。"

"唐书记,我是给你赔礼道歉来了。"覃洪武说。

唐书记点燃一根烟:"你们白中的那个唐海林当过兵?"

"是的。"

"当什么兵?"

"好像在厦门警备区。"

"特种兵?"

"差不多。"

"当了多少年?"

"十二年。"

"这么长,知道了。"

校长办公室。

"海林,你到镇里去要工资去了?"覃洪武把唐海林找来问道。

"覃校长,我到学校工作快两年了,我到镇里要了好几回,到现在还不发工资给我。"唐海林一脸委屈,"和我一起分配下来的战友,早在春节前都已经发工资了。"

覃洪武拍了拍唐海林的肩膀:"我能理解你的苦衷,不过今后一定要注意方式方法。"

"知道了!"

"你回去吧!"

唐海林原本抱着被覃洪武骂个狗血喷头的心理准备来到校长室的,没想到覃洪武一句没骂,他感觉想不通。

说来也巧,就在覃洪武找唐海林谈话的当口,因贪污受贿和搞不正当男女关系被人举报,唐书记突然被市里双规了。为了加强白云镇班子建设,市里特将政治素质过硬的市纪委副书记姚丽清同志调到白云镇任党委书记。

当唐海林第八次到镇里找新书记要工资,受到了姚丽清的热情接待。她仔细翻阅唐海林的相关材料后说:"海林同志,你弃笔从戎、保家卫国十二载,把最美好的青春年华留给了部队,家乡人民为你骄傲和自豪;现如今转业回到家乡投身教育事业,家乡人民和政府又怎能忘记和亏待你呢?!"

在姚丽清的直接过问下,唐海林的工资在当月终于下来了。

26

再过一个星期就要到2004年元旦了。

或许整个2003年被非典给闹得鸡犬不宁的原因吧,到了年末岁尾,非典总算被国家给控制住了,人们也总算可以松口气了。早在半个月之前,白云中学的全校师生就开始巴望着能开开心心过一个有意义的元旦。

26日下午第七节课,白中召开了2003年最后一次干部行政会。随后,分级组召开了全校教职工会议。

在初三级组会议上,初三年级主任章国庆传达了本次行政会议精神。由于初三年级在中考中取得了优异成绩,在新的学年里,章国庆被学校提拔为政教处副主任兼初三年级主任,唐海林、郑丽君等班主任和绝大多数任课教师继续留任初三。唐海林带七班班主任,另带一班至七班的生物。

章国庆在会上说:"为了给全校师生充分展现自我的机会,经校行政会研究决定,今年的元旦联欢会,学校不再统一组织,而是由各个年级、各个班级自行组织。鉴于我们级组学生多班级多,我们级组的元旦联欢会同样由各个班级自行组织,届时,我将陪同校领导到各个班级去检查,看哪个班级搞得最好最成功。"

"主任,各班的任课教师怎么参加?"一班班主任郑丽君问道。

章国庆答道:"一般情况下,谁带哪个班级的课,到哪个班去。"

"那二般情况下呢?"三班班主任快嘴丁笑嘻嘻问道。

"二般情况下,谁乐意到哪个班,谁就去哪个班。"

唐海林问道:"章主任,具体在什么时间举行?"

"学校统一安排在31号整个下午,开完联欢会就放学。"章国庆说,"好了。现在各班班主任分头去布置任务吧,散会!"

各班班主任都各自到自己的班级去安排联欢会的事宜去了,唐海林也不例外。

"同学们,告诉大家一个好消息。"唐海林走进七班说。

学生们全都屏住了呼吸。

"同学们期盼已久的元旦联欢会——学校终于批下来了!"

"耶!"同学们霎时欢呼雀跃起来!

等学生们冷静下来后,唐海林说:"为了让每个同学都有崭露头角的机会,我要求每个人必须表演一个节目,可以与他人合作表演,会吹拉弹唱的更好,不会的起码要讲一个笑话或者小故事,哪怕学狗叫猫叫也行。"

同学们顿时哈哈大笑起来。

"老师,那你表演什么节目?"有学生问道。

"你们要我表演什么节目,我就表演什么节目!大家看好不好?"

"好!"

随后,唐海林召开班干会议,详细制定了一个元旦联欢会方案。

举行联欢会那天,各班学生买来了彩旗彩带和气球,把班级打扮得漂漂亮亮。唐海林用自己的工资给学生们买了一些糖块、瓜子,有的学生还从家里带来了电视、DVD、音箱等设备。

在唐海林的安排下,七班的学生把所有任课教师都邀请到了。

联欢会上,每一个学生果然都表演了节目,包括那些从来羞于开口和性格内向的学生;每一个任课教师都无一例外地表演了节目;作为班主任,唐海林不仅连连唱了《小白杨》《打靶归来》等好几首军歌,更是在学生们的一片叫好声中虎虎生风地打起了他的军体拳。

因为动静太大了,有一个人不乐意了,谁?

初二年级主任兼七班班主任刘希斌。初二(7)班的楼上正是初三(7)班,初三(7)班的楼下正是初二(7)班。

开完行政会,刘希斌回到初二级组,他把会议简单传达了一下,就散会了。对于元旦联欢会,他给初二各班意见是,想搞的就搞,不想搞的上自习课。

对于一向不喜欢热闹的刘希斌来说,自然不希望自己的班级学生搞联欢会了。他私下在郑丽君面前发牢骚说:"搞什么搞,白白浪费时间,学生的心都搞散了,把时间用来学习多好!"

"你整天除了学习还是学习,我没看好哪去!"每当这时,郑丽君总是将刘希斌的军。

初二(7)班的学生们一见班主任对元旦联欢会不热情,谁还敢提啊,只能在31号整个下午乖乖上自习课。

问题是,当全校各班级都在热热闹闹搞联欢会时,唯独初二(7)班学生在上自习课,学生哪里能安心上啊,尤其当初三(7)班声音一浪高过一浪时,刘希斌再也坐不住了,他一边朝楼上走,嘴里一边叨咕着:"欢什么欢!不就当两天兵吗!"

来到了初三(7)班,刘希斌用手狠狠地拍打着门板厉声厉色道:"吵死了!吵死了!整个楼都让你们给掀翻了!"

整个初三(7)班顿时戛然而止!

"刘主任不好意思打扰您了,请进来坐。"唐海林赶忙笑脸相迎。

"你们班严重影响到我班学生学习了,能不能把声音搞小点!"

"怎么,初二(7)班没搞联欢会?"

"没搞!我们班学生不喜欢!"刘希斌说完气哼哼走了。

"哦,这样啊!我这就让学生把声音搞小些!"唐海林说着让学生们把门窗全部关上了,并把音响的声音关小了。

然而,当六班的学生一听说,唐海林在七班又唱军歌又打军体拳,硬是派了几位同学把唐海林连拉带扯请了过去,其他班级的同学见状,也纷纷派人请唐海林过去参加,无奈之下,唐海林只好一一过去。每到一班,唱军歌、打军体拳成了他必修之课。

"团结就是力量!团结就是力量!这力量是铁,这力量是钢!比铁还硬比钢还强……"回到三七班,唐海林与全班同学最后合唱了他们的准班歌《团结就是力量》,那嘹亮的歌声再次响彻整个校园!

春节过后,新的学期开始了。

或许因为非典折磨人太久的原因,或许是唐海林整天在学生面前提及白云山的花花草草的原因,或许是小萝卜头纪念馆将要建成的原因,有一天在课堂上,他班的一个男生突然提出:"唐老师,什么时候带我们去爬白云山吧?"

"白云山离这没多远,难道你们从来没有爬过?"唐海林问道。

"没有!"同学们异口同声道。

"什么?你们没有爬过白云山?"唐海林感觉很纳闷,要知道,他小时候几乎天天爬山,在他上学的时候,学校每年都要组织学生在清明节去踏青爬白云山的,怎么现在学校不组织了?去年由于非典闹的,学校没有组织学生去爬山;对了,前年,在清明节,学校好像也没搞啥活动啊。

"爬过白云山的,请举手!"

唐海林一看,全班只有少数几个学生举起了手。

"你们几个爬过山的同学,都是哪个村的?"

"唐巷村!"因为唐巷村就在白云脚下,那里的孩子当然有机会爬山啦。

"想爬白云山的,请举手!"唐海林再次问道。

全班五十七个同学齐刷刷举起了小手。

唐海林看到这般情景,他满口答道:"好,我今年清明节就带你们去爬山!"

同学们一听班主任要带他们去爬山,立刻鼓起了热烈的掌声,那高兴劲几乎要把房顶给掀掉。

唐海林要带学生去爬山的事情,一下子在白中传开了,不仅本年级的其他班级的学生因此蠢蠢欲动,其他年级的学生也在蠢蠢欲动。

这事自然很快传到刘希斌的耳朵里,他立刻马不停蹄报告给了覃洪武。

"覃校,那个唐海林要带学生去爬山,万一出了事,那学校可要跟着倒霉了!你得想方设法阻止他,别让他胡来。"

"是的!是的!"覃洪武不住地点着头,"你去把唐海林给我喊来!"

"现在吗?"

"对!就是现在!"

转眼间,唐海林来到校长室。

"我听说你要带学生去爬山,有这事吗?"覃洪武问道。

"是的,校长。今年清明节正好是星期天,不占用学生学习时间。"唐海林答道。

"利用星期天也不行!"

"咋了?校长,为什么不行?"唐海林感到疑惑不解,"我们上学那会儿,学校每年都组织学生去爬山,据我了解,这两年好像没有啊!"

"不仅这两年没有,近十多年都已经没有了!"

"近十多年都已经没有组织学生爬山了?为什么呢?"

"海林哪,你有所不知,现如今,校园安全问题是学校的头等大事,是各项工作顺利开展的前提和保障,更是一项重要的政治任务。即使学校其他工作做得再好,一旦出现安全事故将一切'归零'!"

"校长,有这么严重吗?"唐海林心想,我可不是被吓大的。

"这些年来,且不说外地的学校,单就我们周边的一些兄弟学校来说,因安全出了问题,处理不少人啊。"覃洪武语重心长地说,"海林,安全重于一切,尤其现在路上车辆多、路况复杂,再加上山上情况复杂,现如今谁还敢组织学生去春游、去踏青、去爬山啊!"

"校长,我们部队因为害怕出事,就不让解放军战士去搞训练;我们部队害怕死人,就不让战士们去真刀实枪去演习。如此一来,这样的部队怎能去打胜仗呢?"唐海林恳切地说,"同理,我们不能为了安全而扼杀孩子们亲近大自然的机会,我们不能因为怕出事而不让孩子们外出搞一些有意义的活动啊!"

"部队是部队,学校是学校!"覃洪武仍然坚持着,"安全这根高压线,最好不要触碰!"

唐海林突然想出了一个办法:"校长,你要不要对学生搞一个问卷调查,看学生愿不愿意到大自然中去。"

"海林,我是为你好,不出事什么都好说,万一出事,你我都吃不了——要兜着走,弄不好连饭碗都没有了!"覃洪武哪里敢松口啊!

"校长,只要我们做好预案、积极应对各种可能发生的事情,认真准备、认真组织,把每个环节、每个细节都进行了周密布局、策划,就一定不会出事的。"唐海林继续说,"请校长批准我带学生去爬山。"

"海林,你带你班学生去爬山,问题是其他班级呢?"

"其他班级也一起去好了!"

"你说得轻巧,整个白中都出动了,我看我这个校长也当到头了!"

"校长,没那么严重。就请您批准我带学生去爬山吧!"毕竟,一言既出驷马难追,唐海林怎能失信于学生呢?

"海林,你要是再固执己见下去,我把你这个班主任给撤职了!"

"您撤我职,我也要带学生去爬山!"唐海林斩钉截铁说。

覃洪武见唐海林意志那么坚决,只好做了个问卷调查。没承想,全校学生个个都投了赞同票,就连那些四肢有残疾的同学,也积极要求参加。

4月5日这天上午,白中全校师生排着浩浩荡荡的队伍,向白云山进发了。尽管有个别人不乐意参加,但在覃洪武的亲自带领下,谁还敢掉队呢?

为了不让一个人掉队,唐海林特意骑上自行车,把他班级的残疾女生陈琴琴带上了。

陈琴琴在上小学五年级的路上,被一个酒后驾驶的人开小轿车把右小腿压断了,由于司机逃逸导致抢救不及时,陈琴琴的右小腿被截肢了,她每天只能靠拄着单拐去上学。

在一路登山的路上,唐海林一边提醒学生注意安全,一边不断给学生鼓劲。每到一处景点,他还像个导游似的讲解了钓鱼台、葛洪炼丹、王母娘娘脚印、金马驹的铃声、奶奶庙等好多有关白云山的传说。

会当凌绝顶,一览众山小。在唐海林和全班同学轮流搀扶下,陈琴琴有生以来第一次爬上了白云山最高峰——白云崖。

"我终于爬到白云崖上了!我终于爬到白云崖上了!"站在高高的白云崖顶上,喜极而泣的陈琴琴大声呼喊着,那喊声响彻天外!

27

　　清明节过后的一天上午,覃洪武到局里开会。

　　会上,覃洪武获知市里要创建一批德育特色学校,一心想干出成绩的他,毫不犹豫地提出了申请。要知道,白云中学现在的各项事业在他的领导下蒸蒸日上,正是更上一层楼的大好时机。

　　回到学校后,覃洪武立刻成立了由他任组长,由章利任副组长,由各处室主任、年级主任、班主任为成员的白云中学德育特色学校创建领导小组,并召开了全校教职工大会,进行总动员。当覃洪武讲明创建德育特色学校的目的和意义后,立刻赢得了全校教职工的大力支持。

　　创建德育特色学校可不是一件小事,不仅时间跨度长,而且工程量浩大。从四月份启动创建工作,到十二月底验收,要横跨两个学期历经八个多月的时间。而在工程量方面,更需要硬件和软件一起上。

　　说到德育特色学校创建工作,有一个大工程不得不说,那就是德育工作档案的整理。这个档案涵盖德育管理、德育过程、德育保障条件、德育效果等几大块,每大块里面又含少则三五项多则十多项的内容,每个内容里又含若干小项,而且要把近三年来乃至自学校创办以来的材料全部收集、整理、完善、归类、装订、登记出来。

　　为了把这个浩大工程干好,覃洪武责成政教主任阎玉强将工作细化分工到人,即全校一百多位教职工每个人都有任务,每个人都负责一块或者多块的材料整理。

　　在整理档案那段时间,覃洪武更是三天一小会、五天一大会的召开调度会,及时了解档案整理进度。为了早日将档案整理出来,覃洪武甚至不惜牺牲教职工的节假日时间,进行加班加点整理。

　　唐海林负责整理学雷锋活动的相关材料,他接到任务后,即刻进入状态,他把在部队担任司务长时做账本的方法和经验借鉴了过来,甚至把材料带回家里去整理,并在第一时间完成了学校所交给的任务。

　　在第二次调度会上,覃洪武拿着像一本书的材料说:"同志们,大家看看,这是唐海林同志整理出来的材料,我所要的就是像这样书写规范、内容翔实、做工精良的材料。"说着将手中的材料递给阎玉强,让他交给大家传阅。

　　"真认真啊!"

　　"真工整啊!"

　　每一个看过唐海林整理出来的材料的老师,都赞不绝口!

　　就在大家交头接耳议论纷纷的时候,覃洪武大声说:"我现在宣布,任命唐海林同志为档案整理验收负责人,由他全权负责业务指导、监督、检查、验收和归档工作……"

　　"啪啪啪……"覃洪武话音未落,台下立刻掌声响起。

在唐海林的认真指导和监督下,绝大多数教师都能在规定的时间内完成任务。离学校验收的时间越来越近了,但仍有个别人员的材料没有交来,唐海林只好一一上门催促。

在临近学校验收的最后三天里,唐海林发现感恩教育这块材料还迟迟没交来,他一查看人员分工表,原来是初二年级主任刘希斌负责的。他到初二年级办公室没找到刘希斌,只好到初一办公室找郑丽君,让她转告给刘希斌。

"妹妹你坐船头,哥哥我岸上走,恩恩爱爱纤绳荡悠悠……"在临近放晚学时间,唐海林终于等到了刘希斌,只见他手里拿着薄薄的几张纸哼着歌摇头晃脑来到了档案室。

"刘主任来了。"唐海林赶忙起立笑脸相迎。

"嗯!那个啥,我的材料整理好了。"刘希斌说着把材料递交给了唐海林。

唐海林双手接过材料说:"刘主任辛苦了!"

"给学校干工作,那是应该的,何谈'辛苦'二字。"刘希斌白了一眼。

"是是是!刘主任您请坐、稍等。"唐海林说着便开始认真查看刘希斌整理的材料。

刘希斌见状,转身要走。

"刘主任,别忙走,我还没看完呢。"

"你慢慢看慢慢查,我有事先走了!"

"刘主任,你这材料有几个方面要再改进一下。"

"我花了个把月的工夫才把材料整理好,哪里需要改进?"

"一来内容偏少,二来环节不足,三来装订不整齐,如果是改进的不多,我就帮您整理了,这恐怕要大翻工,所以……"

唐海林的话还没说完,刘希斌气得暴跳如雷:"什么!我这材料要大翻工?你是不是在故意刁难我?谁还有我整理的材料好?"

唐海林一边把其他老师整理的材料拿给刘希斌看一边赔着笑说:"刘主任,你看这是其他老师整理的材料,内容非常翔实、环节非常齐全;而您的材料跟上级文件要求,的确还有一定的距离。"

"扯淡!整理的内容不一样,形成的材料不一样,怎能把我的材料跟其他人比?"

"刘主任,您再去整整,实在整不好,我帮您整。"

"你才来几天?你识几个字?我整理的材料要你帮我整?"

"刘主任,真对不起!您这材料即使在我这过了关,在覃校长那恐怕过不了关!"唐海林依然把材料交给刘希斌。

刘希斌一听唐海林提到覃洪武,一下子火冒三丈:"别拿校长来压我,我又不是吓大的!别拿鸡毛当令箭,有什么了不起?我材料就整成这样,要不要拉倒!"

刘希斌扭头朝外走正巧与一个人撞了个满怀!谁?

覃洪武!

其实,覃洪武早来半天了,唐海林和刘希斌的对话,他在门口全部听到了!

覃洪武一把捉住刘希斌:"刘主任,哪里去?"

"我我我……"刘希斌顿时面红耳赤,半天说不出话来。

覃洪武把刘希斌的材料拿过来看了看说:"刘主任,我要求你在明天下午这个时候务必把材料按照文件要求重新整理好交来!"

"是是是!覃校,我这就去整理。"刘希斌说着把材料拿过来,灰溜溜地走了。

回到家,刘希斌在郑丽君面前自然要把唐海林臭骂一顿,但碍于校长的威严,他不得不加班重新整理材料。

第二天晚上,刘希斌把重新整理的材料是交来了,但离要求仍有差距,无奈之下,唐海林只好加班帮他整理……

12月30日上午,由新邳市教育局胡作栋调研员率领的专家组一行对白云中学创建新邳市德育特色学校工作进行了评估验收。

专家组仔细查看校园德育特色建设氛围营造工作,认真听取覃洪武校长代表学校所做的创建工作汇报,逐项翻阅各条创建标准资料。与会专家对白云中学的创建工作予以高度评价,认为白中的人生成长课的德育特色建设选题好、教材研发好、内涵研究好、检查落实好、资料积累好、评价激励好,既有时代特色、学校特色,又有高中特色、初中特色,让学生赢在品质、赢在未来,为学生的终身发展打下了坚实基础,期望白中进一步挖掘人生成长的意蕴,培养出更多心中有理想、腹中有诗书、肩上有担当、脑中有智慧的优秀学子。

专家们一致认为,白云中学的德育工作有助于青少年身心健康发展,完全符合新邳市德育特色示范学校的创建标准,予以通过。

有道是,世事难料!谁能想到,白云中学刚刚领到德育特色学校牌子,就因为一起重大学生伤亡事件而被摘掉了。

那是7月13日中午12时36分,新邳市白云镇闫家联中。因为外面炎热,一些离家远的学生在校门口或者学校食堂吃过饭后,纷纷跑进了教室。他们有的做作业,有的聊天,有的玩耍。

张晓阳是初一(2)班学生,吃过饭后,他蹦蹦跳跳跑进教室跟一个同学在讲台附近玩石头剪刀布。

或许是穿了一套崭新的夏装吧,张晓阳今天特别高兴,因为这身衣服是在外地打工的爸爸妈妈给他买的。张晓阳的爸爸妈妈长期在外面打工,他一直是爷爷奶奶带大的。

正当张晓阳跟那个同学玩得最开心的时候,这时一个叫马小虎的同学一边吃着冰淇淋一边从外面冲了进来,正好撞在了张晓阳身上。

张晓阳一看马小虎手中的冰淇淋把他的新衣服给弄脏了,立刻抓住马小虎的衣领说:"你给我赔新衣服!你给我赔新衣服!"

"你把我的冰淇淋给撞掉了,你给我赔!"马小虎也不肯善罢甘休。

"我这新衣服二百多块,你冰淇淋值几个钱!"张晓阳不依不饶,"你不给我赔,我今天跟你没完。"并把马小虎从前面推到了他的座位上。

马小虎一听张晓阳的新衣服二百多块,吓了一跳!他从小就不记得他妈妈的模样,因为他妈妈是个贵州人,在他爸爸出车祸瘫痪在床后就离家出走再也没回来。他是他奶奶靠捡破烂养大的,今天买冰淇淋的钱,是他向他奶奶要了好几次才给的,因为他从来没吃过冰淇淋。现在,张晓阳要让他赔新衣服,他哪有钱赔啊,整个家底也不值几个钱!

"你别推我,再推我休怪我不客气了!"马小虎说着从课桌上拿起他前天才买的那把削铅笔的小刀在半空中划了一下,以此吓退张晓阳。

谁能想到,就这一刀竟然划在了张晓阳的身上!

"你把我的衣服划破了,"张晓阳低头一看胸前,"啊!淌血了!"说着慢慢站不稳脚跟,一下子跌倒在了地上!

班里的同学见状,赶紧跑到外面,大喊大叫起来……

救护车赶来后,赶紧把张晓阳送往市人民医院去抢救。然而,失血过多的张晓阳在半路上已经停止呼吸!

一个未满14岁的孩子——张晓阳,就这样急匆匆地离开了美好的人间,离开了爱他的同学,爱他的亲人,爱他的朋友,离开了他成长的闫家联中,更离开了含辛茹苦养育他的爷爷奶奶。

张晓阳的爸妈听到噩耗后,从外地连夜赶了回来。

翌日上午10时,张晓阳的亲戚邻里等一百多口人把他的尸体抬到了白云中学门口,他们不仅在校门前摆花圈、烧纸钱,而且拉着"无良学校,还我孩子!"的横幅,并手持棍棒刀叉鬼嚎狼叫,造成门前交通堵塞不通。

张晓阳的死跟白云中学有何关系?他的亲人为何把他的尸体抬到白云中学?一切皆因为,闫家联中是白云中学所管辖下的分校。

覃洪武出面跟张晓阳的家人谈判没有成功,因为张晓阳的家人提出了一个根本办不到的事:让学校偿命!无奈之下,覃洪武只好退回学校,打电话给市局请求援助。

死者家属见学校迟迟没有结果,领头人带领人马开始冲击学校,并很快冲破大门,占领了学校。

就在闹事人员去冲击教学楼的时候,只见一个人从里面迅速把楼梯口的大门关上并上了锁。闹事人员见状哪肯善罢甘休,纷纷跑去用棍棒砸门砸锁,楼上的学生们顿时个个吓得如同惊弓之鸟。

"父老乡亲们,张晓阳的死,学校和上级一定会给说法的,白中的师生是无辜的,请你们一定要保持冷静……"朝闹事人员喊话的人正是唐海林。

然而,这一切无济于事!因为闹事的人员早已失去了理智。

就在闹事人员将要冲破教学楼大门的时候,新邘市的王副市长带领二百多名防暴警察赶来了。

站在教学楼前,王副市长向闹事的人群喊话并做出以下几项承诺:一是督促公安等部门严格依法办事,抓紧时间破案,使广大民众了解真相;二是稳定死亡学生家长情绪,引导其走法律途径解决后续问题,维护好死者家属的合法权益,防止事态扩大;三是督促学校加强管理,开展必要的心理疏导,稳定广大师生情绪,努力降低事件对学校教学的影响;四是督促教育部门进一步加强学校管理,落实监管责任,严肃处理相关责任人,避免此类悲剧重演……

经法医解剖查明,张晓阳的心脏被马小虎的铅笔刀划伤一道小口子,这个小口子不过有韭菜叶那么大,然而正是这个小口子流血过多,导致张晓阳的死亡。而学校午间管理出现疏漏,是导致这起伤亡事件的真正原因,白云中学事后向张晓阳家人赔偿10万元抚慰金,马小虎被送进了未成年人管教所。

在这起伤亡事件中,覃洪武被降职调离白中,副校长章利被记大过处分,政教主任阎玉强被撤职,闫家联中校长柳朝强被撤职,闫家联中初一(2)班班主任被撤职,政教副主任章国庆因为到外地学习而幸免。

28

经过7·13事件后,白云中学可谓是元气大伤。

为了搞好白中的教育教学等各项工作,市局决定把经验丰富、威望极高的唐山中学副校长钟奇举调到白中任校长。

钟奇举到任后,发现白中中层教干缺编不说,而且是老的老、小的小。为此,他向市局建议,准备在新学年里面向全校教职工竞聘选拔一批中层干部。这批干部的职位包括教务处、政教处、总务处正副主任共六人。

为何是这六个职位的教干要重新竞聘选拔?原因是,政教主任阎玉强在7·13事件中被撤了职,总务主任娄新明、副主任赵传、教科室主任到了退休年龄,教务副主任病休,政教主任空缺。

政教副主任章国庆因在7·13事件期间到外地学习,没有受到处分,自然是政教处主任的最合适人选,而总务主任、教科室主任、教务副主任已被高二、高三的年级主任或者教研组长等人瞄上了,总务副主任也被一些年龄大的教师盯上了,最后唯独剩下政教副主任无人问津。

想想在7·13事件中被撤职的政教主任阎玉强的下场,谁还愿意出来竞聘政教副主任呢?章国庆若不是到外地学习逃过一劫,恐怕他的政教副主任也会被一锅端掉。

就在钟奇举为政教副主任无人应聘而发愁的时候,竟然一下子跳出两个人出来竞聘,谁?刘希斌和唐海林。

按照惯例,中层正职副职多数从年级主任、教研组长或者班主任等人当中选拔。

根据自己资历,刘希斌自知是竞聘不上总务主任、教科室主任和教务副主任,虽然自己已经干了多年年级主任。而对于总务处副主任一职,他又觉得没啥意思。说实在的,若不是7·13事件给闹的,他会毫不犹豫出来竞聘政教副主任的。

见迟迟无人出来竞聘政教副主任,刘希斌极不情愿地决定出马竞聘。在决定出马竞聘之前,他曾在家里对郑丽君大言不惭地说:"只要我老刘出马,躺着就能选上!"因为没有其他年级主任出来竞选。

郑丽君不屑一顾:"我看,牛皮都让你给吹破了!"

刘希斌拍拍胸脯说:"这些年来,咱老刘在白中没有功劳也有苦劳,轮也该轮到我了。在学校最困难的时候,我站出来竞选政教副主任,学校和全体师生应该感谢我才是!"

然而,让刘希斌万万没想到的是,唯一敢跟他竞争的是那个不知道天高地厚、才干三四年班主任的唐海林。

话说唐海林见迟迟无人出来竞聘政教副主任,他心急如焚!在家里,他把他的想法告诉了妻子。

董君梅非常担心:"老公,那个政教副主任不好干,你还是不去竞聘吧!"

唐海林安慰说:"老婆,我是一名人民教师,我是一名退伍军人,我更是一名共产党员,在学校最困难的时候,在学校最需要人的时候,我怎能置若罔闻呢?"

董君梅还想说什么,唐海林打断了她的话:"不行!我要勇敢地站出来,我要出来肩挑这个重担!"

当刘希斌得知唐海林出来跟他竞争,他暗自觉得好笑!私下对郑丽君说:"那个傻大兵也不撒泡尿照照,才来学校几天,就想当官?"

"人不可貌相,海水不可斗量。"郑丽君冷笑说,"你不要高兴太早了!"

这次竞聘选拔中层干部,学校精心计划、严密部署。与此同时,局里也派人来了。

首先,学校成立了以钟奇举为组长的竞聘领导小组,讨论研究部署竞聘工作;接着,召开教职工大会,组织动员并征求竞聘工作实施方案。随后,组织所有竞聘者笔试;然后,召开教职工代表大会,组织竞聘者述职并接受民主测评。

8月26日上午8时,白中教职工代表大会召开了。

根据抽签方式,参与竞聘的十多位白中竞聘者开始一一竞聘演说。

刘希斌自信满满在第九个出场,然而,他那枯燥乏味、官腔十足的演说并没有引起人们的共鸣,使人听了竟然有昏昏欲睡的感觉。而当唐海林在第十个一出场,整个会场马上骚动起来,每个人好像都打了一针兴奋剂!

各位领导、各位老师:

大家好!(站起、鞠躬——雷鸣般掌声!)

我叫唐海林,1970年3月出生,1988年从白中毕业,1989年4月应征入伍,1992年6月入党。在福建省军区厦门警备区服兵役,先后当过步兵、炮兵、会计、汽修技师等,历任战士、班长、代理排长、司务长等职务。

2001年4月转业回地方,11月被组织上分配到我校工作。近五年来,我从后勤干到前勤,先后担任过实验室管理员、初三生物教师、班主任等职。今天,在这里竞聘学校政教副主任一职,我认为我有以下七大优势可以胜任本职工作:

一、十二年宝贵的军营生活,铸就了我钢铁般的意志和优良品质——这是我的动力源泉。

二、近十四年的党龄确保我在思想上打得赢、不变质——这是我的立身之本。

三、近五年的教育教学工作已经把我这个门外汉塑造成了一个在生物学教育方面的行家里手。我创设的"快乐学习法"营造了一个轻松、温馨的环境,让学生对学习产生浓厚兴趣而不恐惧,一改过去那种"要我学"的被动局面变成了"我要学"的主动局面,收到了良好的效果。

四、自2002年起,我已经连续带了四届毕业班班主任,每次接手的都是级组乃至全校出了名的后进班、差班。在我的"直线十方块"即"半军事化"管理模式的带动下,这些班很快摘了后进的帽子,并且成为学校的样板班。目前,这种管理模式正在向班级管理、政教工作等方面渗透,有极高的推广价值。

六、充分利用业余时间,我已经在各类报纸杂志发表各种文章二百多篇(首)

近20万字,并且有多篇有关教育教学及教学管理的稿件荣获省市、国家级大奖。

七、在部队多次立功受奖的我,近几年多次被学校评为先进个人和优秀教师,今年4月,被评为新邵市优秀班主任。

俗话说,开弓没有回头箭。如果,我在这次竞聘中成功胜出,我将对照政教副主任职责,认真履行自己的使命。

一是唱好配角。干好副主任工作的关键是配合好政教主任开展政教工作,积极建言献策,并且高标准完成学校各项工作任务。为此,我将在校领导的领导下,积极配合政教主任的工作,把政教处各项工作开展得有声有色。

二是以学促管。在日常工作中,一要向老教师学习,学习他们的优良传统和作风;二是向新教师学习,学习他们的新理念新思维;三是要向书本学习,刻苦钻研专业技能,把握时代脉搏;四要学习马列主义,特别是学习具有当代马列主义的"三个代表"重要思想,从而确保永不变色。

三是积累经验。充分发挥自己爱好写作的特长,把成功和失败的经验教训总结出来、写出来,时时提醒自己,也为今后的政教工作探明方向。

总而言之,没有挑战的人生是失败的人生。我愿意在政教岗位上迎接来自任何的挑战;我愿意在政教工作中奉献自己的青春年华和聪明才智;我更愿意以校为家、以苦为乐,在政教岗位上开花、结果。

首战用我,用我必胜。各位领导、各位同事,我将继续保持和发扬干一行、爱一行、专一行、精一行的强劲势头,干好本职工作,请领导同志们相信我、支持我。

最后,谢谢大家!(鞠躬——再次赢得雷鸣般掌声!)

本次综合考评含两方面成绩,一块是民主测评得分,一块是竞岗演讲得分,两项相加是竞聘者最终得分。综合考评的最终结果是,在政教主任方面,章国庆的成绩是93.12分,另一个竞聘者成绩是90.55分。而在政教副主任方面,刘希斌的成绩是60.42分,唐海林的成绩是98.99分。

结果出来后,中层教干竞聘领导小组对结果进行了公示:拟定章国庆、唐海林等6名同志为学校中层人员,并在上报教育局党办后在校内公示三天。并附上了市局的公示电话号码。

远瞧着围观公示的人群,一个人狠狠撂下一句话:"我当不上,你也别想当上!"说完悻悻走了。

就在公示的第二天早上,唐海林到班级查看一番学生到校和晨读情况,见学生没有一个迟到缺席的,都在埋头认真读书,他从心里感到无比欣慰。

刚走出教室,与郑丽君打了个照面,这时,只见一辆黑色轿车开进了校园。

"唐老师,你看这不是昨天来考核的局里那辆车吗?"郑丽君说。

"是啊?是不是还有什么事没办好?"唐海林答道。

就在唐海林和郑丽君走进办公室屁股还没坐热,忽见校长办公室主任匆匆赶来:"唐老师,请你到校长室去一下。"

唐海林一愣:"是叫我吗?什么事?"

"不知道。"

"好的,我这就去!"

校长办公室主任把唐海林送到校长室门口,就止步了。

唐海林走进一看,昨天来考核的局里三位领导和钟奇举正一脸严肃坐在那里!他正想跟几位领导打招呼,忽听领队的局纪检科郭科长严厉说:"唐老师,我们昨晚接到一个匿名电话,有人举报你在富豪酒店嫖过娼,请你把这件事说清楚!"

"什么?我在富豪酒店嫖过娼?"唐海林简直不敢相信自己的耳朵!我在富豪酒店嫖过娼吗?他怎么也想不起来这件事!

"请问郭科长,是什么时候的事?"

"你自己做过的事难道忘了?"

"郭科长,请相信我,我从来没有嫖娼过!"

"你2002年8月1日有没有到富豪去?"

"2002年8月1日?"唐海林冥思的半天,猛拍脑门说,"我想起来了!"

"想起什么?"

"那天,几个战友邀请我到那去聚会……"

"在那干了什么?"

"干了什么?干了什么?我想起来了,席间来了几个小姐过来陪酒,但被我及时给制止住了,别的什么事也没干!"

"没在酒店跟那些小姐发生性关系?"

"没有!"

"真的没有?"

"绝对没有!"

"那你们参加喝酒的是哪几个人?"

"何国营、刘建发、高春城、章自鸣……"

"你说这些都是真的吗?"

"都是真的!"

同行一位领导在认真拿笔记录着。

郭科长说:"我们不能相信你的一面之词,请你现在跟我们到局里走一趟。"说着,让唐海林在记录本上签字,然后把唐海林带上车,一溜烟走了。

瞧着唐海林被带走的情景,有一个人会心地笑了:"想跟我斗,你还嫩了点!"

由于聘任教干涉及嫖娼问题,市公安局迅速介入了调查,并约谈了和唐海林一起喝酒的那几位战友。

俗话说,没有不透风的墙。唐海林涉及嫖娼问题很快在白云镇传开了!

"表面上像个老好人,居然干这种事!"

"伪君子!地地道道的伪君子!"

"都怪自己官迷!要是不竞聘教干,怎么会倒霉!"

"搬起石头砸自己的脚,活该!"

得知自己的丈夫嫖娼被抓,董君梅仿佛塌了半边天,在家里哭得死去活来……

就在公示结束的第二天早上,唐海林再次出现在白中全体师生面前!
"不是被逮起来了吗?"
"怎么这么快就放出来了?"
人们纷纷议论起来。
"唐老师,你出来了?"不知孬好的快嘴丁丁颖迎头就问。
"出、出来了!"唐海林支支吾吾感觉自己像个罪人。
"哦,出来就好!出来就好!"
……而此时,局里来考核的那辆车又驶进了白中校园。
"现在请全体教职工到阶梯教室开会!现在请全体教职工到阶梯教室开会……"就在大伙议论纷纷的时候,校长办公室主任通过校广播室喇叭连喊了三遍。
当校长办公室主任在阶梯教室刚点完名,这时只见钟奇举陪着局里的考核小组成员走了进来。
"各位领导,各位老师,"钟奇举说,"为进一步加强学校中层干部队伍建设,深化学校干部人事制度改革,优化干部队伍结构,完善管理模式,健全职责明确、配置合理、运行科学的管理机制,调动和发挥中层干部和教职员工的积极性,根据学校发展的需要,我校于本学期初进行了新一轮中层干部竞聘选拔。根据程序,我现在宣布中层干部任命决定:章国庆同志为政教处主任;唐海林同志为政教处副主任……"
当大伙一听到唐海林仍然被任命为政教处副主任时,下面仿佛一下子炸开了锅。
"请大家静一静,下面有请教育局纪检科郭科长讲话!大家欢迎!"
"同志们,不用我猜,大家肯定是在议论唐海林同志的事。"郭科长一开口,会场马上静下来了。
"就在我们公示白中中层教干的当天晚上,我们接到了一个匿名电话,是关于举报唐海林同志嫖娼问题的。经公安机关介入和我们查实,唐海林同志在2002年8月1日有在富豪酒店跟几个战友聚会喝酒,当时有人叫了几个小姐陪酒,但被唐海林给及时制止住了。此外,经公安机关审讯,唐海林和他几位战友没有嫖娼行为,我们还到公安局调查唐海林的违法乱纪情况,经查实,唐海林同志是清白的……"
"啪……"当白中全体教职工听到这里,那一颗颗悬着的心总算放下了!但在人们心里有个疙瘩却解不开,到底会是谁在匿名诬陷唐海林呢?
随后,钟奇举亲自为新聘任的6名中层干部颁发聘任证书并表示祝贺。新上任的政教处副主任唐海林代表新聘任的全体中层领导发言。
"再次感谢领导和同志们对我的信任!"唐海林深深鞠了一躬,"此时此刻,我心里有千言万语要说,但我最想说的一句话是,衷心感谢组织多年来的培养和同志们的信任、支持……"

29

自唐海林走马上任政教副主任后,他便和政教主任章国庆成了黄金搭档,政教处的各项工作被他们搞得有声有色。与此同时,在日常工作中,唐海林总是有意无意把部队的作风和做法嫁接到政教处工作上,收到非常好的效果,也获得了全校师生的肯定。

根据学校轮值安排,第四周是唐海林和高二年级花主任值班。结合学校实际情况,白中实行定岗、定时、定人的教干值班制。换句话说,轮到谁值班,这一周学校所有的事情都归他处理。

在为期一周的值班时间里,唐海林每天总是比以往还早半个小时起床到校,然后检查这检查那并处理各种问题。忙忙碌碌一整天,总是在全校所有灯光都熄灭的时候才最后一个离开学校。

第五周周一早上,唐海林刚把全校教职工的出勤情况公布出来,回到办公室屁股还没坐热,就有一个女教师走了进来。

来者是新学年才分配来的新教师岑丽。"唐主任,我周二上午来了。"

"你来了?哦,那我看看。"唐海林说着就查考勤表,然后指着周二点名表说,"岑老师,这上面显示的是你那天上午缺席。"

"我明明来了呀,怎么是缺席呢?您是不是搞错了?"岑丽一脸委屈。

"不可能搞错的!"唐海林一脸认真,"我那天点第一遍名之后,针对后续到的教师又点了一次名。尽管那天高二年级花主任去市教研室开会去了,就我一个人值班,但我确保没错。"

岑丽哀求说:"唐主任,我刚分配到学校,校长知道我缺席,印象多不好,希望您高抬贵手把缺席改过来。"刚分配到学校的新老师有一年是试用期,每个人都十分看中自己的出勤情况,岑丽也不例外。

"岑老师,作为一名值班教干,我必须坚持原则秉公执法值班。"唐海林说,"你来了就来了,没来就没来,我怎能随便改动考勤表呢?这样对其他人是不公的。"

见改动无望,岑丽的眼里瞬间含着眼泪,然后哭哭啼啼走了。

大约第三课时间,刘希斌找来了。"你怎么把我表妹给气哭了?"

"我把你表妹气哭了?谁?"

"岑丽!"

唐海林刚想解释,刘希斌大发雷霆:"这么大一个人,你欺负一个小女孩干啥?"

"刘主任,你听我说……"

"你说什么说,有什么好说的。你这么大一个人,这样欺负一个小女孩是不对的!下次再这样,休怪我不客气!"刘希斌说完甩手而去。

"我……我……"唐海林站在那里,愣是半天没回过神来。

在下午的行政会上,唐海林作了"八检查和三建议"的值班总结。

针对唐海林的总结,钟奇举进行了大加赞赏:"唐主任的总结非常全面,非常具体,不仅找准了问题,而且提出了解决问题的办法。这说明他们这一周时间是非常充实的,希望其他值班干部好好学习借鉴。"

钟奇举从事过多年政教工作,总喜欢把很多的事情甚至其他处室的一些工作交由政教处来做,而唐海林和章国庆也主动出击承担更多的事务,久而久之,白中的政教处被人们誉为"多管局",那意思是什么都管。为此,他们也打出了这样的口号:有事请找政教处,有困难请找政教处!

为了加强校园安全,钟奇举提名,任命唐海林为政教处副主任兼安保处主任。

钟奇举说:"近来各地校园安全问题十分严峻,根据上级要求,我们学校现在准备成立安保处。根据你的一贯表现,我们学校研究决定由你兼任安保处主任,负责学校的安全保卫工作。你看咋样?"

"没问题,钟校长!"唐海林说,"我保证完成学校交给我的任务!"

生命高于一切,责任重于泰山。介于7·13事件的影响,唐海林配合章国庆狠抓学校安全问题。他们通过升旗仪式、校会、主题班会、黑板报、手抄报、知识竞赛、紧急疏散演练等多种形式,向学生灌输安全意识。

一段时间来,唐海林在检查环境卫生中发现了一个奇怪现象,在高中部教学楼东楼梯,每当学生早上把那里打扫得干干净净,等一到下午过后再路过那里,在二楼和三楼的楼梯拐弯处,总有一些烟头出现,少则三五个,多则十来个。

谁会躲在这里抽烟呢?是不是哪个任课老师不方便在教室里抽烟,于是便躲在楼梯处大抽特抽了起来?可是,再会抽烟,也不至于一次抽那么多吧?何况,高中部教师当中抽烟的人不多。正当唐海林感到纳闷的时候,有部分低年级学生和老师陆续向他反映,经常看见有学生在高中部教学楼的东楼梯和男生厕所里抽烟。

看来作案地点不止一个!为了抓住那些小烟民,唐海林决定不定时到高中部教学楼的东楼梯和男生厕所里去突击抽查几次。然而,当唐海林每次到那里,除了满地的烟头外,总是抓不到那些偷偷抽烟的小烟民。

高中部教学楼跟初中部的教学楼楼梯一样,也是东西有两个楼梯,西楼梯是主楼梯,绝大多数师生会走这里,因为这个楼梯距离厕所、操场、四室等处最近,而东楼梯靠近街道但远离生活区,故师生相对走的较少——这自然成了那些小烟民的最佳抽烟地点。

而男生厕所与男教职工厕所虽然共用一个门,但里面是分开的,学校专门把厕所包给校外人员打扫的,所以包括唐海林在内的全校教职工平常几乎是不去男生厕所的。故,男生厕所自然也成了那些小烟民的最佳抽烟地点。

吸烟有害健康。尽管唐海林在升旗仪式上和课间操时间,通过广播教育全校学生不要抽烟,但校园里抽烟的现象依然没有杜绝。

正当唐海林为抓不住那些小烟民纳闷而打算进班搜查的时候,突然出现了转机。这天下午第七节课上课铃响了,唐海林由于内急到厕所去,当他走到厕所门口的时候,正巧与厕所里出来的两个个子高高的学生擦肩而过。就在擦肩而过的那一瞬间,唐海林闻到了一股淡淡的香烟味!

"你们两个站住!"唐海林转身大声喝道。

"唐主任,我们急等着去上课,您有事吗?"那两个学生说。

"我还不知道上课时间?"唐海林走向前,上下打量着那两个学生,他一眼就看出他们是高中学生,"你们是不是躲在厕所里抽烟了?"

那两个学生直摇头:"抽烟?没有。"此时的烟味从那两个学生身上时隐时现。

"唐主任,您在会上教育我们不要抽烟,我们怎能明知故犯呢?"其中一个学生笑着说。

就在那个学生微笑的瞬间,唐海林发现那个学生的牙齿有些发黄——只有抽烟的人才有这样的牙齿!唐海林用他的火眼金睛在那两个学生身上扫描着,他发现其中一个学生裤子的口袋有些鼓。"你们没抽烟,那口袋里是什么?"

"是打火机!"那个学生答道。

"不抽烟,你带打火机干什么?"唐海林问道。

那个学生为了证明不是香烟,赶紧把打火机掏出来给唐海林看:"哦,这个啊,我早上起来做饭用来点火用的,顺便装在口袋里了。"这个理由倒是很充分。

就在那个学生把打火机掏出来给唐海林看的瞬间,唐海林发现那个学生的手指头颜色明显不对劲——有烟熏火燎的感觉。

唐海林一把捉住那只手,放在鼻子上嗅了嗅,一股刺鼻的烟味直入他的心肺!他把另外一个学生的手也放到鼻子上嗅了嗅,同样有一股刺鼻的烟味!"说实话,你们到底有没有抽烟?"

"没有!"那两个学生说。

"真没有,假没有?"

"真没有!"

"真没有,这手上的烟味从哪来的?"

"没有烟味啊,你闻错了吧?"那两个学生把手放在自己的鼻子上装模作样嗅了半天,"你那是错觉吧?"

"告诉你们,我是不抽烟的,对烟特别敏感!你们两个不说实话,是不是?"

"我们没抽就没抽,怎么不说实话了?"

"那好吧,你们跟我到政教处走一趟。"

无奈之下,那两个学生只好跟唐海林来到了政教处。

见到了章国庆,唐海林说:"章主任,这两个学生怀疑我的鼻子有问题,你来闻闻他们的手到底有没有烟味。"

章国庆把那两个学生的手分别拿过来嗅了嗅:"熊孩子,明明抽了烟,还不老实交代!"

"章主任,我们没抽烟!"那两个学生依然狡辩道。在没有人赃俱获的情况下,他们怎么轻易承认抽烟呢?

"真嘴硬啊!明明抽烟了,还说没抽烟。"章国庆气得哇哇叫,"说!你们这两个熊孩子叫什么名字,是哪个班级的?"

"我叫宋云飞,高一(4)班的。"一个学生答道。

"我叫汪峰,也是高一(4)班的。"另一个学生答道。

"都是刘希斌那个班的,我再问一遍,你们两个到底有没有抽烟?"章国庆再次问道。

"没有就是没有!"

章国庆命令道:"你们两个都把口袋统统给我翻过来看看。"

宋云飞和汪峰把各自的口袋翻过来,除了卫生纸、口香糖等一些杂物外,就是不见香烟。

"你们两个承认抽烟了,我处理你们轻一些。"章国庆继续问道,"否则,罪加一等!"

"我们真的没抽烟!"

"我跟章主任都不抽烟,我们对烟是很敏感的。"唐海林说。

"我看你们是不见棺材不掉泪啊!"章国庆掏出手机拨通了一个号码。

"喂,刘主任,请到政教处来一趟。"

没多大工夫,新学年已干高一年级主任的刘希斌夹着烟来到了政教处。

章国庆把刘希斌往外一推:"请你把烟在门外先掐掉!"

刘希斌猛吸一大口,十分惋惜地把烟头扔到地上,然后用脚尖狠狠地踩了踩。

唐海林把事情经过对刘希斌讲了一遍。

"在两位大主任面前,你们两个给我说实话,到底有没有抽烟?"刘希斌皮笑肉不笑地说。

"没有!"那两个学生理直气壮道。

"没有?"刘希斌把那两个学生的手放在鼻子上使劲嗅了嗅,然后说,"你们两位领导是不是嗅错了,我咋没闻到烟味呢?"

"什么?没有烟味?"章国庆非常生气,"你是不是睁眼说瞎话?"

"我怎么睁眼说瞎话了,这明明没有烟味嘛!"刘希斌申辩道。

章国庆哭笑不得:"想不到,你一个年级主任还护短!"

唐海林见刘希斌明显在袒护学生,他走了出去。

此时,刘希斌装出一脸无辜的样子:"我护短,我护什么短?"

章国庆较真了起来:"我要是叫第三个人来闻出烟味怎么说?"

"认打认罚!"刘希斌叫起了板。

"你你你!"面对刘希斌这个死猪不怕开水烫的家伙,章国庆气得在办公室里乱转。

就在这时,钟奇举恰好路过政教处门口。

"钟校长,你来一下。"章国庆喊道。

章国庆把前因后果告诉了钟奇举。

刘希斌知道钟奇举是不吸烟的,立马紧张了起来。

此时,唐海林从外面回来了,手里拿着一包红杉树烟。

那两个学生见到赃物,刹那间紧张起来了!

钟奇举顿时明白了!他上下打量了一番那两个学生,把他们的手也放在鼻子上嗅了嗅,然后厉声说:"你这两个学生再不如实交代,马上给我开除!"

见校长动真格的了,那两个学生顿时害怕了:"校长,我们两个抽烟了!"然后一五一十把抽烟的事全部抖了出来,并一一供出其他抽烟的学生。

原来,这两个学生所抽的红杉树烟是在校门口商店里买的。商店刘姓老板为了赚学生钱,除了整包整包卖给学生外,还把烟拆开一根或者两根、三根卖给学生,每根烟卖到3到5角不等。

唐海林刚才是到高一(4)班去了。该班此时是作文课,语文老师正在看学生写作文。唐海林跟语文老师说明情况后,他来到宋云飞的书洞前,发现里面有一件衣服,他让旁边一个学生把那件衣服拿出来。就在那件衣服被拿出来的瞬间,一包红杉树烟从桌洞里掉了下来……

商店老板竟然把烟私自卖给学生赚黑心钱,这还得了!钟奇举让章国庆和唐海林把商店老板叫过来狠狠地批评教育:"这些抽烟的孩子都还未成年,你怎能忍心卖烟给他们呢……你这是犯罪啊!"

那个刘姓老板自知理亏,点头哈腰说:"钟校长,千错万错都怪我利欲熏心,您请放心,下次再也不卖烟给学生了!"

因为初来乍到,钟奇举哪里知道,这个刘姓老板是刘希斌的二大爷。要不然,他非处理刘希斌不可。不过,他还是把刘希斌狠狠地批评了一顿:"一个班有那么多学生抽烟,你怎么没发现?你这个班主任是怎么当的?"

"钟校,都怪我失职,都怪我失职!"刘希斌连连说。

随后,唐海林起草并贴出一张处分公告,根据情节给予宋云飞和汪峰两个学生严重警告处分,其他参与抽烟学生也一并受到了警告处分,责令写检讨书检讨,并扣除各班5分/人。

燃烧的是香烟,消耗的是生命。经唐海林这么望闻问切一抓,谁还敢抽烟啊!自此,学校再也没有出现学生抽烟现象。

30

这是12月里的一天下午,第六课课间,唐海林在校园内检查工作。当他快走到音乐教室楼下时,忽然传来一阵撕心裂肺的哭声!

唐海林顺着哭声跑了过去,只见一个胖乎乎的男生正坐在一楼楼梯的台阶上埋头大哭不止,一旁站着两个学生。

"怎么了? 怎么了?"唐海林走向前急切地问道。

那个男生鼻涕一把眼泪一把仍哭个不停,地上还有一堆他呕吐的秽污。

"唐主任,刘光辉被老师打了!"站在一旁的一个男生说。

"什么? 刘光辉被老师打了?"唐海林瞧着面熟,"可是七(4)班的刘光辉?"

"是的!"两个学生异口同声道。

一确定是七年级(4)班的刘光辉,唐海林瞬间想起一件事。

本学期初的一天下午,唐海林在二楼的八年级(6)班上完第五节课后,他顺着东楼梯下来朝办公室走去。初中部的教学楼有四层,东西有两个楼梯,西楼梯是主楼梯,绝大多数师生会走这里,因为这个楼梯距离厕所、操场、四室等处最近,而东楼梯靠近街道但远离生活区,故师生相对走的较少。

当唐海林走到东楼梯拐弯处,他忽然听到哗啦啦的水声。莫非是楼后住户的水管或者水龙头坏了在漏水?

唐海林发觉水声来自一楼的楼梯间,他快步走到楼梯间朝里一瞧,只见一个男生正跪在狭小的楼梯间往墙上撒尿。 楼楼梯间堆放着一些破旧的门窗且不说,由于学生打扫卫生不彻底,在那个学生双膝跪着的地方,尽是玻璃和垃圾。

发现有人过来,那个学生"噌"的一下爬了起来。

唐海林一把把那个胖乎乎的学生拉过来问道:"厕所离这很近,你怎么在这里撒尿呢?"

那个男生站在那里一言不发,笑嘻嘻地摆弄着双手。他上身穿着校服,下身穿着牛仔裤,由于比较胖把衣服撑得满满的。然而,他浑身上下脏兮兮的,尤其是胸前和双膝处,要知道,这校服是学校前几天才发。尤其他的牛仔裤裤门拉链还没有来得及拉起来,门口湿了一大片。

"你是哪个班级的?"

那个男生依旧笑嘻嘻地摆弄着双手,站在那里一言不发。

唐海林把那个男生拉出楼梯间,再次问道:"你叫什么名字? 哪个班级的?"

那个男生似乎听不懂唐海林说的话,依旧不理不睬。

"唐主任,他叫刘光辉,是我们七年级(4)班的。"这时围过来几个学生说。

知道那个学生是七年级(4)班的之后,唐海林迅速掏出手机给该班班主任许新根打了一个电话。

许新根从办公室很快走了过来,唐海林把事情经过告诉了许新根,并带他查看了现场。

许新根看了之后,把唐海林叫到一边,小声说:"唐主任,这个刘光辉脑子有问题,是全班最笨成绩最差的。"

"脑子有问题?有啥问题?"唐海林也感觉这个刘光辉的举止有些特别,跟其他学生是有些不一样。

"开学初,他妈妈把他送来报名时跟我说,刘光辉生下来时可聪明了,在他3岁的时候拉了一次肚子,很严重,到村里诊所去看病,医生给吊了5瓶水并吃了一包药之后,竟昏迷不醒三天三夜,等醒来之后,脑子打那就不好使了。所以,他妈希望我多照顾照顾。"

唐海林一见是这种情况,就把刘光辉的事交给许新根去处理了。

期中考试前,学校搞了一次广播操比赛。这次广播操比赛全程是唐海林策划、组织的。根据学校规定,各班确实有特异体质的学生可以不上场参加比赛,刘光辉便是其中之一。在比赛中,唐海林抽调部分特异体质的学生参与保障工作,他发现,刘光辉在搬桌子和传递评分表时,还是挺勤快的。

现如今,唐海林一听刘光辉被老师打了,他怎能不心急如焚。"哪个老师打的?"

"是冯老师打的。"一个学生说。

"冯老师打的?因什么打的?"

"在上节课上音乐课时,由于刘光辉慌慌张张跑步进音乐室,不小心把冯老师的古筝给绊倒摔在地上了,那声音可响了。老师一气之下,拿起鸡毛掸子去打他。"

唐海林一听说冯老师上音乐课,不由得想起另外一件事。

大约在半个月前的一天下午,唐海林在八年级(7)班上完课下楼来,只见七(4)班门口乱哄哄地围了一大堆人。

唐海林走到跟前一看,一个胖乎乎的男生正站在那里一边大哭一边大喊:"你凭什么打我!你凭什么打我!"

"你这个孬种孩子,我打你算轻的!"一个大约30岁的成年男子封住那个男生的衣领大声吼道。

"俺这可怎么了了!俺这可怎么了了!"站在一旁的一个陌生女人呼天抢地哭诉着。

"怎么回事?怎么回事?"唐海林跑过去问道。

那个成年男子见来了一个像领导的人,赶紧松开了手。

"唐主任,刚才是我的音乐课,"站在一旁的女教师冯萌萌说,"事情是这样的……"

"走!都跟我到政教处去说!"为了减少负面影响,唐海林把他们叫到了政教处。

从冯萌萌和那一对陌生成年男女口中,唐海林知道了个大概。

原来,十节课是十年级(4)班的音乐课,冯萌萌因为身体不舒服,没有把学生带音乐室去,而是打算让学生在班里唱两首歌之后,就让他们上自习课。

谁知,在唱歌时,冯萌萌发现第三排右边一个女生趴在桌子上不动,她赶紧上前去问个究竟。

旁边的一个学生告诉她:"黄梦雅发烧生病了!"

冯萌萌用手一试,黄梦雅的额头果然很烫。

"你们班学生生病了,班主任是怎么安排的?"

谁知,冯萌萌的话音未落,一个壮实实的男生从后侧蹿了过来:"我带她去看病,我带她去……"

说时迟,那时快。那个男生话还没说完,只听扑通一声,他一下子趴在了第五排左边的一个女生腿上!

"啊!"那个女生一声惨叫!

"怎么了?怎么了!"冯萌萌被这突来的情况吓了一跳,她一转身,那个男生一骨碌爬了起来。

当冯萌萌来到那个惨叫的女生跟前,那个女生趴在桌上大哭起来!

"你怎么了?你怎么了?"冯萌萌急切地问道。

"老师,沈丹丹小腿骨折还没好!"一旁的一个女生说。

原来,在一个半月之前,沈丹丹跟弟弟在家里玩耍,他们从一个近两米高的大石头上往下跳,结果导致左小腿骨折。

俗话说,伤筋动骨一百天。沈丹丹的爸妈怕女儿的功课给耽误荒废了,在女儿骨折还没有完全恢复的情况下,每天用三轮车早送晚接沈丹丹,并让班主任照看好。

冯萌萌知道真相后,赶紧给沈丹丹的爸妈和班主任打电话。

沈丹丹的爸妈赶到学校后,一听说是那个叫高先雷的男生弄伤了他们的宝贝女儿,沈丹丹的爸爸顿时火冒三丈,甚至要动手打高先雷。因为,据沈丹丹说,高先雷之前多次招惹过她。

见女儿一个劲地哭喊叫疼,沈丹丹的爸妈认为,肯定让高先雷给碰的二次骨折了。所以他们提出要高先雷家和冯萌萌出钱给沈丹丹看病。

唐海林见沈丹丹的爸妈说的也在理,他只好让冯萌萌给高先雷家长打电话。大约过了近一节课时间,高先雷的爸爸才姗姗来到学校。

一到学校,高先雷的爸爸一听说高先雷在课堂上把沈丹丹给伤着了,他狠狠地扇了他儿子几巴掌。

高先雷哭诉着说:"是张雪飞推了我一把,我才碰到沈丹丹的。"

高先雷爸爸听儿子这么一说,哪里肯善罢甘休:"既然是张雪飞推了先雷,那张雪飞也有责任!你们也得叫张雪飞的家长过来出钱。"

唐海林一听说张雪飞推了高先雷一把,才导致高先雷碰到了沈丹丹,他马上把张雪飞叫过来询问,并让冯萌萌给张雪飞的家长打电话。

张雪飞一听高先雷说是他推了高先雷一把,才导致高先雷碰到了沈丹丹的,立马吓哭了。

"别哭!别哭!"唐海林安慰说,"推就推了,没推就没推,实话实说。"

张雪飞一边哭一边申辩说:"老师,我没有推高先雷!是他自己绊到桌腿后一下子趴到沈丹丹身上的。"

"就是你推我,才碰到了沈丹丹的!"高先雷也一边哭一边理直气壮地说。

"一个说推了,一个说没推,那就奇怪了! 唐海林说:"张雪飞,高先雷,你们能不能找到目击证人呢?"

"老师,我能!"张雪飞坚定地答道,"我的同桌尚西平和岑博士能证明。"

"高先雷,你呢?"唐海林问道。

高先雷摇摇头:"老师,我当时摔懵了。"

"既然如此,张雪飞,你去把那两个同学叫来。"唐海林说。

张雪飞刚想转身离去,高先雷的爸爸马上对高先雷说:"你也跟去一起去叫。"

尚西平和岑博士跟着张雪飞和高先雷前脚刚到政教处,张雪飞的妈妈后脚也到政教处了,原来她就在学校附近的街道上打工。

当张雪飞的妈妈一听说她儿子推了高先雷才导致碰到沈丹丹的,马上说:"老师,俺雪儿从小就胆小怕事,他是不会推高先雷的。"

"推没推,不是你说了算,也不是我说了算。"唐海林说,"现在你们三方家长都到位了,我当着你们的面询问那两个学生,让他们告诉我们真相吧!"

"好的,老师,我们听你的。"三方家长异口同声说。

唐海林走到尚西平和岑博士跟前说:"尚西平、岑博士两位同学,诚实守信不说假话是我们作为一名中学生的最基本要求,知道吗?"

尚西平和岑博士频频点头。

唐海林继续说:"尚西平、岑博士,我问你们什么,你们就答什么,绝不允许撒谎和乱说,知道吗?"

"知道!"尚西平和岑博士异口同声答道。

"那好!"唐海林问道,"我希望你们俩把在课堂上看到的情况一五一十地告诉我,高先雷到底是张雪飞给推倒的,还是自己不小心摔倒了?"

"老师,是高先雷自己摔倒的。"尚西平和岑博士异口同声答道。

"是高先雷自己摔倒的?"唐海林再次问道。

"是高先雷慌慌张张跑过来时自己绊到桌子腿,我看到了。"尚西平答道。

"没错,我们在一边看得清清楚楚。"岑博士补充道。

"你们要对你们所说的话要负责的,知道吗?"唐海林说。

"老师,知道!"

唐海林见尚西平和岑博士态度那么诚恳,转身对高先雷爸爸说:"高先雷家长,这两个学生已经证明张雪飞没有推高先雷,你……"

唐海林的话还没有说完,高先雷马上抢话说:"就是张雪飞推了我!"

"高先雷,你说张雪飞推了,那好,你也找目击证人来证明,好吗?"唐海林说。

"我……我……"高先雷顿时哑口无言。

这时一个女生跑来报告说:"老师,沈丹丹在座位上大喊大叫!"

沈丹丹的妈妈一听,说:"唐主任,俺丹丹的腿肯定是又骨折了,你抓紧安排人带俺女儿去市人民医院检查去!"

"好的!"唐海林答道,然后对高先雷爸爸说,"真相已经大白,高先雷家长,你还有什么要说的吗?"

"你们学校的老师也有责任,必须让她也一起去。"

"我们没有推卸责任。"唐海林转身对冯萌萌说,"冯老师,你跟他们一起去。"

见唐海林这么一说,高先雷的爸爸掏出手机打了一个电话,没多会,一个出租车过来了。这时,一个妇女骑着电动车跟着进来。

只见那个妇女停稳电动车,一瘸一拐走到高先雷跟前,一边打高先雷一边大骂:"你个小老祖,我让你在学校好好上学,就是不听!"来人是高先雷的妈妈。

"别打!别打!事情已经发生,打也不能解决问题。"唐海林一把拉住高先雷的妈妈,然后对冯萌萌说,"冯老师,你们现在抓紧带沈丹丹去医院检查。"

瞧着远去的出租车,高先雷的妈妈对唐海林说:"老师,您有所不知,这孩子从小就不让人省心,他在村小上小学时,那村小校长是俺本家侄子,天天上门找俺算账,说高先雷天天在学校调皮捣蛋欺负同学!"

唐海林让张雪飞、尚西平和岑博士等几位同学回班,然后留下高先雷说:"先雷,我没记错的话,一个月前,在街口出的那次车祸,是你吧?"

高先雷点着头。

一个多月前一天中午放学时间,唐海林到街上买洗漱用品,当他来到街南头十字路口,发现一堆人围着一辆小型货车,一个胖乎乎、学生模样的孩子站在车前头大哭不止,地上倒着一辆自行车,那自行车的前轮完全变了形。

唐海林刚想看个究竟,那个学生模样的孩子哭诉着:"老师,我被车撞了!"

"哪班的?叫什么名字?"

"七年级(4)班,高先雷。"

唐海林安慰说:"别哭,现在怎么样?"

"浑身疼!"

唐海林见高先雷能站着,估计问题不是很大,他转身对那个年轻的司机说:"我也不想报警难为你,你开车把我们学生碰了,现在抓紧带小孩去检查,如果没啥事,你再掏些钱给修自行车,然后走人,你看行吗?"

"老师,行行行!"那个年轻的司机频频点头。

唐海林掏出手机给七年级(4)班班主任许新根打了一个电话,让他打电话给高先雷家长。然后把事故现场拍了照保存起来。

所幸的是,高先雷到医院检查后,只受了一点皮外伤……

唐海林把高先雷娘俩叫到政教处,落座后说:"先雷,你的最大问题,就是遇事好慌!"

"老师,您说的没错,他从小干什么都是慌慌张张的。"高先雷的妈妈说。

"你看,那次车祸,有司机的一半责任,也有你的一半责任。如果你骑车靠右边好好走路的话,怎么会跟人家汽车相撞?"

"老师,您有所不知,俺家离学校路远,我原来给他钱,让他中午不回家在学校买午饭吃的,谁知他把这吃饭钱用来去打游戏了。"高先雷的妈妈说。

"先雷,你用爸妈挣的血汗钱,去打游戏,就更不应该了!"唐海林说。

高先雷坐在一边默不作声。

"今天这件事,按理说,你带同学去看病是件好事。但是,如果你不慌慌张张地跑过去的话,就不会碰到沈丹丹,你说对吗?"

高先雷频频点头。

"俗话说,三思而后行。今后,无论遇到什么事、无论做什么事,请记住:一定不要慌张,先考虑清楚再去做,好吗?"

"老师,我知道了!"高先雷答道。

"还有,为人要诚实,不能撒谎诬赖他人,知道吗?"

"老师,我错了!"

所幸的是,沈丹丹到市医院检查后,只是肌肉有些拉伤……

话说唐海林刚想带刘光辉去医院检查,冯萌萌从楼上下来了。她一看刘光辉这个样子,也吓了一跳,她主动对唐海林说:"唐主任,我这就带刘光辉去医院检查。"

大约半节课工夫,冯萌萌从医院回来对唐海林说:"医生检查说,没事的。"

"没事就好,刘光辉呢?"唐海林问道。

"正好遇到他的大爷,让他大爷给带回家了。"冯萌萌答道。

唐海林让冯萌萌坐下,然后说:"冯老师,你今后上课时一定要注意了!"

"是的,唐主任。"

"这两起事,都是很危险的事。如果那个沈丹丹的腿真的二次骨折了,你是有责任的,毕竟是你的课;如果那个刘光辉的眼睛真的被你用鸡毛掸戳到了,后果不堪设想!"

冯萌萌一脸严肃,频频点头。

"在短短一个月时间内,就发生两起事故,所以,你要好好反思反思。今后,绝不能让类似的事情再发生了!"

"是是是!"

新的一周开始了,恰轮到唐海林值班。

这是一个风刀霜剑的周一早上,7点40分,唐海林按照学校要求开始点名。

点名结束后,唐海林正准备解散,他突然发现校门口有几个人在大声喧哗。

会不会发生什么突发事件?唐海林不容多想,赶紧朝校门口奔去。

走到校门口一看,只见一个中年妇女手持一根棍子将一个学生往校园里赶,旁边还站在一个年轻的女性。

这不是刘光辉吗?唐海林一下子护住刘光辉说:"怎么了?怎么了?"

"老师,这死孩子不想上学!"那个妇女说。

"你是刘光辉的妈妈吧?"唐海林问道。

"是的。"那个中年妇女答道。

"小孩子不想上学,是有原因的,好好跟他说。"唐海林说。

"俺弟弟上个星期在学校犯了错误挨老师批评了,怕回班丢人!"那个年轻女孩答道。

"知错就改,就是好孩子,那丢什么人!"唐海林劝说,"光辉,走,跟我进班上课去!"

"我不去!我不去!"刘光辉手指着他的妈妈说,"她们把我惯坏了!她们把我惯坏了!"然后一下子挣脱唐海林,朝校门跑去。

唐海林见状赶紧跟刘光辉的妈妈和姐姐一起去追。幸好此时大门已经关上,刘光辉没能跑出去。

"你不进班可以。"唐海林为了缓和气氛说,"但天气太冷了,别冻有病了。这样吧,跟我到政教处去。"

"我不去,我不去,冻死算完!"刘光辉双手拉住学校的大门说。

在刘光辉的妈妈和姐姐连推带拉下,刘光辉被送到了政教处。

到了政教处,唐海林让刘光辉坐在长椅上休息。任凭唐海林、许新根和他的妈妈、姐姐怎么劝说,刘光辉就是不进班上课。

刘光辉的妈妈见刘光辉稍微平静下来,就说:"光辉,你等会跟老师进班上课,我跟你姐姐回去了。"

刘光辉一听,往长椅上一躺,睡起大觉来。

"天气这么冷,会冻有病的。"唐海林要去拉刘光辉。

"俺光辉的身体可好了,大冬天喝凉水没事。"刘光辉的妈妈说,"在家正吃饭,渴了,就把冰凉的井水浇在饭里,连吃带喝。"

刘光辉不听那一套,依旧躺在长椅上睡大觉。

唐海林示意刘光辉的妈妈、姐姐和班主任回去,他打算一个人再好好跟刘光辉谈心,解开他心中的疙瘩。

等刘光辉的妈妈、姐姐和班主任走后,唐海林跟刘光辉说了几次话,刘光辉就是不理。

于是,唐海林偷偷出去给冯萌萌打电话说明情况,让她过来一趟。

没多大工夫,冯萌萌来到刘光辉跟前,蹲下身子说:"光辉,你把老师的古筝碰掉了,老师打你是不对的,老师在这里给你道歉了。幸好古筝只摔断一根弦,老师已经修好了,不让你赔了……"

任凭冯萌萌怎么说,刘光辉就是不起来。

大约过了十多分钟的时间,刘光辉依然在长椅上装睡,唐海林示意冯萌萌回去。

唐海林在办公室来回踱步,他忽然想起刘光辉在广播操比赛中忙碌的身影!与此同时,他发现桶里的水用完了。于是,唐海林打算尝试着另外一种方法。"光辉,我办公室里的水用完了,你去帮我打一桶来,好吗?"

说时迟,那时快,刘光辉"噌"的一下站了起来,迅速提桶去打水了。

没多大工夫,刘光辉提着满满一桶水来了。

唐海林赶紧一把接过来:"光辉真有劲!"

刘光辉把水交给唐海林后,又往长椅上一躺睡大觉。

"这怎么行?"唐海林见状,灵机一动:"光辉,走跟我检查卫生。"

刘光辉又一骨碌爬起来,跟在唐海林后面。

走出政教处,唐海林满校园横扫了一眼。他决定带刘光辉朝卫生死角——食堂后面的配电室走去。

走到那一看,果然发现有一个装满垃圾的垃圾桶,估计不下几十斤重,但这个垃圾桶有一个轮子是坏的,不能推动。"光辉,走,我们把这桶垃圾送垃圾池去。"唐海林正准备跟刘光辉一起搬动垃圾桶。

"老师,让我一个人来。"刘光辉早已用双手一下子把垃圾桶抱起便走。

"光辉,你的力气好大啊!"唐海林赞叹道。

唐海林怕把刘光辉累着,赶紧跟刘光辉一起抬着垃圾桶走。

唐海林见刘光辉面不改色、气不喘,一边走一边问道:"光辉,你一顿吃几个煎饼?"

刘光辉答道:"九个!"

"什么?九个!"唐海林大吃一惊,"光辉,你真厉害啊!够我吃好几顿的。"要知道,这还是一个12岁的孩子呀!

"老师,你一顿吃几个煎饼?"

"我一顿才吃两个,最多三个。"

刘光辉笑了:"这么少啊!"

从配电室到垃圾池,大约有500米距离。走到半途,唐海林说:"光辉,咱也歇歇吧?"

"不累!"刘光辉说着跟唐海林一口气把那桶垃圾送达目的地。

把垃圾倒掉后,唐海林突然想起在广播室里有一个破旧的垃圾桶轮子,那轮子是他以往从报废的垃圾桶上拆下的。何不将那个轮子拿来安装在这个垃圾桶上呢?

唐海林迅速到广播室把那个轮子拿了出来,但那个轮子上还套着一根轴。唐海林把那个轮子在地上磕了几下,试图把那个轴拿掉,但怎么也拿不掉。

"老师,让我来!"刘光辉一把将轮子拿了过去,然后朝广播室后面的水池走去。

"小心些,别把手弄破了。"

唐海林话音未落,刘光辉从广播室后面走了出来,左手拿着轮子、右手拿着轴大声说:"老师,你看!"

"光辉,你是怎么把轴拿掉的?"唐海林感到万分惊奇,要知道,刚才他是费了好大的劲也没有把轮子和轴分开啊!

"我给它们浇了一点水,"刘光辉一边说一边做着动作,"然后往水池上一磕,就掉了!"

"光辉,连老师都没有想起这个办法,你真聪明啊!"唐海林发出啧啧赞叹声,要知道,这是七年级(4)班全班最笨成绩最差的一个学生啊!现在,唐海林完全相信"上帝每关闭了一扇门,就一定会打开一扇窗"这句话的真正含义了。

刘光辉把轴交给唐海林,接着把那个轮子迅速安装在了那个垃圾桶上。然而,那个垃圾桶一推起来,轮子很容易掉。

唐海林正想办法解决这个问题,只见刘光辉从口袋里拿出两根铁丝,将其中一根缠绕在轴一端的沟槽里。

"你身上怎么有铁丝?"唐海林问道。

"这是我在家里拿的。"刘光辉答道。

把垃圾桶送回原处后,唐海林决定试着带刘光辉朝七年级(4)班走去,但刘光辉远远地躲着他的班级。

无奈之下,唐海林只好带着刘光辉朝四楼的初中部教师的办公室走去。

来到初中部教师的办公室,唐海林发现那里的垃圾筐快满了。于是,唐海林对刘光辉说:"光辉,来跟我把这垃圾给倒掉去。"

刘光辉一把抢过垃圾筐:"我一个人能提动。"说着把那筐垃圾朝楼下送。

唐海林跟在刘光辉后面,大约走到二楼的时候,刘光辉突然停下来说:"老师,等我以后娶媳妇,请你喝喜酒。"

"好啊,千万别忘了,我一定去!"唐海林惊奇万分,没想到刘光辉会突然说出这样奇怪的问题。

刘光辉把垃圾送到垃圾池后,唐海林掏出手机当着刘光辉的面给许新根打了一个电话:"许老师,刘光辉今天做了不少好事,不仅把学校几个地方垃圾桶里的垃圾给清理了,而且还把一个破垃圾桶给修好,你要在班里好好表扬刘光辉一下,我这边还要给你们班加5分。"

刘光辉听到唐海林的表扬后,心里乐开了花。

第二天早上,在唐海林和许新根的护送下,刘光辉愉快地回到了七年级(4)班。

31

　　学校明文要求,晚自习放学时,值班教干和值班班主任必须先把走读生送出校门,然后到宿舍检查住宿生住宿情况后,方可回去休息。

　　自从当班主任那天起,唐海林天天坚持送学生、检查宿舍,当他到政教处工作后,送学生、检查宿舍更是他每晚必修之课。

　　2006年5月的一天晚上,唐海林和几个班主任把走读生全部送出校门后,几个人说说笑笑到宿舍去检查。因为宿舍归政教处管,查完宿舍,他又和值班宿管员多说了几句话,等他起身回自己宿舍时,熄灯号已经吹响了,那几个班主任也已经各自回家去了。

　　两眼一睁,忙到熄灯。熄灯后的校园真宁静,此刻,蜷缩着的黑夜紧紧拥抱着白云山脚下的每一寸土地。

　　"老师……老师……不好了!"当唐海林走到校门口时,忽然,一个男学生哭哭啼啼跑来向他报告,"社会上……有一群人……在街北头……十字路口……殴打……我们同学……你再不过去,恐怕……那个同学要……没命了!"

　　听了那个学生的报告后,唐海林马上意识到问题的严重性,他立刻掏出手机拨打110,坏了,手机没电关机!咋办?于是,他向值班室里的门卫大声喊道:"张师傅,街北头十字路口有人殴打我们的学生,你赶紧喊人报案,我先去了!"说完,像箭一般冲了出去。

　　从学校大门到街北头十字路口有一千多米,街道上的路灯和路面一样,由于年久失修,忽明忽暗、忽高忽低,唐海林深一脚、浅一脚地向出事地点奔去。

　　一口气冲到出事地点,在昏暗的路灯下,只见一个歹徒正举起一把一尺多长的大砍刀向一个人乱砍,周围围着十多个人。

　　"住手!"唐海林大喝一声。

　　就在这个歹徒发愣的瞬间,唐海林一个箭步冲上去,双手死死抓住那只握刀的手,右脚随即跟到了歹徒的右脚跟后,就在唐海林准备赤手夺刀同时将歹徒摔倒的瞬间,突然,另一把大砍刀狠狠地向他后背劈来,唐海林扫描到了一个黑影向他冲来,也听到了砍刀向下劈的呼啸声,但最终还是闪躲不及,被大砍刀重重地砍在了右肩膀上,"啊!"一声惨叫,歹徒被摔倒在地上了,刀被夺下来了,鲜红的血液已从刀口喷涌而出,染红了唐海林的白衬衣,染红了夜色。

　　就在那个杀红眼的歹徒举刀第二次砍来时,唐海林双手握住那把被他夺下来的大砍刀,使出十二万分力气迎上去,只见火花四射当啷一声,那个歹徒手中的大砍刀被震飞了。

　　对峙!对峙!对峙!唐海林手握大砍刀傲然挺立着。冥冥之中,他感觉原本站在白云崖顶看风景的自己,突然脚一滑掉进了万丈深渊。

"警察来了!快跑!"有人大声喊道。

那一个个穷途末路的歹徒顿时像一个个无头的苍蝇,开始夺路狂奔。

"呼!呼!"随着两声枪响,那帮四处乱窜的歹徒正好被赶来的白云派出所干警们一网打尽。

此时,唐海林也倒在了血泊中!

"来几个人,抓紧把这两个受伤人员送往医院!"发话的是派出所彭所长,"其余人员把这些人全部押送派出所。"

"所长,这两个人的伤势太重了!"一个警察走上前,看了看说。

彭所长喊道:"把警车开过来,立刻送他们到医院抢救!"

"是!"

白云医院急救室,医护人员紧张地忙碌着。

"怎么样了?"钟奇举与校长办主任黄小平闻讯赶来,急切地问道。

医院领导一脸无助:"失血太多,恐怕得送市医院抢救!"

钟奇举急切地说:"请医院抓紧用救护车把这两个人送往市医院!"然后转身对黄小平说,"抓紧通知学生家长和唐海林家属赶往市医院。"

经打电话给级组主任和班主任查实,黄小平了解到被砍的学生叫侯永光,家住侯村。

几乎在两个重伤人员被送往市医院抢救的同时,董君梅赶到了,刘希斌和郑丽君两口子也赶到了。

刘希斌和郑丽君怎么来了?原来,侯永光是郑丽君的外甥。郑丽君的大姐和大姐夫都外出打工去了,把侯永光交给他的外公外婆即郑丽君的父母带。

手术室里,医生紧张地忙碌着。

手术室外,人们焦急地等待着。

大约半个小时,一名医生推开急诊室的门,急切地向守候在门外的人群大呼道:"谁是唐海林的家人?"

"我是!"董君梅急切答道。

"我们都是!"钟奇举道。

"刚才在抢救那个叫侯永光的学生时,把血库里的O型血都用完了。"那个医生说,"而唐海林恰巧也急需O型血。"

钟奇举问道:"那怎么办?"

医生说:"目前有两个途径获得O型血。"

"哪两个途径?"钟奇举急切问道。

"一个是从兄弟县市医院调,从路程看,最快也得1个多小时,这恐怕病情不允许,因为病人现在生命垂危!另外一个途径就是你们当中有没有谁是O型血的?"

"谁是O型血?"钟奇举高呼着,然后迅速环顾了一下人群。

郑丽君刚想开口,被刘希斌狠狠地拽住了。

此时急诊室外鸦雀无声。

董君梅悲戚地说:"这可怎么办呀?我是B型血呀!"

钟奇举又环顾一下人群,见无动静,便对校长办公室主任黄小平说:"黄主任,你抓紧打电话给学校其他教干和老师,看有没有谁是O型血的?"

"是!"黄小平随即掏电话拨打。

"钟校长,黄主任,别打了,我是O型血!"郑丽君终于挣开了刘希斌的手。

"太好了!郑老师!谢谢你!"钟奇举向前抓住郑丽君的双手激动说。人们把所有目光都投到了郑丽君身上。

"郑老师!谢谢您!"董君梅给郑丽君深深鞠了一躬。

"校长,她……"刘希斌欲言又止。

"别耽搁时间了,请这位同志抓紧跟我去输血室。"那位医生道。

在输血室里,从郑丽君身上抽取300CC的新鲜血液。

抽完血,脸色苍白的郑丽君站起身来,刚走一步,忽地晕倒了!

幸好有刘希斌扶着,郑丽君没摔着。

"按理说,抽取300CC的血液,不应该晕倒啊?"抽血的医生说。

"医生,她一个月前刚刚流产过!"刘希斌心疼道。原来,一个月前,郑丽君因避孕失败而流产,身体还没有完全恢复。

"赶紧送注射室挂能量。"医生道。

注射室里,郑丽君躺在床上挂能量,刘希斌又心疼又埋怨地对郑丽君说:"你呀你,明明知道自己身体不行,还偏偏逞强!"

郑丽君少气无力地回答道:"唐老师能舍命救俺外甥,我为他献点血,又算得了什么?"

刘希斌哑口无言。

董君梅闻讯赶来,紧紧抓住郑丽君的手:"郑老师,谢谢您,谢谢您救了俺家海林一命!"

"嫂子,应该的。"郑丽君问道,"唐老师现在怎么样了?"

董君梅说:"很好,手术很成功!"

按照医院要求,唐海林至少要住一个月的院,然而,他在医院待了十来天就受不了了。

"君梅,我要去上班。"唐海林对妻子说。

"你这伤口的线还没拆,怎么去上班?"董君梅心疼地说。

"没事的,这不快好了吗?"

"没事的?你把手臂动动看。"

唐海林吃力地想举着右手臂,但仿佛有千斤重,怎么也举不动,随之脸上的汗水哗哗往下流淌着。

君梅把海林的右手臂轻轻放下来,一边用毛巾帮他擦汗一边说:"别逞能了,还是安心养伤吧!"

"君梅,我放心不下班里的孩子!"

"老公,校长不是已经安排年级主任代管了吗!"

为了能早日去上班,唐海林让董君梅找来笔纸,他试图用右手写字,但怎么也拿不动笔,因为他右手的五个指头根本拢不到一起。无奈之下,他决定用左手练字。

然而,习惯用右手的他,又怎能方便用左手写字呢?这难不倒唐海林,每天在吊水的同时,他就用左手一笔一画在纸上练字。

好不容易熬了半个月,唐海林再也坐不住了,他再三强烈要求出院。董君梅只好给他办理出院手续。

唐海林回到学校后,艰难地给孩子们上课。他想像往常一样谈笑风生,但明显有些僵硬,因为一说话伤口就阵痛;他想像往常一样在黑板上挥洒自如,但右臂怎么也不听使唤,而左臂却显得十分别扭,写起字来歪歪扭扭,随后便是大把大把的汗珠子往下滚落。

这一切都被孩子们看在眼里!"老师,我们不听您的课,您回家好好休息吧!"为了达到拒绝唐海林不给他们上课,孩子们竟然纷纷举起双手捂住了耳朵不听课。

为了让孩子们批准他上课,唐海林一次次走进他所带的六个班级耐心说:"孩子们,你们的微笑就是我的最好良药,只要能给你们上课、只要能天天见到你们,我的伤口就好得更快了……"

为了让左手跟右手一样挥洒自如,唐海林每天坚持用左手练字。与此同时,他经常让妻子帮他活动右手。

在唐海林的坚持下,没出一个月,他左手写字跟右手一样好了。他在课堂上跟孩子们侃侃而谈:"如果抛开歹徒们为非作歹的话,我还应该感谢他们呢,因为他们的一刀下来,迫使我开发右脑了呢,尽管我的右手现在暂时还不能动,但我觉得脑子比往天更好用了!"

第六周为第二护导组执行全校护导工作。在本周四的行政会上,二组组长即分管初中教学的李品廷副校长在会上通报了学生吃零食的现象有所抬头,希望政教部门要加强对学生这方面教育。

第七周升旗仪式到了,唐海林觉得就吃零食问题有必要对全校学生进行一次教育。于是,当章国庆在国旗下讲完话后,唐海林重申了校园内禁止吃零食的规定:"最近,在校园内吃零食现象有所抬头,再发现有吃零食者,将给予警告处分,性质恶劣的或者屡教不改的给予严重警告处分……"

让唐海林万没想到的是,升旗仪式一结束,就有几个学生敢以身试法。

每周升旗仪式时间,按照白中惯例安排在第二节课和第三节课之间。当第三节课预备铃打响后,唐海林决定走出去看看学生遵守纪律情况。

他站在政教处门前台阶上东张西望,这时,从校园商店方向有三四个学生一边手里拿着零食吃一边迈着四方步子向教室走去。

"你们那几个同学过来。"唐海林站在远处喊道。

那几个学生见到有人盯上他们吃零食了,赶紧三两口把嘴里未咀嚼的零食吞咽掉,未吃的零食往兜里塞。

"你们几个过来!"唐海林第二次命令道。

那几个学生跑到唐海林面前不远处停下来站住,有三个学生低头不语,唯有一个学生远距离站着。唐海林上下打量这个学生发现,这个学生不仅两手插在裤兜里若无其事、满不在乎的样子,而且留着一头长发,更可气的是,这一头长发上还有一小撮说黄不黄、说红不红。

"你那个同学把手拿出来。"唐海林手指着那个黄头发命令道,"给我再往前走两步!"

那个学生仍然无动于衷,似乎没有听懂唐海林的话。

唐海林有些生气了:"就说你呢,把手拿出来,听到没有?"

那个学生还是置若罔闻,两眼睁多大。

唐海林一个箭步走过去左手一把拉住那个学生的衣领往前拽了两步,他的这一举动恰被站在二楼的钟校长看到了。钟奇举默不作声,似乎故意要看看唐海林怎么处理这个难缠的学生。有几个老师也从办公室门窗偷偷往外看。

那个学生极不情愿地往前被动地走了两步,更极不情愿地把手拿了出来,眼里放出怒光,似乎要与唐海林打架。

"你叫什么名字?"唐海林掏出笔和纸从左至右逐一问道。

"刘小灿。"

"哪个班的?"

"初二(3)班。"

"你叫什么名字?"

"朱晓枫。"

"哪个班的?"

"初二(3)班。"

"你?"

"陈宁。"

"哪个班的?"

"初二(1)班。"

"还有你?"

那个黄毛依然对唐海林充满敌意,似乎唐海林管得太宽了,而且影响到了他的食欲。

"你叫什么名字?"唐海林又重复了一遍。

那个学生依然目中无人。

"你这个学生今天怎么回事?"唐海林生气道。

"胡正规。"那个学生略带外地口音一字一句又似乎咬牙切齿道。

"哪个班的?"见那个学生终于开口了,唐海林缓和了口气。

"初二(3)班。"又是一字一句。

"好家伙,都是初二的,而且三班最多。"唐海林站在政教处门前的台阶问道,"班主任有没有在班里强调不准在校园里吃零食?"

"有。"那几个学生怯生生回答道。那个黄毛仍然两眼虎视眈眈着,一肚子不服气。

"在刚才的升旗仪式上,我有没有再次强调不准吃零食?"

"有。"

唐海林问:"那你们知道自己错在哪里吗?"

"知道。"

"错在哪?"

"吃零食。"

等于白问了。

"还有呢?"

那几个学生默不作声。

"要不要我帮你们指出来?"唐海林严肃说,"第一,你们吃零食不说,关键是明知故犯;第二,上课铃打响了,你们仍然在校园内大摇大摆走动,没有时间观念。我说的对吗?"

刘小灿、朱晓枫、陈宁已经认识到了自己的错误,唯独胡正规毫不在乎。

"胡正规,你除了以上两项错误外,你有以下两个错误。"唐海林正色说,"一是学校明令禁止男生不准留长头发染黄头发,而你这两项都占着;二是就你今天吃零食这事,你的态度极不端正。为此,"唐海林话锋一转,"按照白中学生违纪处罚条例,给予刘小灿、朱晓枫、陈宁警告处分,给予胡正规严重警告处分。"

刘小灿、朱晓枫、陈宁似乎接受了这个处分,唯独胡正规还嚣张气焰着。

"还有,你们每人写一份深刻的检讨于明天上午第一节课预备铃之前交到政教处。"唐海林补充说,"另外,胡正规要把长头发给我剪成平头,再把黄头发给我染过来,明天一并检查。"说完,唐海林掏出小灵通给初二年级主任打电话通报了这几个违纪学生。然后放下电话对这四个学生说,"你们现在到你们级组主任那去。"

那几个吃零食的学生向初二办公室走去,唯独胡正规不服气,似乎在心里说:姓唐的,你等着瞧!

第二天早上,刘小灿、朱晓枫、陈宁三个学生准时把检讨书交到了唐海林手中,唯独不见胡正规。

"胡正规呢?怎么没来?"唐海林问那三个学生。

"不知道。"

唐海林把三个学生的检讨书拿过来看了一遍,说:"你们三个态度都很诚恳,都已经能充分认识到自己的错误,希望下次再也不出现类似问题,好吗?"

"知道了,我们今后再也不吃零食了。"三个学生异口同声道。

唐海林说:"那好吧,你们三个可以回去了。"

三个违纪学生走出政教处,唐海林掏出电话正准备给初二级组主任和初二(3)班班主任打电话,这时,他大挂着棍子一瘸一拐来到办公室。

唐海林感到十分惊讶,他立刻起身说:"大,您怎么来了?"然后扶着他大坐下。

俗话说,无事不登三宝殿。自从唐海林到白云中学工作以来,他大为了不影响他的工作,从来没有到白中来找过他一次。这次他大突然驾到,唐海林估摸着肯定发生什么事情了。

"俺怎么来了?"海林大张口气喘说,"仨儿,你咋打人家学生呢?"

32

"什么,我打学生?"唐海林感到莫名其妙。

他大生气地说:"对!"

唐海林一愣:"什么时候?"

他大振振有词:"昨天上半天。"

唐海林感到冤枉:"没有啊!"

他大厉声厉色地说:"还没有,人家都指名道姓找上门了!"

唐海林笑了:"有这等事?"

他大没好气:"你大俺什么时候骗过你?"

唐海林焦急地问道:"大,快说说到底怎么回事?"

他大用棍子猛地往地上一磕:"你昨天有没有打一个叫胡正规的学生?"

"没有啊!"唐海林细细在脑子里回想说,"昨天上午,这个学生和另外几个学生吃零食被我抓到了,我让那个胡正规过来,他不但不过来还望我吹胡子瞪眼的,于是我拉了他一把。难道我拉他用力大了,就算打学生了?不仅如此,这个胡正规还留着不男不女的长头发,有一小撮还是黄黄的。为此,根据学校规定,分别给予这几个学生相应的处分;另,我责令胡正规把黄头发染过来,把长头发剪成平头。我根本没有打他呀!"海林实在想不明白。

他大提醒说:"今天一大早,俺庄东头的你全银大爷,你还记得不?"

唐海林忽然想起:"好像有一只眼有点问题吧?"

他大牙狠着:"对!就是那个银瞎子!那个胡正规是他外孙子,二闺女家的。"

原来,今天天刚蒙蒙亮,海林大正准备起床,伴随着狗儿的狂叫声,外面传来又哭又喊又捶门的嘈杂声:"你把俺外孙子打死了,你赔俺外孙子!你把俺外孙子打死了,你赔俺外孙子……"

海林大赶紧穿上衣服开门,只见门外站着好多人,他家的小花狗一个劲狂叫。海林大定睛一看,哭喊和捶门的是庄东头的唐全银老两口,于是赶忙问道:"全银哥,谁把你外孙打了?"

唐全银呼天抢地地说:"你说谁?还能有谁?不是你家人,俺能找别人?"

海林大糊涂了:"老哥老嫂子,你们消消气,到底咋回事?"

唐全银手指着海林大:"你家那个在学校教书的仁儿大名是不是叫唐海林?"

海林大点点头:"没错!"

唐全银老伴一把鼻涕一把泪:"就是那个龟羔孩子,就是那个兵混子,把俺外孙打了。"

海林大问:"什么时候?"

唐全银说:"就是昨天上午。"

海林大问:"因什么?"

唐全银老伴说:"因什么?俺外孙早上没吃饱饭,饿了,就在学校商店买点东西吃,你家仁儿就把俺外孙毒打了一顿。"

海林大也不想抵赖,就问道:"打得怎么样,伤着吗?"

唐全银一把拉过他外孙说:"你看看就知道了!"顺着唐全银手指方向,海林大发现唐全银的外孙子胡正规的左半个脸肿肿的,还有一块紫乎乎的。

唐全银老伴老泪纵横:"俺跟你一无冤二无仇,你怎么能下那么重的毒手啊!"

海林大抚着胡正规的肩膀关切地问道:"乖孩子,还痛吗?要不要姥爷带你去医院检查检查?"

胡正规摇头又点点头。

唐全银大怒起来:"你说要不要?俺外孙子夜里说了一夜胡话不说,还流了很多鼻血!"

唐全银老伴说:"你要是把俺外孙打憨了打残了,俺跟你没完!"

"俺要求你,一个,必须带俺外孙去医院看去,医疗费全部是你家的。"唐全银说,"二个,你必须让你家仁儿今天晌午前给俺外孙赔礼道歉,不然,俺下午就到派出所告他,把他弄派出所去。"

海林大颤巍巍地从兜里掏出一卷布卷子,慢慢打开,一圈一圈,在布卷子的尽头是一卷零零碎碎的钞票。原来那已经发黄发旧的布卷子是手帕,用来包钱的。海林大点着钞票说:"老哥老嫂子,杀人不过头点地。俺该怎么就怎么,绝不赖账。这里头有不到二百块钱,你们先拿着去带你们外孙检查,俺这就去找那个畜生算账去!"

唐全银把钱往地上一摔说:"就这点破钱想打发要饭呐?走,俺们跟你们没完!"说完,带着老伴和外孙哭哭啼啼骂骂咧咧走了。

唐海林听完他的讲述后,气得在办公室里踱来踱去。踱了大约十个来回,然后停下了对他大说:"大,你相信仁儿会打他家外孙吗?"

他大说:"俺也不相信,可人家找上门来了。"

唐海林说:"大,您先回去,我今天上午还有几节课,等我下午没课请假回去望望。"

他大说:"人家给限定时间了。"

唐海林说:"没事的,俺没打就没打,限定时间也不用怕。"

他大说:"哦。"说着拄着棍子走了。

望着大拄着棍子到校门口奋力蹬上三轮车远去的背影,唐海林心里一阵阵酸楚,想不到自己工作上的一时失误,还牵扯到了家里人。

下午第六节课一上完,唐海林就到校长室找校长请假:"校长,我回老家有点事,想跟您请个假。"

钟奇举说:"行,你去吧。"而后关切地问道,"海林,你的胳膊怎么样了?还痛吗?"

唐海林笑笑说:"还行,比以前好多了,就是阴天下雨或者一举起钻心的疼,还不能拿笔写字。"

钟奇举语重心长说:"你要好好保护好身体,我希望你的胳膊尽快恢复到跟以前一个样。"

唐海林离开校长室没多大工夫,教育局纪检书记吴建国带着两个纪检干部走进校长室。

钟奇举忙迎上前:"吴书记,今天什么风把你们几位领导给吹来了?"

吴建国没好气说:"什么风?你说什么风?你们学校老师又干了一件大好事!"

钟奇举丈二和尚摸不着头脑:"我们学校老师又干了一件大好事?"

吴建国反问道:"你们学校有没有一个叫唐海林的?"

钟奇举自豪地说:"有啊,刚刚从我这走,他是我们学校的政教副主任,还是咱市第十届师德模范候选人呢。"

吴建国一本正经说:"这个政教副主任能不能保住,两说;那个师德模范更别提了。"

钟奇举问:"唐海林到底怎么了?"

"怎么了,你那个唐海林把人家学生给打住院了,我们刚从医院调查核实过来。"吴建国说,"郭科长、付科长,你们把情况跟钟校长说说。"

"唐海林昨天上午把一个学生给打了,人家家长今天一个电话打到教育局,"郭科长说,"局长知道后,很生气,责成吴书记带我们俩把此事查个水落石出!"

"来学校之前,我们已经先到医院向那个学生了解情况了,现在前因后果基本上清楚了,付科长说,"那个学生的脸给打肿了现在正在吊水,还有一个学生证明是唐海林打的。"

钟奇举说:"这个学生叫什么?因什么打的?"

"是初二(3)班的学生,叫胡正规,"郭科长说,"昨天上午吃零食,被唐海林抓到后打的。"

钟奇举说:"是不是升旗仪式后?"

付科长说:"对!没错!"

钟奇举一听完,哈哈大笑起来。

吴、郭、付三人被笑成丈二和尚。

吴建国说:"你们学校老师打了学生,你这个校长居然还能笑出声来?"

钟奇举问:"请问三位领导,那个学生的脸是哪边肿的?"

郭科长反问:"这个重要吗?"

钟奇举说:"当然!"

郭科长说:"左边。那个学生说是唐海林右拳头捣的。"

付科长说:"没错,我这里还做了笔录了呢。"

钟奇举长长出了一口气:"这下我就放心了。"

"你的老师把你的学生给打住院了,你还说放心了,"吴建国说,"我看你这个校长也当到头了!"

"实话跟三位领导说吧,唐海林昨天在处理那四个吃零食的学生时,我站在二楼从头至尾都看见了,"钟奇举说,"唐海林除了用手拉了拉那个学生的衣领外,根本没动手打那个学生。"

"你一个校长给你的老师作证,你当然偏向他了。"吴建国说,"就算我能相信你,把你的作证拿到校外一摆,又有谁能相信呢?"

钟奇举说:"吴书记,你怎能不相信我呢?"

吴建国说:"我谁也不相信,我只相信事实!"

"既然您相信事实,我就告诉您事实。"钟奇举说,"唐海林自从上次救学生被歹徒用砍刀砍伤后,至今还抬不起右胳膊,连拿粉笔写字的力量都没有,他又怎么能用右手打学生呢?"

一听钟奇举这样说,吴建国等人纳闷了:"那就奇怪了!"

郭科长说:"胡正规说唐海林打他,刘小灿可以给他作证。"

钟奇举说:"这样吧,我把唐海林叫来,你们几位领导看看他的胳膊就知道了。"

"耳听为虚,眼见为实。"吴建国说,"也行,你先把唐海林叫来。"

钟奇举一拍脑门说:"唐海林老家有事刚请假,几位领导等一下,我这就打电话让他回来。"

话说唐全银老两口把外孙领回家后,又给弄好吃的又给弄好喝的,像个老祖宗伺候着。等胡正规吃好喝好了,唐全银对胡正规说:"正规,你去上学去。"

胡正规一听说上学,马上"哎哟哎哟"地叫着:"姥姥,我不想上了。"

唐全银老伴说:"乖孙子,好好的学干吗不上啊?"

"我的头还疼,还懵懵的,还有,我的肚子也疼!"胡正规说,说完往椅子上一趴又"哎哟哎哟"地叫了起来。

唐全银一听不得了了,心里想是不是那个唐小三给打成脑震荡了?赶忙道:"乖孙子,给姥姥说实话,是不是唐海林给打的?"

胡正规说:"嗯,就是他打的。"

唐全银老伴一想,俺二闺女和二闺女婿都在新疆打工,就这一棵独苗,刚把这个宝贝疙瘩送回来没几天,如果有什么三长两短的那还得了?"他姥爷,不行,俺看得赶紧带规儿上医院!"

唐全银说:"再等等看。"

唐全银老伴急了:"你这个老东西,如果规儿出什么差错,俺非跟你拼老命不可!"

唐全银一看,也没招了,于是这老两口赶紧收拾收拾用板车拉着胡正规朝白云医院去。半道上,胡正规想,只要不上学,去医院就去医院。

胡正规的七大姑八大姨一听说正规被打住院了,纷纷前来探望。

见到胡正规的脸被打肿了,躺在病床上一动不动,个个义愤填膺。

胡正规大姨唐春花说:"我从小看着唐海林长大的,人不坏,怎么下手这么重呢?"

胡正规小姨唐春梅说:"人心隔肚皮。还一家子呢,怎么一点也不讲究?"

胡正规的大姨父刘兆光抽着烟若有所思说:"那个唐海林是不是前几年从部队转业的那个?"

"就是他!"唐春梅说,"一家人没有一个喘气的,到现在没有一个到医院来看看。"

唐全银对刘兆光说:"他大姐夫,你是吃公家饭的,见过世面,你说这事该咋办?"

唐春梅说:"大姐夫,俺二姐和二姐夫不在家,咱们不能息了这口恶气!"

刘兆光咬牙切齿点点头,然后掏出手机说:"希斌,我是兆光。"接着把事情经过告诉了刘希斌。

电话那头传来了刘希斌的声音:"情况属实吗?"

"属实!"

"证据确凿吗?"

"确凿!"

"既然这样,要整就往死里整!"

听了刘希斌的话后,刘兆光把刚点着的烟狠狠吸了一口,往地上一扔,用脚尖把烟踩着狠狠地拧了几圈,那支烟顿时灰飞烟灭小命呜呼了。

"他不仁,咱就不义!这个唐海林不整整他,他不知道这白云街上的马王爷还有三只眼!"刘兆光放下这狠话,原因是三年前他们邮局乱收费被唐海林告了的事又历历在目!

三年前的一天中午,唐海林到白云邮局取包裹。

这个包裹是部队的领导——修理所所长陈志刚给唐海林寄来了一些紫菜、海带等厦门产的海产品。由于春运加上过春节,这个包裹直到过完春节才寄到白云中学,当唐海林收到这个包裹单再到邮局去取时,这个包裹已经在邮局躺了一个星期了。

唐海林把包裹单和转业证(当时身份证还没有办理好)递给邮局柜台里的工作人员,那个年龄和唐海林差不多大年纪的人把包裹单和转业证看了半天说:"你这个包裹已经超过提取时间了,按照规定,你要交代管费五块三。"

"什么?五块三代管费?才五天就过期了?"唐海林惊讶道。唐海林在部队时一年总有几次往家里或者家里往部队邮寄一些东西,他对邮寄包裹很熟,于是他反问道:"好像超过一个星期才多收代管费吧?"

那个工作人员不耐烦说:"那是往天,这是现在新规定,合情合理。"

唐海林说:"既然是新规定,请把文件拿给我看看。"

那个工作人员蔑视说:"还从来没有人问我们要文件看的。"

唐海林说:"对不起,今天让您碰上了。"

那个工作人员厉声说:"你不交代管费,这个包裹就别想取!"这时好多人都围着看热闹。

唐海林说:"那好,请您给我开张发票。"说的也在理,你邮局收人家的钱,不开发票,谁知道你这钱入公入私了?其实,唐海林要留一手。

"没有发票!"那个工作人员大怒道。

"你这个人成心想捣乱是不?"这时,一个年龄稍大的工作人员开了腔。

"你们不给我开发票,我就不给你们代管费!"唐海林心想,好小子,还跟我较劲啊,那好办,于是他话锋一转,"各位父老乡亲,请大伙给评评理,邮局要多收我代管费,我让他们给我开发票,能算过分吗?"

"不过分!"这时人们纷纷议论道。

这个吵闹自然惊动了邮局的一把手,是个女的,她走到那个工作人员跟前,那个工作人员把包裹单交给她看。

女局长说:"这种代管费没有正式发票,你要是要票,就给你开个收据。"

"行,你们给我开个收据。"唐海林心想,不管你是什么,只要是白纸黑字,写上代管费,我就有办法好好教训你一下。

那个工作人员很快把收据开好并递了过来,唐海林一看,果然开的是代管费,他补充说:"请盖个你们邮局的章。"

邮局里的人早就不耐烦了,只要他肯交钱,早点把他打发走,便不假思索地盖了章。

唐海林把代管费交了才等量交换取回包裹和收据。他心里想,你们怎么把钱给我收去的,你们怎么把钱给我送回来,而且是送到学校。

唐海林取了包裹出了邮局,立即到一个公用电话亭拨通了12315消费者投诉热线。

电话那头把唐海林的情况记录了,并叫他等候消息。

别说,那个12315消费者投诉电话还真管用。

唐海林上完第五节课,一进办公室,只见邮局里的那两个男工作人员在焦急地等待着。他们一见到唐海林赶忙迎上去:"唐老师,我们给您送钱来了。"

"什么钱?"唐海林故意装糊涂。

"就是今天上午多收您的代管费。"那两个工作人员道。

"什么代管费?"快嘴丁丁颖快人快语。

唐海林走到自己的办公桌前,从抽屉里取出包裹说:"我老部队领导给我寄来这个包裹,到邮局才五天,硬说过期了,多收了我五块三毛钱代管费。你们这是什么代管费? 纯粹是地地道道的乱收费!"

"没错,就是乱收费!"几个教师附合道。

"是是是!"那两个人急得直冒冷汗。

"我上次邮寄一封快件给我在广州打工的弟弟,才4张信纸,你们邮局的硬是说超重了,多收了我一块五毛钱!"数学老师王敏道。

"你们邮局真黑,"初二(8)班主任张婷说,"我年初在邮局往南京打个电话,才不到两分钟,收我十一块钱,真不知道你们怎么算的。"

"我的妈呀,比国际长途还贵啊!"快嘴丁吐了吐舌头。

"真想不到你们邮局这么差劲!"唐海林义正词严说,"你们要把钱退给我可以,让你们的局长亲自给我送来!"

"对! 让你们的局长亲自送来!"全办公室的老师异口同声道。

那两个工作人员见唐海林软硬不吃,只好灰溜溜地回去交差去了。

见邮局的人夹着尾巴逃走了,全初二办公室顿时热闹了起来。

"唐老师,你可算长咱们老师志气了。"

"他们邮局里的人天天脸仰多高,今天总算出出气了!"

邮局里这两个工作人员回去没闲着,一是向女局长汇报此事,二是到街上打听这个唐海林有什么来路。

大约快到第八节课时间,邮局里的那两个人在女局长的授意下又硬着头皮来了。

那个年龄稍大的工作人员一见到唐海林马上喊道:"海林老弟,咱们还是亲戚呢?"

唐海林一怔:"亲戚,什么亲戚?"

"我叫刘兆光,我岳父是你们庄的,我岳父叫唐全银,我对象叫唐春花,按理说,你得叫我大姐夫。"

"哦,看来还真是亲戚!"唐海林心想,好家伙,还真会套近乎。

刘兆光指着和他同来的人也就是多收他代管费的人说:"这位是我们邮局的侯松,他才来,还不大熟悉业务,请小弟多多原谅。"

"他不熟悉,难道你们也不懂吗?"快嘴丁插嘴道。

"就是啊!"其他老师附和道。

侯松连声说:"对不起!对不起!"

唐海林说:"局长怎么没来?"

"局长到市局开会去了,来不了了。怎么样,看在你大姐夫我的面子上,把钱收下。"刘兆光一边说一边从兜里掏出钱。

能饶人处且饶人。唐海林感觉教训他们也差不多了,于是说:"钱我可以收下,但我希望你们今后一定不要再多收老百姓的钱了!"

"一定!一定!"刘、侯二人点头哈腰把多收的钱五块三交到了唐海林手中。

唐海林接过钱:"钱我收下了,你们可以走了。"

刘兆光从腰间掏出手机对唐海林说:"小弟,麻烦您打个电话撤诉,好吗?"

"你们把钱退回来了,我也收下了,这不是已经撤诉了吗?"唐海林故意道。

"您不知道,小弟,你不向12315撤诉,市局还要追究我们责任!"刘兆光连忙说。

唐海林接过电话说:"哦,看来还有能管住你们的人。"然后拨通12315撤了诉。

刘、侯二人如释重负地离开了白中。

唐海林没有把这五块三毛钱装进腰包,而是从身上又掏出十多元钱说:"为了庆祝今天的小小胜利,请哪位买点瓜子来?"

"我去!"

"我去!"

几个老师争着要去,还是快嘴丁眼疾手快,一把抢过钱说:"还是我亲自跑一趟,你们就等着享受胜利果实吧!"

刘兆光还在预谋咋整唐海林,唐春梅的对象宋小伟憋了半天说:"干脆到派出所去报案,让派出所把他给抓起来!"

刘兆光冷笑说:"到派出所去报案,太便宜他了。"

唐春梅说:"怎么便宜他了?"

"你们想啊,派出所把他抓去能怎么样?"刘兆光说,"最多罚他三百五百的医药费,又不够关不够判的。"

宋小伟说:"那你说怎么办?"

"俗话说,县官不如现管。"刘兆光说,"咱们直接打电话给他的顶头上司!"

宋小伟说:"你是说,找白中校长?"

刘兆光说:"老弟,要找就找能管到他和校长的人——"

宋小伟说:"教育局局长?"

刘兆光说:"对!只要把这事往教育局局长那一捅,这个唐海林的铁饭碗恐怕难保住了!"

宋小伟似有疑虑:"有这把握吗?"

"八九不离十。现在上头有文件不允许老师打学生。"刘兆光自信说,"哼哼!这个唐海林撞到枪口上——死定了!"

"还是大姐夫有点子!"唐春梅对他大姐夫佩服得五体投地,她说这话其实是说给宋小伟听的,好让她这不争气的老公学着点。

唐春花顾虑说:"这样做合适吗?咱是不是太绝情了?"

刘兆光轻蔑说:"绝情?怎么个绝情法?他唐海林毒打规儿的时候,有没有考虑绝情!"

唐春梅管不了那么多,催促道:"大姐夫,你现在就打,咱不能让人在咱头上屙屎!"

刘兆光用那犀利的三角眼扫射了一圈,见他老岳和其他人默不作声,见他老婆唐春花不再反对,麻利地掏出手机。

"喂,你是教育局吗?"

"对,是教育局。"

"你是局长吗?"

"我是局长办公室主任,有什么事跟我说,我会转达给局长的。"

于是,刘兆光把唐海林打胡正规的事又添油加醋地向局长办公室主任说了。

局长办公室主任感觉这个事很严重,立刻向新提拔的庞局长做了汇报。

庞局长一听又是白中教师打学生,马上拍着桌子说:"这个白云中学到底怎么搞的,前年学生拿刀捅死学生,去年学生打老师,现在又出现老师打学生。你去叫纪检吴书记带人下去查查,问那个钟奇举还能不能干?对了,那个打学生的老师姓什么叫什么,具体干什么?"

办公室主任说:"叫唐海林,还是政教副主任,今年的师德模范候选人之一。"

庞局长说:"还是个中层干部,叫吴书记给我查清楚,如情况属实,把这个唐海林给我一撸到底!"

33

　　唐海林骑着自行车刚到半路,就接到了钟奇举的电话,于是他急急忙忙往回赶。到校长室后,钟奇举简单地给介绍了一下。

　　吴建国说:"唐主任,请你把右胳膊抬起来。"

　　唐海林吃力地举起胳膊,当举到45度时,他的额头已经开始冒汗了。

　　吴建国说:"能不能再举高些?"

　　唐海林见局领导下命令让他举胳膊,只好硬着头皮再举高,但每往上抬高1度都比攀登珠穆朗玛峰还难!为了达到吴书记要的高度,豆大的汗珠已滚滚流了下来。他只得用左手托着右手使劲往上举,但举到90度时,就再也举不上去了。

　　"海林,别举了,你把上衣脱下来给几位领导看看。"钟奇举为了让吴建国看到真实情况,只好选其下策。

　　唐海林不知道怎么回事,校长命令他脱,只好不得不脱。

　　钟奇举指着唐海林右后背说:"请几位领导看看这里。"

　　顺着钟奇举手指的方向,吴建国们看呆了!只见唐海林的右后背上有一道长长的刀疤,足有二十公分长,这刀疤上的皮还很鲜,上面并排着十多个针眼。

　　吴建国长叹说:"唐主任,赶快把衣服穿起来,一切都明白了。"

　　钟奇举说:"海林,我刚才忘记问你了,你去老家干什么?"

　　唐海林一边穿衣服一边说:"不瞒几位领导说,昨天上午我抓住了几个吃零食的学生,只是批评教育了一番,不料,今天早上俺父亲来学校告诉我说,我把其中一个叫胡正规的脸给打肿了,我回家想问问到底怎么回事。"

　　吴建国说:"你不用回去了,这个学生现在在医院里,我们今天来就是为了此事。"转身对钟奇举说,"钟校长,我们现在已经完全相信唐主任不可能打那个叫胡正规的学生了。但,我们今天既然来了,那么就把此事查个水落石出,也好还唐主任一个清白!"

　　钟奇举说:"行,我绝对支持!"

　　吴建国对唐海林说:"唐主任,你先下去一下,等会再叫你。"

　　唐海林说:"好的。"说完走出校长办公室。

　　吴建国对钟奇举说:"钟校长,你去叫人把那几个吃零食的学生叫来,我们再进一步了解情况。"

　　钟奇举到隔壁让校长办公室主任黄小平去叫那几个学生。没多久,刘小灿、朱晓枫、陈宁被叫来了。

　　吴建国叫朱晓枫进去,叫钟校长及另外两个学生到隔壁等着。

　　朱晓枫一进校长室,心里非常紧张,因为这校长室他从来没来过,而且今天又面对的是陌生人。

吴建国和蔼可亲说:"你叫朱晓枫吧?"

"是!"

"几几班的?"

"初二(1)班。"

"我们教育局安排我们几个到你们学校调查老师打学生的事,我希望你能实话实说,一就是一,二就是二,好吗?"

"好的。"

"昨天,升旗仪式完,你和刘小灿、陈宁、胡正规几个是不是到商店买零食吃了?"

"是!"

付科长忙着记录。

吴建国继续问:"结果被谁抓到了?"

朱晓枫说:"是政教处的那个主任。"

"是叫唐海林吧?"

"是!"

"他抓到你们几个后,有没有打你们几个?"

"没有,就是那个胡正规不听话,主任拉了一下他的衣服。"

"那个胡正规的脸怎么回事?"

"不知道。"

把陈宁叫进校长室,他说了和朱晓枫几乎是一样的话。

然而,把刘小灿叫进校长室,这个刘小灿似乎是一个久经沙场的老将,要么答非所问,要么一问摇头三不知。

毕竟姜还是老的辣。

吴建国说:"小灿,我们现在对这件事的前因后果几乎已经全部掌握了,把你叫来就是为了再核实一下。你因吃零食已经背了一个处分,我们希望你不要因为这件事再挨一个。"

刘小灿此时鼻尖已开始冒汗,毕竟心虚。

吴建国说:"你可以想想再说。"

刘小灿心想,他们在前面已经找朱晓枫、陈宁谈过了,把我放在第三个审问,大概是在故意考验我吧。

"校长,"刘小灿认为在校长室的人大概都是校长级别的,所以他对吴建国说,"胡正规的脸不是唐主任打的。"

吴建国说:"不是唐主任打的,那是谁打的?"

刘小灿说:"昨晚放学,他骑车在大街上横冲直撞,结果撞到了一个小痞子,他不给人家道歉还说能话,结果被人一拳打的。"

看来刘小灿说了实话,付科长忙碌地记录着。

吴建国说:"那他为什么说是唐主任打的呢?"

刘小灿说:"因为唐主任让他写检讨,还让他剪头发把黄头发染过来,他不乐意,所以……"

吴建国说："哦。"

"对了,校长,"刘小灿说,"这个胡正规原来不是俺学校的学生,他上个星期才从新疆转来。"

吴建国说："他为什么转来？"

刘小灿环顾了一下四周,小声说："他前天偷偷跟我说,他在那边学校拿刀子捅伤了一个学生……"

刘小灿接着说："胡正规是被那边学校开除的！"

吴建国说："小灿,你今天表现不错,我不仅要学校表扬你,而且建议还要提前撤销对你的处分。"

刘小灿说："校长,我跟你说这事,你千万别跟胡正规说是我说的,他知道会找我算账的。"

吴建国说："好的,你先回去吧,有事再叫你。"

刘小灿说："噢！"说完转身离开校长室。

吴建国把钟奇举等人叫来说明情况,直把钟奇举气得要命："这个胡正规上个星期转到我们学校,我怎么不知道？"

吴建国说："显然是私自安插学生。"

钟奇举立刻打电话给初二年级主任刘希斌："你现在跑步给我到校长室来！"

工夫不大,刘希斌气喘吁吁跑到校长室。

钟奇举板着脸问道："那个胡正规是怎么回事？"

刘希斌上气不接下气："胡……正规的……小姨夫宋小伟……跟我是同学,上个……星期一,他把……胡正规领来……要求转到……咱校上,我来向你……汇报此事,结果……你去局里……开会去了,我只好……先斩后奏了,由于……这几天忙,又把……此事疏忽了。"

钟奇举咆哮说："你呀你,叫我说你什么好呢！知道吗,你差点毁了唐海林！你给我好好反思反思！"

刘希斌冒出一身冷汗,连声说："是是是！"

吴建国说："已经水落石出！现在可以向胡正规家人说明情况了。郭科长、付科长,你们两个现在去把胡正规家人叫来,就在学校跟他家人把事情说清楚吧。"

金、付二人正要离开,胡正规的姥爷唐全银、大姨夫刘兆光、小姨夫宋小伟、小姨唐春梅等人推门进来了。

吴建国说："正打算去叫你们……"

唐全银连忙抢话说："书记,校长,俺们是认错来了。"

吴建国故意说："认错？"

唐全银颤巍巍说："俺正规的脸不是唐海林打的！"

刘兆光怕他老岳说不清楚,忙上前说："吴书记,你们刚走后没多久,正规把事情的前因后果都跟我们说了。"

吴建国和金、付二人刚离开医院,已经躺在病床上大半天的胡正规浑身上下不自在,他不时地问他姥爷："姥爷,我还得在病床上躺多久啊？"

唐全银说:"短则十天半个月,长则照它个把两个月躺,反正不要俺掏一分钱。"

胡正规大叫说:"我的妈呀!我只是想整整那个唐海林,没想到把事情闹大了!"说完忙把嘴捂上。

"什么?"唐全银耳朵有点背,又似乎听懂了胡正规说什么话,但又不敢肯定,于是又追问了一句:"乖孙子,你说什么?"

胡正规装作没事:"没说什么。"

但是,胡正规刚才说漏嘴的话,恰巧被去打开水回来的唐春花听到了,他马上问道:"正规,你快跟大姨说,你刚才说只是想整整唐海林是什么意思?"

胡正规说:"没什么。"

唐春花说:"好孩子,做人要诚实,咱不能做那对不起人的事!"

胡正规不作声。

唐全银说:"乖孙子,俺刚才也听到你说想整整唐海林什么的,对不?"

唐春花感觉里面肯定有蹊跷,于是赶紧出去把此事告诉了守在外面的刘兆光、唐春梅等人。

刘兆光一分析胡正规的话,立马打了个冷战!那次邮局乱收费,人家唐海林有理有据,这次千万别再出什么岔子,都怪自己事先没有问清楚,匆忙给教育局打电话,这次千万别又栽了。

"走!问清楚去。"刘兆光急不可耐道。

在刘兆光等人的强大政策攻心下,胡正规的思想堤坝终于崩溃了。

刘兆光听完胡正规的讲述后气得直跺脚:"你呀你个正规,一大家子人为着你团团转,想不到你竟然撒出这个弥天大谎!"更可气的是,自己因那点私心助纣为虐!

吴建国听完刘兆光讲述后,态度严肃而又认真地说:"让我说你们这一家子人什么好呢?小孩子不懂事罢了,你们大人怎么也跟着糊涂了呢?你们知道吗,你们差点毁了人家唐海林!"

"我们向唐海林,不!"刘兆光说,"我们向唐老弟,不!我们向唐老师当面赔礼道歉!"

唐全银说:"吴书记,都怪俺疼外孙疼过火了,俺外孙还能有学上吗?"

吴建国说:"这要问钟校长了。"

"按理说,你外孙不属于我校学生,也不存在开除不开除的问题,"钟奇举说,"你们直接领走就是了。"

唐全银急了,扑通一声跪倒哀求说:"校长,书记,能不能再给俺外孙一次上学的机会?"

唐春梅等也投来了哀求的目光。

钟奇举忙去扶唐全银。

唐全银说:"您不答应俺,俺就不起来。"

钟奇举说:"大叔,我们也不希望未成年人过早的进入社会,你们要想让胡正规来上学可以:一,我们要根据他的违纪行为给予相应的处分;二,胡正规要写一份深刻的检讨,保证不再违纪;三,你们要当面向唐主任赔礼道歉。唯有标本兼治,才能治病救人!"

唐全银等连声说:"管管管!"

吴建国说:"鉴于你们家长能充分认识到错误,我们也不追究你们责任了,但是,今后千万不要再发生类似的事情了。"

刘兆光点头哈腰:"一定!一定!"

教师是立校之本,师德是教育之魂。为进一步推动和谐社会建设,强化社会主义荣辱观教育,深化教育系统政风行风建设工作,提高新邳市教师队伍的整体素质,促进教育教学质量进一步提高,树立教育良好形象,2006年6月下旬,新邳市教育局下发了一个《关于开展2006年新邳市十佳师德模范、师德先进个人和师德建设先进集体评选活动的通知》。

通知要求,评选要采取自下而上、层层推荐、逐级考察、逐级公示的办法进行。按照隶属关系,由所在学校(小学以中心小学为单位)审查同意后,推荐上报局评审委员会参加评审。要把评选过程作为学习先进、弘扬正气的过程,以评选活动促师德建设,以师德建设促活动开展。

为充分发扬民主,严格评选条件和工作程序,确保评选质量,当钟奇举接到通知后,他迅速召开行政会和全体教职工会议,着手物色和推荐师德模范和师德先进个人人选,与此同时,白中积极吸收学生参加,形成师生相互促进的机制,扩大师德建设活动的成果。

本着坚持走群众路线,遵循民主推荐、公开评选的原则,钟奇举广泛听取群众意见,最终真正把白中的先进个人选拔了出来:唐海林众望所归成为白云中学师德模范的唯一候选人。

当学校通知唐海林要报送他为新邳市师德模范的候选人时,他当时还在医院住院,他的那篇《投戎从教写风流》的事迹报告是在他的口述、他的妻子董君梅记录的情况下完成的。

因为事迹突出,唐海林从上百名候选者当中脱颖而出顺利地被评为新邳市十佳师德标兵。而市教育局在评选十佳师德标兵和百名师德模范的基础上,又通过初赛、复赛、决赛等几个阶段的演讲比赛,遴选组建了新邳市第十届师德报告团。唐海林自然是报告团成员之一。

11月28日上午,在市影剧院举行了第十届师德巡回报告会启动仪式。副市长王来同志到会并讲话,市政协副主席楼汉朝、市政府办公室副主任刘顺爱以及新邳教育局领导班子全体成员参加了启动仪式。市教育局局长庞少国做报告、党委书记呆爱民主持会议。

启动仪式上,王来对新邳市的师德师风建设工作给予了充分肯定,阐明了加强师德师风建设的重大意义,并对进一步深入开展师德师风建设工作做了强调要求。庞少国全面总结了新邳市近年来师德师风建设工作情况,对今后一个时期新邳市教师队伍建设、师德建设做了具体部署。

启动仪式后,接着举行了首场师德报告会。第一个上场的就是——唐海林!

尊敬的各位领导、各位老师:

大家好(鞠躬——台下报以热烈掌声)!

今天,我能够由一名最可爱的人——光荣的海防卫士成长为学生喜爱、家长最满意的人民教师,深感万分荣幸!首先,我要感谢这个伟大的时代和所有关心和爱护我的人们,因为是他们为我创造了健康成长的沃土,是他们塑造了我坚韧不拔的品质,是他们给了我莫大的荣誉!下面,就本人从教以来的工作和学习情况向大家汇报,不足之处敬请批评指正。

　　随后,唐海林在洋洋洒洒的六千字报告中,就自己如何从一名转业军人到一名教师的华丽转变,如何当好生物教师、班主任、政教副主任和安保处主任,如何创设"快乐学习法"和"半军事化"管理模式、如何勇救学生等进行一一讲述,引发十多次掌声。唐海林最后说:

　　没有挑战的人生将是失败的人生。我总觉得人不管身处何境,不管从事何种职业,关键是人要活得有意义有价值,要有干一行、爱一行、专一行、精一行的干劲和精神,要耐得住寂寞和清贫。在我从部队转业到地方的那段时间里,有多个地方老板要高薪聘请我,最高的条件是十万年薪十宝马车,但都被我一一谢绝了。我对他们说,如果仅仅为钱,我当初就不会回来了。我带出来的兵有的在部队当了排长,连长,即使退伍在厦门打工也都月薪三四千元,我想我不会低吧。所以,我婉言谢绝了他们的美意。我认为,人不能仅仅为钱活着,为钱活着是不有点太累了?我到学校直到一年半后才领到仅有的工资560元/月,这只是我在部队时工资的零头,当时我们校长工资才八百多元。所以我说,作为一个有志向有理想的人,一定要耐得住清贫。在和同事交流和学生谈心时,我总是鼓励他们说:是金子到哪里都会发光;是金子,你迟早会发光的!不过,首先你要相信更要坚信,你就是一颗金子!然后为此去努力,去奋斗,去拼搏!即使没有达到理想的彼岸,也不要后悔,要保持正常心态,因为你毕竟付出过,努力过!

　　把学生当作产品来生产的人,只能永远是一名普通工人;把学生当作艺术品来雕琢的人,不仅会成为一名教育家更会成为一名艺术家!各位领导、各位老师,让我们更加紧密地携起手来,同呼吸,共命运,心连心,为开创新邳的教育事业有一个更加辉煌灿烂的新明天而努力!

　　在这寒冷的冬季里,愿我的报告能为您带来一股暖流、一丝欢笑和一点人生启迪,谢谢大家!(再次鞠躬!长时间热烈鼓掌)

　　无疑,唐海林的精彩报告成为当天报告会的最大亮点。新邳教育局机关全体人员、局直属学校、民办学校等领导和教职工一千多人听取了师德报告。

　　本届师德报告团由七名师德模范组成,从即日起,将在新邳市分片做十多场师德报告。新邳市各镇中小学都将组织教职工听取报告。

　　每到一地做报告,唐海林总是被安排压轴上场。不知从何时起,不知何故,但凡做报告的人一般不会被安排在本地做报告的,而报告团到白云镇做报告的那一天,唐海林成了唯一一个在本地做报告的人。

34

金秋十月,按照国务院中央军委发布的冬季征兵命令,全国征兵工作从即日起全面展开。这标志着一年一度的征兵工作又开始了。

作为全国双拥模范县,新邳市每年都把此项工作当作头等大事来抓。随后,城里城外、大街小巷铺天盖地挂满了或者张贴了各式各样的宣传口号。

一人参军,全家光荣!

加强国防建设,确保兵员质量。

不退一个兵,奋力争先进。

建设现代化军队,打赢信息化战争,征集高素质兵员。

与此同时,白云中学的征兵工作也在紧锣密鼓地进行中。

校长室。

钟奇举语重心长地说:"海林,今年我市参军热较往年有增无减,作为政教主任,你要严格把好政审关。"

"是!校长。"政教主任唐海林答道。前不久,学校对中层教干进行了一次调整,教务主任庄浩森因为到了退休年龄,章国庆调任教务主任,唐海林升任政教主任,高二年级主任耿道军兼任政教副主任。

钟奇举语重心长说:"你是一个退伍老兵,你应该知道部队要什么样的人才——这,我不必多说,我只希望你把咱白云镇最优秀的兵员送到部队去!"

"保证完成任务!"唐海林立下了军令状。

为了将学校本年度征兵工作做好,唐海林迅速组织人员以图片展览,散发资料、现场解答等多种形式对学生进行政策宣传。此外,他还亲手制作了多条标语悬挂在校园内。

自古军营出英雄,好男携笔去从戎。

好铁要打钉,好男要当兵。

穿军装的男孩更帅,戴军帽的女孩最美。

有为青年立志从军固国防,热血男儿精忠报国铸长城。

……

这边标语还没挂好,那边男生女生蜂拥而至。

"唐主任,我要去当兵!"一个洪亮熟悉的声音。

唐海林抬头一看:"原来是李永刚啊!"跟他说话的是2003届初中毕业生——原初三(8)班班长李永刚,现正在上高三。唐海林疑惑说,"怎么,不打算把高中上完了?"

李永刚说:"唐主任,我想去验兵试试,能验上就走,不能验上就继续上学。"

唐海林说:"永刚,部队现在急需高素质有文化的人才,我希望你把高中念完,更希望你能考上军校。"

李永刚说:"唐主任,我会按照您的要求尽自己最大努力去做的。"

"唐主任,我们也想去当兵!"李永刚话音未落,几个女生围了上来。

唐海林为难说:"你们想去当兵是好事啊,可是……"

"可是什么?唐主任?"那几个女生正在兴头上,最怕唐海林说可是了。其中一个女生指着标语说:"你这标语上不是说戴军帽的女孩最美吗?"

"可是……"唐海林望着标语猛冒冷汗,一时不知道说什么才好,想不到这条标语闯了祸!

"快说呀!"那几个女生急了。

唐海林说:"你们几个条件不符合。"

那几个女生更急了:"我们都是好胳膊好腿的,难道部队不需要女兵吗?"

唐海林说:"需要!"

"那为什么?"那几个梦想着自己成为最美女兵的女生反问道。

"部队需要女兵,但由于名额有限,部队不征农村户口的女青年,只面向城市户口的女青年。"唐海林说着搬梯子把那条写着"穿军装的男孩更帅,戴军帽的女孩最美"的标语取了下来。

女生问:"为什么要取下来呀?"

"你们也不是一点希望也没有。"唐海林安慰道。

"太好了,主任!"那几个女生的脸由阴转晴,"还有什么希望?"

唐海林说:"你们可以报考军校,或者特招入伍。"

"报考军校?"那几个女生异口同声,"特招入伍?"

唐海林说:"对!部队每年到一些地方院校招收全日制普通应届大学生到部队工作……"

"你是说,我们要等到高考吗?"那几个女生又急了。

唐海林点点头:"是啊!所以你们现在要好好上学,力争上大学、考军校。"

那几个女生个个撅起了嘴:"想不到咱女生当兵的门槛这么高啊!"说着,恋恋不舍地离开了。

征兵工作在热火朝天地进行中。

这天早上,唐海林刚把政教处的门打开,只见高三女生唐海萍急火火赶来。

唐海林说:"海萍,怎么你也想去当兵?"

唐海萍一笑说:"哪里啊,我替俺弟来找你签名盖章的。"唐海萍是唐海林刚接班主任时的初三(8)班学生,她的弟弟和她是同班,她比她的弟弟大一岁。

唐海林一愣:"你弟?是不是唐磊?"

"对!就是唐磊!"唐海萍说着拿出一张政审表:"请您签字,盖个章。"

唐海林看了一下政审表:"他的条件恐怕不符合吧?"

唐海林清楚地记得,在他2002年底接任初三(8)班班主任时的前一个星期,唐磊就辍学了,这是他从张婷移交的班主任手册中发现的,为此,唐海林还专门在放晚学后到唐海萍家进行了一次家访。

到了唐海萍家,唐海林一看,除了三间土墙瓦屋还像个家外,家里连一件值钱的东西也没有。一脸蜡黄的海萍爸蹲在墙角唉声叹气地对唐海林说:"唐老师,实话跟您说,海萍妈在生小磊后,得了一场大病就死了,我一把屎一把尿好不容易把他们姐弟俩拉扯大,眼见小孩一天天长大了,吃喝拉撒都要花钱,就凭我种这二亩薄地,哪里供养得起?小磊这孩子从小没人管,上学成绩一直不好,不如她姐用心,我想让他把初中上完了再下学学个手艺什么的,将来好说个媳妇。没想到,他厌学偏偏不听话,非要现在就下学。"

唐海萍一直默不作声。

唐海林诚恳地说:"大叔,还有一个多学期的时间就初中毕业了,说什么您得让唐磊把初中上完,起码得拿个毕业证啊!"唐海林与唐海萍是一姓,而且是平辈,所以唐海林叫海萍爸大叔。

海萍爸说:"那个初中毕业证拿不拿也无所谓,反正他又不想去当兵。"

唐海林说:"不管去不去当兵,我希望您老能让他把初中念完。"

海萍爸说:"唐老师,实话跟你说吧,小磊和他舅舅今天早上刚走。"

唐海林急了:"去哪儿?"

海萍爸说:"他舅舅在北京开了一家小吃铺,他到他舅舅那去打工学厨师去了。"

唐海林说:"不行,您不能把小孩一生给毁了,您赶紧打电话让唐磊回来上学。"

海萍爸急了:"你这个唐老师真是的,俺自己小孩想叫上就上,想不叫上就不上,你着哪门子急啊?何况俺向你学校签了字、画了押、按过手印的。"

唐海林正想发话,唐海萍忙打岔说:"唐老师,您别劝了,劝也没用,咱们还是回学校去吧。"

唐海林仍然不死心:"大叔,您会后悔的,唐磊会后悔的。您还是让他抓紧回来上学吧,只要他愿意回来,我们学校随时欢迎!"

海萍爸见这个唐老师怪难缠的,只好敷衍说:"等他打工够了,我就让他去上学。"

唐海林无功而返,一路上只是自责,唐海萍劝慰说:"唐老师,俺弟弟不上学,那是他自愿的,俺爸也是同意了的,签字画押也是在张老师手里办理的,您一点责任也没有。"

此后,唐海林多次找唐海萍问:"你弟弟回来了没有,回来了,让他抓紧来上学。"

唐海萍总是以她弟弟还没有回家为由拒绝,直到她初中毕业了,唐磊也没有返回学校上学。

这就是唐磊辍学的前因后果。

唐海萍手拿着政审表反问道:"唐磊的条件怎么不符合了?"

唐海林从抽屉里拿出一张报纸对唐海萍说:"你看,国家征农村兵的条件是,年满18周岁,具有初中以上文化学历,你弟弟初中未毕业,连个毕业证都没有,怎么去当兵?"

"这不是俺弟弟的毕业证吗?"唐海萍忽地从兜里拿出一个红本本。

唐海林一怔,接过毕业证一看,毕业证是唐海萍的初中毕业证,只是把她的照片换成了她弟弟唐磊的——这显然是做了手脚,而且能一眼看出真假,毕竟唐磊的照片上没有学校的钢印,而且名字是用姐姐的。

"海萍,你和你弟弟共用一个毕业证,不合适。"

"咋不合适了?我不要了,把我的毕业证给他还不成吗?"

说话间,高三学生李永刚手拿一张表兴冲冲走进了政教处。

"唐主任,我验上兵了。"李永刚喜滋滋道。

唐海林说:"永刚,你今年真的要走?"

"是的,唐主任,听说今年咱这批兵是往西藏去的,所以我打算走了。"李永刚说着把政审表交到了唐海林手中。

唐海林接过政审表,看了看说:"西藏条件是十分艰苦的,部队的新兵生活也是艰苦的,你有没有考虑好?"

李永刚说:"珠穆朗玛、世界屋脊、布达拉宫是我从小梦想要去的地方,我考虑好了。"

唐海林说:"真的?"

李永刚拍着胸脯:"真的!"

唐海林见李永刚意志那么坚决,只好拿出笔签了字,然后重重地盖上了学校的印章!

唐海萍见唐海林为李永刚签了字盖了章,忙把唐磊的政审表递过去:"请唐主任也一并给办理了吧。"

唐海林说:"海萍,你弟弟这不合适,我不能明知故犯啊!"

李永刚插话说:"当初,唐主任让你弟弟把初中上完,你们就是不听,现在晚了吧?"

唐海萍瞪了李永刚一眼,哀求说:"唐主任,俺弟弟身体各方面都合格,只要您签个字、盖个章,俺弟弟今年就一定能走成。"

唐海林说:"你弟弟干厨师不是好好的吗,干吗非要当兵?"

唐海萍说:"他干厨师早就干够了,现在就是一个劲想当兵。"

唐海林诚恳地说:"海萍,请原谅我不能在你这张表上签字,因为你弟弟的条件的确不符合。"

唐海萍见苦苦哀求无效,立刻急哭了:"唐主任,请您高抬贵手给俺弟弟一个机会吧,求求您了!"

唐海林把政审表和毕业证交到唐海萍手中:"海萍,希望你体谅我的苦衷,我不能置国家法律法规不顾,而顶风违纪吧。"

唐海萍见唐海林铁石心肠了,一边哭一边说:"你这是什么熊老师,连这点小事都不给办,我以后再也不叫你老师了!"说着一扭头跑了。

"海萍。"唐海林欲追赶出去。

李永刚一把拉住唐海林:"唐主任,你别追了,海萍的思想工作还是我来做吧。"

唐海林握着李永刚的手说:"好的。永刚,西藏条件相当艰苦,但是越是条件艰苦的地方越能锻炼人,我希望你到部队后好好干,一定要干出样子来。"

李永刚说:"唐主任,我不会给咱白中丢脸的。"

唐海林说:"你们什么时候走?"

李永刚说:"下个星期一。"

把李永刚送走后,唐海林刚想喘口气,这时,一个像大老板模样的中年人叼着烟推门走进了政教处。

"你是唐主任吧?"还没等唐海林开口,那个人早已张口吞云吐雾了。

"咳咳咳!"由于有过敏性支气管炎,唐海林被这浓烟滚滚呛着了:"我就是,请问您是?"

"我是街上的。我叫呆建前,街中心那个皇宫酒店就是我开的。"说着递上一支大中华。

唐海林摆摆手:"原来是呆老板呀,谢谢,我不会抽烟。请坐。"

呆建前把烟收回,将烟盒一抖,那支中华滑了进去。只见他就势坐在一边的椅子上,然后很自然地把大腿放在二腿上,跷起二郎腿不紧不慢说:"我家小九,哭喊要当兵,体检已经过去了,就差你们学校这一关了。"

唐海林笑笑说:"当兵保家卫国是好事,要支持。叫什么名字,是哪一年毕业的?"

呆建前说:"叫呆端金,大概是2002年高中毕业的吧?"

唐海林说:"请等一下,我对这个学生情况不熟悉,我得查一下档案。"

呆建前猛吸一口烟:"其实,没必要查,小九是正儿八经白中高中毕业的。"说着递上毕业证和政审表。

唐海林接过毕业证一看毕业证是真的,他笑笑说:"只是走走程序。"说着就查学生违纪档案。

唐海林打开档案,翻着翻着忽然发现了一个处分决定。

关于给予呆端金违纪处分的决定

呆端金,男,高一(3)班学生。

查,10月11晚,该生在放学路上见初三(7)班学生赵迎不顺眼,使用自行车链锁将其打伤。经医院检查后确诊,赵迎头骨多处骨折,并伴有间歇性脑震荡。另查,该生自进入高中以来,多次无故迟到旷课、打骂同学,在课堂上玩手机并辱骂女老师。该生的所作所为给学校带来了恶劣影响,为了严肃校纪校规及教育全体同学,根据《新邵市白云中学学生违纪处罚条例》等相关规定,经学校研究决定给予呆端金开除学籍处分。

新邵市白云中学政教处

唐海林感觉事情重大,他把呆端金的处分材料拿在手中对呆建前说:"您坐一会,我去去就回来。"

"好吧。"呆建前有点不耐烦了。

唐海林到校长室找钟校长汇报情况,钟奇举不在办公室。于是他打电话向钟奇举汇报此事。

钟奇举在电话里指示,绝不能把这样的兵员送到部队去!并责令唐海林找当时的年级主任、班主任进行进一步核实情况。

唐海林找到了原高一年级主任现任教科室主任王成瑞。恰已调任教务主任的章国庆也在场。

王成瑞气愤地说:"这个呆端金自认为家里开饭店有钱,抽烟喝酒、打架斗殴什么好事都有他。"

章国庆想了想:"没错!这个呆端金当时把人打伤住院,全校上下都知道,你不要再去找班主任核实了。"

为了得到真实情况,唐海林还是找到了呆端金当时的班主任。

回到政教处,唐海林郑重地对呆建前说:"呆老板,恕我不能在这个上面签字盖章。"

呆建前一愣:"为什么?"

唐海林说:"呆端金在校期间把人打成重伤,属于学校开除的学生。"

呆建前厉声说:"那都是过去陈芝麻烂棉花的事情了,你们学校怎么还紧盯着不放?"

唐海林说:"上面有文件规定,我们也没办法。"

呆建前说:"规定是死的,人是活的,你就不能变通变通。"

唐海林摆摆手:"抱歉,实在没办法。"

呆建前手摇着政审表:"唐主任真的不给这个面子?"

唐海林义正词严说:"不是面子不面子的问题,而是原则问题。"

呆建前起身说:"唐主任不给面子,俺就走。"说着大摇大摆地走出了政教处。他心里在想,你不给我办,我找个能压倒你的人,到时候你自然乖乖给办了。

中午快放学时间,唐巷村支部书记唐家旺——唐海林的堂哥骑着摩托车赶到了学校,直奔政教处。

唐海林赶忙迎上前:"旺哥,什么风把你给吹来了?"

只见五大三粗的唐家旺从兜里掏出一张纸,黑着脸冷冰冰说:"老三,把呆端金的政审表给办了。"那口气明显带着命令。

唐海林把事情的前因后果讲给唐家旺听了。

唐家旺燃着一支烟,猛吸一口说:"我和呆端金他爸呆建前是仁兄弟,不看僧面看佛面。"随着说话声,那烟味已经弥漫全屋。

"咳咳咳!"唐海林自然又是被呛个半死,"旺哥,别的事,我能答应,唯独这个事不能答应。"

"老三,"唐家旺生气说,"老哥我觉得找你能办成这件事的,所以我才舍下这张老脸找你。"

唐海林赔笑说:"旺哥,三弟真的不能答应这件事。"

唐家旺厉声说:"老三,一句话,给办不给办?"那口气仿佛下了最后通牒。

唐海林依然赔笑说:"旺哥,真的不能办!"

唐家旺把烟头一扔:"算我今天没来!"说完,气急败坏地走了。

都说父母官得罪不起,唐海林不知道得罪了唐巷村这个父母官,后果将会怎样。

下午,唐海林正在给一个学生填报政审表,呆建前笑嘻嘻推门进来了:"唐主任,在忙啊？"

唐海林抬起头："呆老板，请坐。"说着拿起印章往政审表上盖去。

这时，一个似曾相识的社会青年来到唐海林面前递上烟："唐老师，还认得我吗？"

唐海林一愣："你是？"

"我是唐磊啊！"那青年笑笑道。

唐海林说："哦，唐磊，快坐。我不会抽烟。"然后把政审表交给刚才那个学生说："到部队要好好干。"

"谢谢唐主任。"那个学生说着转身走了。

唐海林说："呆老板，什么事，先给你办。"

呆建前赔笑说："唐主任，不急，不急，你先给这位小哥办，我再等一会。"

"那好吧，您就再等一会。"唐海林问唐磊："在北京打工怎么样？"

唐磊皱起了眉头："唐老师，别提了，干厨师起早贪黑的，又脏又累，简直不是人干的活。"

唐海林笑道："怎能这样说呢！如果你不喜欢干厨师，还可以改行嘛！"

唐磊说："唐老师，我现在就想去当兵，您还是让我去当兵吧！"说着掏出政审表往办公桌上一放。

唐海林无奈之下，只好又把不能当兵的原因给唐磊解释了一遍。

唐磊不死心，仍然哀求说："唐老师，我现在身体各个方面的条件都符合，人家武装部的领导说了，只要学校签字盖章，我今年就一定能走成，请您高抬贵手，让我去当兵吧！"

唐海林眼看着这个可怜巴巴的孩子，真的有点动了恻隐之心，然一想到自己是一名共产党员，又怎能带头干违反原则的事情呢？他对唐磊说："唐磊，当兵不是唯一出路，三百六十行，行行出状元。你还是干其他职业吧，唐老师相信你，只要你好好干，无论干什么一定能干成功的。"

唐磊见唐海林已经是铁石心肠了，只好含着眼泪失望地离开了政教处。

望着唐磊远去的背影，唐海林一个劲地发愣。

呆建前见唐磊离开后，屋里又没有其他人，立马起身从兜里掏出一叠崭新的人民币往唐海林的兜里塞去："唐主任，这一千块钱给你小孩买点东西。"

直到一千块钱被塞进兜里，痴痴发愣的唐海林才回过神来。只见他毫不犹豫地把钱掏出来还给呆建前："呆老板，你这是什么意思？"

呆建前说："请唐主任行个方便，把小九的政审表给办了，说着把钱又往唐海林的兜里塞。"

唐海林生气说："你太小看我了吧？"说着把钱扔给了呆建前。

呆建前一本正经说："唐主任，开个价，是五千还是一万！"

唐海林怒色道："呆老板，你以为有钱就什么事都能办成吗？"

呆建前见唐海林软硬不吃，立刻露出了狐狸的尾巴："你有什么了不起，不就是个小主任吗？"

唐海林把呆建前往外一推："对不起，我还有其他的事情要办，请你离开这里。"

呆建前见唐海林下了逐客令,一边往外走,一边骂骂咧咧说:"姓唐的,你太不识抬举了,咱们骑驴看唱本走着瞧! 只要我在这街上跺一跺脚,你小子就别想在这个学校里混!"

　　呆建前的无理取闹惊动了钟奇举,他把唐海林叫到办公室。

　　钟奇举说:"海林,为难你了!"

　　唐海林说:"没事的,校长,这是我应该做的事情。"

　　天冷了,学生早上迟到的现象有所抬头,唐海林决定亲自抓一抓。

　　这天早上,预备铃打过,唐海林来到校门口。他一一提醒那些迟到的学生,下次早来一会。

　　上课铃响过后,唐海林还是抓到了三个姗姗来迟的学生:两个男生,一个女生。那两个男生,唐海林不认识,那个女生是唐海萍。

　　为了将迟到的学生信息及时反馈给级组、班主任,唐海林决定把他(她)们的名字记下来。

　　"你叫什么名字?"唐海林问那个高个子男生。

　　"侯大林。"

　　"哪个年级哪个班?"

　　"高一(2)班。"

　　唐海林将侯大林的名字和班级记录在随身带的本子上,然后问那个矮个子的男生:"你呢?"

　　"吴凯。"

　　"班级?"

　　"初二(5)班。"

　　唐海林将吴凯的名字和班级记录在随身带的本子上,然后问唐海萍:"你呢?"

　　唐海萍此时似乎满怀一肚子怒火,就是不搭理。

　　"你叫什么名字?"唐海林又问了一句。

　　唐海萍两眼冒出怒火,还是不搭理。

　　"丫头,唐主任问你叫什么名字,你快说呀!"这时,站在一旁的门卫老张也急了。

　　"他明知故问,我偏不说!"唐海萍似乎终于找到了惩罚唐海林的方法。

　　"你!"唐海林有些生气了,"你不说,今天就别想进班上课!"

　　"有什么了不起的,我不上了!"唐海萍话音未落,扭头就跑出了校门。

　　"你给我回来!"任凭唐海林呼喊,唐海萍一阵风走了。

　　唐海林把两名迟到的男生交给他们的班主任后,骑上自行车二次往唐海萍家飞去。

　　到了海萍家,只见海萍爸正在数落她。

　　一见到唐海林,唐海萍扭头进屋去了。

　　唐海林走向前说:"大叔,真对不起,我没能把唐磊送部队去,现在又把海萍得罪了。"

海萍爸没文化,老实巴交的,但似乎对唐海林也有点怨气:"唐老师,唐磊当不上兵,不怨你,怨只怨他命中没有这个福分。"

唐海林说:"大叔,唐磊当兵没走成,这些日子来,我的心里一直很内疚!"

海萍爸说:"唐老师,你别内疚,俺们认了。"

唐海林说:"唐磊现在干什么去了?"

海萍爸说:"又打工走了。"

唐海林把唐海萍上学迟到的事跟海萍爸原原本本说了。

海萍爸觉得唐海林说的在理,赶忙进屋劝海萍上学。

唐海萍大喊大叫说:"他公报私仇,我不上了!"

唐海林进屋说:"海萍,当时连你有三个学生迟到,我不能光问他们的名字,而不问你吧?这毕竟是在公共场合,如果是你一个人迟到的话,我就不会这么问你了。"

唐海萍说:"你就是公报私仇!"

唐海林说:"我怎么公报私仇了?"

唐海萍说:"因为俺弟弟当兵,那次我骂了你,所以今天你在公共场合要丢我的丑!"

唐海林说:"海萍,我真的没有让你丢丑的意思!"

唐海萍仍然无理取闹:"你就是公报私仇!你就是要丢我的丑!"

"海萍,如果我有想让你丢丑的话,如果我是公报私仇的话,我不遭天打五雷轰,就是一出你的家门到大路上被汽车撞死!"唐海林见说服不了唐海萍,无奈之下只好发了一个新邵市也许是天底下最毒的毒誓!

心底无私天地宽。唐海林的毒誓果然奏效了。

"唐老师,你不能这样说啊!"海萍爸抢起巴掌要打海萍,"你这个死丫头,你怎能这么拗呢?还不快向唐老师赔礼道歉?!"

唐海萍见唐海林起了这么毒的毒誓,立刻走到唐海林跟前鞠躬说:"唐老师,我错怪你了!"

唐海林忙把唐海萍扶起:"好了,走,跟我回学校上学去。"

相逢一笑泯恩仇。唐海萍愉快地跟着唐海林一道回学校上学了。

快回到学校大门口,门卫老张大老远迎上前:"唐主任,派出所来人找你了。"

唐海林说:"知道什么事吗?"

老张说:"不知道。"

唐海林说:"人呢?"

老张说:"在里面等你。"

唐海林快步向校内走去,老远看到有两个派出所干警在政教处门口焦急地等待着。他叮嘱唐海萍,赶紧回班级上课去。

唐海萍说:"是!"

唐海林大步向政教处奔去,远远地大声说:"薛干警、王干警,让你们二位领导久等了。"并长长地伸出了手。

薛干警、王干警握住了唐海林的手说:"没关系,唐主任,我们刚来一会。"

唐海林把薛、王二人请进办公室,刚想倒水。

薛干警忙拉住说:"唐主任,别忙活了,我们今天来主要是了解一下呆端金在学校的情况的。"

唐海林问:"呆端金,他又怎么了?"

王干警说:"这个呆端金在外伤人了。"

原来,呆端金自因打伤人被学校开除后,非但没有收敛,反而变本加厉,什么吃喝嫖赌抽、什么打打杀杀抢,他都干。

上个月,他在外地参加了一个黑社会,在一次群殴中,呆端金持刀将当地一个商人砍残废了,潜逃回家。呆建前为了达到一叶障目和瞒天过海的目的,决定让呆端金当兵到部队去逃避罪责。

外地公安机关将案件调查清楚后,追捕到了新邳市。昨日夜里,在白云镇派出所干警的协助下,一举将呆端金在家中捕获。

据说,呆端金还牵扯到一桩人命案。

至此,唐海林才完全明白,呆建前为何不惜一切代价要让呆端金去当兵了。

李永刚们穿上了绿军装出发了,唐海林特地赶到车站为他的学生送行,并送上一本影集。

白云镇今年共走了十九个兵。

望着西去的汽车,唐海林仿佛从李永刚的身上看到了自己当年的身影!

35

时光飞逝,岁月如梭。钟奇举自从调到白中后,转眼快两年时间了。这两年来,无论他怎么用劲、怎么用功,但白中的教育教学等各项工作,始终处在一个不上不下、不温不火的状态,这让他感到无比的纳闷。

"到底是什么原因导致的呢?难道就这样碌碌无为下去吗?"

为了使白中尽快走出一片艳阳天,钟奇举思前想后,做出了一个走出去、请进来的大胆决定,即分批次带领学校中层教干北上南下取真经:南下学洋思,北上学杜郎口、学衡水。

寒冬腊月里的一天,钟奇举和他的同事们首先来到了第一站:洋思中学。

苏南名校洋思中学,可谓是一所创造神奇的乡村中学。这所学校创办之初,只有5个教学班,13名教师,用"三流的条件、三流的师资、三流的生源"这三句话来形容一点也不为过。然而,在老校长蔡林森的带领下,秉持没有教不好的学生的办学理念,践行先学后教,当堂训练的教学模式,坚持从初一年级开始,从最后一名差生开始,狠抓每个学生全面发展,做到堂堂清、日日清、周周清。学校连续多年,入学率、巩固率、毕业率、合格率100%,优秀率为泰兴市之首。到2005年,班级数已增加到54个班,教职工人数增至二百多人,学生四千多名。

从小学校到大学校,从薄弱初中到现代化示范学校,从默默无闻到闻名遐迩,洋思人取得了上帝般令人敬畏的办学效益。该校先后荣获江苏省德育先进学校、江苏省模范学校、江苏省文明单位、江苏省先进集体、江苏省现代化示范初中等称号。

对于像洋思中学这样扬名四海的全国教育名校,钟奇举怎能不去顶礼膜拜呢?

第二站,钟奇举和他的同事们来到了山东名校:杜郎口中学。

杜郎口中学是位于山东省聊城市茌平县杜郎口镇的初级中学,1996年时,该校以乱闻名,面临即将被撤并的窘境。1997年始,在崔其升校长带领下,该校针对课堂教学进行了一系列改革,围绕落实学生主体地位,实践并逐步形成了独具特色的三三六自主学习模式,取得了显著的成效,由原来全县倒数一二名上升到前三位,一跃而成茌平县初中教育教学的东方明珠,连年被评为教书育人先进单位。聊城市把杜郎口中学树为初中教学改革的样板校,被山东省教科所称为农村教学改革的先进典型……

第三站,钟奇举和他的同事们来到了被誉为超级高考工厂的河北衡水中学……

它山之石,可以攻玉。在为期半个月的调研学习活动中,大家克服各种困难,以饱满的热情投入。由于气温连续骤降,有多位教干患了感冒,但都能带病坚持学习,无一人因病请假。

每到一处,唐海林如同刘姥姥进大观园一般,总是用心看、用心听、用心记,整整写了满满一大本笔记。尽管肩膀伤口时常疼痛难忍,但是他依然咬牙坚持着,从不在同事面前表露出来。特别是到达第三站后,唐海林最感兴趣的是衡水中学的军事化管理模式,因为他创设的半军事化管理模式和衡水中学的军事化管理模式有着不谋而合和异曲同工之妙。

取经回来后,钟奇举让每位教干写一篇心得体会:是复制、模仿名校,还是自主创新走自己特色之路?

钟奇举这边任务一下达,唐海林那边便在第一时间提交了一篇洋洋洒洒的万言书:《让"半军事化管理×快乐学习法"成为白中腾飞的翅膀——关于白中实施十年远景振兴计划的建议》。唐海林认为,白中地处农村,生源素质低、学生日常养成不好,必须用直线+方块即"半军事化"管理模式来规范和引导学生,才能使学生养成一个良好的生活和学习习惯。从洋思、杜郎口尤其是衡水学习回来后,他更加坚定了这一信念。

唐海林在文中指出,所谓半军事化管理——就是把部队训练战士的部分方式方法借过来管理学生,收紧学生劣和恶的一面,让学生由原来的要我遵纪守法变成我要遵纪守法,从而使学生增强纪律和时间观念。与衡水军事化管理模式相比,半军事化管理模式增加了一个以人为本的人性化关怀,而不是照搬照抄人家的东西。

所谓快乐学习法——就是教师在课堂上首先要营造一个轻松、温馨的环境,让学生对学习不产生恐惧并有效激发学生的学习兴趣后,再借鉴洋思中学先学后教、当堂训练教学模式或者吸收杜郎口中学三三六自主学习模式的精髓,使学生在轻轻松松快快乐乐的环境中敢想、敢说、敢于动手。用快乐学习法打开学生的智慧之门,从而使学生的学习态度由过去那种要我学的被动方式变成今天的我要学的主动方式。

当半军事化管理模式与快乐学习法完美相结合后,二者之间就会呈现出一收一放、一紧一松、互为衬托、相得益彰的和谐氛围,并在瞬间发生化学反应,学校的教育教学和管理等工作就会达到由质变到量变的最佳效果。为此,唐海林给半军事化管理和快乐学习法列出一个这样的公式:

(直线+方块)×(快乐+学习)
=半军事化×快乐学习法
=一流的学生素质
=一流的成绩
=一流的班级
=一流的学校
=一流的教育

十年树木百年树人。唐海林在文中最后指出,只要白中一步一个脚印地坚定实施"半军事化管理×快乐学习法",不出十年工夫,白中必将后来者居上,像洋思、杜郎口和衡水一样扬名天下!

踏破铁鞋无觅处,得来全不费工夫。收到唐海林提交的建议后,钟奇举如获至宝,连连拜读了三遍!

"这些年来,我到处到外面去学习去取经,为何身边的真经弃之不取、不用呢?"

经过认真反思之后,钟奇举召开了全校教职工大会,他把他的设想和盘托出了:学校成立由他任组长、章利任副组长、其他中层教干为成员的振兴教育工作领导小组,全面实施唐海林提出的白中十年远景振兴计划,任命政教主任唐海林全面主抓学校的半军事化管理工作,任命教务主任章国庆全面主抓快乐学习法,形成双管齐下态势。

……

接到任务之后,唐海林立刻进入角色,利用网络、报纸、杂志等媒介工具,加班加点查阅了大量的有关部队的和衡水中学等的相关资料,参照中国人民解放军的内务条令、纪律条令和队列条令即三大条令以及衡水中学的军事化管理模式,结合白中实际情况,相继修订和出台了《白云中学学生在校一日常规》《白云中学卫生管理制度》《白云中学宿舍管理制度》《白云中学班级常规管理量化考核检查细则》《白云中学班主任考核办法》等具有半军事化管理特色的规章制度。

俗话说,再好的条条框框没有人去执行,也是废纸一张。为此,唐海林对照新出台的规章制度,狠抓落实、落实、再落实!

自从学校实施"半军事化管理×快乐学习法"的宏伟蓝图后,唐海林跟以往一样,无论干什么事总是身先士卒,他要求班主任、教师和学生做到的事情,总是自己首先做到。无论春夏秋冬,每天他总是第一个到校,也是最后一个离开学校,而更多的时候,唐海林从星期一到星期五住在学校,只有到了周日才回家一趟。

自从学校全面实施"半军事化管理×快乐学习法"宏伟蓝图后,全校师生迅速行动了起来,形成了一个你追我赶、比超赶学的良好氛围。但也有少部分人拖后腿的,谁?

刘希斌!

当刘希斌在会上一听说学校要实施唐海林提出的什么十年远景振兴计划,打心里不高兴、不服气!回到家里对郑丽君说:"钟奇举简直昏了头!钟奇举简直昏了头!"

郑丽君反问道:"钟校长怎么昏了头?"

"一个堂堂的中学校长居然没有自己灵魂的东西!"刘希斌仰天长叹说,"真可悲啊!"

"你有自己灵魂的东西?"郑丽君答道,"我看你是杞人忧天!"

"我怎么杞人忧天了?"刘希斌使劲地摆动着脑袋:"人家洋思、衡水、杜郎口现成的成果不拿来用,偏偏听信那个傻大兵的妖言,搞一个在影子里照着的东西,简直是瞎胡闹!"

郑丽君瞅着电视:"我看挺不错的,不试试怎么知道不好?"

3月3日,是白中实施半军事化管理模式的头一天。这天早上五点半,唐海林就起了床。

6点整,唐海林按照部队要求准时带领白中全校师生在操场上跑操。伴随着广播里播放的背景音乐,他一边跟操一边通过麦克风时时讲解并提醒那些不按要求跑操的班级和学生。在唐海林的事先要求下,每个班级都有了自己的口号,每个班级都在喊口号,每个班级都跑得那么认真,整个白中顿时沸腾起来了!

7点10分,唐海林带人到宿舍检查内务。他们首先来到了女生宿舍,当他看到那一间间物品摆放整齐、干净整洁的宿舍时,他会心地笑了,尽管有些被子叠放得不够标准。

为了让住宿生搞好宿舍的内务和卫生,唐海林专门召开了各室室长的会议,并在男生和女生宿舍各选了一个宿舍进行搞示范,组织住宿生进行了现场指导和观摩,随后在各个宿舍展开推广。

仅两天时间就大变样,真是功夫没白费啊!第三天早上,唐海林一行来到男生宿舍检查,一楼、二楼的内务和卫生,还算可以的。但当他们来到三楼的304宿舍一看,里面物品摆放杂乱无章不说,卫生也是一塌糊涂。

"这是几班的宿舍?"唐海林问道。

"高一(4)班的。"宿管员答道。

"高一(4)班的班主任不是刘希斌吗?"

"没错!正是刘主任。"高二年级主任、政教副主任耿道军答道。

"对了,唐主任,这个宿舍学生有睡懒觉现象,今天早上跑操时,有几个学生还在睡懒觉!"

唐海林说:"有这等事!"

检查完宿舍,唐海林让耿道军立即将304宿舍情况反馈给刘希斌,并在课间操时间,利用校园广播对上半天的早操、宿舍内务、校园卫生等进行了一一点评,并对304宿舍进行点名批评。

然而,第四天再到304宿舍去检查,这个宿舍比昨天好不了哪里去!

"你昨天跟刘希斌反馈了吗?"唐海林问耿道军。

"反馈了!"耿道军答道。

"反馈了,内务怎么还这么差?"

"刘主任答应说让他班学生整改的。"

"今天有没有睡懒觉现象?"唐海林问宿管员。

"没有,但起床时拖拖拉拉的。"宿管员答道。

检查完宿舍,唐海林亲自来到高一级组找到了刘希斌说:"刘主任,我们刚才检查发现,304宿舍的内务没见好转。"

"昨天耿副主任跟我反馈后,我立马把那几个学生叫过来,狠狠熊了一顿。"刘希斌说,"他们答应说把内务搞好的,怎么,还不行?"

"跟其他宿舍相比,还差一大截。"唐海林说。

"我说唐大主任,十个手指伸出还有长短呢,只要不影响学习和睡觉,干吗非要让宿舍内务一模一样一尘不染呢?"

"没有规矩,不成方圆。"唐海林诚恳地说,"刘主任,在白中规章制度面前,没有特殊班级,更没有特殊学生,为了共同搞好政教工作,我希望您能督促你们班级的住宿生把内务按照学校要求搞好,谢谢!"

刘希斌满脸堆笑答道:"这几个熊孩子,咋老是给我拖后腿呢,我得好好教训教训他们,唐主任,你放心,我让他们明天一定把内务搞好。"

然而,到了第五天早上,再到304宿舍去检查,卫生是比昨天有所好转,但仍然进步不大!

这一次,唐海林把304室的住宿生全部叫到了政教处,狠狠批评了一顿,给予警告处分,责令写检讨,限期改正,在课间操再次进行通报批评。

不仅是宿舍内务,就是在环境卫生、学生管理、班级布置、班主任业务检查等等方面,高一(4)班全部拖后腿。因为这些跟班主任津贴是挂钩的,到了月底,刘希斌所带的高一(4)班在全校所有班级当中,积分是最低的。

瞧着政教处门口墙上的积分汇总表,刘希斌一下子冲进了政教处。

"唐海林,我高一(4)班的积分怎么是最低的?"

唐海林从柜子里拿出三月份积分统计簿:"刘主任,这里有我们每天对各班级的检查记录和打分,请您慢慢看,哪里有疑问可以问我。"

刘希斌瞅了一眼:"你跟哪个班主任关系好,就给哪个班级打分高;跟哪个班主任关系差,就给哪个班级打分低,有什么好看的!"

唐海林翻动着积分统计簿说:"刘主任,我们对各项工作检查时,都是由我和耿主任共同打分,或者由值班教干提供检查积分数据,这里每一张检查表,都有检查人员签名,不信你看看。"

"看什么看!我希望你,吃柿子别专捡软的捏!"刘希斌恶狠狠说。

"刘主任,我们政教处开展工作绝对是堂堂正正的,没有半点个人的私心杂念。"耿道军说。

唐海林说:"刘主任,您如果认为我们有失公允,也可以到钟校长那去反映。"

"我希望你吃柿子别专捡软的捏!"刘希斌又重复着那句话,然后骂骂咧咧地走了。

总之,半个学期下来,每当学校组织人员检查各班级各学科执行半军事化管理和快乐学习法的情况时,刘希斌总是阳奉阴违简单应付一下,等检查一过,他又开始我行我素搞起他那换汤不换药的方法了。

自学校在教学上实施快乐学习法和管理上实施半军事化管理模式后,白中的各项工作发生了天翻地覆的变化,尤其期中考试一出来,绝大部分的学科和班级的成绩跟周边兄弟学校相比均高出一大截,并直追市第一中学。但有个别学科和班级的成绩是止步不前的。谁?

刘希斌!

在期中考试总结会上,钟奇举对快乐学习法和半军事化管理模式所产生的奇迹进行了大加赞赏。与此同时,他狠狠地批评了刘希斌,并责令其认真反思,给半学期的时间整改,如仍不出成绩,年级主任和班主任将不保。

谁能想到,在当年高考中,白中竟然有两名学生分别考上了清华和北大。而中考成绩,全市第一。这在新邳市乃至整个苏北的农村中学来说是绝无仅有的,立刻引起了轰动和各界关注。

在新邳市第十七届运动会上,白云中学更是包揽了全部项目的金牌……

白中现象和白中奇迹引起了上级的高度重视,本地和外地学校纷纷前来取经,并且出现了学生和教师的回流现象。

2008年是一个值得铭记的年份!

这一年,中国人成功举办了第29届夏季奥林匹克运动会;

这一年,中国实现了城乡义务教育全部免除学杂费;

就在这一年,白云中学创造了白中现象和白中奇迹;

就在这一年,白云中学并先后成功创建成省级绿色学校和三星级学校。
……
四年后的2012年又是一个值得铭记的年份!

这一年,第30届奥林匹克运动会在伦敦举办,中国军团又取得了骄人的成绩;

这一年,十八大在北京胜利召开了;

就在这一年,被全国教育界誉为一个教育的神话、全国基础教育的一面旗帜的白云中学成功创建四星级学校并问鼎中国百强中学!

就在这一年12月28日,白云中学迎来了建校60周年华诞!在校庆大会上,全校师生共同唱响了由唐海林作词作曲的《白中之歌》:

  挺起白云脊梁,
  张开运河臂膀,
  拥抱淮海大地,
  放飞青春梦想!
  啊!年轻的白中,
  你是一艘理想航船,
  撑起信念风帆,
  春夏秋冬风雨兼程,
  驶向成功的彼岸!

  沐浴阳光梦想,
  徜徉知识海洋,
  敞开爱的胸怀,
  收获新的希望!
  啊!年轻的白中,
  你是一艘理想航船,
  撑起信念风帆,
  春夏秋冬风雨兼程,
  驶向辉煌的彼岸!

36

新的学期开始了!

这天下午,唐海林正在办公室上班,忽然何国营前来拜访。

唐海林见到何国营一愣:"何哥,什么风把你给吹来了?"

"老弟在这儿上班好几年了,我下队正好路过这里,顺便来看看你。"何国营一边说一边东瞅瞅西望望:这是一间非常整洁干净有序但也是一间简单不能再简单的办公室,两张办公桌,两把木椅子,两个资料柜,一条长条椅子,南墙上悬挂政教处主任和副主任职责,北墙上悬挂一块匾额,上书:崇教厚德,为人师表。

"想不到老弟这边条件这么艰苦。"何国营感慨道。

"农村中学怎能跟城里比啊!"唐海林给何国营倒了一杯白开水,苦笑说:"何哥,请坐。"

何国营一边落座一边说:"老弟,在这边怎么样?"

"条件虽然艰苦些,但大环境很好,同事之间、师生关系很融洽。"

"那就好!那就好!海林,我这次来就是想跟你研究咱们战友联谊会的事。"

"战友联谊会的事?"

"咱们新邳籍1989年战友入伍快满25周年了,以往每五年搞一次联谊会,筹委会的战友跟我通气,打算今年四月份再搞这项活动。"

"对了,何哥,2009年那次战友联谊会,我因在苏南学习,没能参加,请谅!"

"上次没参加没关系的。不过,这次你一定要参加,我还打算让你挑大梁呢!"

"挑大梁?"唐海林疑惑了一下,"行,何哥,只要能为战友们服务,你要我干啥,我就干啥。"

"太好了!我这次来就是想请你为咱们战友联谊会谋划谋划,看看到底怎么搞才好。"

"你们以往怎么搞的?"

"别提了,以往那几次,我们把战友召集过来到一家酒店,照个相、吃顿饭,然后拍屁股走人,结果什么事都没有了,很多战友对这种联谊会都厌倦了。"

"这样的联谊会的确不是很理想。"

"你见过大世面而且很有思想,我这次来就是邀请你参加的,咱们力争办一届有意义的战友联谊会。"何国营一边起身一边说,"这样吧,你这几天就联谊会之事怎么搞才有意义,好好给谋划谋划,争取拿个可行的方案来。等这个星期六下午4点,你到我单位,我把筹委会的几个战友都叫到,咱们好好议议。"

"行!保证按时到位。"

转眼到了周六下午,唐海林准时来到了何国营所在的移动公司。

一走进何国营的办公室,唐海林发现高春城、刘建发、章自鸣等七八位战友都来了,正品茶说说笑笑呢。

看到唐海林的到来,大伙齐站起来欢迎。

一见人都到齐了,何国营说:"今天把大伙叫来,就是为了研究咱们战友25周年联谊会的事宜。第一个议题,改选筹委会。"

"改选筹委会?"战友们异口同声道。

"对!"何国营答道。

"怎么改选?"

何国营喝了一口茶:"只改选会长,其他人不动。"

秘书长高春城接过话题:"前一段时间,老何多次跟我说,他已经干了好几届了,有些厌倦了!我问他看好哪个人选了吗?他说,他已经物色好一个人选,这个人身上仍然保留着部队作风和军人本色,他想推荐这个人来担任咱们的会长,在此征求大家的意见。"

"那个人是谁?"大伙你望着我,我看着你。

何国营一字一句说:"唐——海——林!"

"唐——海——林?"大伙立刻把目光投向了唐海林。

"让唐海林来当咱们的会长,大家看怎么样?"高春城说。

"不可以,何哥!"唐海林立马站了起来,"我根本没有这个思想准备,而且根本不是这块料,你德高望重,这个会长还是你来当!"他万没想到,何国营让他挑大梁,就是让他当会长啊!

"对,还是老何来当!"大伙纷纷附和道。

"海林文化高、有思想、有内涵,是咱们战友当中难得的人才,"何国营语重心长说,"最重要的是,他十几年如一日退伍不褪色,是咱们战友中的一面镜子!"

"何哥,我真的不行!"唐海林依旧推辞说,"要么选其他人,要么还是你来当会长。"

"老何,你干得好好的,干吗辞职?"章自鸣有些不服气,这个会长再怎么轮,也轮不到唐海林,何况他跟唐海林一起转业的。

何国营依然坚持着:"我去意已决,请各位不要再挽留我了!"

……

"你们两个,谁也别争了,大伙看这样行不行?"开口的是一直在一边猛抽烟的建发木业有限公司老总刘建发。

"咋样?"

"让海林当会长,让老何当荣誉会长,怎么样?"

"这个办法好!这个办法好!"大伙纷纷议论道。

唐海林和何国营依然相互推辞。

高春城有些坐不住了:"同意让海林当会长、让老何当荣誉会长的,请举手!"

除了唐海林没举手,其他人全部举了手,尽管章自鸣把手举起来有些迟缓,而何国营把手举了一半没等他人放下就先放下了。

刘建发急了:"老何,你到底同意不同意?"

何国营说："我只同意海林当会长,我这个荣誉会长就算了。"

"那由不得你了!"刘建发笑了,"少数服从多数,你这个荣誉会长当定了!"

唐海林和何国营见状,只好双双不再推辞。

"既然你们两个现在没意见了,那就鼓掌一致通过了!"高春城一讲完,大伙立刻鼓起了掌。

"就这么定了,下面有请新会长讲话!"何国营辞掉了会长一职,如释重负。

"首先感谢何哥和各位战友的信任!"唐海林站起来深深鞠了一躬,"说实在话,让我当会长,我真的一点思想准备也没有,更害怕干不好,辜负了大家的殷切期望。俗话说,既来之则安之。既然战友们现在让我当这个会长,那么我一定要带领大家想方设法一心一意把这个联谊会办好办出特色,使之成为一次有意义有价值有念想的联谊会……"

战友们被唐海林的真诚深深打动着。

"希望大伙今后像以往支持我一样支持海林,继续把咱们的联谊会各项工作搞好。"何国营喝了一口茶,"下面进行第二个议题:大家研究一下今年的这次联谊会怎么搞?"

大伙议论纷纷,但还是没有跳出几届的框框:照张相,吃顿饭,拍屁股走人。

何国营见没有啥新意,朝唐海林问道:"海林,你是会长,发表一下你的看法。"

唐海林说:"何哥,我认为,咱们首先要给本次联谊会定个调,就是咱们要把这个会搞成什么样,要达到什么效果。"

"达到什么效果呢?"何国营答道,"整天忙忙碌碌的,不知道在忙啥,身心整天感觉疲惫,总感觉少了啥!"

刘建发也感叹说:"近几年来,我腰变粗了,脑袋变大了,但总感觉空荡荡的!"

高春城说:"唉!刚退伍那几年,经常梦到军营当兵生活,现在几乎梦不到了!"

唐海林说:"既然大伙都认为缺少点什么,咱们何不再找找当兵时那激情燃烧岁月的感觉?"

"咋找法?"众人问道。

唐海林答道:"这次联谊会,咱们到部队去,咋样?"

"你的意思是回老部队?"章自鸣反问道。

"条件不允许!"唐海林摇摇头,"咱们新邙市距离厦门好几千里路程,光来回路上就要三四天,再加上一两天的活动,没有一个星期时间是不够的,而且好几百口人同去厦门,人去不齐且不说,也太兴师动众了。"

"那咋办?"一个战友问道。

唐海林说:"咱们何必舍近求远呢?"

"咋讲?"另一个战友问道。

唐海林说:"本地有那么多红色教育基地和驻军,咱们何不去这些地方搞联谊会呢?"

大伙纷纷竖起了大拇指:"这个办法好!"

何国营说:"海林一提到本地的驻军,我还真想到了一个。"

"哪里?"众人问。

"我们移动公司跟白云山的驻军是共建单位,我跟那里非常熟悉!"

"我的想法与何哥不谋而合。"唐海林说,"白云山就在我老家家门口,我对那里再熟悉不过的了。那里不仅有部队、藏兵洞,而且建有小萝卜头纪念馆,的确是一个搞联谊会的好去处。各位,咱们本次战友联谊会就以'重温当兵历史,永葆军人本色'为主题去白云山找找当年当兵的感觉,大家看如何?"

"同意!"

"同意!"

"何哥,你们单位跟部队是共建单位,联系他们的事就交给你了!"唐海林说。

"好的。"何国营爽快地答应了。

在接下来的时间里,唐海林就一些实质性问题进行了布置和安排。

唐海林问:"何哥,不知道以往搞联谊会,费用怎么解决的?"

何国营说:"第一次是每人出100块,第二次是每人出200块。这次……"

"大伙看这次是出200,还是300?"高春城接过话题。

"由于物价上涨,还是300吧。"一些战友议论道。

"战友们尤其是外地的战友远道而来,挺不容易的。"唐海林说,"我有个想法就是,这次活动费用由咱们筹委会的几个战友出,其他战友尽管来参加活动不用花一分钱,让他们有回家的感觉,各位看如何?"

"这个想法好!"大伙异口同声道。

"另外,咱们还要为部队送去一些慰问品。"

"必须的。"大伙再次异口同声道。

刘建发欠了欠身:"这次活动所有费用,我全部包了!"

"太好了! 还是刘总大方。"大伙不由得鼓起了掌。

唐海林说:"我还有一个想法,就是为咱们这次活动设计一个会标、胸章、会旗,大家看如何?"

"会标、胸章、会旗、摄像等宣传的东西,由我来制作。"一位开广告公司的战友答道。

"集合报到的地点选择哪里?"

"我公司门口有个小广场,报到地点就在我那如何?"那位开广告公司的战友答道。

"太好了。"唐海林说:"车辆怎么办?"

"车辆,我包了。"一位在旅游公司的战友答道。

随后,唐海林和他的战友们一同为联谊会拟定了《活动日程时间表》《活动安全注意事项》以及《邀请函》等。唐海林最后说:"我们要以联谊会筹备委员会的名义向每一位战友发一份邀请函,并告知活动的时间、地点以及报到时间和地点……"

为了确保本次联谊会能够圆满举行,唐海林和筹委会一班人在清明节前夕的一个周末上午,专门到白云山走了一趟;为了丰富本次活动,在唐海林的建议下,又增加了几个活动地点,并制定详细的路线图。

清明时节雨纷纷,路上行人欲断魂。2014年的4月5日是清明节,也是人们踏青游玩的好时光。这天早上八点,唐海林和他的战友们乘坐三辆大客车,浩浩荡荡出发了。在这批退伍老兵当中,他们有从第二故乡——厦门和福州远道而来,也有从全国其他地方赶来的。

首先,他们来到第一站——淮海战役碾庄圩战斗纪念馆。

占地面积10万平方米的碾庄圩战斗纪念馆位于碾庄镇区淮海公路南侧。到达纪念馆大门口,这群退伍老兵迅速下车集合,在秘书长高春城的统一指挥下,排着整齐的队伍喊着"一二一"朝馆里走去。队伍的前面是一位身高近一米九的旗手打着一面鲜红的会旗,会旗上印有1989年新邳籍战友联谊会字样和图案。此外,每个人的胸前都佩戴一枚印有1989年新邳籍战友联谊会字样和图案的胸章。这胸章和会旗,都是由唐海林和他的战友们亲自设计的。在战友通讯录里,唐海林还专门撰写了由"89"两个数字和"八一"五角星共同演变而来的会标创意说明。

园区正中耸立着18.5米高的纪念碑。碑的正面有刘少奇题写的四个镏金大字"浩气长存";左面是陈毅同志的题词"淮海战役牺牲将士永垂不朽";碑体上方各镶一枚红色五角星,支前、战斗、冲锋、胜利四座大理石浮雕围绕四面。在这里,他们向纪念碑敬献花篮,并集体三鞠躬。

淮海战役是中国人民解放战争中具有决定意义的三大战役之一,碾庄圩战斗是淮海战役第一阶段的焦点之战。1948年11月10日至22日,解放军在碾庄圩地区一举歼灭国民党黄百韬部1个兵团、5个军部、10个师,共计十余万人。解放军共伤亡27308人。碾庄圩战斗的胜利,为淮海战役全面胜利奠定了基础。为纪念在淮海战役中牺牲的烈士,纪念馆于1958年始建。退伍老兵随后祭扫了共安葬淮海战役中牺牲的三千四百多名烈士的烈士墓区,参观了陈列馆、粟裕广场、英烈湖、兵器广场、黄百韬指挥所、黄百韬击毙处等。

王杰的枪我们扛,王杰的歌我们唱,一不怕苦二不怕死,一心为革命,永远跟着党……第二站,他们来到王杰烈士纪念馆。

王杰烈士陵园是为纪念伟大的共产主义战士王杰而修建的。王杰烈士生前是济南军区驻江苏徐州某部工兵一连五班班长;1965年7月14日,在一次训练中为掩护民兵而英勇牺牲,被追认为革命烈士。主要景点有展览室、王杰扑向炸点的雕塑、王杰牺牲纪念亭、王杰墓、题词碑墙等。在王杰墓前,这群退伍老兵们向英雄敬献花篮,再次集体三鞠躬。

第三站,他们来到了小萝卜头纪念馆。

小萝卜头宋振中是共和国最年轻的革命烈士。在一门三烈的雕像前,这群退伍老兵们同样敬献花篮,集体三鞠躬。

鸟道欲随芳菲尽,马蹄行带白云来。第四站是白云山风景区。借助景区大门前的台阶,唐海林和他的战友们首先拍了一张1989年新邳籍战友全家福。

接着,他们抬着慰问品,喊着口号,迈着整齐的步伐走进白云山驻军某部。在军营的大门口,一条横幅上赫然写着:热烈祝贺1989年新邳籍战友联谊会圆满成功!大门两侧是唐海林亲自撰写的一副对子:金戈铁马往昔保家卫国好男儿;大浪淘沙今朝改革建设主力军。横批是:军人本色!

随后,他们来到了藏兵洞参观。据说,这个全长1.2公里,高5米的藏兵洞,大洞中又套着好几个小洞,是二十世纪七十年代深挖洞、广积粮时建造的。

沐浴着和煦的阳光,唐海林和他的战友们大步流星向白云崖挺进。青松峭立、山花烂漫,一路崎岖登上高高的白云崖顶,细柔的山风夹杂着浓浓的春意迎面扑来,大口呼吸、极目远眺,一览众山小,大伙的心情无比舒畅。再次列队完毕,唐海林慷慨激昂发表了题为《让白云崖见证》的会长致辞:

各位战友、亲爱的兄弟们:

大家好!(用左手敬了一个标准的军礼)(热烈地鼓掌)

首先请战友们原谅我用左手敬礼,因为我这右手在学校里为了救一名学生光荣负了伤,现在举不起来,只能用左手了。(大伙投来赞许的目光)

今天是一个永远值得纪念和铭记的日子,因为25年前的今天,青春年少的我们满怀憧憬和梦想,穿上军装告别父母和亲友,一起踏上军旅征程,从此开始书写我们人生的华丽篇章。(战友们开始热血沸腾起来)

山不在高,有仙则名;水不在深,有龙则灵。这次之所以选择到白云山来聚会,一来这是一座有灵气的山,它虽不高大,却重峦叠嶂,曲径通幽,清代乾隆皇帝六度南巡、三幸仙山;二来为了找寻我们当年当兵时的感觉,因为这里不仅有绿色的军营,有高高的炮台,有深深的藏兵洞,更回荡着陈毅元帅在这里运筹帷幄、决胜千里的英雄气概。(热烈地鼓掌)

回想起那激情燃烧的岁月,总能让人心潮澎湃。战友们,看着这熟悉而又陌生的环境,你是否还记得我们一起起床、一起吃饭、一起训练、一起唱歌、一起站岗放哨的情景吗?(大伙触景生情)

生命里有了当兵的历史,一辈子也不后悔!毕竟,在军营这所特殊的大学校里,我们学会了坚强和执着,明白了责任与担当,更懂得了家庭的温暖、友情的珍贵。当兵让你我登上最绚丽的人生高地,展现了每个人的无悔青春;当兵的人生是不平凡的人生,这是我们一生的荣耀。尽管曾经有得也有失,尽管我们把最美好的青春献给了部队。(大伙遥想当年)

25年弹指一挥间,当年英姿飒爽、意气风发的各位战友早已成为祖国建设中各行各业的中流砥柱和才俊达人。而在现实生活中,战友们始终秉承部队那种敢于摸爬滚打的优良作风和昂扬斗志,用军人的铮铮誓言和钢铁行动向世人证明:咱当兵的人是最优秀的!(热烈地鼓掌)

战友面前,人人平等。战友们,无论何时何地,咱们只有高矮胖瘦之分,没有高低贵贱之分。无论你在老家还是在外地工作,无论你在什么工作岗位,无论你遇到什么烦心事或者解决不了的事情,请不要忘记咱们还有一个坚强的后盾和温馨的家,大伙也一定会尽最大努力伸出援助之手帮助那些有困难的战友。当然,你有什么收获和成功,也请拿来和大伙一起分享。特别是那些长期在外地工作的战友,一定要常回家看看。(好!)

众人拾柴火焰高。为了让咱们这个家永远充满活力,我希望大家积极建议献策的同时,能添砖的添砖、能加瓦的加瓦。我企望每5年举办一次的联谊会能永远举办下去,我更希望今后能每年举办一次联谊会,我还奢望今后有机会故地重游——到咱们工作和战斗过的第二故乡去办联谊会!(好!在厦门和福州的战友高呼:欢迎!)

  二百多年前,白云山因乾隆皇帝的到来而被世人传扬;60多年前,因为陈毅元帅在这里指挥那场著名的大战而再次名声大振。俱往矣,数风流人物,还看今朝!我要说,今天,白云山因为咱们1989年新邳籍战友的到来,必将再次扬名四海、永载史册。因为,咱们是新时代真正的弄潮儿!(使劲地鼓掌)

  看!我们的会旗正迎风高高飘扬!亲爱的战友们,就让长长的大运河见证我们的友谊,让清清的骆马湖见证我们的友谊,让巍巍的白云山见证我们的友谊;我们的友谊必将与天不老、与地无疆!(热烈地鼓掌)

  同呼吸,共命运,心连心。我们这个年龄可谓是上有老、下有小,今后倘若哪位战友的父母亲百年之后,请一定要通知到理事会,我们一定以1989年新邳籍战友联谊会的名义带上全体战友的问候送去花圈和花篮。而在我们欢聚一堂的此时此刻,我代表联谊会常委会衷心感谢那些不远千里从外地赶回来参与联谊的战友,同时,我更加想念那些因各种原因而不能到会的战友!(大伙表示赞同)

  不忘初心,砥砺前行。亲爱的战友们,虽然我们脱下了绿军装,但我们永远不要忘记自己曾经是一名优秀的革命军人!让我们在十八大精神的鼓舞下,紧密团结在以习近平同志为核心的党中央周围,紧跟新时代步伐,为建设我们美好的家园锦上添花,为实现中华民族伟大复兴的中国梦再立新功!(好!)

  最后,祝愿每位战友身体健康、阖家幸福;祝愿每位战友在新的一年里,策马扬鞭马到成功;在今后人生的道路上继续一马当先、勇往直前!(热烈地鼓掌)

  谢谢大家!(长时间热烈地鼓掌)

致辞完毕,唐海林又用左手敬了一个标准的军礼。这一次,他的左手久久没有放下……